当代中国古代文学研究文库

丛书主编 傅璇琮 黄霖 罗剑波

半砖园斋论红学索隐派

郭豫适 著

复旦大学出版社

"当代中国古代文学研究文库"总序

中国古代的文学源远流长、光辉灿烂,从远古朴实的民谣、奇幻的神话,到《诗经》、楚辞、汉赋、唐诗、宋词、唐宋古文、元曲、明清小说……花团锦簇,美不胜收。它以无数天才的作家、优美的作品、多变的文体、鲜活的形象、生动的故事、独特的风格与鲜明的民族特点,充分地表现了中华儿女的传统美德、人生理想、聪明才智、崇高精神,以及审美情趣与艺术才能。它们是中华民族五千年传统文化珍贵的结晶,也是全世界文学之林中耀眼的瑰宝。

有文学,就有欣赏,就有批评,就有研究。早在先秦时代,对文学的批评就随处可见,如《左传》中写到季札在鲁国观乐,对《诗》中的众多作品一一作了点评。后来逐步产生了一批理论批评与研究专著,如刘勰的《文心雕龙》、锺嵘的《诗品》、严羽的《沧浪诗话》、刘熙载的《艺概》等,为中国古代文学的研究树立了典范。到20世纪初,在中西融合、古今通变的潮流中,中国古代文学研究的思维模式与书写方式都发生了明显的变化,截至1949年,已陆续产生了一批现代形态的中国古代文学研究成果。新中国建立以后,历史翻开了新的一页,近七十年来,特别是从上世纪80年代以来,当代的中国古代文学研究尽管有时也不免遇到这样或那样的干扰与曲折,但总体而言,不论是文献的整理或考辨,还是理论的概括与分析;不论是纵向或横向的宏观综论,还是对作家或作品的具体探索;不论是沿用传统的方法作研究,还是借用了外来的新论来阐释,都取得了可喜成绩,其人才之多、论著之富与质量之高都是前所未有、举世瞩目的。

这批当代的中国古代文学研究成果也是一笔宝贵的财富,特别是一些名家的代表性论著,本身也有学习与传承、总结与研究的重要价值。为此,在复旦大学出版社的倡议与支持下,我们陆续邀请了一批当代在世的研究中国古代文学有实绩、有影响的名家,由他们自选其有代表性的专论结成一集,每集字数在30万字左右。第一辑选有十位学者,年龄不等,照顾到各自研究对象的不同方面。以后将还陆续推出,计划本文库的总量在50本左右。

我们相信,本文库的每一集文字都曾经为学术史的推进铺下过坚实的一砖一石,都曾经如一股强劲的东风吹开过读者的心扉,拨动过大家的心弦。如今重温他们精到的论断、深邃的思考、严密的逻辑、优美的文字,乃至其治学的风范、人格的魅力,都可以为后来者提供学习与承传的典范,也为总结与研究新中国古代文学研究的辉煌历史铺路开道。我们这样重视中国古代文学的研究,希望能推动学界进一步深入地去研究中国古代文学的历史渊源、发展脉络、基本走向,搞清楚中国古代文学的独特创造、价值理念、鲜明特色,增强文化自信和民族自信,并积极地去发掘与阐发古代文学的当代价值,从中汲取优秀的思想精华、道德精髓和美学情趣,使之成为涵养社会主义核心价值观的重要源泉,为实现中国梦起到积极的作用。

最后,不能不说的是,正当我们这套丛书的第一辑即将付梓问世之时,傅璇琮先生于2016年1月23日突然病逝。在这套丛书的筹划与出版的全过程中,曾得到了病中的傅先生的悉心指导与全力帮助。他的逝世,是学界的重大损失,也直接影响了这套丛书的后续工作。我们将沿着既定的思路,编辑与出版好这套丛书,以作为对傅先生永远的纪念。

目　录

前言 …………………………………………………………… 1
代自序：拟曹雪芹"答客问" …………………………………… 1

上　辑　历史篇 ……………………………………………… 1

评点类著述中的索隐派 ………………………………………… 3
索隐派的兴盛与前期代表作 …………………………………… 11
后期索隐派的发展趋向与代表作（上） ……………………… 33
后期索隐派的发展趋向与代表作（下） ……………………… 55

下　辑　评论篇 ……………………………………………… 77

从胡适、蔡元培的一场争论到索隐派的终归穷途
　　——兼评《红楼梦》研究史上的后期索隐派 ………… 79
论"《红楼梦》毫无价值论"及其他
　　——关于红学研究中的非科学性问题 ………………… 107

红学批评应当实事求是
  ——评《红楼梦谜》对胡适和非索隐派红学的
   批评 ………………………………………………… 125
论红学的考证、索隐及其他 ………………………………… 142
关于"脂评"问题
  ——论全盘批倒"脂砚斋评"之不当 ……………… 160
科学的分析与古怪的猜想
  ——对一种研究方法的质疑 ………………………… 176
《红楼梦》研究和"逆反心理" …………………………… 185
短论两则 ……………………………………………………… 189
批判地总结、吸取《红楼梦》研究史的经验 …………… 192
索隐派红学的研究方法及其历史经验教训
  ——评近半个世纪海内外索隐派红学 ……………… 199

附 辑 访谈篇 …………………………………………… 219

《红楼梦》研究要倡导严谨的学风 ……………………… 221
答韩国郑沃根博士问 ……………………………………… 224
文学遗产研究要端正思想和方法
  ——访华东师范大学中文系郭豫适教授 …………… 229
文化遗产研究要端正思想和方法 ………………………… 232
半砖园里话红楼
  ——访郭豫适先生 …………………………………… 240
博学深思 实事求是
  ——郭豫适教授访谈录 ……………………………… 243

后记：从红学索隐派说到"秦学"研究及其他 ………… 265

郭豫适著述辑要编年 ……………………………………… 273
著者跋语 …………………………………………………… 284

前　　言

钟明奇

郭豫适先生《拟曹雪芹"答客问"——论红学索隐派的研究方法》一书2006年9月曾由华东师范大学出版社出版,现作为傅璇琮先生、黄霖先生、罗剑波先生主编的"当代中国古代文学研究文库"(第一辑)之一种,由复旦大学出版社再版。本书分为上辑"历史篇"、下辑"评论篇"、附辑"访谈篇"三辑。收入在本书中的诸文章有的是从郭先生已经出版的专著中摘录出来的,如上辑"历史篇"就摘自其所著《红楼研究小史稿》《红楼研究小史续稿》,而其他论文与访谈也都发表过,均产生过很好的社会反响。郭先生之所以不辞辛苦,从他多年以来出版的许多著述中,梳理、摘编相关内容编成此书,旨在于对前些年红学研究领域里以刘心武先生为代表的新索隐派予以科学的剖析和深入的批判,体现了老一辈红学家强烈的学术责任感。郭先生在本书《后记:从红学索隐派说到"秦学"研究及其他》中说:"出版这本书主要目的是想说明,红学索隐派的研究方法是错误的、非科学的。读者们不要相信这些出诸主观猜测的不切实际的东西,研究家也不要在索隐派之路上继续追求出新,再去搞这种猜谜式的研究了。"

客观地说,以刘心武先生为代表的新索隐派,其研究方法,与从前的索隐派并没有什么不同。例如,郭先生在本书上辑"历史篇"之"索隐派的兴盛与前期代表作"中指出:"从《红楼梦》研究史上看,评点派、索隐派都好用谐音法来解释《红楼梦》里的字义,结果自然就只能各执一词,莫衷一是。如在张新之看来,'扇'就是'善',所以晴雯撕扇,'撕扇'二字就被附会为'思善'。但在蔡元培看来,'扇'就是'史',所以石呆子的'二十把旧扇子'就被附会成'二十史'。其实晴雯撕扇,跟'思善'有什么关系?石呆子二十把旧扇子,跟'二十史'又有什么相干?这些所谓'关合'或关系,都是这两位红学家强加于曹雪芹、强加于《红楼梦》的,并不是实际上存在的什么'隐义'。"

上述这种情形在以刘心武先生为代表的新索隐派那里完全存在。当然,刘先生本人并不承认他是索隐派,他说自己是"探佚学中的考证派"。但他的"秦学"研究,用的其实就是上举索隐派谐音法之类的研究方法。举个典型的例子来说,他有一篇题为《"友士"药方藏深意》的文章(见《红楼望月》,书海出版社,2005年)。刘先生在该文中说,《红楼梦》第十回中,那个太医张友士之"友士"谐音"有事",是京里派来的"政治间谍",其所配的那张药方并不是一般的药方,"实际上是一道让秦可卿自尽的命令"。何以见得呢?这是因为药方里开的是这样五种药:"人参、白术、云苓、熟地、归身。"刘先生硬把"云苓"隔开,"云"作"说"解,"苓"作"命令"解,这样他就把药方说成是:上面命令秦可卿在熟地自尽。刘先生在文中写道:

> 那十个字可分为两句读:"人参白术云:苓熟地归身。"也就是告诉秦可卿为家族本身及贾府利益计,令她就在从小所熟悉的地方——具体来说就是"天香楼"中"归身"即自尽。……"人参白术"是谁呢?我们都知道"参"是天上"二十八宿"之一,倘"白术"理解作"半数"的谐音,则正合十四,而康熙的十四个儿子争位的恶斗一直延续到四子雍正登基之后。

事实上,这里"白术"作为一种中药,"术"当读 zhú,是不能读作"数"的;将"白术"谐音成"半数",这种转换即使从谐音法的运用来说,也是不能成立的。而他硬说这人参的"参"是"天上'二十八宿'之一",这"半数""正合十四",而十四是隐指康熙的第十四子。这样的"研究",岂不是太牵强附会、太武断了吗?因此,郭先生一针见血地指出:"其实他的基本思想和研究方法全是索隐派的老一套。"(见本书《后记》)这就是说,刘心武先生的这种研究,与上引前期索隐派张新之、蔡元培用谐音的方法研究《红楼梦》直五十步与一百步之别罢了。因此,读者如果熟悉《红楼梦》研究的历史,就不会对刘心武先生的此类研究感到新奇,自会辨别什么是真正的学术研究,什么是红学发展史上早已被人批评、否定过的"索隐派的老一套",进而能以比较科学的、健康的心态去欣赏《红楼梦》,由此真正领略到我们民族历史上无以上之的文学瑰宝——《红楼梦》的伟大与精彩。

如果说,本书上辑主要从"史"的角度让广大读者认识到,索隐派红学其实早已存在,且名声不佳,那么,本书下辑的十篇论文,则是从"论"的角度,亦即从学理上让广大读者认识到索隐派红学的非科学性,揭示了索隐派红学终归穷途的必然性,同时也批评了红学研究中其他的不良现象,如红学研究中的"逆反心理""炒作"与"曹雪芹再生"等等。郭先生在《索隐派红学的研究方法及其历史经验教训——评近半个世纪海内外索隐派红学》一文中指出:"为什么在红学研究中索隐派著述不绝如缕,有时还显得相当热闹,而我们却说索隐派红学在学术上终归穷途呢?这并不取决于批评者对它所持的批评态度,而是由索隐派研究方法本身客观存在的并且是无法克服的非科学性质和非科学倾向所决定的。"事实正是如此。索隐派红学往往不能正确地理解《红楼梦》的小说特质,而是把《红楼梦》当成生活的"真"的"实录"。正如郭先生在本书上辑"索隐派的兴盛与前期代表作"中阐述"索隐派的观点与方法及其影响"时所说的那样,他们"不能理解文艺创作与社会现实的关系","根本不懂得文学批评的科学的方法",只是"把文学作品零碎、简单地还原为生活的事实"。这实际上就是把《红楼梦》当成一部史书,而不是文学作品。因此,他们是在解读所谓的历史,而不是在分析由具象的生活经过作家典型化之后形成的文学作品。他们的那种研究方法,其实就是王国维在《红楼梦评论》中早就批评过的"读小说者,也以考证之眼读之"。学术研究的大前提已经错了,怎么能保证其研究结论的正确呢?其次,他们"根本不懂得文学批评的意义和作用","把《红楼梦》当作一个'雅谜',然后又各自挖空心思地去猜这个'雅谜'"。那么,这些"雅谜"是怎样出来的呢?郭先生在本辑《论"〈红楼梦〉毫无价值论"及其他——关于红学研究中的非科学性问题》一文中说:"猜谜人自己即是制谜人,这就是问题的实质。"如刘心武先生解读那张药方,实际上就是在猜"雅谜",而这个"雅谜"其实就是刘先生自己制造出来的。因此,他认为王蒙先生"没有读懂"《红楼梦》第十回下半回《张太医论病细穷源》,唯有他才能"读懂"。把《红楼梦》当作"雅谜"来猜,这的确满足了不少读者与观众的好奇心态,"探秘"心理——新旧索隐派许多冠以"揭秘"、"大揭秘"或"解码"的著述,之所以盛行,个中原因或许就在于此。但这与严肃、认真、科学的学术研究来说毫不相干,有本质的区别,因此,从根本上说,索隐派红学在学术上必定终归末路。

郭先生的《索隐派红学的研究方法及其历史经验教训——评近半个世纪海内外索隐派红学》一文为红学界高度重视。这是因为,该论文除了对近半个世纪海内外索隐派红学作了科学的评判之外,还对《红楼梦》研究的科学考证与主观索隐作了科学的、有相当理论深度的辨别,这是郭先生对《红楼梦》研究的一个重要贡献。在红学研究界,很多事实上搞"索隐"的人,也说自己是搞"考证"的。如前面我们提到刘心武先生就不认为他是索隐派,说自己是"探佚学中的考证派"。一般读者对此不易分别,而郭先生的这篇论文却从四个方面,对此问题作了严格区分,并能使人读后一目了然。郭先生在该文中说:"首先,就提出论题而言,考证家的论题一般地说具有一定的现实性,论题的提出以考证家对研究对象的初步观察和了解为基础,强调论题来自客观对象;索隐家的论题的提出往往是来自某种先入之见、某种既定的主观悬念,在索隐派红学著述里,许多论题即所谓'谜',其实都是这些猜谜家自己制造出来的","其次,就论证过程而言,考证家的论证强调遵循逻辑、尊重客观事实,在论证过程中,其思想方法的基本特征和走向是从材料到理论;索隐家在这一点上恰好与考证家相反,他们在论证过程中,其思维方法的基本特征和走向是从结论到材料。在索隐派的著述中,论证的过程和方法往往是支离破碎、东拉西凑,他们的论证既不讲究科学逻辑,也不尊重客观事实和材料,有时是把事实和材料裁减、组合得符合自己的主观需要,有时甚至可以制造出'事实'和'材料'";"再次,就结论验证而言,考证家在主客观条件比较充分的情况下,其考证的结论是比较切实可靠的;当然,受到主客观条件的限制,考证家有时未能得出科学的结论,考证过程及其结论会有失误,但以考证方法所得的结论无论是对是错,一般地说是可以验证的;而索隐家们对自己所得出的结论总是评价甚高,往往自诩为曹雪芹的隔世知己,《红楼梦》的真正解人,其实他们的结论往往是主观猜想的产物";"最后,就研究价值而言,科学考证的目的和作用是通过认真踏实的研究,去探讨一些实际存在的科学问题,在研究过程中遵循科学规律,依靠已知的科学知识,从已知到未知,帮助人们解决疑难问题,获得新的知识;索隐家们索隐的具体的目的和动机虽然有所不同,或由于好奇心的驱使,或为了证实某一政治成见、心理观念,或则借此自炫博学、善于解谜,甚或借此消磨时日,以驱遣文字自娱并以此娱人,总之他们最看重的是追求兴趣,满足自己和同好者心理的需要,但也正由于他们的研究具有主观猜测、随意附会的通病,往往就不能自圆其说"。《红楼梦》研究中有关科学考证与主观索隐区别的论述,恐怕没有比郭先生此文说得更严密、更科学、更完整的了,可以说是关于此一问题的带有经典性的阐述。而对这一问题如果在学理上未能有科学的认识,我们就难以正确地辨别各种形式的新索隐派红学,从而使《红楼梦》研究回到的正确的科学的轨道上来。这就是郭先生此文的重大学术价值之所在。

本书"下辑"中郭先生其他有关研究红学的论文也写得很精彩,其中有的是较为直接地研究索隐派红学的,如《从胡适、蔡元培的一场论争到索隐派的终归穷途——兼评〈红楼梦〉研究史上的后期索隐派》一文,就是一篇有很高学术价值的学术论文,不但写得较早,而且同样以科学的分析,揭示了索隐派红学的必将终归消亡,是索隐派红学研究史上气势磅礴、不可多得的佳作。又如作为本书"代自序"的《拟曹雪芹"答客问"》也极具特色。这是一篇用小说笔法写成的学术论文,模拟曹雪芹的口吻,对《红楼梦》研究中的种种奇谈怪论,包括红学索隐派的诸种谬说,给以尖锐的批评和辛辣的嘲讽。郭先生说,他之所以写这篇学术论文,就是觉得"现在'红学'研究里面还有一点'旧'气,正如有些同志所说,旧红学索隐派的观点和方法的影响还未清除的缘故",具体地说就是"有的文章'旧'气横秋,'索隐派''自传说'的味道颇浓,似乎非如此不足以揭示《红楼梦》这部'奇书'思想艺术之奥秘,而有些读者也误以为这是什么新发明、新创造"。这篇论文发表于1981年12月21日的《光明日报》《文学》专刊,距今三十多年了,但让人感到就是针对当今有关红学研究而写的,读来妙趣横生,令人耳目一新。

本书"附辑"是"访谈篇",总共只有六篇文章,且篇幅不长,专门谈《红楼梦》研究的只有两篇。在这六篇访谈中,郭先生明确提出了一个看似老生常谈却是非常重要的问题,这就是研究《红楼梦》的学风问题、文化遗产研究的思想与方法问题,但归结起来也可以说就是一个学风问题。毫无疑问,学风问题有关学术研究的生死存亡。郭先生之所以判定各种形式的索隐派红学必然终归穷途,乃在于他们研究《红楼梦》其研究方法存在明显的主观随意性。研究《红楼梦》这样一部伟大的著作,其研究方法竟然主观随意,这当然是一种很坏的学风,怎能由此去正确理解《红楼梦》的伟大与精深呢?这注定了这种研究的没有出路。郭先生在本辑第一篇访谈《〈红楼梦〉研究要倡导严谨的学风》中说得好:"红学研究大有可为,例如《红楼梦》有些什么好的艺术经验,它对于我们今天的文艺创作有什么启发或借鉴的地方?这些专题就大可研究,我们有的同志为什么不走科学研究的阳关大道,却要去走索隐派的独木小桥呢?"这与他在《从胡适、蔡元培的一场论争到索隐派的终归穷途——兼评〈红楼梦〉研究史上的后期索隐派》一文中早就指出的"我们研究《红楼梦》应当把注意力和着重点放到《红楼梦》本身上来"完全是一个意思。研究《红楼梦》应当把注意力和着重点放到《红楼梦》本身上来,这不仅仅是郭先生一个人的意见,其实也是老一辈红学家与广大学者用严肃、认真、科学的态度研究《红楼梦》所达成的共识。

要而言之,郭豫适先生的这本《半砖园斋论红学索隐派》,不但对红学研究史上各种形式索隐派作了有相当理论深度的科学的论析与批判,同时也实事求是地指明了《红楼梦》研究的正确方向,充分体现了一个严肃学者的学术担当。

需要说明的是,"访谈篇"中《博学深思　实事求是——郭豫适教授访谈录》一文,发表于《文艺研究》2009年第5期,为原华东师范大学出版社出版的《拟曹雪芹"答客问"——论红学索隐派的研究方法》一书所无,现收录本书中。

代自序：拟曹雪芹"答客问"

倘若曹雪芹活着的时候，曾经在"悼红轩"接待来访的客人，有些红学家向他提出这样的问题："曹公！您大作里面那位林姑娘究竟写的是谁？"你想，曹雪芹会怎么回答呢？这倒是颇有意思的一个题目。可惜，在考证家的著作里我们没有读到回答这个问题的《曹雪芹访问记》或《和作家曹雪芹座谈纪要》之类的文字。那么，我们来虚构一番如何？我想是可以的。

话说某年月之某日，天气晴好，曹雪芹家里来了不少客人。当然先有一番"曹老，您好！"以及"久仰久仰""幸会幸会"的话，这个不必细述。

客人们步入厅内，各各入座，献茶之后，有位红学家便首先发言。他说：

"雪芹先生，您的《红楼梦》不折不扣真是一部奇书哪！鄙人尤其佩服您在人物形象方面艺术构思之新奇。真没想到，您那个林黛玉写的并不是一个女子,却是一个男人,对不对? 我看,你写的是纳兰性德所奉十二位上客之一的朱彝尊吧!"①

曹雪芹听了觉得很突兀,便问:"何以见得?"那位红学家哈哈地笑起来,显出很有心得的样子,说:

"彝尊姓朱,您就称黛玉为'绛珠'。朱彝尊号竹垞,您就写林黛玉住潇湘馆。竹垞生于秀水,您就写绛珠草长于灵河岸上。您老真是锦心绣口,笔底生花,艺术构思奇妙之至呵!"②

这第一位红学家话音刚落,便有另一位红学家接着说:"仁兄读书探幽索隐,见解甚高。不过,据我看林黛玉并不是写的朱竹垞,其实是写的康熙皇帝的废太子胤礽!不然怎的林黛玉的遭际心事跟废太子那样相似呢? 曹老,您说是不是?"③

先发言的那一位正想答辩,第三位便插上来说:

"二位差矣!《红楼梦》诚然是奇书,但女人终归是女人,雪芹艺术构思再怎么出奇,总不会颠倒阴阳,将男人写成女子吧。我有足够证据可以说明,林黛玉写的必是顺治皇帝的董鄂妃,而董鄂妃,诸位知道是谁? 就是早先那个秦淮名妓董小宛!我索性告诉诸位吧,《红楼梦》里的贾宝玉——那个'情僧',其实就是因为伤悼董妃夭亡,便去五台山落发为僧的顺治皇帝。此事故老相传,古人岂欺我哉! 诸位倘若不信传闻,好在雪芹先生在座,大家

---

① 陈康祺《郎潜纪闻》:"闻先师徐柳泉先生云:'小说《红楼梦》一书,即记故相明珠家事。金钗十二,皆纳兰侍御所奉为上客者也。'"
② 蔡元培《石头记索隐》云:"林黛玉,影朱竹垞也。绛珠,影其氏也。居潇湘馆,影其竹垞之号也。竹垞生于秀水,故绛珠草长于灵河岸上。"
③ 寿鹏飞《红楼梦本事辨证》云:"黛玉之名,取黛字下半之黑字,与玉字相合,而去其四点,明为代理两字。代理者,代理亲王之名词也(康熙废太子胤礽封理亲王)。理亲王本皇次子,故以双木之林字影之。"又云:"全书描写黛玉处,直将胤礽一生遭际及心事,曲曲传出。"

可以向他请教。"①

曹雪芹听了这些评论,心里又好气又好笑。但还没有等到他答话,便又有一位插嘴说:"写林黛玉必是影射后妃,这一点可以肯定。只是她影射何人,还可商榷。我看林黛玉影射的并不一定是顺治皇帝的董鄂妃,而是影射乾隆皇帝的皇后富察氏。"②他的话刚说完,便有第五位红学家大声地说:

"诸位,你们把《红楼梦》人物的思想艺术的意义未免都看得忒小了!雪芹先生写林黛玉哪里只是影射一个人?要知道他写林黛玉是用来代表'亡明'的,就像他写薛宝钗是用来代表'满清'的一样。否则,为什么把林黛玉写得那样瘦弱,风吹欲倒;而薛宝钗却是那样的丰满,简直是气吹欲化呢?"③

这时座中窃窃私议,也有人忍不住笑出声来的。对他的发言,有的赞成,有的反对。赞成的佩服他读书心细,能发人之所未发,看问题又拎得比较高。反对的说他纯是猜测之词,而且对林瘦薛胖的解释,未免太过离奇、过于穿凿了。

正当大家七嘴八舌,议论纷纷的时候,忽又有一位红学家(此君写有关于《红楼梦》的专著,但其实是谣言家)说:

"诸位诸位!且听我说。刚才诸公宏论,其实都是错的。据我研究,雪芹先生写林黛玉并不是写一个生活里的人,而是一本

---

① 蔡元培《石头记索隐》云:"是书全为清世祖与董鄂妃而作","相传世祖临宇十八年,实未崩殂,因所眷董鄂妃卒,悼伤过甚,遁迹五台不返。"又云,董鄂妃者,"实则人人知为秦淮名妓董小宛"。
② 邓狂言《红楼梦释真》第二回云:"曹氏之林黛玉非他,乾隆之原配嫡后,由正福晋进位,后谥孝贤皇后之富察氏也。"
③ 景梅九《石头记真谛》云:"黛玉代表亡明,故写得极瘦弱,风吹欲倒。宝钗代表满清,故写得极丰满,气吹欲化。"又云:"黛玉号潇湘妃子,写亡国哀痛,如亡君。宝钗号蘅芜君,指满人兴于荒芜水草地,而入主中国。"

书——《金瓶梅》——里一个女主人公的翻版。贾宝玉乃西门庆,林黛玉即潘金莲。所以关于林黛玉究竟是谁的问题,可说已经解决,你们诸位不必东寻西找。《红楼梦》里的人物,全都可以在《金瓶梅》里找到。林黛玉嘛,没问题,这位贾宝玉的恋人、林如海的姑娘,也就是西门庆的小老婆之一、潘裁缝的女儿。"①

他这高论一出,合座哗然。对他这种荒唐而又低级的发言,很有几位面有愤色,正要开口批驳。这时,只见一位并非红学家的来客站起来说:"诸位!我们今天是来访问曹先生,并不是在这里开学术讨论会,各位如有高见,只说主要观点即可。时间不早,还是请曹先生多给我们讲讲吧!"于是,到会的人才逐渐安静下来,大家都把目光集中到曹雪芹身上。

却说曹雪芹刚才在听那些红学家的提问和发言时,有时只是莞尔一笑,有时又皱起眉头,有时则脸色显得很严峻,心里很不痛快。他觉得刚才多数红学家的发言,虽然不着边际,胡乱猜测,但究竟还不是诽谤攻击,情有可原。惟独那个一派下流胡言的"红蠹"(不知雪芹对此等人如何称呼,姑妄名之),不但凭空污人清白,造谣诽谤贾宝玉、林黛玉,而且简直也是对自己的一种诬蔑。总而言之,曹雪芹对诸如此类没完没了的胡猜妄测,实在很不耐烦,不愿意再听下去了。这时便站起身来,脸上露出一丝苦笑,对大家说:

"我的作品承蒙诸位关注,很是感谢。不过刚才诸位的高论,恕我直言,实在跟《红楼梦》是不相干的,曹某不敢领教。我很抱歉,没有上过大学读过《文学概论》的课程,理论方面讲不出艺术的真实和历史的真实的关系究竟如何。但我是一个作家,很知

---

① 阚铎《红楼梦抉微》认为"《红楼》全从《金瓶》化出",认为《红楼梦》里的贾宝玉即是《金瓶梅》里的西门庆。又云:"林黛玉即潘金莲。颦儿者,言其嘴贫也。一部《红楼》,林于文字为最长;一部《金瓶》,金莲于诗词歌赋无所不能。盖林从贾雨村读书,此外并无一人曾上过学;潘亦于七岁往任秀才家上过女学,为《金瓶》各人所无。"

道塑造一个文学典型,不通过艺术虚构而只是'实录'一个真实的人物,那是不行的。我只能告诉诸位:《红楼梦》里的林黛玉并不是一个实有的人,是我创造的,我书里的林黛玉就是书里的林黛玉。……"

曹雪芹说到这里,稍稍停顿了一下,拿起杯子呷了一口茶。同时心里在琢磨:"'我书里的林黛玉就是书里的林黛玉',光是这句话,这班红学家们能听懂、能接受吗?最好再引哪一位理论家的话来帮助解释一下,也许就更有说服力了。可是,引谁的呢?"

是呵,引谁的呢?高尔基和鲁迅倒是很合适的。高尔基说过,小说创作应当是"从二十个到五十个,以至从几百个小商人、官吏、工人的每个人身上"抽取出他们"最特征"的东西,然后"再把它们综合在一个小商人、官吏、工人的身上"。鲁迅关于自己塑造人物典型,也说过这样的话:"没有专用一个人,往往嘴在浙江,脸在北京,衣服在山西,是一个拼凑起来的脚色。"可惜的是,曹雪芹当年站在那里"答客问"的时候,高尔基和鲁迅他们二位尚未出世,高尔基的《我怎样学习写作》和鲁迅的《我怎么做起小说来》还没有发表,所以里面有关的话曹雪芹无从引用。否则,他们二位都是创作家而兼理论家,以他们的崇高威望和切身体会,引用他们的论述,毕竟比光是讲那句"我书里的林黛玉就是书里的林黛玉"的话要有说服力得多。

那么,高尔基、鲁迅之前,还有谁说过类似的话没有呢?其实是有的。曹雪芹毕竟记性是好的,他略一寻思之后,就高兴地说:"有了!"原来他想起了歌德,便转身从书橱里抽出一本书来对众人说:

"诸位,我现在把歌德的一段话介绍给大家,他的话可以说回答了刚才诸位所提出的问题。不过,我首先得声明,以歌德的伟大,我不敢跟他媲美;另外,他的书信体小说《少年维特之烦恼》里面那个女主人公绿蒂,跟我小说里面的林黛玉情形也不一样。我之所以要向诸位介绍歌德的话,是因为他告诉我们:文艺作品中的一个典型形象,不会是照搬一个实在的人物,读文学作品的时候,不要去作种种不着边际的'诠索'。歌德这个说法跟我的想法是一样的,所以这段话也就是我对诸位的提问的回答。"

说到这里,曹先生拿起杯子又喝了一口茶,继续说道:

"其实,不单是林黛玉,再拿贾宝玉来说吧,刚才不是有人说贾宝玉就是顺治皇帝吗?告诉诸位,我可没有这样的意思。我写贾宝玉时,脑子里压根儿就没有想到顺治皇帝以及顺治皇帝瞒着众人去五台山做和尚之类的事。听说胡适之博士——他今天没有光临——又说什么贾宝玉就是我,请诸位别相信他!诸位想想,我书里明明写贾宝玉十九岁就出家去了,而我自己现在已经痴长到四五十岁,并没有去做和尚呀,这还用得着去'索隐''考证'吗?诸位要说我在书里人物身上写进了一些我所见所闻之人之事之言,以及我自己的一些经历和感触——自然这一切都不是照搬——那是有的;但说我书里写的人和事,都是实录真实的人真实的事,那实在是一种误会。对于诸君的提问,我的回答到此为止,此外实在也无可奉告了。趁此机会,我很希望诸位,并拜托诸位转告今天没有来访的红学家和读者,此后不要再费心思去作种种猜测,幸甚幸甚!"

说罢,他便打开书,找到歌德的那段话,朗读起来:

"我写东西时,我便想起,一个美术家有机会从许多美女中撷取精华,集成一个维纳斯女神的像,是多么宠幸的事。我因不自揣,也摹仿这种故智,把许多美女们的容姿和特性合在一炉而冶之,铸成那主人公绿蒂;不过主要的美点,都是从极爱的人那儿撷采来的。好诠索的读者因此可以发现出与种种女性的相似之点,而在闺秀们中,也有人关心到自己也许是个中的人物。这样,好些自以为是的绿蒂却使我不胜其烦,因为逢人都想确知真正的人是在哪儿。"①

曹雪芹读书的声音是那样地悦耳,那样地清晰、响亮。当他朗读的时候,室内鸦雀无声,人们通过他的声音聆听着歌德的话,而"悼红轩"里的那次聚会,也就在主人那琅琅书声的袅袅余音中结束了。

以上这个曹雪芹"答客问"的故事,当然是出诸笔者的杜撰。譬如曹雪芹那次讲话的时候,胡适还没有出生,曹雪芹怎么会知道胡博士后来写了考证《红楼梦》的文章,考定小说里的贾宝玉就是小说作者自己呢?又譬如,歌德虽然比高尔基、鲁迅出生得早,但是曹雪芹死的时候歌德也不过十五六岁,假定曹雪芹那一次"答客问"是在他去世以前的二三年举行吧,那时歌德只不过十三四岁。当时歌德的文章就已经翻译到中国来了?如果没有翻译,莫非曹雪芹读的是德文原著?这恐怕也靠不住。所以我写曹雪芹当年从书橱里拿下歌德的著作,也还是杜撰,是"假"的。

但如果说我上面那些文字全是"假话",没有"真"的东西,那自然也不对。这满纸荒唐言里面,还是有真实的、可靠的内容的。譬如,我所拟的那些红学家的发言,虽然免不了有点添油加醋,经过一点移易取舍,但所述他们的观点,包括那个被曹雪芹斥为"红蠹"的人所说的"林黛玉即潘金莲"的话,并非我随意乱说,实实在在是真的。再说,曹雪芹虽然不可能知道高尔基、鲁迅,歌德的文章当时也未传到中国②,但是,歌德、高尔基、鲁迅和曹雪芹本人,都是伟大的作家,他们对于文艺创作的普遍规律会有共同的体会。如果曹雪芹读过歌德的文章,他是一定赞同的,需要的话是会引用的。从这些来说,上面那个故事却

---

① 歌德《自传,诗与真实》,转引自《西方古典作家谈文艺创作》,春风文艺出版社,1980年。

② 歌德生于1749年,《少年维特之烦恼》是他23岁那年的作品,1774年出版。曹雪芹卒于1763年或1764年。据此,曹雪芹事实上不可能读到歌德的《少年维特之烦恼》以及他谈到这部作品的文章。

又是"真"的。

　　说到这里,可能读者会问:曹雪芹当年写《红楼梦》,有"真"有"假",使以前有些红学家都搞糊涂了;你如今又杜撰曹雪芹"答客问"这篇有"真"有"假"的文字,其意安在? 我说,其实也不为什么,就为觉得现在"红学"研究里面还有一点"旧"气,正如有些同志所说,旧红学索隐派的观点和方法的影响还未清除的缘故。

　　近年来,国内国外研究《红楼梦》的人越来越多,"红学"成了一门世界性的学问,"红学"研究总的说来是取得了很大成绩,是向前发展的,这很值得高兴。但是我们也看到,《红楼梦》研究中确实也存在着一点毛病,有的文章"旧"气横秋,"索隐派""自传说"的味道颇浓,似乎非如此不足以揭示《红楼梦》这部"奇书"思想艺术之奥秘,而有些读者也误以为这是什么新发明、新创造。其实,对于那些钩沉索隐的研究方法和悖理违情的"高见",当年曹雪芹就已经大皱其眉头了。在这种情况下,让我们大家了解一下曹雪芹当年在"悼红轩"里向来访的红学家发表的一些意见,包括听听他传达歌德老人的劝告,不是有一定的益处吗?

（原载1981年12月21日《光明日报》《文学》专刊）

上 辑

历 史 篇

- 评点类著述中的索隐派
- 索隐派的兴盛与前期代表作
- 后期索隐派的发展趋向与代表作(上)
- 后期索隐派的发展趋向与代表作(下)

评点类著述中的索隐派

在旧红学时期,对《石头记》(或《红楼梦》)的评论和研究,就其文字表述形式而言,有记闻、杂谈、题咏、随笔、序跋、评点、索隐等各类文字,其中广泛流传且对后来有重要影响的是评点派和索隐派的著述。评点类的著述很多,其中有的就使用索隐派的方法,最突出的就是张新之的《妙复轩评石头记》。

易学性理与索隐猜测:张新之《妙复轩评石头记》

道光三十年(1850)刊出《妙复轩评石头记》,上附太平闲人张新之的评点。张新之号"太平闲人",又号"妙复轩"。张新之的《妙复轩评》其实是评点派中的索隐派。此书篇幅很大①。比起王雪香的评点来,张新之的评点在当日得到很多人高得多的评价。吹捧之词,比比皆是。如有的说:"先生于此书,如梦游先天后天图中,缊缊化生,一以贯之","盖反不经而为经,则经正而邪灭,而因以挽天下后世文人学士之心于狂澜之既倒,功不在昌黎下"(紫琅山人序,见《妙复轩评石头记》)。有的说,太平闲人评点《红楼梦》,"经以《大学》,纬以《周易》","括出命意所在","使天下后世直视《红楼梦》为有功名教之书,有裨学

---

① 张新之在第一百二十回夹评中说,《红楼梦》出世"六十年后,得太平闲人探讨于斯,寝食以之者三十年";又在《红楼梦读法》中,自称:"一部石头评,计三十万字。"

问之书,有关世道人心之书,而不敢以无稽小说薄之。即起作者于九泉而问之,不引为千古第一知己,吾不信也"(鸳湖月痴子序,同上)。还有的说,"《红楼梦》批点向来不下数十家,骥未见尾,蛇虚画足,譬之笨伯圆梦,强作解事,搔痒不著。读大作,觉一扫浮云,庐山突出也"(铭东屏致太平闲人书,同上)。有的说,"自得妙复轩评本,然后知是书之所以传,传以奇,是书之所以奇,实奇而正也。如含玉而生,实演明德;黛为物欲,实演自新","至其立忠孝之纲,存人禽之辨,主以阴阳五行,寓以劝惩褒贬,深心大义,于海涵地负中自有万变不移、一丝不紊之主宰"。总之,《红楼梦》"六十年来,无真能读真能解者",至太平闲人之评,才"发其聪,振其聋"(孙桐生《妙复轩评石头记叙》),如此等等。

其实那些过分鼓吹的话,都是从一些冬烘的头脑里产生出来的。如果说,王雪香对《红楼梦》的评论显得平庸的话,那么张新之的评论,则是对《红楼梦》的根本歪曲。他评论《红楼梦》时,长篇大论地宣扬什么《易》道,排列什么《易》卦,使人看了头疼之处俯拾即是,较之王评实在更为荒谬。

张评本卷首有《石头记读法》,有似王评本卷首的《红楼梦总评》。《石头记读法》计三十条,开宗明义第一条就写道:

> 《红楼》一书,不惟脍炙人口,亦且镌刻人心,移易性情,较《金瓶梅》尤造孽,以读者但知正面,不知反面也。间有巨眼能见知矣,而又以恍惚迷离,旋得旋失,仍难脱累。闲人批评,使作者正意,书中反面,一齐涌现,夫然后闻者足戒,言者无罪,岂不大妙。

原来,这位评论家是把《红楼梦》和《金瓶梅》看作一路货,"《红楼梦》是暗《金瓶梅》"[①],而且"较《金瓶梅》尤造孽",于是想把这部"造孽"的书,曲为解释,说成是宣扬《易》道和儒家教义的书,这就难怪乎卫道

[①] 《石头记读法》中有一条荒谬地说:"《红楼梦》是暗《金瓶梅》,故曰意淫。《金瓶梅》有《苦孝说》,因明以孝字结。至其隐痛,较作《金瓶梅》者为尤深。《金瓶》演冷热,此书亦演冷热。《金瓶》演财色,此书亦演财色。"

的冬烘者们要那样竭力地予以吹捧了。

《读法》中的以下几条，阐明《红楼梦》的基本思想，同时也是张评的大意：

> 《石头记》乃演性理之书，祖《大学》而宗《中庸》，故借宝玉说"明明德外无书"，又曰："不过《大学》、《中庸》。"是书大意阐发《学》、《庸》，以《周易》演消长，以《国风》正贞淫，以《春秋》示予夺，《礼经》、《乐记》融会其中。
>
> 《周易》、《学》、《庸》是正传，《红楼》窃众书而敷衍之是奇传，故云："倩谁记去作奇传？"
>
> 通部《红楼》，止左氏一言概之曰："讥失教也。"

小说《红楼梦》是二百多年前的作品，作家的世界观和作品本身，无疑是带有封建性的糟粕的，但其基本倾向，对于封建社会、封建礼教，不是歌颂而是暴露，不是赞扬而是批判，这是稍有见识的读者都能得出的结论。《红楼梦》所写的是地主阶级的生活，书中也有一些庸俗色情的地方，但毕竟不是小说主要方面，而且跟《金瓶梅》那种动辄安排大段露骨的性的描写，根本不能相比。把《红楼梦》说成是《金瓶梅》，说《红楼梦》比《金瓶梅》更为"造孽"，这只有张新之这类"闲人"才会有的想法。

张新之评论的基本观点是："《石头记》乃演性理之书，祖《大学》而宗《中庸》"，"全书无非《易》道也"（《石头记读法》）。

要知道为什么说《红楼梦》是"祖《大学》"的吗？张新之有个十分奇妙的见解：

> 书中大致凡歇落处每用吃饭，或以为笑柄，殊不知大道存焉。宝玉乃演人心，《大学》正心必先诚意。意，脾土也；吃饭，实脾土也。实脾土，诚意也。问世人解得吃饭否？（《石头记读法》）

这种异想天开的评论，是以荒唐的主观猜想作为基础的。这里首句所提出的前提就是武断的，《红楼梦》中哪里是什么"凡歇落处每用吃饭"？他脑子里先已立了一个《红楼梦》宣传《大学》"正心""诚意"的观点，然后便生拉硬扯地引申出上述一段评论。普通人如我们者，确乎不能理会到《红楼梦》写到的"吃饭"这两字里面竟有如此"大道存焉"！能从"吃饭"两字引出如此一段"正心必先诚意"的高论，只有特种学者如张新之先生之流才有可能，世人是确乎不能解得的。

要知道为什么说《红楼梦》是宣传《易》道的吗？张新之也有一段妙文，介绍他对"刘老老"认识的过程。他说《红楼梦》中为什么要写刘老老这个人物，起初"以为插科打诨，如戏中之丑脚，使全书不寂寞设也"；但后来觉得刘老老第三次到荣国府，"在丧乱中，更无所用科诨，因而疑"；疑不得释，"于是分看合看，一字一句，细细玩味，及三年，乃得之，曰，是《易》道也，是全书无非《易》道也"。并且说明他之评点《红楼梦》，"实始于此"（《石头记读法》）。

"太平闲人"看"刘老老"这三个字，翻来覆去看了三年，才看出原来刘老老不是一个人，而是一个"易"字。理由何在？他说：

> 刘老老，一纯坤也，老阴生少阳，故终救巧姐。巧姐生于七月七日，七，少阳之数也。……故入手寻头绪曰"小小一个人家"、"小小之家姓王"、"小小京官"。"小小"字凡三见，计六"小"字，悉有妙义。乾三连即王字之三横，加一直破之，则断而成坤。（《石头记读法》）

原来，"闲人"这里是在玩弄占卦了。我们知道，依卦法，乾卦的符号是☰，坤卦的符号则是☷。他说刘老老是所谓"老阴"，于是便断定刘老老是《易经》里面的坤卦。坤卦的形状是☷，也就是所谓"六小"，"六小"不就是六小段吗？"六小"从何而来？他说是从乾卦而来，乾卦是☰，中间加一直划破之，三长划不就变成了六短划即"六小"了吗？

读者做梦也不会想到刘老老的女婿姓王，这个"王"字里面会有这么多"大道"在里面的罢！除"太平闲人"之外,有谁会想到"小小一个人家"之类的话,这"小小"二字里面会有如许"妙义"呢！这是在玩弄卦法,哪里是什么文学批评!

如果说索隐派的评论家,从《红楼梦》人物的姓名去阐述所谓"命意",虽说往往失诸穿凿附会,但还有《红楼梦》里的人物姓氏的文字作为某种依据的话,那么像张新之这样,把小说中的一个人物化为一个概念,说成是一个"坤卦",随之乱加发挥,这就纯粹是无中生有的胡话了。

然而,张新之却说,这种"在无字处追寻"的评论法,却是受了曹雪芹的启示:"宝玉有名无字,乃令人在无字处追寻。"(《石头记读法》)这完全是挖空心思的想入非非的歪曲。小说中给宝玉只起名,未写他的表字,这有什么好奇怪的呢？"闲人"从什么地方知道这是曹雪芹要人"在无字处追寻"呢？更从哪里知道曹雪芹叫人寻求的就是《易》道呢？完全是无稽之谈。用一个牵强附会的论点,去论证另一个牵强附会的论点,这就是这位评论家所采用的主观随意的批评方法。

这类牵强附会、令人啼笑皆非的评点,在夹评或回末评中经常出现。如小说第一回有"也是劫数应当如此,于是接二连三牵五挂四,将一条街烧得如火焰山一般"一段话。张新之在这里写了夹批说:"二三五四一乃劫数,接连牵挂乃仙机,数语包括张紫阳《悟真篇》全部。"既然扯上什么"劫数"、什么"仙机"之类,自然也就可以扯上什么《悟真篇》之类的道书了。可是为什么"接二连三牵五挂四"的"二三五四"和"一条街"的"一",就一定是什么"劫数"呢？为什么接连牵挂就一定是什么"仙机"呢？这只有天晓得！

此外,小说第二回写贾雨村"游至维扬地方","闲人"又夹批说:"其书维持名教,扶阳抑阴,故地处维扬。"小说第三回写黛玉带有一个奶娘王嬷嬷,张新之夹评又在"王"字上做文章,说什么"王为一土,木所植也,又是《易》理"。更可笑的,三十一回回末评说:"扇,善也。撕扇,思善也";"笑,孝也。大笑,大孝也"。三十九回回末评论本回题目《村老老信口开河》说:"河,《河图》也。"甚至说什么"蟹壳象太极,螯象两仪,眉象四象,足象八卦,合成《易》体,故刘老老今从算螃蟹帐起"。诸如此类,不胜枚举。

本来,主观主义地随意地赋予小说以实际上并不存在的意义,这是过去许多红学家的共同手法。不过,这位"闲人"生拉硬扯、想入非非的"造诣",确是许多红学家望尘莫及,真要甘拜下风的。

张新之评《红楼梦》,因为精力集中在阐发《易》理上,所以对小说艺术方面只说了一些吹捧的空话,或则发些"脱胎在《西游记》,借径在《金瓶梅》,摄神在《水浒传》"(《石头记读法》)之类的抽象的议论。极个别地方,当头脑没有被《易》道弄得过于昏热的时候,偶尔也能说出一点比较合乎实际的意见来。如说:

> 书中诗词,悉有隐意,若谜语然。口说这里,眼看那里。其优劣都是各随本人,按头制帽。故不揣摩大家高唱,不比他小说,先有几首诗,然后以人硬嵌上的。(《石头记读法》)

这里指出《红楼梦》中有关的人物和诗词配合得很好,或优或劣,均是"按头制帽",这是恰切的说法。批评一般庸劣小说是"先有几首诗,然后以人硬嵌上",也是的评。无奈"闲人"中《易》道未免太深,所以难得清醒。在《读法》中,关于小说的艺术方面难得出现一条比较切实的看法,更多的评论却显出其艺术感觉的昏庸。譬如他说:

> 有谓此书止八十回,其余四十回乃出另手,吾不能知。但观其中结构,如常山蛇首尾相应,安根伏线,有牵一发全身动之妙,且词句笔气,前后全无差别,则所增之四十回,从中后增入耶?抑参差夹杂增入耶?觉其难有甚于作书百倍者。虽重以父兄命,万金赏,使闲人增半回不能也。何以耳为目,随声附和者之多?

《红楼梦》后四十回比起前八十回来,总的说来不仅思想上有很大距离,艺术上也远逊前者。清代嘉庆年间裕瑞在《枣窗闲笔》中就曾指出:"细审后四十回,断非与前一色笔墨者,其为补著无疑。"(《程伟元续红楼梦书后》)他说后四十回不如前八十回,这是很有见地的;但这里"闲人"却反而批评这种正确的见解,闭着眼睛说什么前八十回和后四十回,"词句笔气,前后全无差别"。这如果不是自欺欺人,故作违心之论,那就只能证明"闲人"又在昏昏然了。

这位评论家注意力着重于宣扬《易》道、儒理,评及书中人物多附会于上述道义,对小说中人物具体分析很少,而且除认为"书写李纨为完人"(一一九回夹评)之外,其余几乎都是罪人。如说"书写凤姐为禽兽"(一一九回夹评),是"弄权而致祸者"(十三回末评);袭人"偃旗息鼓,攻人于不及觉"(三回夹评);"薛姨妈写得不堪,竟有鸨母光景"(八回末评);"宝钗则阴贼险狠,且得贤名,为操、莽一流人物,是则鬼神所必殛,天地所不容者矣"(一一九回夹评),总而言之,是"大奸雄化身"(七回末评)。此外,贾政、贾宝玉等均是罪人;贾母这个被王雪香称为"福、寿、才、德""四字兼全"的人,张新之则认为许多坏事的总根子都在她身上。"史为罪魁"(一〇九回夹评),所以说贾母是"总罪人"(一一八回夹评)。

"太平闲人"评论宝钗、黛玉时说:

> 写黛玉处处口舌伤人,是极不善处世、极不自爱之一人,致蹈杀机而不觉;写宝钗处处以财帛笼络人,是极有城府、极圆熟之一人,究竟亦是枉了。这两种人都作不得。(《石头记读法》)

> 黛玉一身孤寄,欲得宝玉而无才以取之,一味情急,推其心,黛玉之欲杀钗,与钗之欲杀黛正相等,而愚而傲而疏,致为大众厌弃而不觉,熙凤因得乘隙以畅所欲为,夫复谁尤,以身涉世者鉴之者哉。(二十九回末评)

这里论黛玉"一身孤寄"似稍有同情,但这种同情远抵不上评者的责斥。谁叫你"极不自爱",又愚笨、又骄傲、又粗疏?你是咎由自取,"夫复谁尤"?对于宝钗、黛玉这一对形象根本不从思想倾向上进行评论,而是这个不好,那个也不好,"两种人都作不得"。而且,"黛玉之欲杀钗,与钗之欲杀黛正相等",这不是不分是非各打五十大板吗?

总之,"太平闲人"花了三十年时间写了三十万字的评论,对于《红楼梦》的思想、艺术和人物所作的评点,除了个别的地方外,充斥的都是枯燥的儒理、《易》道的说教,是《红楼梦》研究史上以《易》阐述《红楼梦》思想意义的最大的代表作。

(以上摘自拙著《红楼研究小史稿》第五章。该书由上海文艺出版社出版,1980年1月第1版)

索隐派的兴盛与前期代表作

索隐派的兴起

民国初年,《红楼梦》研究中形成了一个势力颇大的派别,叫做索隐派。索隐派的文字,在《红楼梦》研究史上很有声势,影响甚大。人们通常所说的"旧红学",其中很重要的一部分就是指这类文字。

自民国五年(1916)至民国八年(1919),短短数年之间,就出版有王梦阮与沈瓶庵的《红楼梦索隐》、蔡孑民(即蔡元培)的《石头记索隐》,还有邓狂言的《红楼梦释真》。前两种尤其是旧红学索隐派中主要的代表作。如果说,清朝乾隆时期最初的评论《红楼梦》的专著如周春的《阅红楼梦随笔》,其篇幅比起后来光绪年间"晶三芦月草舍居士"的《红楼梦偶说》来是小巫见大巫的话,那么《红楼梦偶说》的篇幅比起民国初年出现的《红楼梦索隐》这种索隐派的代表性著作来,那真又是小巫见大巫了。索隐派这类著作,几乎每种都是洋洋洒洒。王梦阮、沈瓶庵的《红楼梦索隐》足足写了几十万字。有些地方,索隐文字比《红楼梦》有关段落的本文来反而更多,这种索隐文字超过小说原文的喧宾夺主的情况,很有点像经学家诠解孔孟经籍或佛学家疏证佛教经文的样子。《红楼梦索隐》作者自称,其《红楼梦索隐》就是"以注经之法注《红楼》"的(《红楼梦索隐》例言)。

索隐派著作的篇幅如此之大,其内容究竟如何?它们研究的究竟是些什么东西?这首先就要了解一下索隐派红学的主要特点。原来这类索隐派著作,既不像前此的《红楼梦偶说》《梦痴说梦》那样,主要是摘录、评述小说中若干人物事件,借此发泄有关人生或世情的感叹,也不像后来新红学考证派那样,认定小说中的贾府就是小说作者曹家,竭力去考证贾府和曹氏的家事,而是拼命去"索隐"。所谓"索隐",意思就是探索幽隐,即寻求小说所"隐"去的"本事"或"微义"。其实就是穿凿附会、想入非非地去求索《红楼梦》所影射的某些历史人物或政治事件。这类文字说起来是在研究《红楼梦》,但它主要的并不是从小说《红楼梦》本身出发,而是从那些索隐家头脑里的某种主观意念出发,他们各自把一些看似跟《红楼梦》有关的东西拿来跟小说里面的人物事件互相比附、印证,并从而去评论《红楼梦》的意义和价值。实在说来,他们真正研究的并不是《红楼梦》本身,而是与《红楼梦》及其作者关系不大、甚至是毫不相干的东西。

　　索隐派的那些著作产生的具体原因,以及它们各自的具体内容,是有所不同的。本来,在《红楼梦》评论史上,还在民国初年这些大部头的索隐派著作出现以前,清朝时期就已经有人不断地在"索隐",探求这部小说究竟是写谁家的"本事",如有的说是写宰相明珠家事[①],有的说是写金陵张侯家事[②],等等。但当时这类说法,往往只是说说而已,还没有多方面地详细地进行论证。到了民国时期,就有一些索隐派研究家承接清朝时期这类说法而大加发挥,他们从历史著作、野史杂记、文人诗词或随笔以及民间传闻中,从小说《红楼梦》中,竭力搜集一切有关的或看似有关实则毫无关系的文字,牵强附会地加以排比对照,想以此证明《红楼梦》即是写某家某事。一般说来,这批索隐派作者都是善于玩弄材料和文字的附会学家,史籍或传闻中的一点材料,小说里的一段描写,到了他们那里,便只管互相牵合,只管东拉西扯、千言万语地放手写去,所以许多索隐派的著作,篇幅都很庞大。

---

　　① 当时认为《石头记》隐明珠家事的说法最为流行,清代张祥河《关陇舆中偶忆编》、梁恭辰《北东园笔录》四编、陈康祺《郎潜纪闻二笔》、张维屏《国朝诗人征略二编》等均记有此说。

　　② 清周春《阅红楼梦随笔》等记有此说。

这些索隐派红学家,有的是《红楼梦》迷,爱《红》成癖,又值心闲,可以"戏笔",心里对《红楼梦》先有了一个念头,就千方百计地想去求索、证实它。有的虽也爱好《红楼梦》,但主要是由于对现实社会政治有所感触并有所欲言,希望通过"索"《红楼梦》之"隐"来宣传某种政治观点,倒并不是吃饱了饭没事干写着玩。索隐派中这前一种人居多,王梦阮、沈瓶庵的《红楼梦索隐》可为代表;后一种人较少,蔡元培的《石头记索隐》可为代表。索隐派作者搞《红楼梦》"索隐"的具体思想动机虽有不同,他们那些索隐的著作,具体内容和说法也不一样,但那些索隐派著作在运用主观主义的"索隐"方法上,在歪曲小说《红楼梦》的思想艺术意义上,以及在对后来《红楼梦》研究所产生的消极影响上,却都是一致的。

以下依序对这个时期几部较为有名的索隐派代表作加以评介,并略述索隐派红学的主要谬误及其对后世《红楼梦》研究的影响。

王梦阮、沈瓶庵的《红楼梦索隐》

此书出版于民国五年(1916),题"悟真道人戏笔"。《红楼梦索隐》附于一百二十回本《红楼梦》上,上海中华书局印行。书分二十卷,分订十册。书前印有"清世祖五台山入定真相"(彩色),意在佐证《红楼梦》是写清世祖故事。书前有"悟真道人"所作的《序》《例言》和《红楼梦索隐提要》[①],其分回分段索隐,则夹写在《红楼梦》有关段落正文之下。

《红楼梦索隐》出版之后的流传及其影响,可以从一个数字看出来,即此书出版后,很短的时期之内就重版至十三版之多。可见这部书在当时是颇为轰动的。

《红楼梦索隐·序》全面地说明了这部索隐著作的基本思想和内容。开头即说:"玉溪《药转》之什,旷世未得解人;渔洋《秋柳》之词,当代已多聚讼。"这里玉溪指的是玉溪生,即唐代诗人李商隐,《药转》是

---

① 《红楼梦索隐提要》1914年先已发表于《中华小说界》第一卷第六、七期。

他所作的一首七律诗;渔洋指的是王渔洋,即清代诗人王士禛,《秋柳》是他所作的一组七律诗。他们这些诗真意都很难解,人们对其解释颇多分歧。"悟真道人"是用李商隐、王士禛这些诗作比喻,说明《红楼梦》也是真意难明、不易解释的作品。

那么,在"悟真道人"看来,《红楼梦》为什么难解呢? 它所"隐"的"本事"究竟是什么呢? 他说:

> 为世所传《红楼梦》一书者,其古今之杰作乎? 大抵此书改作,在乾嘉之盛时,所纪篇章,多顺康之逸事。特以二三女子,亲见亲闻;两代盛衰,可歌可泣。江山敝屣,其事为古今未有之奇谈;闺阁风尘,其人亦两间难得之尤物。听其淹没,则忍俊不禁;振笔直书,则立言未敢。于是托以演义,杂以闲情,假宝、黛以况其人,因荣、宁而书其事。

但因为一则"酸辛无限,笔墨羞陈",二则"奇情骇世,尊讳难书",所以小说作者才使用"变幻离奇,烘托点染"的笔法,于是一般读者便难于辨认《红楼梦》的"正谛"了。

《红楼梦》既是这样难解,并且至今未得解人,于是"悟真道人"便立下了这样的志愿:

> 不佞谬参正谛,剖集遗闻。由假悟真,信《太上》以忘情为贵;即隐求事,知酸泪非作者之痴。遂洞抉藩篱,大弄笔墨。钩沉索隐,矜考据于经生;得象忘言,作功臣于说部。(《红楼梦索隐·序》)

这位自称"悟真"的评论家,对于前此的《红楼梦》评点家颇多批评。他说:"诸家评《红楼》者,有护花主人、大某山民各种"①,"大抵不

---

① "护花主人"即王雪香,"大某山民"即姚燮,他们都是清代著名的《红楼梦》评点家。又,"某"有写作"楳",即"梅"字。姚燮字梅伯。

免为作者故设之假人假语所囿,落实既谬,超悟亦非,于书中所指何人何事全不领悟,真知既乏,即对于假人假语,亦不免自为好恶,妄断是非"。总之,"是书流行几二百年,而评本无一佳构"(《红楼梦索隐·例言》)。这位索隐家自称"于是书融会有年,因敢逐节批评","以注经之法注《红楼》,敢云后来居上"(同上)。看他如此否定别人的评本,如此肯定自己的研究,说明他对自己索隐所得的《红楼梦》的"正谛"是很自信的。

那么,这位《红楼梦》研究家"大弄笔墨","钩沉索隐"的结果,得出了怎样的结论呢?以下就是《红楼梦索隐》这部著作对于《红楼梦》这部小说的"本事"和"正谛"的最基本的观点:

> 然则书中果记何人何事乎?请试言之。盖尝闻之京师故老云,是书全为清世祖与董鄂妃而作,兼及当时诸名王奇女也。相传世祖临宇十八年,实未崩殂,因所眷董鄂妃卒,悼伤过甚,遁迹五台不返,卒以成佛。当时讳言其事,故为发丧。世传世祖临终罪己诏,实即驾临五台诸臣劝归不返时所作。语语罪己,其忏悔之意深矣。……父老相传,言之凿凿,虽不见于诸家载记,而传者孔多,决非虚妄。情僧之说,有由来矣。(《红楼梦索隐提要》)

这位索隐派研究家的意思是说,《红楼梦》全书写的是清朝顺治皇帝(清世祖)和董鄂妃的故事。小说中的"情僧",指的就是顺治皇帝。而那个董鄂妃又是何人呢?他说就是当年秦淮名妓董小宛。秦淮名妓董小宛怎么会变成清世祖所宠爱的董鄂妃呢?他说:

> 至于董妃,实以汉人冒满姓①,因汉人无入选之例,故伪称内大臣鄂硕女,姓董鄂氏,若妃之为满人者,实则皆知秦淮名妓董小

---

① 此处原注:"清时汉人冒满姓,多于本姓下加一'格'字或一'佳'字,似此者甚多,不胜枚举。"

宛。小宛侍如皋辟疆冒公子襄九年,雅相爱重,适大兵下江南,辟疆举室避兵于浙之盐官。小宛艳名凤炽,为豫王所闻,意在必得,辟疆几濒于危,小宛知不免,乃以计全辟疆使归,身随王北行。后经世祖纳之宫中,宠之专房。废后立后时,意本在妃,皇太后以妃出身贱,持不可,诸王亦尼之,遂不得为后。封贵妃,颁恩赦,旷典也。妃不得志,乃怏怏死。世祖痛妃切,至落发为僧,去之五台不返。诚千古未有之奇事,史不敢书,此《红楼梦》一书所由作也。(同上)

这位红学家颇会编撰故事,你看他把事情说得有头有尾,真可谓"言之凿凿"了。但可惜这些叙述完全是杜撰的,这段故事其实是有明显的破绽的。请问既是"汉人无入选之例",董小宛是汉族女子,而且又是一个妓女,怎能入宫充当贵妃?再说,皇帝身旁后妃成群,死了一个妃子,有可能悲痛得连皇帝都不想做了吗?这位索隐家也自知所谓清世祖因伤悼董鄂妃之死而"落发为僧"的事,不但史书没有记载,并且也"不见于诸家载记"。但是,他为了立论的需要,便把史无记载,曲意说成是"史不敢书"。这样一说,意思就变成史实所有,只不过是史书未写罢了。但这里又存在着一个漏洞,官家史书或者可以说是"不敢"记载,那么私家记述总不至于那么禁忌罢,为什么并也"不见于诸家载记"呢?

说什么《红楼梦》全书为清世祖与董鄂妃而作,说什么小说中的贾宝玉就是清世祖,说什么小说中的林黛玉就是清世祖宠爱至极的董鄂妃,也就是原来的秦淮名妓董小宛(琬),这一切不过是想当然的编造罢了。

关于清世祖因所欢董鄂妃去世,感伤过甚,便去五台山落发为僧的传说,主要的根据是吴梅村的四首《清凉山赞佛诗》。我们知道,吴梅村的《清凉山赞佛诗》也是清诗中的一件疑案,诗意隐晦难明。有人猜测它所写的正是传说中的清世祖和董鄂妃的故事。"王母携双成,绿盖云中来",是点董姓;"可怜千里草,萎落无颜色",是指董姓女子之死,等等。吴诗究竟是否写清世祖和董鄂妃的故事,这姑且放在一旁。问题是即使吴梅村的诗确是写这个故事,又怎能以此为据,证明曹雪芹的小说也必定是写这个故事,而董鄂妃又必定是董小宛?说董鄂妃即是董小宛,其主要理由是冒辟疆《影梅庵忆语》里面没有详记董小宛的死状,颇觉可疑,说是因为董小宛被大兵俘去,最后献给朝廷,此事冒辟疆不便明白说出。这又完全是出自主观主义的猜测。

对于上述出自猜测的传说,孟心史作有《董小宛考》①,加以批驳。文中指出:"顺治八年辛卯正月二日,小宛死。是年小宛为二十八岁,巢民②为四十一岁,而清世祖则犹十四岁之童子,盖小宛之年长以倍,谓有入宫邀宠之理乎?当是时江南军事久平,亦无由再有乱离掠夺之事。小宛死葬影梅庵,坟墓具在。越数年,陈其年偕巢民往吊有诗。迄今读清初诸家诗文集,于小宛之死,见而挽之者有吴蘭次,闻而唁之者有龚芝麓,为耳目所及焉。"这里多方面说明董小宛不可能入宫成为董鄂妃,特别是考出董小宛和清世祖两人年龄相差过远,指出十四岁的童子不可能要一个年纪已经二十八岁的女子入宫为妃。孟心史对那些猜测之词的反驳是很有力的。

我们再找冒辟疆的《影梅庵忆语》来看,也可以反驳那种认为董小宛即是董鄂妃的说法。

《影梅庵忆语》是冒辟疆为悼念亡妾董小宛而作的,那是一篇写得颇为真切动人的有名的传记文学作品。它记叙了他们两人相遇、相爱、同居,以及后来董小宛随冒辟疆历经变乱困苦而矢志忠贞的故事。《红楼梦索隐》说什么董小宛以计全冒辟疆使归,自己随豫王北行,这又是妄测。《影梅庵忆语》明白地说"乙酉流寓盐官",避难出走,"卒于马鞍山遇大兵","天幸得一小舟,八口飞渡,骨肉得全,而姬之惊悸瘁瘵,至矣尽矣!"③又写脱难后冒辟疆病重,小宛曲为伏侍,等到冒辟疆

---

① 《董小宛考》,作者孟心史(即孟森)。文见《心史丛刊》三集。蔡子民《石头记索隐》卷末附有此文,但在《董小宛考》题下未署作者姓名。
② 冒襄,字辟疆,号巢民,明末清初著名文人。
③ 本文所引《影梅庵忆语》的文字,据1933年上海大东书局本。

病愈,董小宛已"星靥如蜡,弱骨如柴"了。后来辟疆又再病了两次,都得到小宛的尽力看护。所以冒辟疆说:"余五年危疾者三,……微姬力,恐未必能坚以不死也!"这里明白记述马鞍山遇大兵后的五年中间,小宛始终是和冒辟疆在一起的,哪里是什么遇大兵俘获北上进宫?

《影梅庵忆语》明说董小宛是死于劳瘵等原因。有人说书中对小宛的死因死状毫不提及,这也是不对的。实际上《影梅庵忆语》除了写到董小宛的惊悸、劳瘵以外,对她临死时的情况也不止一次提到过,其中有一段说:"姬不私铢两,不爱积蓄,不制一宝粟钗细。死能弥留,元旦次日,必欲求见老母,始瞑目。而一身之外,金珠红紫尽却之,不以殉。洵称异人。"又有一段说:"姬临终时,自顶至踵,不用一金珠纨绮,独留跳脱不去手①,以余勒书故。"这对董小宛临终时的状况,对她的性格乃至她对冒辟疆的真挚的爱情,不是正面地具体地作了叙写吗?

由上述这些情况,我们可以知道,《红楼梦索隐》以及其他红学家关于《红楼梦》是写清世祖和秦淮名妓董小宛的故事的说法,实在是没有事实根据的。

《红楼梦索隐》论述小说中某人物影射某人物的理由,使用的是牵强附会的方法。例如说林黛玉就是董小宛,"关合处尤多"。什么理由呢?他说:

> 小宛名白,故黛玉名黛,粉白黛绿之意也!小宛书名,每去玉旁专书宛,故黛玉命名,特去宛旁专名玉,平分各半之意也!……小宛入宫已二十有七,黛玉入京,年只十三余,恰得小宛之半。……小宛爱梅,故黛玉爱竹。小宛善曲,故黛玉善琴。小宛善病,故黛玉亦善病。小宛癖月,故黛玉亦癖月。小宛善栽种,故黛玉爱葬花。小宛能烹调,故黛玉善裁剪。小宛能饮不饮,故黛玉最不能饮。……且小宛游金山时,人以为江妃踏波而上,故黛玉号潇湘妃子。……小宛姓千里草,黛玉姓双木林。……且黛玉

---

① 跳脱,古代女子手上所戴的饰物,如镯钏之类。

之父名海,母名敏,海去水旁,敏去文旁,加以林之单木,均为梅字。小宛生平爱梅,庭中左右植梅殆遍,故有影梅庵之号,书中凡言梅者,皆指宛也。(《红楼梦索隐提要》)

这里的所谓"关合",看似很多,说得振振有词,其实是牵强附会,经不起辩驳的。请问,"二十七"和"十三余",相差如此之大,怎能说这是两人的"关合"?"善病"和"癖月",古代女子多得很,难道世上只有董小宛多病和喜欢月亮?怎么能拿来证明呢?梅之与竹,曲之与琴,栽种和葬花,烹调和裁剪,毕竟有所不同。至于"能饮不饮"之与"最不能饮",其实际是"能饮"与"不能饮",明明是相反的情况,怎么又能说是"关合"?而且小宛流离颠沛,黛玉只从家乡到贾府;未闻小宛善哭,黛玉却眼泪特多;小宛善能委婉迎合冒氏家中诸辈,黛玉却孤高得很;小宛出身乐籍,黛玉出身书香门第。小宛嫁冒辟疆后,依《红楼梦索隐》的说法,还曾随豫王北行,入宫为妃;而黛玉呢,她却是一心只爱宝玉,至死未有二志,她和宝玉尚且未能结合,何尝又去跟上别人?从出身、遭遇以及思想性格等各方面来看,两者都是很不相同的,怎么能说小说中的林黛玉就是董小宛呢?

至于侈谈什么"千里草""双木林"以及"梅"字跟其他几个字的关系,那简直就是在拆字猜谜了,算什么考证或评论!就说"千里草"是指"董"字,"双木林"是指"林"字,凭什么就能断定这"董""林"二字就是指董小宛和林黛玉?我们知道,曹雪芹在给小说中人物命名时,确曾用过谐音的办法。但如果把这一点绝对化,刻意求深,以为这里面一定是隐中有隐,曲中有曲,碰到一个人名就疑神疑鬼地说"影射"谁、"影射"谁,那就只能走上主观随意的唯心主义的歧路。曹雪芹如果给林黛玉的父母命名时,就必须查考、研究一下"林"字和"木""海""敏""梅"这些字相互之间的笔画结构关系,那么免太辛苦也太傻了,他是完全没有必要那样做的。

《红楼梦索隐》说什么《红楼梦》中的贾宝玉、林黛玉"影射"清世祖、董鄂妃(董小宛),这本来就已经纯是主观猜测之词。但这部索隐派著作在关于"影射"方法及其运用过程中,又提出了一些更叫人无从捉摸的"化身"说、"分写"说、"合写"说。根据这些说法,一方面可以认为小说中好几个人共同"影射"现实中同一个人,从另一方面又可以认为小说中某一个人是"影射"现实中的几个人。

《红楼梦索隐》说:"小宛事迹甚多,又为两嫁之妇,断非黛玉一人所能写尽,故作者又以六人分写之。"哪六个人?他说是小说中的秦可卿、薛宝钗、薛宝琴、晴雯、袭人和妙玉。并据此说:"《红楼梦》好分人为无数化身,以一人写其一事,此一例也。"这里刚刚提出"化身"说、"分写"说,认为不仅林黛玉影射董小宛,而且宝钗等另外六个人也影射董小宛;但是接着又来一个"合写"说,认为宝钗有时是写董小宛,"亦有时写陈圆圆","亦有时写刘三秀",就是说现实生活中的人物董小宛、陈圆圆、刘三秀三个女子合写在小说中的薛宝钗一个人身上。这种混乱不堪、互相矛盾的说法,在《红楼梦索隐》中可以说是俯拾即是。

书中这类索隐法,完全是凭评论者的随意捏合,并不要有什么原则或标准。对小说中的人和事跟现实中的人和事,只要抓住两者之间一点看似相同的地方,就说这里面有"关合",断定两者必有关系;至于两者不相同或根本相反的地方,那就闭着眼睛不看,或者强词夺理地说这是什么"合写""分写"或"反写"。反正笔在他手里,他爱怎么索隐就怎么索隐,完全是主观随意性的。本来,唯心主义、主观主义,正是索隐派红学共同的基本特点。在这方面,《红楼梦索隐》是表现得很突出、很典型的。

蔡元培的《石头记索隐》

《红楼梦索隐》正式出版的次年,又出现了另一部也是很闻名的索隐派著作,这就是蔡孑民(元培)的《石头记索隐》。此书不像《红楼梦索隐》那样逐回索隐,篇幅也比《红楼梦索隐》少得多,但影响也很大。蔡元培是当时一位著名学者,他也来搞《红楼梦》的"索隐",颇引起人们的注意。《石头记索隐》于民国六年(1917)出版后,到民国十九年(1930)就已经印行至第十版。可见《石头记索隐》跟《红楼梦索隐》一样,也是当时很流行的影响很大的旧红学索隐派的代表作。

我们可以起个称呼,把蔡元培称为《红楼梦》研究中的"政治索隐派"。这不仅因为他明确地把《红楼梦》称为"政治小说",而且因为他之所以要搞《红楼梦》的"索隐",目的是为了宣传民族主义的政治思想。就蔡元培的用意说,他的"索隐"可不像"悟真道人"那样是什么"戏笔",而是带有明确的政治目的的。但是《石头记索隐》的内容和方法,是把从小说《红楼梦》里宰割下来的东西,跟他所摘取的史事等互相比附,实际上是把文学创作和社会历史混为一谈,所以其研究方法和一般索隐派本质上是一样的。

蔡元培的《石头记索隐》跟王梦阮、沈瓶庵的《红楼梦索隐》,两书对《红楼梦》的"索隐"所得出的结论不一样。蔡元培对《红楼梦》的基本看法是:

> 《石头记》者,清康熙朝政治小说也。作者持民族主义甚挚,书中本事在吊明之亡,揭清之失,而尤于汉族名士仕清者寓痛惜之意。当时既虑触文网,又欲别开生面,特于本事以上加以数层障幂,使读者有"横看成岭侧成峰"之状况。

蔡元培认为王雪香、张新之等人的评点,都只涉及《红楼梦》的表面情况,而未能揭示它所"隐"的"本事"。他特别批评"太平闲人"评本的缺点①,在"误以前人读《西游记》之眼光读此书,乃以《大学》、《中庸》'明明德'等为作者本意所在,遂有种种可笑之傅会,如以吃饭为'诚意'之类"②。

---

① 张新之号"太平闲人"。这里指的是张新之的评本。
② "太平闲人"《石头记读法》有一条说:"书中大致凡歇落处,每用吃饭,或以为笑柄,殊不知大道存焉。宝玉乃演人心,《大学》正心必先诚意。意,脾土也;吃饭,实脾土也。实脾土,诚意也。问世人解得吃饭否?"这明显是牵强附会之说。

那么，最初研究《红楼梦》而能指出小说"本事"所在的是谁？《红楼梦》的"本事"究竟是什么？他说：

> 阐证本事，以《郎潜纪闻》所述徐柳泉之说为最合，所谓宝钗影高澹人、妙玉影姜西溟是也。近人《乘光舍笔记》谓书中女人皆指汉人，男人皆指满人，以宝玉曾云男人是土做的，女人是水做的也①，尤与鄙见相合。

《石头记索隐》即本此思想而发挥之。据蔡元培"索隐"的结果，小说里的贾宝玉就是康熙皇帝的太子胤礽，林黛玉则是影射朱竹垞（即朱彝尊）；此外，薛宝钗、探春、王熙凤、史湘云、妙玉，则分别影射高江村、徐健庵、余国柱、陈其年、姜西溟。总之，《红楼梦》里的十二金钗，没有一个不是当时的著名文人。

蔡元培说他自己的"索隐"，用的是三种方法（或所依据的三条原则）："一、品性相类者；二、轶事有征者；三、姓名相关者。"（《〈石头记索隐〉第六版自序》）就是说，凡是小说中人物与当时文人或品性相类，或轶事有征，或姓名相关，就定为影射某人。举例说，用第一法，他认为小说中的"宝钗之阴柔、妙玉之孤高"，分别与高江村、姜西溟二人之"品性相合"，便说宝钗是影射高江村，妙玉是影射姜西溟；用第二法，他就"以宝玉曾逢魔魇而推为胤礽，以凤姐哭向金陵而推为国柱"；用第三法，他就"以探春之名，与探花有关，而推为健庵；以宝琴之名，与学琴于师襄之故事有关，而推为辟疆"（同上）。

蔡元培认为他自己这种研究法，既立了三条标准，按照标准推求，"自以为审慎之至，与随意附会者不同"（同上）。应当说，蔡元培立了三条原则或标准，这跟其他一些索隐家连什么原则或标准也没有，信

---

① 《乘光舍笔记》，作者姓名未知。其中曾说："《红楼梦》为政治小说，全书所记皆康、雍年间满汉之接构，此意近人多能明。按之本书，宝玉所云：'男人是土做的，女人是水做的'，便可见也。盖汉字之偏旁为水，故知书中之女人皆指汉人，而明季及国初人多称满人为'達達'。……'達'之起笔为土，故知书中男人皆指满人。由此分析，全书皆迎刃而解，如土委地矣。"

口开河,随意比附,看来是有所不同的。但这里一个重要问题是在于,这三条原则或标准是在什么前提下提出来的?是为什么目的服务的?蔡元培的前提本来就是牵强附会的。他脑子里已经先确立了小说中十二钗是当时著名文人这个前提,然后用这三个方法去推求、证实它,这跟其他索隐派的思路和方法并没有什么两样,跟胡适提出"自传说"的前提,然后千方百计地去"求证"它,本质上也没有什么不同,都是主观主义的、唯心主义的思想和方法。"审慎之至"云云,实在是谈不上的。以一种主观猜想作为前提,然后又以猜想的方法去证实这种前提,何得谓之"审慎"①?

实际上,蔡元培并没有能把他自己提出的上述三条原则或标准一以贯之地贯彻到底。本来,依照他所提出的三项原则,《红楼梦》里的人物当然应该一致地是影射社会现实中的人物。但是他不,他一会儿把小说中的人物说成是影射现实中的某个人,一会儿却又把小说中的人物说成是影射现实中的某种机关或某种职务。他说:"所谓贾府即伪朝也。"由此出发,他又认为:

> 贾政者,伪朝之吏部也。贾敷、贾敬,伪朝之教育也(《书》曰"敬敷五教")。贾赦,伪朝之刑部也,故其妻氏邢(音同刑),子妇氏尤(罪尤)。贾琏为户部,户部在六部位居次,故称琏二爷,其所掌则财政也。李纨为礼部(李礼同音)。康熙朝礼制已仍汉旧,故李纨虽曾嫁贾珠,而已为寡妇。其所居曰稻香村,稻与道同音。其初名以杏花村,又有杏帘在望之名,影孔子之杏坛也。

这里提到的贾府里面的人物有四个,贾政、贾赦、贾琏是男人,李纨是女人,贾政、贾赦是上一辈的人,贾琏、李纨是下一辈的人。在蔡

---

① 按,蔡元培搞《红楼梦》"索隐",目的是宣传民族主义思想,胡适搞《红楼梦》"考证",目的是引导人背离马克思主义,两者的动机是不同的。蔡元培的《石头记索隐》曾受到胡适的批评,而蔡元培也反批评胡适的《红楼梦考证》。两人互相批评对方,又各自吹嘘研究的方法。胡适吹自己的方法"科学",蔡元培则说自己的方法"审慎",其实都不是。

元培的"索隐"之下,小说里面这几个不同辈份的男人和女人,忽然都变成了清朝的吏部、刑部、户部和礼部,这岂不可怪可笑!好罢,姑且就照蔡元培的意思办,那人们也要提问题呀!既然说贾府是"伪朝",又说书中人物可以影射"六部",现在已经有了吏部、刑部、户部和礼部,自然就应该有兵部和工部。可是兵部、工部,由贾府中哪个角色来充当呢?贾府里实在找不到合适的人。于是蔡元培就不提起了。

总之,把小说中的人物形象说成是人也好,说成是清王朝的六部机关也好,说得通也罢,说不通也罢,都是看研究家自己的需要。这些地方,比起蔡元培所批评的王雪香或张新之的评点来,不过是五十步笑一百步罢了,实在很难说蔡先生的方法就比别人高明。

再拿蔡元培依照其三条原则或标准来推求历史人物的方法来说,也是很牵强附会的。举些例子如下。

> 林黛玉,影朱竹垞也,绛珠影其氏也,居潇湘馆,影其竹垞之号也。竹垞生于秀水,故绛珠草长于灵河岸上。
>
> 薛宝钗,高江村也(徐柳泉已言之)。薛者,雪也。林和靖《咏梅》有曰:"雪满山中高士卧,月明林下美人来。"用薛字以影高江村之姓名也(高士奇)。
>
> 探春,影徐健庵也,健庵名乾学。乾卦作☰,故曰三姑娘。健庵以进士第三名及第,通称探花,故名探春。
>
> 王熙凤,影余国柱也。王即柱字偏旁之省,國字俗写作国,故熙凤之夫曰琏,言二王字相连也(楷书王玉同式)。
>
> 史湘云,陈其年也。其年又号迦陵。史湘云佩金麒麟,当是其字陵字之借音。氏以史者,其年尝以翰林院检讨纂修明史也。
>
> 妙玉,姜西溟也(从徐柳泉说)。姜为少女,以妙代之。诗曰:"美如玉,美如英。"玉字所以影英字也(第一回名石头为赤霞宫神瑛侍者,神瑛殆即宸英之借音)。

够了,不必再多举了。所谓"审慎之至"者,不过如此而已。

《红楼梦索隐》根据董小宛爱梅、黛玉爱竹之类，断定林黛玉就是董小宛；《石头记索隐》则根据"绛珠"影"朱"字、潇湘馆影竹垞之类，推定林黛玉是朱竹垞。《红楼梦索隐》说什么"小宛书名，每去玉旁专书宛，故黛玉命名，特去宛旁专书玉"，以此判定林黛玉是董小宛；《石头记索隐》则凭什么"王字即柱字偏旁之省"之类，推定王熙凤即是余国柱。"太平闲人"张新之把小说中的刘老老化成八卦中的一个坤卦，理由是坤卦☷即从乾卦☰自中间破开变成"六小"而来；蔡元培则把小说中人物化为什么"部"，如说李纨影射伪朝的"礼部"，又说探春就是徐健庵，徐健庵名乾学，"乾卦作☰"，故探春曰"三姑娘"。如此等等。蔡先生批评别人的方法是"附会"，确实那是附会；但蔡先生自己这样做就不是附会？就应当叫做"审慎之至"？实际上蔡元培和张新之或王梦阮，不过是说法各有不同，实际上都同属附会学派！

《石头记索隐》具体运用其索隐方法时，不但是牵强附会的，而且本身往往是矛盾的。例如蔡元培推证小说中的妙玉即是姜西溟，理由之一是"西溟性虽狷傲，而热中于科第"。说妙玉"狷傲"，与西溟类似，这就是运用蔡定标准之一的"品性相类"罢，但把妙玉的"走火入魔"说成是"热中于科第"，未免就是过于附会的不伦不类之谈。蔡元培又引姜西溟墓表，说姜直到七十岁才登进士；又引小说中《红楼梦曲》(世难容)云"好高人共妒，过洁世同嫌"；又引小说中妙玉所说的话"我自玄墓(适按：玄墓山，在江苏)到京，原想传个名的"，以这些材料合起来证明妙玉即是姜西溟。其实这些推论，由于勉强地拉材料，勉强地寻"关合"，结果自然就自相矛盾，不能自圆其说。试问，既然是"热中于科第"，而且又很想"传个名"，那怎么能说是"过洁"？若说真的是那样"狷傲"、"好高"、"过洁"，则又何以会那样"溺于科举之学"，直到年已古稀，还是那么热中，非设法弄到一个进士的头衔不肯罢休？

此外，关于《红楼梦》思想政治意义的推论，《石头记索隐》也多牵强附会之词。如说："书中红字，多影朱字，朱者明也，汉也。"又进一步附会说："宝玉有爱红之癖，言以满人而爱汉族文化也。好吃人口上胭脂，言拾汉人唾余也！"

又如，为了证实《乘光舍笔记》"书中女人皆指汉人，男人皆指满人"的看法，《石头记索隐》便进一步申述说："我国古代哲学，以阴阳二字说明一切对待之事物。《易·坤卦·文言传》曰：地道也，妻道也，臣道也。是以夫妻君臣分配于阴阳也。《石头记》即用其义。"并引小说三十一回湘云、翠缕二人谈论阴阳的话作为证明。翠缕道："人家说，主子为阳、奴才为阴，我连这个大道理也不懂得？"蔡元培不但认可小说中这个丫头的话，并进一步论证说："清制，对于君主，满人自称奴才，汉人自称臣。臣与奴才，并无二义（《说文解字》臣字像屈服之形，是古义亦然）。以民族之对待言之，征服者为主，被征服者为奴。本书以男女影满汉以此。"这位学者在这里是把中国古代阴阳说和文字学家都拉来为他的"索隐"服务了。

从《红楼梦》研究史上看，评点派、索隐派都好用谐音法来解释《红楼梦》里的字义，结果自然就只能各执一词，莫衷一是。如在张新之看来，"扇"就是"善"，所以晴雯撕扇，"撕扇"二字就被附会为"思善"①。但在蔡元培看来，"扇"就是"史"，所以石呆子的"二十把旧扇子"就被附会成"二十史"②。其实晴雯撕扇，跟"思善"有什么关系？石呆子二十把旧扇子，跟"二十史"又有什么相干？这些所谓"关合"或关系，都是这两位红学家强加于曹雪芹、强加于《红楼梦》的，并不是实际上存在的什么"隐义"。所以我们才说旧红学评点派和索隐派这类研究，都是离开实际的主观主义、唯心主义的东西。

邓狂言的《红楼梦释真》

《红楼梦索隐》《石头记索隐》出版后，又出现了邓狂言的《红楼梦释真》，其篇幅大于《石头记索隐》，小于《红楼梦索隐》。此书出版于民

---

① "太平闲人"在《石头记读法》第三十一回回末评中曾说："扇，善也。撕扇，思善也。"又说晴雯的笑隐有"孝"的意思，"笑，孝也。大笑，大孝也"。

② 《石头记索隐》说："四十八回，贾雨村拿石呆子事，即戴名世之狱也。……扇者，史也。看了旧扇子，家里这些扇子不中用，有实录之明史，则清史不足观也。二十把旧扇子，二十史也。石呆子死不肯卖，言如戴名世等，宁死而不肯以中国古史俾清人假借也。"

国八年(1919),全书分四卷,订四册,对《红楼梦》一百二十回每回都作"释真"。所谓"释真",无非是标榜此书能解释出《红楼梦》的真意。其实,"释真"也就是"索隐"。字面不同,意思一样。

关于此书,邓狂言的朋友曾经说:"吾友老儒邓狂言,曾得曹氏删稿于藏书家,于原书多所发明,知作者于河山破碎之感,祖国沉沦之痛,一字一泪,为有清所禁,曹氏恐淹没作者苦心,爰本原书增删,隐而又隐,插入己所闻见,即流传至于今者也。"(太冷生《古今说林》)所谓邓狂言"曾得曹氏删稿于藏书家",正如程伟元、高鹗所谓《红楼梦》后四十回原稿得自鼓担云云,无非是自作标榜之词,其实是不可信的。至于说原本作者有"河山破碎之感,祖国沉沦之痛",书为清廷所禁,而曹雪芹在此基础上"隐而又隐,插入己所闻见",则是邓狂言在《红楼梦释真》第一回中自己作了说明的。

《红楼梦释真》有一个重要论点,即认为《红楼梦》是一部"明清兴亡史"。邓狂言说,《红楼梦》这部书,"在原本为国变沧桑之感,在曹雪芹亦有朝闻道夕死可矣之悲。隐然言之,绝非假托。书中以甄指明,以贾指清,正统也,伪朝也"(《释真》第一回)。简单地说,"原本之《红楼》,明清兴亡史也",而曹雪芹的增删五次,是指清代"崇德、顺治、康熙、雍正、乾隆五朝史"(同上)。按,《红楼梦》开卷第一回说曹雪芹增删书稿,那不过是小说作者的托辞,后来有些人指实《红楼梦》作者另有其人,曹雪芹只是作了一些修改,这是不可靠的。这里邓狂言又进一步把"增删五次"说成是指清代"五朝史",那更是想当然的胡说了。

邓狂言的《红楼梦释真》和《红楼梦索隐》《石头记索隐》两部书相同之处,是说《红楼梦》是写历史的小说;不同之处,是《红楼梦索隐》《石头记索隐》二书都说《红楼梦》写的是清初特定时期的历史,邓狂言的《红楼梦释真》则把《红楼梦》所写的"历史"大大地放长了。邓狂言的《红楼梦释真》跟前两部书相同之处,是说《红楼梦》里面的人物是影射现实社会中的真实人物;不同之处,是前两部书都认为小说中人物是清初特定时期的历史人物,而邓狂言的《释真》则把小说中的同一个人物,放大为既影射某一历史时期的历史人物,同时又影射另一历史时期的人物。总之,《红楼梦释真》从思想观点来说是承袭《红楼梦索隐》《石头记索隐》而稍有变化,从索隐方法来说则是把"影射"说弄得更加混乱、更加支离破碎了。

譬如小说里的贾宝玉,《红楼梦索隐》说是影射顺治皇帝,《石头记索隐》说是影射康熙皇帝的太子胤礽,可是到了邓狂言的《红楼梦释真》却说:"宝玉固指顺治,然曹氏则指乾隆。"意思是说《红楼梦》原本中的宝玉指顺治,但曹雪芹在这一层影射上又加上一层影射,修改后的《红楼梦》中的贾宝玉同时也影射乾隆。这就把同一部小说中同一个人物说成是同时影射两个不同时代的历史人物,弄得更加复杂、混乱了。

又如小说里的林黛玉,在《红楼梦索隐》中说是写董鄂妃也即写董小宛。邓狂言是赞成这个说法的。他说:"书中之宝玉、黛玉,皇帝与后妃也。"(《释真》二十二回)又结合小说写贾宝玉梦见林妹妹要回南,解释说:"小宛南人,坟墓在焉,故夫在焉,焉得不思回南。不思回南者,非人情也。即其平日不思,而将死时之天良发现,又焉能竟淡然忘之。"(《释真》二十八回)这分明是把董小宛、董鄂妃和小说中的林黛玉看作完全是一个人。但邓狂言《红楼梦释真》中,有时又说什么林黛玉写的是乾隆的皇后富察氏。他说:"曹氏之林黛玉非他,乾隆之原配嫡后,由正福晋进位,后谥孝贤皇后之富察氏也。"(《释真》二回)但是刚刚说林黛玉"非他",是"孝贤皇后";接着又自相矛盾,说林黛玉不是别人,是方苞。他说:"林黛玉之以朝臣混之,混之以方苞。苞也,灵皋也;绛珠,仙草也;甘露也,泪也。一而二,二而一也。"(《释真》二回)那么,林黛玉究竟是董鄂妃、董小宛呢,还是孝贤皇后富察氏?还是方苞?就这样颠三倒四地混说,弄得扑朔迷离,使读者无法得其要领。

又如小说中的平儿,邓狂言明明说是指柳如是。他说:"平儿指柳如是,为其才之相似也。如是如是,不过如是,亦平字之义也。"(《释真》五回)言之颇似有据,看来平儿真是指柳如是了。但这几句话刚说完,忽而又说,平儿是写尹继善。"曹氏之平儿,写尹继善也。其才相似,其得主眷而仍处危疑,亦相似。"(同上)又如,在《释真》第五回中,明明说:"袭人指顺治废后,而亦兼及明李选侍事";可是到了《释真》第六回,又强调说:"袭人为高士奇,处处可见。"为什么？邓狂言说:"初试云雨情一段,指其初入部,自肩襆被,为明珠阍者课子,遂得际遇圣祖,既得志,遂以金豆交通近侍,皆偷情之行为也。"如此等等。

《乘光舍笔记》为解释小说中宝玉所云男人是土做的骨肉,女人是水做的骨肉,曾以"汉"字的偏旁为"水","達"之起笔为"土",以分别证明小说中的男人和女人是指汉人和满人。《红楼梦释真》也依样画葫芦,说:

> 水者,汉字之左偏也；泥者,土也,吉林吉字之上段,黑龙江黑字之中段也。彼时汉人文明而弱,比于聪慧之女；满人野蛮而强,比于臭浊之男。(《释真》二回)

但是邓狂言只顾学拆字,却拆得并不仔细。人们要问,吉林的"吉"字上段明明是"士"字,哪里是什么"土"字？但这位红学家对这类漏洞就故意装糊涂了。

我们在上一章里曾经讲到那个"太平闲人"张新之,因为他满脑子《易》道,所以他在《红楼梦》里看到的尽是《易》理、八卦。现在这个邓狂言,头脑里硬认定《红楼梦》作者有所谓"种族思想",于是便连小说中贾宝玉对林黛玉讲的耗子精的故事,也被认定其中隐藏有"种族思想"了。这位评论家说:

> 此一段故典,非空谈也。耗子精者,指满人与满奴也。变成美人以窃之,是趁火打劫之别名也。林子洞有二义：美人之生如幽兰焉,生长于山林洞府之中,自全其真而保其贞,奈何污之于风尘,登之于宫廷。采兰者之计得矣,其如好花摧残何也。且宫廷深邃,真是一林子洞耳,奈何幽囚世上之美人,而使成怨旷,又终身不得见其亲戚若孤儿然,是皆窃之者之为耗子精而已。灵皋被囚,久在狱中,亦林子洞之义也。宝玉把黛玉当成真正的香玉,圣

祖又爱方苞能作古文特出之才，亦足印证。(《释真》十九回)

呜呼，耗子虽小，大义存焉！贾宝玉对林黛玉讲的那个耗子精的故事，经邓狂言这么一"释"，竟释出这样深刻的"真"意来了！要说《红楼梦释真》的思想观点只是平庸地承袭旧说的话，那么，就牵强附会的本领而论，邓狂言比起旧红学评点派和索隐派中其他评论家来说，是决不逊色的。

索隐派观点和方法及其影响

索隐派的著作是《红楼梦》研究史上一部分比较重要的作品，上面介绍的王梦阮、沈瓶庵的《红楼梦索隐》，蔡元培的《石头记索隐》，邓狂言的《红楼梦释真》是其代表作。这些索隐类著作中，虽然有时候也把《红楼梦》称为"政治小说"或"历史小说"，可是所提供的一些史料以及对《红楼梦》的评论，只是归结为某个皇帝或某个大臣，某些文人或某些名妓的家事或轶闻，而远不是一定历史时期的社会面貌和本质特点。他们研究《红楼梦》的思想观点和索隐的方法，却对后来的《红楼梦》研究产生了很坏的影响。

归纳起来，旧红学索隐派的谬误及其对后来的影响，主要表现在如下几点。

首先，索隐派红学家不能理解文艺创作与社会现实的关系。他们不懂得，文学创作虽然来源于生活，然而它决不是生活本身，而是经过作家典型化了的。经过作家艺术概括过程的小说中的人物形象，已经不再是现实生活中的某人。索隐派著作的普遍特点之一，就是表现在把文学作品零碎、简单地还原为生活的事实。关于小说中的贾宝玉是清世祖、是纳兰性德，或林黛玉是董小宛、是朱竹垞之类的说法，就是跟上述这个根本错误的思想认识分不开的。

其次，索隐派红学家根本不懂得文学批评的意义和作用。例如王梦阮、沈瓶庵研究《红楼梦》的目的，像他们自己所说的，是为了通过

"索隐",使《红楼梦》"成为有价值的历史专书,千万世仅有之奇闻,数百年不宣之雅谜"(《红楼梦索隐提要》)。古代那些优秀的现实主义文学作品确实是具有重要的历史价值的,然而绝不能说它是历史事件的照相式的再现。更何况他们所说的"历史专书",不过是所谓清世祖和董鄂妃(董小宛)的故事之类的同义语而已,这样的理解当然是极其荒谬的。事实上,把《红楼梦》当作一个"雅谜",然后又各自挖空心思地去猜这个"雅谜",这才是索隐派红学家研究《红楼梦》的实质。他们实际上也正是这样来理解文学批评的意义和作用的。

再次,索隐派红学家根本不懂得文学批评的科学的方法。他们的"索隐"方法,本身就是违反唯物主义的反科学的方法。譬如对小说中的人物形象的评论,他们不是从小说中人物形象的思想言行及其意义和作用去作全面的分析,而是把注意力集中在如何寻找这个人物形象可以和历史上某个人物互相"关合"的地方。从《红楼梦索隐》《石头记索隐》《红楼梦释真》对小说中人物形象方面的评论,人们可以看到"索隐"方法两个主要的特征,就是杜撰和烦琐。前者的具体表现就是无奇不有的牵强附会,甚至想入非非,无中生有;后者的具体表现是,经常抓住作品某些表面的、次要的、非本质的东西,割裂开来并且随意放言,加以曲解,严重地破坏了文艺作品的完整性和美学意义。

作为上述这些思想和方法的共同结果,就是思想的混乱和方法的矛盾。不仅索隐派中各种著作相互之间有矛盾,而且同一部索隐著作中也往往是矛盾的。在说到小说中人物 A 是历史人物甲时,往往发现有漏洞,于是或者说 A 同时也影射乙、丙,或者说小说中的人物 A、B、C 是合写历史人物甲的,拉来扯去,弄得支离破碎,混乱不堪,本想证明书中某人影射现实中某人,结果却弄得什么也证明不了。我们知道,凡是搞唯心论和形而上学最省力,它可以主观随意地瞎说一气而不要根据客观实际,也不需要客观实际的检查。《红楼梦》研究中索隐派著作里这些说法,就是属于唯心论和形而上学的瞎说。

索隐派对后来《红楼梦》研究影响相当大,1921 年以后,就还有"抉微"、"新索隐"之类的索隐著作出现①。索隐派关于《红楼梦》的某些看法，特别是它索隐的方法曾被后来的红学家所继承。后来以反对旧红学索隐派的姿态出现的新红学考证派，实际上也接受了索隐派的思想方法的某些影响。甚至到了现代，在《红楼梦》研究中，旧红学索隐派的影响也还没有完全断绝。例如那个自称"半个红学家"的江青，就很喜欢旧红学那些东西。她为了达到篡党夺权的反动政治目的，"把'评红'变成了古为帮用的影射'红学'"，学习索隐派无中生有的办法，硬说在《红楼梦》里存在着"父党"和"母党"的斗争以及"母党胜利"的情况云云②。江青的"评红"不过是她搞反革命活动的幌子，她所使用的这类手法，说来也真可怜，多半是从旧红学索隐派那里继承下来的。

（以上摘自拙著《红楼研究小史稿》第六章，该书由上海文艺出版社出版，1980年1月第1版。）

---

① 如民国十三年(1924)出版的阚铎的《红楼梦抉微》、民国二十三年(1934)出版的景梅九的《石头记真谛》等。其中《红楼梦抉微》是索隐派中最荒唐恶劣的文字。
② 见邓清《澄清"四人帮"在〈红楼梦〉研究中制造的混乱》，载《红旗》杂志1977年第10期。

后期索隐派的发展趋向与代表作(上)

在《红楼梦》研究史上,索隐派的著作连绵不绝,为数甚多。我们可以把"新红学"出现以前的这类评著称为前期索隐派,把这以后出现的这类评著称为后期索隐派。

清末民初,是旧红学索隐派颇兴盛的时期,我在前文中,已举王梦阮、沈瓶庵的《红楼梦索隐》,蔡元培的《石头记索隐》和邓狂言的《红楼梦释真》三种评著为例作了评述。前期索隐派评著已经充分地暴露了主观主义、随意猜测的荒谬,并且受到了人们的批评;但是索隐派的评著此后仍然陆续产生。

本文先概述后期索隐派的发展趋向及其特点,并评述20世纪20年代出现的两种著作即阚铎的《红楼梦抉微》和寿鹏飞的《红楼梦本事辨证》。至于30年代出现、篇幅更大的景梅九的《石头记真谛》则另文加以讨论。

后期索隐派的发展趋向及其特点

1921年胡适《红楼梦考证》和1923年俞平伯《红楼梦辨》发表、出版以后,在《红楼梦》研究发展史上出现了"新红学"。作为一个对立面,胡、俞的"新红学"所针对的"旧红学",主要就是针对那种主观主义、随意猜测的索隐派。但是,索隐派既然那样风靡一时,形成了很大的声势,自然也就不会随着新红学派的出现而立即消歇。实际上,当年代表"新红学"的胡适和代表旧红学索隐派的蔡元培之间的一场争论，并没有真正解决问题，不但当时旧红学索隐派如蔡元培本人并不承认"索隐"派的错误，就是在后来《红楼梦》研究中，后期索隐派也仍然是站在旧红学索隐派的立场而反对新红学派的。

在新红学派批驳那种随意猜测《红楼梦》"本事"的前期索隐派之后，索隐派的"抉微"、"抉隐"，寻求《红楼梦》的"本事"和"真谛"之类的著作，仍然在不断地陆续产生。本文所要举以评述的阚铎的《红楼梦抉微》和寿鹏飞的《红楼梦本事辨证》就是20年代中期以后的著作，至于后文将要评述的篇幅更大的景梅九的《石头记真谛》，其出版时间已是30年代的事了。这种情况说明，在思想文化领域里，在学术研究工作中，一种唯心主义的观点和方法形成以后，虽经多人批评，其牵强附会之处也已经多所暴露，但要真正地加以杜绝，仍然是并非容易的事。

后期索隐派是前期索隐派的继承和发展，它继承了前期索隐派从各自的主观臆想出发，钩沉索隐，着力于寻求《红楼梦》的"本事"，探测《红楼梦》的"微言大义"，以及牵强穿凿、拆字猜谜之类的思想方法和研究方法。就这一普遍的、基本的特点来说，《红楼梦抉微》《红楼梦本事辨证》和《石头记真谛》无一例外。

但是，略为分析一下，后期索隐派著作中，实际上存在着三种不同的情况。一种是基本上继续求索《红楼梦》"本事"跟一些零碎的史实的联系，借以证明《红楼梦》是一部"野史"。所用方法，虽说同样是形而上学、支离破碎的，但所述多半还是以一定的文字记载作为依据，姑不论这种论述本身正确与否。这一种可以寿鹏飞的《红楼梦本事辨证》作为代表。

另一种是完全撇开《红楼梦》的历史意义和社会内容，专从猥亵处着眼，把《红楼梦》视为"淫书"。其基本方法是寻章摘句，甚至歪曲、捏造，随便从《金瓶梅》中摘取一些猥亵描写，拿来跟从《红楼梦》中宰割下来的一些东西相互印证，借以证明《红楼梦》也是一部"淫书"。这就不仅是什么"无补费精神"的问题，而是一种可鄙的行为了。阚铎的《红楼梦抉微》就是属于这种货色。《红楼梦抉微》是《红楼梦》研究史上特种类型的反面教材，它的出现标志着索隐派的堕落。

还有一种则是兼容并包过去索隐派的种种旧说，把所谓《红楼梦》所隐寓的"历史"无限放宽，只要能够说出小说中某人某事影射清朝何种人物或史事，即均予以肯定、采纳。同时，在索隐"史事"的过程中，又受了当时社会上民主思想潮流的影响，于是在充斥着牵强附会的无聊索隐之中，又杂入了一些"民主""革命"的政治术语，所以内容显得很不调和。这一类索隐派评著，可以说是索隐派的一个变种。这一种可以产生时代稍迟的《石头记真谛》作为代表。

要之，这三种著作，恰好代表了后期索隐派的三种类型。就其索隐内容跟前期索隐派评著一般内容的比较来说，一种是基本不变；一种是变，但变得下贱了；另一种也是变，但变成了大杂烩。大体说来，《红楼梦本事辨证》是前期索隐派的直接继续；而《红楼梦抉微》则是索隐派发展过程中出现的一种邪门歪道，其目的和实际作用，是引导读者把《红楼梦》当作"淫书"。至于《石头记真谛》，基本篇幅虽仍是寻求所谓"微言大义"，继续搞那些所谓钩沉索隐的玩意儿，而且兼收并蓄，把诸种索隐旧说，煮成一锅大杂烩。但它多少也有了一点变化，书中认为《红楼梦》作者存在着"平民思想"，就是一种迹象。这从另一个侧面说明，索隐派的红学至此已经走入穷途，不得不有所变了。

阚铎的《红楼梦抉微》

此书阚铎（字霍初）著，署"无冰阁校印"，民国十四年（1925）天津大公报馆印行。

《红楼梦抉微》不但是索隐派中的恶札，而且也是《红楼梦》研究史上最腐败的著作之一。在《红楼研究小史稿》第四章中，我们曾经谈到，光绪年间"梦痴学人"的《梦痴说梦》，"是《红楼梦》研究史上一部难得的反面教材"；这里所要加以批判的《红楼梦抉微》，则更是一部罕见的反面教材。这两部反面教材稍有不同之处是，《梦痴说梦》把《红楼梦》歪曲成一部"丹书"，《红楼梦抉微》则把《红楼梦》诽谤成为一部"淫书"。"丹书"之类的昏庸说教，或许能够领会的读者并不多；而"淫书"

之类的恶意宣扬,则颇易使一般读者受害。就这个意义说,两书都是属于《红楼梦》研究中有害的著述,但后者对于读者的危害似超过前者。

本来,《红楼梦》出现之后,视《红楼梦》为"导淫"之书的并不乏其人;但像阚铎这样,专门写一本书来证明《红楼梦》之为"淫书",在整个《红楼梦》研究史上实在是惟一的"创造"。

《红楼梦抉微》一书共九十余页,约四万言以上。此书除作者自序外,列题一百七十余个,有文一百六十余则①。每则文字多寡不等,长者千字以上,最长者二三千字,短者仅三言两语。此书是随笔类的形式,索隐派的作风,内容则是以《红楼梦》和《金瓶梅》相比,且又多从秽亵处着眼。

本书卷首有作者作于民国十三年(1924)的序文《红楼梦抉微自识》。序中说:

> 咸、同以来,红学大盛,近则评语索隐,充塞坊肆,较之有井水处无不知有柳屯田,殆已过之。然青年男女,沉酣陷溺,乃如鼷鼠食人,恬然至死而不自觉。嘻,何其甚也!《红楼》大体高华贵尚,不至令人望而生厌,而丑秽俗恶,遂随之深入于人心。天下之最可畏者莫若伪君子,彼真小人者,人人避之若浼,诚不如伪君子日日周旋于缙绅之间,反得肆其蛊惑之毒。《金瓶梅》者,真小人也。著《红楼梦》者,在当日不过病《金瓶》之秽亵,力矫其弊而撰此书。初不料代兴以来,乃青出于蓝,冰寒于水,一至于此。

这就是说,《金瓶梅》是一部粗俗的淫书,《红楼梦》则是一部文雅的"淫书"。粗俗的淫书,人知所避,不易受毒,文雅的"淫书",则披着

---

① 此书中有些地方,题目虽有两个,文却只有一篇。如《荣府及花园之地位》《狮子之由来》同一文,《葬花之真诠》《化灰下水与葬坟之别》同一文,《李纨与孟玉楼》《李纨孟玉楼之于李师师》同一文,《妙玉遭劫与孙雪娥被拐》《铁门槛之寓意》同一文。故卷首目录所列题目与全书实际文章数量不等。

美丽的外衣,读者不知所避,"反得肆其蛊惑之毒"。故《红楼梦》这一"伪君子",比《金瓶梅》这一"真小人"尤为"可畏",更为有害者也。

"兰陵笑笑生"至今不知是何许样人,《金瓶梅》即此人所作。《金瓶梅》是明代出现的一部著名的长篇小说,这部作品在文学史上的地位和意义如何,它在读书界和社会上所起的影响作用如何,总之关于它的是非功过,恐非三言两语所可说尽。所可肯定的是,"淫书"两字,不足全面概括其内容和价值,但它确实又有许多男女两性关系的猥亵描写。然而无论如何,把《红楼梦》和《金瓶梅》相比,说它"青出于蓝,冰寒于水",是一部比《金瓶梅》更"淫"、更"毒",因而也更有害的书,则实实在在是热昏的胡话、恶毒的诬蔑。

阚铎自序的下半段说:

> 不佞自悟澈《红楼》全从《金瓶》化出一义以来,每读《红楼》,触处皆有左验,记以赫蹄,岁月既淹,裒然成帙。匪敢发前人之覆,实欲觉后来之迷。但仍举似一例,以待反隅。读吾此书者再读《红楼》,其有异于未读吾书时之感想,固可断言。即再读诸家之评论考据,或亦怃然为间,更未可知。惟《金瓶》虽是杰作,仍不欲家有其书,故于可供参证之处,一一摘录,不徒省对证之劳,亦借免诲淫之谤也,读者鉴诸。

这位评论家认为清朝咸丰、同治以来,很多人对《红楼梦》进行评论、索隐,盛况过于北宋柳永[①]词作的广泛流传,但均未能救治青年男女中《红楼梦》之毒。言下之意,诸种评《红楼梦》的书,均不能揭示《红楼梦》之真义,拯读者于"沉酣陷溺";惟有他高人一等,既能"悟澈"《红楼梦》全从《金瓶梅》"化出"的真义,又有救世的菩萨心肠,著为此书,"实欲觉后来之迷"。他说不欲使人家有《金瓶梅》,"借免诲淫之谤";但他为了搞"参证",从《金瓶梅》里摘录那些段落,特别是摘录那些企

---

① 柳永,字耆卿,北宋词人,曾官屯田员外郎,世称柳屯田,其词流传甚广。

图引导读者把《红楼梦》当作"淫书"看的段落,不也是一种"诲淫"的说教吗?

《红楼梦抉微》题、文两者的关系,与我们评述过的"草舍居士"的《红楼梦偶说》不同。《红楼梦偶说》一书各篇的题目是各篇文章的第一句话,这第一句话不一定能概括该文的内容;此书则题文一致,可以从题目窥见文章所要说明的中心内容。今稍摘引一部分在此,使读者由此知道该书所谈的是一些什么东西;计有:"以贾代西门之铁证","贾雨村应注重村字","黛玉与金莲皆曾上过女学","《水浒》化为《金瓶》、《金瓶》化为《红楼》之痕迹","《红楼》以孝作骨,《金瓶》以不孝作骨","两书之僧尼","两书之官吏卖法","两书之雪天戏叔","两书在服中作种种之不肖","两书叙事之章法","通灵玉究竟是何物","石头是玉之前身,西门是孝哥之前身","宝玉踢人之故","宝玉怕二老爷","闹书房与闹花院","黛玉之与金莲"及"上学裁衣之相同","葬花之真诠"与"化灰下水与葬坟之别","葬花诗之解释","偷香玉三字之意义","焚稿与丧子","黛玉何以姓林","宝钗与李瓶儿","绣鸳鸯描摹横陈之所本","以偷香对窃玉切实发挥","贾珍与可卿之关系","叔公与侄妇之关系","会芳园赏花之所由","可卿丧事与瓶儿丧事之比较","熙凤与王六儿","元春之与吴月娘","迎春与李娇儿","探春与孟玉楼","惜春与孙雪娥","妙玉遭劫与孙雪娥被拐","湘云之与李桂姐","薛姨妈之与王婆","刘老老之与应花子","尤二姐之与瓶儿","晴雯之与瓶儿","袭人之与金莲","袭人之与春梅","袭人之与瓶儿","情解石榴裙与醉闹葡萄架","鸳鸯之与玉箫","林四娘与林太太","两书魇魔法之相似","湘莲打薛蟠即武松打西门","湘莲杀三姐即武松杀金莲","夏金桂合金莲桂姐为一人",等等。

纵观全书内容,约略可归纳为三点。一是认为《红楼梦》从《金瓶梅》一书"化出",这是《红楼梦抉微》一书的基本观点;二是认为《红楼梦》里的人物,是《金瓶梅》里面的人物的"化身";三是认为《红楼梦》里面的一些事件故事,是《金瓶梅》里面的事件故事的仿写或续写。这三个方面互相交叉。并且其中往往着重于将《金瓶梅》中男女关系的描写来比照《红楼梦》,把《红楼梦》也说成是一部"淫书"。

《红楼梦抉微》上述三个方面的内容,是通过许多形而上学的、极其牵强附会的方法来加以论证的。今就该书上述三个方面,各略举例如下。

所谓《红楼梦》系从《金瓶梅》一书"化出"的理由,可以本书第一条"抉微"为例。此条题为《以贾代西门之铁证》,文云:

> 《红楼梦》何以专说贾府之事?《金瓶梅》十八回《赂相府西门庆脱祸》,因兵科给事中宇文虚中等,奏劾蔡京、王黼、杨戬一案,杨戬亲党有西门庆姓名在内,西门庆遣家人来保赴东京打点,由蔡攸具函嘱托右相李邦彦,并送银五百两,只买一个名字。李邦彦取笔将文卷上西门庆名字改作贾廉云云。《红》书之以贾代西门,即发源于此。

原来,曹雪芹写《红楼梦》时,为了确定他笔下一个家族的姓氏,却必须到《金瓶梅》里寻找根据。就因为《金瓶梅》里写到那个李邦彦把"西门庆"的名字改作"贾廉",于是曹雪芹便把他的小说所要着重描写的那个大家族起姓为"贾"。《红楼梦》评论史上奇谈怪论真是层出不穷,这里又是一个!从这条"抉微",我们可以知道,阚铎分明是脑子里先有了《红楼梦》是从《金瓶梅》"化出"这样的一个观念,然后挖空心思地去寻找一切可以比拟的地方的;否则他怎么能够把《金瓶梅》里有人改"西门庆"为"贾廉"这样一个枝节,挑剔出来作为《红楼梦》所写"贾府之事"即是《金瓶梅》里西门庆家的事的"铁证"呢?

所谓《红楼梦》的人物,是《金瓶梅》里的人物的"化身",可举其论证"林黛玉即潘金莲"为例。其中有一则题曰《黛玉之与金莲·上学裁衣之相同》,文如下:

> 林黛玉即潘金莲。颦儿者,言其嘴贫也。一部《红楼》,林于文字为最长;一部《金瓶》,金莲于诗词歌赋无所不能。盖林曾从

贾雨村读书，此外并无一人曾上过学。潘亦于七岁往任秀才家上过女学，为《金瓶》各人所无。又谓林能自己裁衣，于他人并未明点，盖潘乃潘裁之女，九岁入王招宣府，又能为王婆裁缝寿衣。潘之精于女红，为《金》书注意之笔，亦可作一确证。

这里又有一个"确证"！这种"确证"实在是经不起批驳的。如果从古代文学作品里寻出一个女子，文才甚好又精于女红，即可看作是林黛玉的前身，那么林黛玉的前身就未免太多了。林黛玉是出身盐宦之家的贵族小姐，潘金莲是出身裁缝的女孩；林黛玉生活在贾府和大观园那样的环境里，潘金莲生活于恶霸西门庆家中；林黛玉始终爱贾宝玉，潘金莲则朝三暮四。总而言之，林黛玉是一个具有叛逆思想性格的贵族小姐，潘金莲则是一个庸俗淫荡的市侩女性。两者究竟有什么相同之处？

在《红楼梦》评论史上，有些红学家对林黛玉这个人物，千猜万比，有的说她是影射朱竹垞，有的说她是影射康熙的废太子胤礽，有的又说她是秦淮名妓董小宛，如此等等，不一而足。现在阚铎竟又"发展"了一步，把她的前身，找到了《金瓶梅》里潘金莲这个淫荡女子的身上，这真是愈趋愈下。即此一端，也可见索隐派红学之愈来愈下贱了！

《红楼梦抉微》把《红楼梦》里人物几乎都说成是《金瓶梅》人物的化身，除了说贾宝玉是西门庆，林黛玉是潘金莲[1]，薛宝钗是李瓶儿[2]，王熙凤是王六儿[3]，湘云是桂姐之外，又说什么元春、迎春、探春、惜春分别是吴月娘、李娇儿、孟玉楼、孙雪娥，又说袭人是春梅，晴雯是玉

---

[1] 书中以林黛玉为潘金莲，常是拐弯抹角，随意牵扯。如《黛玉何以姓林》云："黛玉何以姓林？金莲初次卖入王招宣府学歌舞，王招宣府有林太太，故黛玉姓林"；"金莲在王府学歌舞，黛玉在林家上女学，皆相胞合"。

[2] 《宝钗与李瓶儿》云："宝钗与李瓶儿同一白净，同一富厚，同一好以财物结交人；同一生子，同一与玉苟合于前，嫁之于后，同一住在贴邻。其所以名钗者，瓶儿初赠月娘等是金寿字簪儿，簪者钗也。又于金玉二字重言以申明之，以见与草木不同也。"

[3] 《凤姐与王六儿》中有云："凤姐与《金》之王六儿，姓同，嗜利同，偷小叔同（凤之于宝二、于瑞大，六之于韩二捣鬼），生一女同（凤生巧姐，嫁一乡人，六生爱姐，嫁翟管家），巧姐七月七日生，爱姐五月五日生，均以生辰为名同。"又云："凤姐失势之后，以历劫返金陵结之，王六儿后来非南行作种种丑事乎？"

箫,等等。但阚铎的这些说法,往往又是自相矛盾、混乱不堪的。如他说宝玉是西门庆,但一会儿又说是西门庆的儿子孝哥的化身;一方面说林黛玉是潘金莲,袭人是春梅,另方面又说袭人也是潘金莲,尤三姐也是潘金莲;如此等等,实在是昏话连篇,随口乱嚼。

所谓《红楼梦》里面叙写的事,即是《金瓶梅》里所写的事,这里且举两例。一是说《红楼梦》里林黛玉葬花,即是《金瓶梅》里李瓶儿葬花子虚。《葬花之真诠·化灰下水与葬坟之别》云:

> 黛玉葬花即指金莲死武大、瓶儿死花二而言。瓶儿原从金莲化出,故花二之死,与武大异曲同工,其所葬之花,并非虚指,即花子虚也。……《红》二十三回①……按,此段先说撂了好些在水里者,即指西门与金莲曾将武大尸身焚化,撒入澂骨池水中。黛云水里不好,拿土埋上,日久随土化了。宝云帮你收拾者,是谓子虚死后,瓶儿请了西门过去,与他商议买棺入殓,念经,发送到坟上安葬,此非葬花而何?却是移作葬武不得。盖武大化灰下水,并无坟之可言!(着重点引者所加)

请读者想想,树上的落花,在这里却变成了人的死尸!林黛玉葬花,在这里却变成了什么潘金莲和西门庆葬武大,变成了什么李瓶儿和西门庆葬花子虚!《红楼梦》里葬花那个动人的故事,就这样被这位索隐家强加污染,变成《金瓶梅》里那种十足的丑恶事件了。是可忍孰不可忍!

另可举一例,是说《红楼梦》里写贾宝玉踢人,乃从《金瓶梅》里面西门庆好打老婆而来的。其妙论见《宝玉踢人之故》,文云:

> 西门庆是打老婆的班头,降妇女的领袖。如打金莲,打瓶儿,

---

① 此段引录《红楼梦》二十三回,贾宝玉、林黛玉商谈把花撂入水里改为葬入花冢一段文字。为省篇幅,不予抄出。

种种皆其实据。《红楼》全用倒影法，既以宝玉作西门，故将宝玉写成一个受打受降的温柔手段，是为反写；于另一面又受政老之毒打，是为倒写；又于另一面写踢袭人窝心脚，即为侧面文章，又映带西门之踢武大心口，盖谓宝玉并非不会踢人者耳。（着重点引者所加）

请问，贾宝玉有一次生气时无意中踢伤了袭人的腰，这跟西门庆有意行凶、脚踢武大心口有什么关系？跟西门庆好打老婆又有什么相干？这不是随意瞎扯吗？《红楼梦抉微》说西门庆淫，所以贾宝玉也淫，这还可以说是根据某种相同的现象来推断，然而《红楼梦》在这方面着重描写的乃是"意淫"，所以如果据此得出结论说贾宝玉即是西门庆，这本来就是荒谬的评论。至于说到对待女性的态度，则《红楼梦》写贾宝玉对姐妹们一贯是"温柔"、服小的，这跟西门庆的粗暴凌虐女性，根本是完全相反的两种情况，怎么能拿来相比，证明贾宝玉即是西门庆呢？阚铎自知对此无法说服读者，于是便曲为解释，说这是《红楼梦》作者使用什么"倒影法"，什么"反写""倒写""侧面文章"，以此作为他进行这种无聊而又荒谬的"抉微"的遁词。

《红楼梦抉微》在"抉"《红楼梦》之"微"时，联系《红楼梦》《金瓶梅》两书的人物和故事，常着眼于男女关系的叙写，除了考究"贾珍与可卿之关系""叔公与侄妇之关系"之类外，竟又胡说什么"湘云醉眠芍药裀，即《金》书五十二回之山洞戏春娇"（《湘云之与李桂姐》），"宝玉挨打，似琴童挨打。打宝玉而黛玉心疼，打琴童而金莲暗泣"（《宝玉挨打之故》）之类。这种"抉微"，只能说是造谣罢了。此外，书中多处对"通灵玉"所作的那种荒唐而又下流的解释，反复讲什么"闭目想象，必当失笑"之类的话，均属故意引导读者入于邪想。凡此等等，为了不致污染我们的笔墨，也就不想具体引述了。但我们必须如实地指出，那些文字的存在，充分地暴露那个满脑子以《红楼梦》为"淫书"的索隐派，实在是一个荒唐、下作的评论家。

"自心不净，则外物随之"（《汉文学史纲要》第二篇），《红楼梦》研究中此类评论，使人不禁想起鲁迅说过的这两句话。世上确是有那样一些无聊的人，喜欢以肮脏的思想去"研究"文学作品的。他们常用"索隐""抉微"的办法，专去寻找或硬派给这些作品以不洁的东西。

王梦阮有言："看《红楼梦》人，有专从暧昧著想者。如迎春受虐，为非完璧；惜春出家，为已失身；宝钗扑蝶坠胎，故以小红、坠儿二名，点醒其事；湘云眠芍药裀，是与宝玉私会，为袭人撞见，故含羞向人。"他接着说："如此之类，也具只眼，然非作者本意所注重，故不必好为刻深。"(《红楼梦索隐提要》)但在我们看来，这类"索隐"，已经不止于什么想入非非，简直是凭空污人清白了。

我们并不是说，《红楼梦》书中没有在某些地方写到男女两性关系。脂评就告诉人们，小说原稿曾有过"秦可卿淫丧天香楼"的描写，由于批书人的劝告，作者把它删却了。但因为删而未尽，故小说于秦可卿的有关描写中，仍存有此等痕迹。关于贾珍、贾琏、贾瑞、薛蟠之流的此类丑恶情况，作者也是带着讽刺、暴露的用意不止一次写到的。问题是在于，我们应当实事求是地估计此类情况的叙写在整部小说中占着怎样的地位，以及作家所抱的态度。如果不作实事求是的比较分析，而是挖空心思地去挑剔破绽，甚至无中生有地制造谣言，把《红楼梦》跟《金瓶梅》都说成是"淫书"，那实在是对《红楼梦》的歪曲和诽谤。在二百多年来的《红楼梦》研究中，从这方面来对《红楼梦》进行诬蔑诽谤的，阚铎的《红楼梦抉微》，其荒唐和丑恶真可谓登其峰而造其极了。

寿鹏飞《红楼梦本事辨证》
评议诸说和考证作者

寿鹏飞的《红楼梦本事辨证》，民国十六年(1927)商务印书馆印行。全书不分章，约五六万言。前半部分是对前此有关《红楼梦》旧说的归纳、简介和批评；后半部分是对《红楼梦》作者问题和对《红楼梦》"本事"的索隐。

此书卷首有蔡元培民国十五年(1926)所作《序》，大意谓其所

《石头记索隐》"虽注重于金陵十二钗所影之本人,而于当时大事,亦认为记中有特别影写之例。如董妃逝而世祖出家,即黛玉死而宝玉为僧之本事,胤礽被喇嘛用术魇魔,即嫂叔逢魇魔之本事,亦尝分条举出,惟不以全书为专演此两事中之一而已"。蔡序并对寿鹏飞此书有所评述:

> 同乡寿槃林先生新著《红楼梦本事辨证》,则以此书为专演清世宗与诸兄弟争立之事;虽与余所见不尽同,然言之成理,持之有故。此类考据,本不易即有定论;各尊所闻以待读者之继续研求,方以多歧为贵,不取苟同也。先生不赞成胡适之君以此书为曹雪芹自述生平之说,余所赞同。以增删五次之曹雪芹,为非曹霑,而即著《四焉斋集》之曹一士,尤为创闻,甚有继续研讨之价值。因怂恿付印,以公同好。

蔡元培这篇《序》指出了《红楼梦本事辨证》的三个特点:一是以《红楼梦》为"专演清世宗与诸兄弟争立之事";二是反对胡适以《红楼梦》为曹雪芹自述生平之说;三是否认《红楼梦》作者为曹雪芹,说是著《四焉斋集》的曹一士。此虽未能包括此书全部内容,但此书的三个要点却已经提示清楚。

寿鹏飞在本书卷首,概述了本书著作之由,其中说:

> 综观诸氏之说,自以蔡书为能窥见作者深意。而胡氏驳之独甚力。平心论之,蔡氏不免为徐柳泉之说所拘,更引当时诸名士以实之,致多牵强;若胡氏竟指为雪芹自述生平,则纯乎武断。

由上可见,本书基本上承袭蔡元培《石头记索隐》之说,而对胡适《红楼梦考证》提出的"自传说"持反对态度。从新旧红学的争论来说,本书可以说是前此胡适和蔡元培的争论的延续。

《红楼梦本事辨证》上半部对有关《红楼梦》的种种说法作了评介。

在这以前,胡适、俞平伯和鲁迅在他们各自的文章中,都曾对旧红学作了一些介绍,但所述均较为简略,寿鹏飞则较为广泛地介绍了前此多种说法。今将《红楼梦本事辨证》介绍的九种说法及寿鹏飞的评论,撮述如下:

一、有谓《红楼梦》书中人,皆影当时名伶者。举《樗散轩丛谭》所述为例。寿鹏飞认为《樗散轩丛谭》关于《红楼梦》或言是康熙间某府西席某孝廉所作的说法,"说最早,亦较可信"。但认为《樗散轩丛谭》关于《红楼梦》本事的说法是错误的。"至以此书为仅以优伶为书中人物柱子者,直以《品花宝鉴》例视《红楼》,浅之乎读《红楼》矣。"

二、有谓记金陵张侯家事者。举海昌黍谷居士周春《阅红楼梦随笔》为例。寿鹏飞评云:"周氏此说,颇见新奇,然细按之,皆穿凿影响,鲜有确证。聊备一说,可不深论。"

三、有谓记故相明珠家事者。举陈康祺《郎潜记闻二笔》(即《燕下乡脞录》)、俞樾《小浮梅闲话》、钱静方《红楼梦考》及张维屏《诗人征略》"贾宝玉即容若也。《红楼梦》所云,乃其髫龄时事"为例。寿鹏飞评云:"此说虽非书中本事,然实出故家传闻,且可证明为康熙朝事,决非乾隆以后人所为。"至于为何许多人附会此说,则认为:"盖当时作者,欲避免其叙述宫闱阴事,诽谤时政之迹,故特托之贵阀家事,以远时忌。而当时贵阀,首推明相,加以容若公子,风流文采,交游遍天下,乃为此想当然之词。然实开后人揣测附会之端,而不必征实其说也。"

四、有谓刺和珅而作者。举《谭瀛室笔记》为例。寿鹏飞认为,"是说与记明珠家事说,臆想同出一途","不过托之明珠家事者,为康熙时之传言;妄意和珅家事者,为嘉、道后之理想。尔时朝士眼光,见如此繁华贵阀,非明、和二氏不足当之"。寿鹏飞并驳斥云:"当日查抄和珅巨案,惊动全国,而书中适有查抄之事,成其附会也。况和珅查抄,在嘉庆三年,而是书已流播于乾隆中叶,其谬不待辩矣。"

五、有谓藏谶纬之说者。举《寄蜗残赘》为例。评云:"此说殊无意义,与'太平闲人'评本附会《大学》'正心'、'诚意'《中庸》'明明德'之说,同其腐谬。又《金玉缘》评语,谓'明《易》象',说更谬。"

六、有谓全影《金瓶梅》而作者。举阚铎《红楼梦抉微》为例。评云："此盖以淫书视《红楼梦》,而忘其卷首自居野史之意,故为此不经之评论。然亦实被作者瞒过矣。惟被瞒者多,乃见此书之妙。"

七、有谓记清世祖董鄂妃故事者。举王梦阮、沈瓶庵合著之《红楼梦索隐》,并举《宾退随笔》所述吴梅村《清凉山赞佛诗》所隐本事为例。寿鹏飞评云:"清世祖出家,及小宛被掠事,征之诸家记载,似已证实。惟董鄂妃是否即为小宛,世祖与董鄂妃事,是否即为《红楼梦》书中影事,尚属疑问。"寿鹏飞并对孟森《董小宛考》批驳此说表示异议云:《董小宛考》"力辨小宛之非董鄂,持之虽亦有理。但谓小宛年长世祖且倍,以证其非董鄂,说则殊疏"。寿鹏飞认为,"真色后雕","孰谓三十许人,即不能邀十五六龄天子之宠眷耶?"所以寿氏以为《红楼梦索隐》"尚有自成一说之价值"。且誉"其读书得间,已知必影全国大事,非仅小说观念,此则远出诸家评论之上者耳"。但在寿鹏飞看来,《红楼梦》"作者既自命为野史","且因其笔墨之精妙,可知其识解之卓越,决非止为言情之作,必更有重大于世祖董妃之事者"。

八、有谓影康熙朝政治状态说者。举蔡子民《石头记索隐》为例。评云:"蔡说深得作者真意。当时如吕晚邨、方孝标、戴名世辈,均以故国之思,偶有著作,咸撄奇祸。此书作者,乃不得不变化面目,托之言情,隐存事实,冀垂后世,洵足推倒诸说之谬。"谓"作者苦心",惟蔡说一出,有似"明星曙光,此一闷葫芦,始打破矣"。但寿鹏飞认为,蔡书"采用徐柳泉说之宝钗影澹人一段,则殊未当","最无理由者,则为刘老老之拟潜庵"。又谓蔡书于《红楼梦》"概指为政治小说",所指范围过广,"其所指影事,东鳞西爪,无归宿处",是其缺点。

九、有谓作者曹雪芹自述生平说者。举胡适《红楼梦考证》、俞平伯《红楼梦辨》为例。

寿鹏飞于评述诸说中,排击此说最力。他认为,"胡氏盖深厌他人附会的红学,而欲打破一切,自树一帜,以标新奇"。他虽然承认胡适"详考雪芹家世,原原本本,亦不失尚论作者之心,其攻击他说疵点,亦有可取",但是寿鹏飞强调说:"若《石头》一记止为曹雪芹自述生平而作,则此书真不值一噱矣。其根本错误,在谬认此书前八十回为曹雪芹所撰,后四十回为高兰墅所撰,亦太卤莽灭裂矣。"

接着他"辨证"说,《红楼梦》前八十回"非曹雪芹撰作"。理由是:"古之作者,立身本末,首在不肯掠人之美,窃他人著作以为己有。"小说第一回明云"由空空道人钞写回来",所谓"空空道人","即原书著者";且小说中明写:"后因曹雪芹于悼红轩中,披阅十载,增删五次。""若系雪芹自作,又何必讳言,而仅认增删披阅乎?若欲自讳,又何以并不讳言增删乎?"寿鹏飞说:"乃雪芹方自避著权,而胡氏则强为顶冒,是何理由?"又认为胡适所论以袁枚《随园诗话》为据实不可靠,寿鹏飞说:"不知袁好夸诞,生平著作,所引故实,多谬误影响,以意为之,不求真确","且其意止在夸其随园为即其大观园而已,初不存传信之心,又何能据为佐证?"除了批驳胡适"妄意为雪芹自述"外,并进而批评胡适其他论述:"他如贾政为曹頫影子,及南巡等考证,牵强附会,味如嚼蜡,远逊他说多矣。"

接着又"辨证"《红楼梦》后四十回"非兰墅撰作"。照寿鹏飞的理解,张问陶《赠高兰墅同年》诗:"艳情人自说《红楼》"句下原注"《红楼梦》八十回以后,俱兰墅所补"的那个"补"字,"仅称其补辑补缀之功,并未指为补作也"。况诗人赠答之中,"誉人之美,不嫌越量",当日"兰墅既以补校《红楼梦》一书,盛称于时。即使船山诗句,明指为补作,亦不过循例溢美常谈,不宜以词害意"。寿鹏飞又引程伟元《红楼梦序》所述,认为"此为高鹗未补以前,已有后四十回之铁证"。又引高鹗序所述,认为所谓"襄其役"者,"不过雠校之役",因进而责备胡适明明亲见程、高刊本之自序与引言并且引入书中,"何仍愦愦乃尔"!

《红楼梦》前八十回既非曹雪芹所作,后四十回又非高鹗所续,那么这部小说的作者究竟是谁呢?寿鹏飞对此提出了一种新的说法:

> 犹忆卅年前,同学马水臣(絅章)驾部为余言,增删《红楼梦》之曹雪芹,本名一士。马君赅博,承家学,语必有本。今考曹一士,字谔廷,号济寰,亦号沜浦生,上海人。雍正进士。官兵科给事

中,屡上封事,朝野传诵。工诗文,有《四焉斋集》。惟未考得其有雪芹别号,或因增删此书,特设此号以自晦欤!

接着又说:

> 又考得一士于康熙季年未通籍时,入京假馆某府者十余年,所居与海宁陈相国比邻。然则与《樗散轩丛谭》所云某府西席某孝廉所作者适合,意即其人乎!……然则此书作者,必非胡氏所考江宁织造沈阳曹寅之孙曹頫之子曹霑其人矣,又何从而有自述生平之理乎?即就是书思明讥清之意观之,亦断非旗籍满臣,世代通显,感恩清室者所为,当必为明代孤忠遗逸,幽忧志士之所作,与吕晚邨、曾静辈同其怀抱,而较能自晦者也。

以上即为寿鹏飞《红楼梦本事辨证》上半部的基本内容。其中有几点是可以讨论的。

首先,寿鹏飞把他以前的关于《红楼梦》的诸种说法,依时为序,归纳、罗列出九种说法,每种均举例介绍其主要观点,并详略不等地对各种说法作了评论。这个工作在他以前,似乎还没有人像他这样介绍得较为系统、完备。所以读他这前半部《红楼梦本事辨证》,基本上可以了解《红楼梦》产生以来种种说法的一个轮廓。作为一种经过综合整理的材料,对读者了解自清乾隆年间至19世纪20年代《红楼梦》研究中一些有代表性的看法,是有一定用处的。

其次,寿鹏飞对上述九种说法的评论,是有褒有贬的。大致说来,他对王梦阮、沈瓶庵的《红楼梦索隐》和蔡元培的《石头记索隐》,虽然有所指摘,但基本上是肯定的,对蔡元培的索隐评价尤高。对于其余诸说,均采取批评态度,而最着力加以辩驳的是胡适的"自传说"。寿鹏飞对胡适"自传说"的批评,并不是建立在正确观点的基础上的。他批评胡适轻信袁枚《随园诗话》之说,但他自己不也是轻信程伟元、高鹗二人的《红楼梦序》之说吗?寿鹏飞反对新红学的"自传说",目的是为了维护旧红学索隐派的地位，所以从《红楼梦》研究的历史发展趋向来说，是错误的。联系本书下半部对《红楼梦》"本事"的索隐来看，其荒谬尤为明显。

再次，关于《红楼梦》作者问题，寿鹏飞在《红楼梦本事辨证》中提出了一种新的看法。他认为《红楼梦》前八十回不是曹雪芹所作，后四十回也非高鹗所续，全书作者是雍正年间中过进士、做过"兵科给事中"的"上海人""曹一士"。按，主张《红楼梦》是"明代孤忠遗逸，幽忧志士之所作"的说法，并不是寿鹏飞的创见；但像他这样具体地指名道姓地指出《红楼梦》的原作者是曹一士，那确是蔡元培为本书所写序文中所说的"尤为创闻"。

但是，寿鹏飞所说的《红楼梦》原作者是曹一士，实际上也是靠不住的。他说他的看法来自他的"同学"马水臣，说什么"马君赅博，承家学，语必有本"。请问，学识"赅博"、"承家学"者的说法就一定可信，可以作为考证的依据吗？马水臣并未说明所据何在，寿鹏飞却轻轻地用一句"语必有本"就掩盖过去，这怎么行呢？要之，马水臣之所言，至多也与《樗散轩丛谭》或言是康熙间某府西席某孝廉所作的"或言"相等，不过传闻之词，并未举出所"本"，何得信以为真？

寿鹏飞说袁枚《随园诗话》的话信不得，因为袁君"好夸诞"。袁枚说大观园即是他家的随园，早有人说是出诸袁枚的自夸。问题是，既然知道袁枚好夸诞，他的话信不得；那么，马君并未提出论点之所据，怎么能保证他不是出于自诩博闻，传此浮言呢？再进一步说，寿鹏飞否认前八十回和后四十回的区别，说百二十回都是曹一士所作，那么怎样解释《红楼梦》前后思想倾向和艺术成就如此之不同呢？由此可见，《红楼梦》原作者是所谓曹一士的说法，也不过是一种猜测之词罢了，是不可信的。

寿鹏飞对《红楼梦》"本事"的索隐

如果说《红楼梦本事辨证》上半部分虽然也有错误，但对评《红楼梦》诸说的综述尚有可取之处的话,那么《红楼梦本事辨证》的下半部分,就是充满穿凿附会的索隐了。

寿鹏飞在本书下半部开头,即提出他对《红楼梦》的基本观点。他说:

> 以余所闻,则《红楼梦》一书,有关政治,诚哉其言,然与其谓为政治小说,无宁谓为历史小说,与其谓为历史小说,不如径谓为康熙季年宫闱秘史之为确也。盖是书所隐括者,明为康熙诸皇子争储事,只以事涉宫闱,多所顾忌,故隐约吞吐,加以障幂,而细按事实,皆有可征。(着重点引者所加)

说《红楼梦》为影写清廷"宫闱秘史"者,红学家中不乏其人。但对于所谓"宫闱秘史"的理解和说法则各有不同,基本可分为两类,一类主要是从宫廷中帝王后妃之间的故事着眼,另一类主要是从皇子们争夺权势的故事着眼。寿鹏飞的《红楼梦本事辨证》,属于后一类。他提出《红楼梦》隐括"康熙诸皇子争储事",并从"小横香室主人"编辑的《清朝野史大观》,以及胡蕴玉的《雍正外传》等野史、笔记并不可靠的记闻中去寻找佐证。

寿鹏飞抄录《清朝野史大观》卷十一所载《红楼梦》所影"本事"云:

> 《红楼梦》一书,说者极多,要无能窥其宏旨者。吾疑此书所隐,必国朝第一大事,而非徒记载私家故实。谓必明珠家事者,一孔之见耳!观贾政之父名代善,而代善实礼烈亲王之名(清太宗弟),则可知其确非明珠矣。

又继续引述云:

> 林薛二人之争宝玉,当是康熙末胤禛诸人夺嫡事。宝玉非人,寓言玉玺耳!著者固明言为一块顽石矣。黛玉之名,取黛字

下半之黑字，与玉字相合，而去其四点，明为代理两字。代理者，代理亲王之名词也（康熙废太子胤礽封理亲王）。理亲王本皇次子，故以双木之林字影之。犹虑观者不解，故又于迎春名之曰二木头。宝钗之影子为袭人，写宝钗不能极情尽致者，则写袭人以足之。袭人两字，分之固俨然龙衣人三字，此为书中第一大事。（着重点引者所加）

寿鹏飞就这样摘录并确认了所谓《红楼梦》包罗"顺康两朝八十年之历史"之说。他说，《清朝野史大观》一书"为坊肆射利之作，杂辑清人笔记百余种而成。虽强为分类，而不注某条见某书，又不注某书撰者姓氏，以致杂乱无章，无从考上列之说出于何人。然据此则知为康雍间宫闱秘史，且为胤禛辈夺嫡事而作，其说自较他书可信"。按，寿鹏飞上而所引《清朝野史大观》中两段文字，乃孙静庵《栖霞阁野乘》中语①。

据寿鹏飞分析，康熙诸子夺嫡之事，"官书国史，虽有记载，略而未详，加以乾隆时已将雍正档案修改，即为夺嫡事讳也"，而《红楼梦》"作者恐遂失传，所以特著是书，以存其真。书中诸情节，必当日皆有影事，而为作者所亲闻亲见者，今多不可考"。按，寿鹏飞此说也是深可怀疑的，如说《红楼梦》作者写小说之目的是要存"夺嫡事"之"真"，又言作者于所影之事不但"亲闻"，而且"亲见"，这都是缺乏根据的、想当然的说法。

为了证实《红楼梦》隐寓康熙诸子"夺嫡事"之说，寿鹏飞又从《清朝野史大观》中摘录数则文字，什么"清世宗袭位之异闻"啦，什么康熙诸子"兄弟阋墙"啦，什么"清代骨肉之惨祸"啦，什么"清世宗杀隆科多之诏"啦；此外，他又从胡蕴玉《雍正外传》中摘述雍正阴谋夺取帝位之事，以此互相印证。按，清朝宫廷中皇子们为争夺权位而互相倾轧、残

---

① 一粟《红楼梦卷》摘录孙静庵《栖霞阁野乘》有关段落，注明录自昌福公司版《满清野史》五编本。

杀,这是统治阶级集团中的腐败黑暗现象。问题是,即使《红楼梦》的作者知道康熙诸子"夺嫡事"之内幕,也不能以此证明《红楼梦》即为记录此事。《红楼梦》本身写了什么人物故事,反映的是什么样的思想内容,应当从它本身的实际情况去加以评析。东拉西扯地摘录《清朝野史大观》中那些杂七杂八、荒唐可笑的东西①,想以此作为《红楼梦》反映"夺嫡事"的佐证,实际上是无济于事的。

寿鹏飞阐明他关于《红楼梦》乃隐寓康熙末年诸皇子争位的观点之后,便对《红楼梦》进行评析,"印证"所影之"本事",计二十余条。据其索隐:贾母是康熙帝影子;"宝玉者,非有其人,乃传国玺之义,亦帝位影子也";林黛玉者,废太子胤礽影子;金陵十二钗正册副册又副册三十六女子,"皆康熙诸皇子之影子也,康熙三十六子"。

又云,贾政,"犹言伪政府也";癞僧,"明太祖影子也";南京甄宝玉,"明弘光帝影子也";"宝钗者,雍正影子也";"袭人者,分之为龙衣人三字,龙衣人者,帝服也,亦雍正影子也";史湘云,"作者自喻,寓史笔之意也,故姓史";九十四回王熙凤掉包事,"即隆科多改遗诏,易十四太子为四太子影事也";贾敬异居学仙,修炼不成而死,"当是顺治帝弃位遁五台为僧,崩于五台影事";甄士隐名费,"费者废也","冷子兴者,兴也","明云此书感念兴废而作也。既念兴废,决非仅为一家一人,而为国家之兴废可知。故云,甄费者,慨真王之已废也",如此等等。

寿鹏飞最重视、最着力索隐的首三条,是对史太君、贾宝玉、林黛玉三人名字隐义的猜测。他认为此数条足为《红楼梦》"本事"系隐括康熙诸子"夺嫡事"的"确证"。寿鹏飞认为贾宝玉非人,是皇帝玉玺及帝位之影子。"惟玺为诸皇子及群雄所争窥,故见宝玉者,人人皆生恋

---

① 寿鹏飞引胡蕴玉《雍正外传》云,雍正"所交多剑客力士,结兄弟十三人,居长者为某僧,技尤高,骁勇绝伦,能炼剑为丸,藏脑海中,用时自口吐出,夭矫如长虹,杀人百里之外,号万人敌。次者能炼剑如芥,藏指甲缝。雍正亦习其术"。又言雍正为防止政敌刺客之暗算,曾故示其技。一日赴天坛祭祀,坐幕中,"雍正右指微动,一线光芒,从手中射出,斯臾幕裂处,坠一狐首。雍正谓诸卫士曰:'迩来逆党欲谋刺朕,密布刺客,朕故小试手段,使逆党知朕剑术之奇。虽有刺客,其如朕何!'"云云。

爱关系也。"玉之归于原处,"寓还玺于明之意";书之结以宝玉之出亡,"所以表示清之将亡,玉玺不归所有也"。对贾宝玉如此索隐,纯是想当然的说法;其对贾母及林黛玉的索隐,也极牵强附会。

寿鹏飞索贾母之隐义云:

> 史太君者,康熙帝影子也,其姓史者,明示野史秘史之义,促阅者之注意也。书中人物,皆托之女子以求隐晦。太君为书中主人,全书线索。亦称贾母者,言伪朝之母也。康熙仁慈,宜称众母。太君既居最高地位,而所爱护者惟此宝玉,所以喻康熙帝之宝爱其帝座宝位,无所不至也。爱宝玉而不肯即以黛玉配之者,喻帝之不肯轻立储贰,以宝位畀胤礽也。太君备致五福,宽厚有阅历,非影康熙帝而何?(着重点引者所加)

其索林黛玉之隐义云:

> 林黛玉者,废太子理亲王胤礽影子也。胤礽为皇二子,故姓林。林者二木,二木云者,木为十八之合,两个十八,为三十六,康熙三十六子,恰合二木之数。而理王为三十六子中之一人也。黛玉者,乃代理二字之分合也。分黛字之黑字与玉字合,而去其四点,则为代理两字。明云以此代理亲王也。……全书描写黛玉处,直将胤礽一生遭际及心事,曲曲传出,而康熙帝始爱胤礽,后生憎恶,口吻毕肖,作书本旨,全在于是,而仍浑然不露,所以为奇文也。……(着重点引者所加)

原来,《红楼梦》之"本旨",《红楼梦》作者作文之"奇",就是奇在这些"浑然不露"之处!在寿鹏飞的"索隐"之下,《红楼梦》里贾母溺爱孙子贾宝玉,被说成是皇帝爱玉玺,贾母由女变男,成了皇帝,而贾宝玉则不是人,由人变物了。贾宝玉和林黛玉的互相恋爱,却又变成了废太子胤礽想争取帝位。但是读者要问,如果说林黛玉爱贾宝玉就是爱那块玉玺,那么贾宝玉爱林黛玉又怎么讲?难道那块玉玺有知,亦懂得疼爱林妹妹乎?

康熙皇帝生儿子的数目亦真巧,既可以被《红楼梦》作者用来相抵十二钗正册副册又副册共三十六人之数,又可以被《红楼梦》作者用来作为林黛玉的姓氏得以成立的依据。实在说来,与其说这是《红楼梦》的"奇文",倒不如说这是《红楼梦本事辨证》作者杜撰的"奇文"。

寿鹏飞的这类索隐,就像他所批评的别人的"附会学"一样,看似条分缕析,头头是道,其实漏洞百出,无法自圆其说。看他明明说《红楼梦》中金陵十二钗正册副册又副册三十六人,"皆康熙诸皇子之影子";一转眼却又说什么史湘云是"作者自寓"。那么,莫非《红楼梦》作者,那个所谓的"曹一士"忽发奇想,自己也想化男为女,加入"金陵十二钗",搬进大观园里去么?既说三十六钗即康熙的三十六子,自然是一位金钗影写一位皇子了,为什么又说宝钗是"雍正影子",袭人"亦雍正影子"?如果说宝钗、袭人这三十六钗中的二钗同影三十六皇子中雍禛这一皇子,那么宝钗、袭人之外的三十四钗和雍禛之外的三十五皇子,相互之间又如何影写法?这笔账怎么算?凡此等等,寿鹏飞何以自解?由此可见,建立在拆字猜谜的基础上的评论,实在是经不起驳问的。

(以上摘自拙著《红楼研究小史续稿》第五章,该书由上海文艺出版社出版,1981年8月第1版。)

后期索隐派的发展趋向与代表作(下)

在后期索隐派中,比起 20 年代出版的《红楼梦抉微》《红楼梦本事辨证》来,30 年代出版的《石头记真谛》是篇幅更长、影响也更大的评著。

集成型的索隐派著作:景梅九《石头记真谛》

《石头记真谛》,又名《红楼梦真谛》[①],此书民国二十三年(1934)西京出版社印行。

《石头记真谛》不但是 30 年代,而且也是整个后期索隐派一部比较重要的评著。在索隐派著作中,《石头记真谛》搞的是大杂烩式的索隐,或可以说是索隐式的大杂烩。全书分上下两卷,共二百余页(每页两面),约十万言。

上卷有张继序、王婆楞序及作者的《代序:答友人询〈红楼梦真谛〉书》,此外即为《石头记真谛纲要》和《叙论》《先论命名》《次论薛林取姓》《次论汉满明清》《再专论宝玉》《论书中诗词》《论著者思想》,又有《附录》《别录》《杂评》《杂录》。下卷包括《评王梦阮、沈瓶庵〈红楼梦索隐〉》和《评邓狂言〈红楼梦释真〉》。以重要性论,上卷比下卷重要,其中《石头记真谛纲要》十余页,仿《红楼梦索隐提要》,概述本书主要

---

① 此书 1934 年最初出版时,上下两册封面及上册卷首王婆楞序均称《石头记真谛》,但里封题字、张继序及版权页均作《红楼梦真谛》。卷目则两个书名杂称。

思想内容。从篇幅看，下卷多于上卷，其中评王著多于评邓著。我们这里着重评介的是上卷。

卷首张继《红楼梦真谛序》，举出本书要义，给予高度评价，称本书作者"知人论世之功，更不在原作者之下"。其中说：

> 章回小说原由宋时平话演变而来，平话最著者为《宣和遗事》，乃宋金之际，有心人借当时比较通俗之文言，以写亡国之惨痛与恢复之意志，而昭示于天下后世者也。今观吾友景梅九君所著《红楼梦真谛》，乃知《红》书亦《遗事》之流亚。惟《遗事》乃明写南宋时忘仇避狄之情势，而《红》书则隐写明清间兴亡真伪之痕迹，又假借儿女闺房之私，以发挥伤时感世之深心。篇中表示眷念祖国、鄙弃伪廷之处，均可忖度而得，故《真谛》一名《忖真》云。（着重点引者所加）

所谓"隐写明清间兴亡真伪之痕迹，又假借儿女闺房之私，以发挥伤时感世之深心"，所谓"眷念祖国""鄙弃伪廷"，正是景梅九此书对于《红楼梦》的基本观点。由于张继接受了这样的观点，所以在追溯章回小说"由宋时话本演变而来"时，宋代其他平话都被撇在一旁，偏偏提出了《宣和遗事》，并且誉之为"最著名"的平话，这是先入之见所造成的不恰当的评论。张序又进一步说，《红楼梦》是《宣和遗事》之"流亚"，这更是极其牵强的说法。《宣和遗事》和《红楼梦》，两者的题材、内容和艺术风格根本不同，是两种类型的作品。《宣和遗事》写的是宋金时期的历史故事，《红楼梦》的内容则是通过对贾府等四大家族的兴衰和贾宝玉、林黛玉等爱情悲剧的叙写，揭露和批判了腐朽的封建社会，两者怎么能够相提并论呢？

张继序中又说："考近年来《红》书索隐、释真诸作，较之专以文字评注者为长，而仍不免失之于疏略浮泛，都不逮《真谛》之精详确切，洋洋十万言，独为警彻绝伦也。"所谓他人诸作均为"疏略浮泛"，惟独"吾友"所作为"精详确切""警彻绝伦"，不过是抑彼扬此、夸大溢美之词。

至于说什么"《红》书著者乃能窃取《春秋》之义,先写满清用夷变夏之谬举,终标福善祸淫之正论,虽以史湘云获小麒麟自拟为小《春秋》,然亦自负不浅矣"云云,则更是径直以孔子著《春秋》来比拟曹雪芹著《红楼梦》,不伦不类,实在酸腐之至。

王婆楞的《石头记真谛序》较短。其中称扬"予师梅九",处"满胡淫威"之下,"假优孟之衣冠,照燃犀之鬼魅",把《石头记真谛》和"龙门一记"(司马迁《史记》)相比。

继张、王两序后,作者又有《答友人询〈红楼梦真谛〉书》,作为《代序》列于卷首。《答友人书》云,"最近欧风东渐,始有人提高说部之价值",许多评论家都重视《红楼梦》,因而出现了许多索隐、考证、辨证、释真、抉隐的著作,但在这些评著之中,"求一足曝露原书真谛而无余蕴者终未有见也,此鄙人所以不揣颟蒙,而思一揭其奥秘,以快阅者之心目"。这就是他写此书的"最初意旨"。紧接着说:

> 及追寻著者之思想,又发现原书关系平民精神之点,觉其符合最新社会学说,能超过马格斯一派议论,不禁通身快活,为之发挥略尽。……乃不意迩来强寇侵凌,祸迫亡国,种族隐痛,突激心潮,迴诵"满纸荒唐言,一把辛酸泪。都云作者痴,谁解其中味",以及"说到酸辛处,荒唐愈可悲,由来同一梦,休笑世人痴"两绝句,颇觉原著者亡国悲恨难堪,而一腔红泪倾出双眸矣。盖荒者,亡也;唐者,中国也。荒唐者,即亡国之谓。人世之酸辛,莫甚于亡国。(着重点引者所加)

《答友人书》提及《红楼梦》作者的思想,具有"平民精神",还说《红楼梦》这种"平民精神之点","符合最新社会学说,能超过马格斯一派议论",这在《红楼梦》评论史上倒是一种新的提法。我们说,《红楼梦》产生于18世纪中国封建时代清朝初期,小说表现了当时的先进思想,这是无可置疑的,然而说它"超过"了马克思的学说,自然是谬误的。从某个角度来看,这种情况客观上反映了这样一个事实,即俄国十月革命以后,马克思主义传播到中国,至此已在社会上广泛流传。但必须说清楚的是,景梅九认为《红楼梦》里有马克思主义,这只是他的一种猜想,并不是《石头记索隐》的基本内容,更不等于说他用马克思主义观点评析《红楼梦》。

景梅九《答友人书》也明白表示,他认为《红楼梦》作者有"平民精神",但只是一种感觉。事实上,景梅九并没有把这看法作为评析《红楼梦》的指导思想;《石头记真谛》一书评析《红楼梦》的主导思想,是所谓讥清思明的民族思想。"迩来强寇侵凌,祸迫亡国",是处在30年代帝国主义势力侵入中国这样的历史环境下评论家的思想感情。景梅九的这种思想感情当然是进步的,但他把这种主观思想硬贴到《红楼梦》这部小说上,于是就出现了"荒唐"即是"亡国"的评论。这就像前期索隐派的蔡元培为了宣传民族主义和反清思想,把《红楼梦》的"红"理解为"朱",即"朱明"王朝一样,都是不切《红楼梦》实际的。景梅九的评论仍然是一种主观意念的产物,并且仍是借助于通过测字猜谜寻求小说"本义"的老办法,这也正是《石头记真谛》之所以仍然是索隐派著作的根本原因。

《石头记真谛纲要》撮述了《石头记真谛》全书的重要内容,也表达了作者研究《红楼梦》的观点和方法。《纲要》开宗明义第一条就告诉读者,这是一部索隐派的作品:

> 本书注意谶纬隐语灯谜射覆等事,一言以蔽之曰,真事隐而已,则读者非下一番索隐工夫,断无由知其真谛。王、蔡两《索隐》均有所发明,而遗漏粗疏之处尚多,不佞特以本著补缀之。

景梅九在这里说明两点,一是他认为《红楼梦》这部作品非通过"索隐"无法了解其"真谛",二是他自认为他这部《石头记真谛》是王梦阮《红楼梦索隐》、蔡元培《石头记索隐》的继续和补充。应当指出的是,《石头记真谛》对于前期索隐派的继承,这里虽然着重提了"王、蔡两《索隐》",但从该书下卷除专评王梦阮《红楼梦索隐》外又专评邓狂言《红楼梦释真》的情况看来,他对前期索隐派那三部名著是采取兼容并包的态度的。

《红楼梦索隐》《石头记索隐》和《红楼梦释真》三书评述《红楼梦》的着重点是不同的。王梦阮《红楼梦索隐》重点在说明《红楼梦》所写是清世祖和董鄂妃之间的故事,蔡元培《石头记索隐》重点则在说明《红楼梦》有吊明伐清之意,而邓狂言《红楼梦释真》则认为《红楼梦》所隐寓的是清代包括宫廷秘闻在内的更为宽广的历史。景梅九则在《红楼梦》是写"历史"这样大而无当的范围之内把上述三者都吸取进来,重点则在阐明《红楼梦》的亡国哀思。其索隐的侧重点跟蔡著是更为接近的,所以此书对蔡著的引述也特别多。

《红楼梦》中贾雨村这个人物的名字,引起过许多红学家的"索隐"。具体说法各不相同,大多数人认为"贾雨村"就是"假语存"的意思,说"贾雨村言"就是"假语村言"或"假语存焉"的意思。景梅九与众不同,他提出一种新的解释,认为"贾雨村"乃是"假予忖","贾雨村言"即是"假予忖焉"的意思。他说:

> 甄士隐接以贾雨村,作者自谓假语村言,鄙人以评者地位而拟以假予忖焉。《诗》云:"他人有心,予忖度之"①,故一名《石头记忖真》。各家索隐最疏漏者为不明木石姻缘及石头命名之真谛,以致埋没著者一片深心,故首详焉。(着重点引者所加)

景梅九不同意从"真事隐"和"假语存"相对待的角度来加以理解,认为应当从小说作者(写"假语村言")和评者("忖""假语村言")相对待的角度来加以理解。按,"甄士隐"和"贾雨村",从谐音来看,从"真事"与"假语"相对待看,应是"真事隐"和"假语存"的理解比较近乎小说作者命名的设意,至于"贾雨村"和"言"字连写,则作为"假语存焉"

---

① 引文见《诗·小雅·巧言》:"奕奕寝庙,君子作之;秩秩大猷,圣人莫之;他人有心,予忖度之。"朱熹注:"兴而比也。奕奕,大也;秩秩,序也。猷,道,莫,定也。"前数句"以兴他人有心,则予得而忖度之"。

或"假语村言"来理解为比较近乎作者的设意。景梅九这个新的理解，强调的是作者和评者的对待关系，未必就比上述一般看法更为高明。

我们认为，对《红楼梦》中"贾雨村""甄士隐"这些名字，其实是无需太花气力，刻意求深去理解的。个人觉得，所谓"甄士隐""贾雨村"这些名字，在一定程度上反映了曹雪芹对小说创作过程及其规律的认识。它表明《红楼梦》里所叙写的东西，是植根于或来源于实际生活，但又不是实际生活本身，而是经过作家艺术创造过的。

景梅九在这里故作新解，无非是为了突出一个"忖"字，显示他对于《红楼梦》的"真谛"能够比别人猜测得更好罢了。果然他在上述这段新论之后，紧接着就批评"各家索隐"均不明白小说中"木石姻缘"及"石头命名"的"真谛"，声称只有他才能"忖"得。

在《纲要》中有一条对戚蓼生序的索隐和评论，颇能显示出他"忖真"的所谓独到之处。他说：

> 戚序颇知微旨，就"如捉水月，只把清辉，如雨天花，但闻香气"四语论，暗借水月、雨花、清香以写"满清"两字。水、月加主是"清"，又明写"清"字；水雨、花头为"满"，又暗用"香满一轮中"句写"满"字。故接云，"庶得此书弦外音乎？"弦外音即亡国隐痛，吾人欲读者领略弦外音而不辞一弹再鼓耳。（着重点引者所加）

这段文字很可以看作是索隐派最具典型性的评论之一。应当指出的是，景梅九在这里把索隐又发展了一步，他是在搞双重的索隐，一方面是在索《红楼梦》之隐，另方面也是在索戚蓼生序的隐。

戚蓼生那四句话究竟是什么意思呢？我们不妨把戚序中那段文字引来看看：

> 吾闻绛树两歌，一声在喉，一声在鼻；黄华两腋，左腕能楷，右腕能草。神乎技矣！吾未之见也。今则两歌而不分喉鼻，两腋而无区乎左右。……盖声只一声，手止一手，而淫佚贞静，悲戚欢

愉,不啻双管之齐下也。噫!异矣。其殆稗官野史中之盲左、腐迁乎?然吾谓作者有两意,读者当具一心。譬之绘事,石有三面,佳处不过一峰;路看两蹊,幽处不逾一树。必得是意,以读是书,乃能得作者微旨。如捉水月,只把清辉;如雨天花,但闻香气,庶得此书弦外音乎!

只要读过戚蓼生的序文,就会明白他这里是在赞叹《红楼梦》艺术方面的"神乎技矣"!戚蓼生的意思(包括上述那四句话),不过是说《红楼梦》作者的艺术技巧非常高明,作者非常善于"双管齐下";"一声也而两歌,一手也而二牍",说读者必须懂得《红楼梦》的这个特点,才能够领略《红楼梦》的好处,领略《红楼梦》的"微旨"。至于《红楼梦》的"微旨"究竟指的什么,戚序并未说明,也无暗示,何尝认为《红楼梦》隐寓明清兴废和所谓"亡国隐痛"?

景梅九对戚序中那四句话进行一番拆拼之后,竟得出以上的结论,这不但是强加于《红楼梦》,而且也是强加于戚蓼生序的。什么暗借"水月""雨花""清香"以写"满清"两字啦,什么"水""月"加"主"是"清",又明写"清"字啦,其实压根儿就没有那么一回事,纯粹是景梅九从自己头脑里那种《红楼梦》隐叙明清兴废和所谓"亡国之痛"的主观意念生发出来的。

在前期索隐派的大量索隐著作中,那些索隐派评论家是以《红楼梦》作为索隐的对象的,现在景梅九竟把戚蓼生的序这种评论《红楼梦》的文字也作为索隐的对象,这说明《石头记真谛》索隐的范围和对象实在是越来越广,越来越庞杂了。

《石头记真谛》本论部分,包括《叙论》《先论命名》《次论薛林取姓》《次论汉满明清》《再专论宝玉》《论书中诗词》《论著者思想》。从这些安排来看,《石头记真谛》一书结构上是比较整齐有序的。在此书以前,一般索隐派著作,有的卷首附有"提要"之类,但大量文字是随《红楼梦》正文的次序进行索隐;景梅九此书则把自己对《红楼梦》的索隐归纳为几个论题,基本上是按题索隐,这样就使读者较易掌握他索隐的思想内容和眉目,这是此书的一个特点。

《叙论》第一条就提出,"《石头记》确有所影射,大半写明清之间隐事"①,强调"索隐"有"重要价值"。在《石头记真谛纲要》中,他表明了对待胡适和蔡元培那场新旧红学论争的态度,认为王梦阮《红楼梦索隐》、蔡元培《石头记索隐》在一定程度上"揭穿本书之秘奥",而"胡适之为《红楼梦考证》则抱定作者曹雪芹,硬说是曹之自叙传,辛辛苦苦只考得南巡一事,于本书全体未能拍合,故不足服索隐者之心。今阅蔡氏于《〈石头记索隐〉第六版自序》中对于胡氏考证有所商榷,振振有辞,恐胡氏未易反唇也"②。这说明,后期索隐派景梅九是继续维护前期索隐派对胡适新红学考证派的反批评的。

《叙论》中对于《红楼梦》的索隐,提出了"三义谛"的说法:

> 常谓批评本书有三义谛:第一义谛求之于明清间政治及宫闱事,第二义谛求之于明珠相国及其子性德事,第三义谛求之于著者及增删者本身及其家事。

景梅九这个"三义谛",立即使人想起前期索隐派蔡元培的"三标准"或"三法"。蔡元培的"三标准",在《石头记索隐》中并不是严格统一化并严格实行的,不过如果真能按照其实行的话,索隐的范围是可以稍为有所限制的。现在景梅九这个"三义谛",则是把索隐的范围,空前地并且无限地放宽了。他这个说法,第一、二项已经把王梦阮、蔡元培等的索隐范围全包括进来,而所增加的第三项,索隐的对象并不是曹雪芹,而是寿鹏飞所述的马水臣的说法,即认为《红楼梦》原作者

---

① 景梅九认为"乾隆帝曾欲禁绝此书,但当时已盛行于世,无术销毁,遂止,正因其暗刺满人,为乾隆识破故也"。

② 《石头记真谛叙论》评论《红楼梦索隐》《石头记索隐》二书云:"清亡,渐有人揭穿本书之秘奥者,于是有王梦阮君《红楼梦索隐》与蔡子民氏《石头记索隐》同时并出。王君则取《东华录》皇太后下嫁摄政王故事,附会元春省亲,及《过墟志》刘三秀入宫事,附会刘老人大观园,其中亦有不尽合者。蔡君则取《郎潜二笔》谓本书记故相明珠家事,金钗十二皆纳兰侍御所奉为上客者也。又采取诸名士传记,穿插本书中语句,敷衍而成者,较王君所著稍为简要而多遗漏处,且未识本书命名之义。"

是"曹一士",并且除原著者"曹一士"外又再加上了不止一个的增删者①。请问这岂不是把"索隐"工作的对象和范围空前地扩大了吗?

景梅九论"石头""薛林"及作者思想

景梅九的《石头记真谛》一方面继续就前期索隐派索隐的范围进一步加以扩大,一方面又继承前期索隐派传统的牵强附会的索隐法,对《红楼梦》提出了一些新的附会。他对于别的索隐家皆不明白,惟有他才明白的所谓"本书命名之意"的索隐,就是典型的例子。

在《叙论》中,景梅九介绍了他的友人唐易庵关于《红楼梦》的"真谛",即"《红楼梦》为思明而作"的论述,谓唐君之言虽寥寥数语,然决非《红楼梦索隐》和《石头记索隐》所能及。据景梅九所录,唐易庵的论述要点如下:

> 《红楼梦》为思明而作,红字影朱,恐人不知,特于外国女子诗中标明"昨夜朱楼梦"一句以明之,悼红轩即悼朱轩,宝玉爱红爱胭脂皆爱朱之谓,言玉终恋朱明也。且宝玉以极文雅之人,而赌起咒发起誓来,都效《西游记》朱八戒声口,亦作者弄狡狯之处。
>
> 再说木石两字,则因坊间所传推背图,以树上挂曲尺影朱明,今于木字添石字首两笔,恰成朱字,惟恐人不察,故又名本书曰《石头记》,言取石字头以配木而成朱。
>
> 林黛玉代表明,薛宝钗代表满,两人姓氏由高青邱《梅花》诗中"雪满山中高士卧,月明林下美人来"两句取得。雪(薛)下着满字,林上着明字,昭然可观。(着重点引者所加)

---

① 《石头记真谛纲要》中曾说:"本书虽出一手,而删修者不止一人。观八十回本与百二十回不同之处尚多,且八十回本之未删各节概犯忌讳,则知后四十回之经人删改不少,因其正暗写雍正篡夺一案而有所畏忌故也。"按,此段文字有一点跟裕瑞和俞平伯等人的看法一样,认为前八十回与后四十回存在着不同之处,这是对的;但说《红楼梦》"暗写雍正篡夺一案",并且《红楼梦》各种版本之所以产生许多不同,正是因为后人对此"篡夺"案多次进行修改的缘故,这却是景梅九想当然的说法。

景梅九说:"唐君之言,尚有脱佚之处。余只服其抉出石头两字之隐微,及林薛取姓之巧合。谓非心细如发,何能至此!"所谓"脱佚之处",意谓唐易庵尚有未见之处,而景梅九"乃具一副眼光,以读本书,果然发见无限妙文与暗藏之真谛"。景梅九自诩索隐所得是"无限"的,我们无暇也无需对他的"无限"发见逐一加以介绍,这里只就他对"唐君之言"中甚为佩服,而又加以发挥的石头命名及林薛取姓之处,稍加引述。

在《先论命名》中,景梅九说:《红楼梦》第五回宝玉梦游太虚境,"其写金陵十二钗正册云:'贮的是普天之下所有女子过去未来簿册,尔凡眼尘躯,未便先知的。'意在'未来先知'四字,所谓推背图,皆影照未来,非有道者未易先知",再联系册上所画的一些形象,可知这正是本于推背图,"作者意谓读者欲明本书命名之意,非看推背图不可"。否则就不能明白《红楼梦》曲中"俺只念木石前盟",以及三十六回宝玉梦中喊骂"和尚道士的话如何信的,什么是金玉姻缘,我偏说木石姻缘"这些话有什么"寓意"。他教给读者一个法子:

> 若看推背图,一株树上挂曲尺,便可悟得木与石头之相联,原来木石姻缘只是木字和石字头的姻缘而已,所以特取《石头记》以定名也。……而作者犹惧人不识木石之为明,乃于《红楼梦曲》中特道:"都道是金玉姻缘,俺只念木石前盟。"木石前盟,即木石前明,不过添皿字以掩饰之。其显豁如画,《索隐》均未能道出,何耶?(着重点引者所加)

小说中所谓"木石前盟""金玉姻缘",其实并无深不可测的奥义,联系小说本身对宝玉、黛玉的恋爱和宝玉、宝钗的结合来理解,"木石前盟"当然是指宝玉和黛玉相爱的誓言,"金玉姻缘"当然是指宝玉和宝钗的婚姻。但是景梅九却要强作新解,说什么"木石前盟"即是"木石前明",也即是怀念"前明"。而"金玉姻缘",即又别出心裁地解释说:"金玉良缘乃因满清自谓出于金(观努尔哈赤自称后金尤为明确)","清金一致无疑义矣"①。说什么清(金)人"一旦入主中国,得帝王之玉玺,如金玉之结缘。指一般附和满清者言。故曰'都道',其痛恨为何如?"这都是违背《红楼梦》实际描写的猜谜式的评论。

至于薛宝钗、林黛玉的取姓,景梅九也发挥说:

> 唐君云薛林取姓于高青邱之诗句,亦有确据。观《红楼梦曲》有云:"空对着山中高士晶莹雪,终不忘世外仙姝寂寞林。"于艳情曲中,忽着"山中高士"四字,岂非不伦不类,乃作者明白表示取"雪满山中高士卧,月明林下美人来"两句,以表薛林之来源,且故意藏却"林下美人",只言"世外仙姝",因"姝"字恰以朱女合成(蔡书谓黛玉是朱竹垞影子,其姓恰是朱字,是作者双关写法),谓此寂寞林黛玉实为朱明之女,非满清自长白山来而为冰天雪地中人即薛家金钗也。雪下着"满"、林上着"明"尤为显著,奈何轻轻放过?"终不忘"紧接"俺只念",念兹在兹,终不忘朱明,纵然与满雪结婚,以至于齐眉举案,到底意难平。谓作者无种族之隐痛,其谁信之?

过去的索隐家在"朱"字上做文章,现在景梅九又在"姝"字上做文章,硬说这是小说作者以林黛玉为代表"朱明之女"。这种随意牵扯②,纯由主观猜测,并无可靠依据之论,"其谁信之"?

在《次论薛林取姓》一节中,景梅九对林黛玉、薛宝钗这一对形象作了评析,认为林、薛两人恰好代表"明清"。他说:

---

① 《先论命名》中说:"近人金琴著《光宣小记》曰:'清与金为一音之转。清本女真国,姓爱新,爱新译音译义皆为金,故清初国号曰大金,亦曰后金。后以宋金世仇,或多疑虑,崇德元年遂改大清。字面虽易,在满音原无异也。'"

② 这类牵扯附会,《石头记真谛》中实在不少。如《次论薛林取姓》中说:"读四十八回石獃子不卖旧扇,獃子或作呆,则石呆子去两口,仍是木与石之结合。又《西游记》屡称猪八戒为呆子,亦含有朱意,与宝玉赌誓学猪八戒声口一例","并云其扇全是'湘妃桫椤竹麇鹿玉竹的,皆是古人写画真迹',不但暗透与木石居,将以鹿豕游也照顾到了。盖以湘妃哭舜而论,舜帝真可谓千古情祖。二十把扇影二十古史,则必从尧舜写来。犹恐人说是造谣,特着'皆是古人写画真迹'(真字宜着眼),第一真迹,便要数苍梧舜崩、湘妃哭竹一事,因而明标出湘妃来,可谓神妙直到秋毫颠矣。"

> 黛玉代表亡明，故写得极瘦弱，风吹欲倒。宝钗代表满清，故写得极丰满，气吹欲化。黛玉婢用紫鹃，正是亡国帝王之魂。宝钗婢名莺儿，莺儿名黄鹂，三十五回标出黄金莺巧结梅花络，自是满婢（本书以明为主，清自是宾）。写林家贫，写薛家富。黛玉号潇湘妃子，写亡国哀痛，如亡君；宝钗号蘅芜君，指满人兴于荒芜水草地，而入主中国，皆兴亡对照法。

如果说上述论薛林取姓一段，因为附会上高青邱的诗句，所以有那些"雪满""月明"以及"姝"字可以帮助再作附会的话，那么这里以黛玉瘦弱、宝钗丰满，因而说黛玉"代表亡明"，宝钗"代表满清"，就完全是以自己的想头强加于《红楼梦》作者的艺术构思了。

从上述"索隐"中，我们可以知道，景梅九对于"明""清"二字是特别留意的，除了在《石头记》命名和薛宝钗、林黛玉二人取姓的问题上寻找"明""清"两字以外，《石头记真谛》还有专门一节文字，题为《次论汉满明清》，再次发挥这一基本思想和方法。

据景梅九索隐，《红楼梦》开头即隐寓"宗明"之意：

> 开卷第一回（暗用《孝经》"开宗明义第一章"语，写出"宗明"两字最妙）。开首便云："作者自云曾历过一番梦幻之后，故将真事隐去（此隐字当有托始隐公之意，详附录），而借通灵说此《石头记》一书也，故曰'甄士隐'。"所谓一番幻梦，即明亡沧桑之变，如一场恶梦也。曰"对着晨风夕月，阶柳庭花"，晨风寓兴清之意，夕月寓亡明之意。

他又说，《红楼梦》里"空空道人"的言事也隐有"明清"之意，"谈情"即是"谈清"：

> （空空道人）只见上面大旨不过谈情，已悟其中寓意矣。因而又以空空道人"因空（伪）见色（真），由色生情（清），传情入色，自

色悟空"注之,言其不过空情(伪清)声色史耳。其曰:"无朝代年纪可考……不过谈情",换言之即"朝代不明,只是谈清"。还恐人误会非明清事,乃以风月宝鉴影射清风明月以关合之。又曰"石头记缘起说明",即谓明虽亡而一部《石头记》乃缘起于明之既亡也。(着重点引者所加)

他还说,《红楼梦》二十三回林黛玉问贾宝玉看的什么书,贾宝玉回答说不过是《大学》《中庸》。据此,景梅九说:"《中庸》《大学》正影明清两代。"这又是什么缘故?他说:"《中庸》第一句乃'天命之谓性',当然影射清朝。至《大学》,首两句为'大学之道,在明明德',显然影射大明","宝玉说《西厢》是《中庸》《大学》,正言明清兴亡之事,非闲笔也"(《次论汉满明清》)。

他甚至说,八十九回宝玉到潇湘馆看见一副小对"绿窗明月在,青史古人空",又挂斗寒图是画"青女素娥俱耐冷,月中霜里斗婵娟"诗意,这里面也隐寓"明清"之意。前者是"明清对举","绿窗明月,昏暗不明矣。清史新编,更无故人在,正是亡国人感慨"。后者又作何解?他说:"青女散霜,乃是满雪一流人物,素娥奔月,自是明女,乃满汉宫女之争也。"(《次论汉满明清》)如此等等。

我在《红楼研究小史稿》第四章中,曾经说到那个"梦痴学人",因为他满脑子是"道"字,所以在《红楼梦》里到处寻找"道"字,甚至把《红楼梦》里表示懂得的"知道"一词中的"道"字,也硬说成是所谓"先天大道",用以证明《红楼梦》是"道书"。现在景梅九因为满脑子是"明""清"二字,他也就在《红楼梦》里寻找一切"明""清"或可以附会为"明""清"的字眼,用以证明《红楼梦》是所谓隐寓"明清兴亡之事"。这种索隐派死钻牛角尖的劲头,真可以说是后先辉映、相去伯仲的了。

此外,在《再专论宝玉》中,景梅九说小说第三回从黛玉眼中看贾宝玉原是一个"青年公子",即是"清家公子";"虽怒时而似笑,即瞋视尚有情",这"有情"即是"有清"。认为小说中的贾宝玉,"所写象貌,极似清世祖,其状如美妇人,清秀绝伦,且极有情"①。在《论书中诗词》中,又说《红楼梦》十二支曲"都只为风月情浓","自然是清风明月";至于"奈何天,伤怀日,寂寥时试遣愚衷,因此上演出这悲金悼玉的《红楼梦》",他解释说:

> 作者自道作书缘起,书中屡用无可奈何天以及良辰美景奈何天,皆寓国亡种灭,奈何不得,既悼玉玺又悲金人者。因明已亡,而清亦不能久保。

从《石头记真谛》本论来看,其中前五节《先论命名》《次论薛林取姓》《次论汉满明清》《再专论宝玉》《论书中诗词》所论诸事,范围颇宽,但着重强调《红楼梦》是写明清之际的兴废之感和发抒"亡国之隐痛"。

本论的最后一节《论著者思想》与上述五节不同,说的却是《红楼梦》作者有"平民思想"。篇幅虽只占本论六节之一,在全书二百余页中更只占六页,但因为它比较特殊,所以稍作介绍。此节开头即说:

> 著者曹一士及重订者曹雪芹,生于清初乾隆之际,目睹满人倾轧猜忌之情形,以及富贵功名之虚伪,且在黄梨洲《明夷待访录》出世之后,痛知君祸之奇酷,颇有去君思想,故于本书字里行间,时露平民色彩。若生于近今,当成一锐进主义者。

关于《红楼梦》原著者是所谓曹一士,此说寿鹏飞《红楼梦本事辨证》中已经提出,其实是不可靠的传闻;说《红楼梦》的揭露似乎专指"满人",是受其"宗明""思明"思想的指导,也全是不切实际的浮言。

---

① 此类附会甚多。《再专论宝玉》中还逐句注解评宝玉的二首《西江月》词;说"潦倒不通庶务,愚顽懒读文章;行为偏僻性乖张,那管世人诽谤",上言"初不爱中国政治与文化",下言"满人偏据辽东,竟张狂图明,不顾世人之非议,入关后肆行无忌,益乖张矣";又说"天下无能第一,古今不肖无双;寄言纨袴与膏粱,莫效此儿形状",上言"此似指胤礽",下言"中国文绣民族,不宜反效满人"。

但这里指出《红楼梦》作者目睹当时政治之"倾轧猜忌""富贵功名"之"虚伪",并能联系当时黄宗羲等人先进思想的出现,以说明小说作者思想之有"平民色彩",这些认识比起上述数节的内容来,是较有意义的。

可惜的是,这些比较有意义的认识跟那些杂七杂八的索隐混杂在一起,几乎淹没于大量无根据的文字猜测之中;同时,这些认识并不是通过对小说中人物和思想的分析得出来的,往往是生硬地附加上去的。请看,关于《红楼梦》的平民思想,他就曾这样举例论证:

> 如第七回宝玉初见秦钟,自思道:"天下竟有这等的人物,如今看了,我竟成了泥猪癞狗了(此句乃影朱元璋相貌如猪,有弦外音),可恨我为什么生在这侯门公府之家。若也生在寒儒薄宦之家,早得与他交接,也不枉生了一世。我虽比他尊贵,可知绫锦纱罗,也不过裹了我这枯株朽木(枯株乃古朱),美酒羊羔,也不过填了我这粪窟泥沟(乃有猪窟意),富贵两字不啻遭我荼毒了(这些话在如今很平常,但在君主时代,野心家正抱大富贵的希望,自觉富贵为荼毒的,除过几个高人隐士,真是少有)。"

又举例论析说:

> 又写秦钟见宝玉形容出众,举止不浮,更兼金冠绣服,艳婢娇童(帝王富贵),果然怨不得人溺爱他。可惜我偏生于清寒(满清起于寒苦之东方)之家,那能与他交接。可知贫富限人,亦世界上大不快事(末两语乃作者本心,一片不平之气,都注向富贫两字,不但要去贵,还想去富。世界到了无富无贵的境界,便近乎极乐园无政府地步了。甚么富贵贫贱,真使人大不快活,只好一笔抹杀,不许字典中再现此等字样,然后还我平等自由,岂独宝玉、秦钟之欣幸也哉,是全人类的福音也)。

《红楼梦》写贾宝玉这些奇特的言行,自然是体现了作者的进步思想的。贾宝玉生在侯门公府,却以此为"可恨",因为生于侯门公府,便不得与自己所喜爱的人交接,可知贫富限人,亦世界上大不快事。"绫锦纱罗"、"美酒羊羔"、功名富贵,一般世俗之徒对此是何等艳羡,求之不得,但他却认为是一种"荼毒"。《红楼梦》主人公贾宝玉的这些思想言行,是作者进步思想、民主思想的一种表现。景梅九对这些思想言行采取肯定赞扬的态度,这当然是对的;但是他却发挥为近代"自由平等"思想,说作者"不但要去贵,还想去富",又说这种"无富无贵的境界",即是"极乐园无政府"的境界,这样来解释《红楼梦》,未免就扯远了。

上述这种解释,虽不甚切合实际,还可说是表现出对于"自由平等"思想的某种赞同和向往;可是在这些评析中,又夹进了什么"泥猪癞狗"是"影朱元璋相貌如猪",出身于"清寒"之家,是暗喻"满清起于寒苦之东方"之类的东西,就实在是不伦不类得很。这种情况正足以说明,《石头记真谛》一书,虽然有些地方流露某些积极内容,但就其总体而论,本质上仍然是一部道道地地的索隐派著作。

因为景梅九头脑里认为贾宝玉影射"帝王",《红楼梦》暗写清廷,于是便对《红楼梦》的某些叙写,进行穿凿附会的评论。如小说第十五回写宝玉往铁槛寺路经田家,不识庄稼用物,一见纺车越觉稀奇,景梅九就评论说:"写出一个不辨菽麦天子来,乃寓重农意。"又如小说六十六回写柳湘莲对宝玉说"你们东府里除了那两个石头狮子干净罢了",景梅九就认为这是写的"清廷淫乱","东府"专指"辽东",等等。

《论著者思想》一节中,有些评论也是有一定道理的。如《红楼梦》六十五回尤三姐嘲骂贾珍、贾琏兄弟,景梅九便说这是"骂尽买卖式婚姻,究其根源不过两个臭钱作怪","若贾氏没有几个臭钱,何能诓骗、欺负人家寡妇孤女,害了他们性命"。十九回宝玉骂那些讲究"仕途经济"的人为"禄蠹",他就说:"禄蠹两字直骂倒古今一切作官者。书中写贾雨村之贪婪、王熙凤之弄权、薛蟠之仗势,以及两府之淫乱,都是作者反对官吏的精神。"他又认为小说四十六回写鸳鸯反抗贾赦,连宝玉都菲薄起来,写迎春误嫁、尤三姐之自择无成,此皆是"反对旧式婚姻,乃前人所未有者,此著者思想高人一等处也"。还说四十一回写刘老老听了凤姐一茄之费摇头吐舌,认为这是写"富贵人家之造孽,所谓日食万金,决非诳语"。最后评及小说九十三回写差役"混打车夫",又说:"写当时衙役之欺侮平民,与今日军人拉车情形一般可恶。"①这些评论自然不能说是很深刻的,同时还应当看到,就《石头记真谛》全书而言,这类评论并不占据重要地位,不是主要的贯串性的东西,而是附带的、枝节的,然而它毕竟在一定程度上指出了《红楼梦》具有民主的思想倾向,这还是应当肯定的。

景梅九对旧索隐的评述和补索

《石头记真谛》上卷固多牵强附会之言,但有些地方(如《论著者思想》一节)也还有些可取之处;比较地说,《石头记真谛》下卷荒唐无稽之处就更多了。

下卷由《评王梦阮〈红楼梦索隐〉》和《评邓氏〈红楼梦释真〉》两个部分构成。评王著的部分比评邓著的部分为多。下卷有两点是可以注意的:一是从写法上说,以评别人著作为线索,或赞成,或批评,或补充,在评述他人索隐的过程中进行自己的索隐;二是从内容上看,由于对诸种索隐,常作兼收并蓄的评论,又再加入自己新的索隐,故庞杂而又不得要领,其中许多地方牵强附会比上卷更为严重,个别地方还用索隐式的邪想写了一些庸俗低级的东西,实在可以跟阚铎的《红楼梦抉微》相比丑。

景梅九对《红楼梦索隐》的基本看法是,"其所发明者多与唐君相合,而尚未能穷源竟委,一抉作者之苦心也"。所言唐君,即是我们上面说及的那个唐易庵。据景梅九看法,《红楼梦索隐》"所详者惟陈圆圆、董

---

① 《论著者思想》末尾引"某君评曰":"北人拿车,南人捉船,借端滋事,难以枚举。衙役之毒甚矣哉,生民涂炭,食肉寝皮,吾心才快。于书为闲文,其实此等皆著者正意。"景梅九认为此评"揭出著书者平民思想来,与鄙意恰合"。

小宛、刘三秀三人事",于"明清代革之事,所知不多"。又说该书"有时敷陈多言,而未说出本意,尤使人不快"。如该书评"开卷第一回也"时,"已指出作者取'开宗明义第一章'之意,却未将'宗明'二字揭露,又不知其影射清后下嫁摄政王诏书中以孝治天下事"。又于《红楼梦曲》中,"不知悲金之为悲满,视为宾辞,木石真谛,完全不解,所拟影射诸人,亦未尽合,此其蔽也"。但对该书有些地方的索隐却又评为"明快细微处",如认为二十六回"从小红写出洪承畴降清时心事情形,玲珑剔透"。

景梅九对《红楼梦索隐》关于《红楼梦》是写清朝顺治皇帝和董鄂妃(董小宛)故事的说法是赞同的,有些地方并作了补充。如说:

(六十六回)兴儿说宝玉,《索隐》谓指清世祖,甚是。所以尤三姐笑道:"主子宽了你们又这样,严了又抱怨,可知你们难缠。"俗称皇帝为真主,亦曰主子。

这是对《索隐》"索"出的看法加以补充证明。也有的是认为《索隐》未得要领,是景梅九补充"索"出新的见解来的。如说:

第二回智通寺联:"身后有余忘缩手,眼前无路想回头。"《索隐》谓为一般热中人说法,其实仍是讥讽满人。作者多以猢狲拟东胡,身后有余言有尾也,忘缩手言其伸手取中原也。(着重点引者所加)

经景梅九这一补索,"身后有余",竟被"索"出一条猢狲尾巴来了,这位评论家的联想真可谓妙矣哉!

这种异想天开的索隐,只是证明了这位索隐家头脑里满塞着《红楼梦》是所谓讥刺满人这种主观意念而已。又如他批评王《索隐》二十一回对贾宝玉阅《南华经》一段索隐"过略",依他看法此段"实则将满清盗国包藏于内",理由是小说写贾宝玉阅《庄子》时"特取外篇《胠箧》",盖"言外贼窃宝玉于箧中也",等等。

景梅九为了阐述《红楼梦》第三十二回中含有"恋明"的隐义,在评

王《索隐》第三十二回时,对贾宝玉、林黛玉互表爱情的心思和语言也进行索隐:

> 黛玉想道:"我虽为你知己,但恐不能久待。你纵为我知己,奈我薄命何!"(言宝玉恋明而明已衰弱,至南朝仅余残喘,天命不与,徒唤奈何。历用"知己"字样,乃兼"知我者其惟《春秋》乎"语意在内。)
>
> 宝玉说:"你放心。"(乃谓玉玺终是明物,你放心罢。乃作者希望恢复故国一片心也,故慎重言之。)

为了把"恋明"的"真谛"强加给《红楼梦》,硬对这段分明是写爱情心理的对话,也加上一些凭空的附会。这哪里是什么《红楼梦》的"真谛",不明明是对《红楼梦》的歪曲吗?

景梅九为了阐述《红楼梦》有隐叙雍正篡位之寓义,在评王《索隐》第九十八回时,对林黛玉临死时的状况,又作了附会:

> 黛玉没时叫道:"宝玉你好!"(又与《秘史》写康熙死时,见允祯,大怒,以念珠投之,连呼"你好你好"遂卒一语相应)。当时黛玉气绝,正是宝玉娶宝钗时辰(康熙死、允祯即位同时也)。宝钗将脸飞红(良心发现),"想到黛玉之死,不免落下泪来"(康熙死,允祯假痛,正是免不得有此急泪也)。

在《石头记索隐》中,林黛玉不是被景梅九多次论定为代表"朱明"的汉女吗?可是到了这里,林黛玉却又变成了康熙皇帝!而到了某些地方,林黛玉又会变成降清的洪承畴![①] 真是忽女忽男,忽君忽臣,变

---

① 《石头记真谛》下卷评王氏《索隐》第二十六回,景梅九肯定王《索隐》"能将洪氏降清隐情"揭出,"的是妙手"。又补充发挥说:"潇湘馆黛玉'镇日家情思睡昏昏'乃写洪氏降清时镇日昏睡,心思不定状","黛玉道'我成了替爷们解闷儿的',亦写洪氏。因洪氏善谈论,清帝与语无不悦。多尔衮亦以洪为解人,每事与商,凡所忧闷,无不立解,故曰'解闷的人'"。

景梅九对邓狂言《红楼梦释真》的基本看法是,"邓氏作《释真》,颇知注重'真事隐'三字,而摘录清朝掌故,亦较他人为详悉。惟疑原书为梅村所著,又谓曹氏增删兼述及乾嘉轶事,则不甚切合。但对于木石、林薛真意仍未能道出,以及风月宝鉴《大学》、《中庸》之关合明清,皆甚疏忽"。但他认为邓狂言的《释真》"较王、蔡《索隐》颇有长处","以刘老老拟钱牧斋,以平儿拟柳如是,以张春拟贾代儒,以张勇拟包勇,以朱舜水拟外国女子,以郑成功拟探春,以梅村拟宝钗,以香妃拟鸳鸯等,皆有独到之处"①。其实,在旧红学索隐派中,邓狂言的《释真》包罗最为杂乱,所谓"摘录清朝掌故,亦较他人为详悉",实际情况是他索隐的范围更广,牵强附会的路子更多一些罢了。

在评邓狂言《释真》时,景梅九常有"甚是"、"颇合鄙意"等语。如评《释真》十八回:"拟元春归省为孝庄下嫁,甚合。"评其一百十回云:"评贾母心实吃亏四字,以影孝庄失节下嫁,甘心自污,极是。"评其一百十三回云:"评冤魂缠绕,为汉族无数生灵向豫王索命之辞,甚切。"但景梅九在评邓狂言《红楼梦释真》时,也常作一些补充。如评《释真》第一回:

> 又曰"昌明隆盛之邦,诗书簪缨之族,花柳繁华之地,温柔富贵之乡,对大荒山无稽崖青埂峰而言,一满一汉,夫复何疑。"甚是。但"昌明"二句指北方,"花柳"二句指南方,关合真假宝玉分居南北。

这是在邓狂言的附会之上,又增加了一层附会。又评《释真》第四十八回云:

> 评石呆子,以为与《聊斋·石清虚》一条有关,悟得"清虚"二

---

① 此段原文如此。依其语意,"以张春拟贾代儒,以张勇拟包勇",当作"以贾代儒拟张春,以包勇拟张勇",以下几句类此。

字为清室虚(即伪清,而书中借秦太虚亦然)。……又谓"二十把扇子为洪武至崇祯十六帝,益以福王、唐王、桂王、鲁王共为二十"(意指明史稿,不知石呆子仍藏木与石头之为朱,朱八戒亦讳呆子,皆藏朱字在内也,不可不知)。

在我们看来,邓狂言把《红楼梦》里面石呆子的二十把扇子,附会为二十史,不过是一种笑谈罢了。但景梅九却认为此说在理而予以肯定,并且又再加上了一层附会,说什么《红楼梦》那段描写是"藏'朱'字在内",以示他的研究比邓氏更深一层。这类补充附会,尚有不少,如说八十九回:"评公子填词,将顺治对董妃、乾隆对富察后之追忆一并写出,固合。然其中尚有雍正篡位历史在。"又评《释真》第三回曰:

"写林黛玉之出身曰'汝父年已半百,再无续室之意',言恢复之无望,冒辟疆伤心之辞也。曰'上无亲母教养,下无姊妹扶持',此固小宛身世,然亦见故国之无人也。外祖母之一外字最为著眼,谓彼族视我为外人也。"此鄙人所谓第一义谛。

景梅九全盘接受邓狂言以上的附会,称赞说:"此鄙人所谓第一义谛也。"并补充说:"但不止彼视吾为外人,吾亦视彼为外人。"

《石头记真谛》下卷评邓著篇幅约为评王著篇幅之一半,长篇发挥亦较少。这是因为景梅九在上卷本论中、在下卷评王著的过程中论点已多次涉及的缘故,但在评邓著《释真》过程中所表现出来的那种刻意求深、节外生枝的索隐派作风,却是完全一致的。

总起来说,景梅九的《石头记真谛》表面上看来,对蔡元培的《石头记索隐》,王梦阮、沈瓶庵的《红楼梦索隐》,邓狂言的《红楼梦释真》都有所商榷,而实际上前期索隐派这些著作的观点和内容,甚至后期索隐派如寿鹏飞《红楼梦本事辨证》中关于《红楼梦》原作者是所谓"曹一士"这类并无确据的传说,也都为景梅九所容纳。所以,《石头记真谛》这部洋洋十万言的索隐派著作,虽然在个别地方论及了《红楼梦》作者的"平民思想"之类，但就其基本思想、基本内容和评述方法来看，它道道地地是一部索隐派的著作。这部大杂烩式的索隐派著作，可以说是索隐派发展到20世纪30年代那种历史条件下的综合和总结。

我们知道，索隐派的思想和方法，在《红楼梦》研究史上统治了很长的一个历史时期。从清末民初那几部著名的大部头的索隐派著作产生之后，虽然它们遭到了新红学考证派的排击，也曾受到鲁迅等人的批判，但是，作为一种思想方法论，它在《石头记真谛》中仍然表现得那样充分。这说明，"索隐"这种唯心主义的形而上学的东西，在《红楼梦》研究中是何等顽固。所幸的是，在《石头记真谛》之后，似乎没有再出现像它这样的索隐"巨著"了。至于某些《红楼梦》研究著作中继续沿袭索隐派的一些思想和方法，那是应当从文学评论中唯心主义观念的延续性，以及研究者未能摆脱旧时研究习惯的影响等原因来加以解释的。

（以上摘自拙著《红楼研究小史续稿》第六章，该书由上海文艺出版社出版，1981年8月第1版。）

下辑

评论篇

- 从胡适、蔡元培的一场争论到索隐派的终归穷途
- 论"《红楼梦》毫无价值论"及其他
- 红学批评应当实事求是
- 论红学的考证、索隐及其他
- 关于"脂评"问题
- 科学的分析与古怪的猜想
- 《红楼梦》研究和"逆反心理"
- 短论两则
- 批判地总结、吸取《红楼梦》研究史的经验
- 索隐派红学的研究方法及其历史经验教训

从胡适、蔡元培的一场争论到索隐派的终归穷途

——兼评《红楼梦》研究史上的后期索隐派

《红楼梦》研究史上索隐派的著作很多。新红学考证派产生以前的索隐派评著,如王梦阮、沈瓶庵的《红楼梦索隐》,蔡孑民(元培)的《石头记索隐》,邓狂言的《红楼梦释真》等可称为前期索隐派;新红学产生以后陆续出现的索隐派评著,如阚铎的《红楼梦抉微》、寿鹏飞的《红楼梦本事辨证》、景梅九的《石头记真谛》等可称为后期索隐派。本文从20年代初期发生在胡适和蔡元培之间的新旧红学的一场争论说起,评述后期索隐派的几部重要评著,说明索隐派红学之终于走向穷途末路,并就这段《红楼梦》研究的历史的经验教训谈几点粗浅的认识。

一、胡适和蔡元培的一场争论

1921年,胡适发表了新红学的第一篇重要文章《红楼梦考证》,次年俞平伯写了《红楼梦辨》一书。1923年《红楼梦辨》出版时,曾经跟胡适、俞平伯(主要是跟俞平伯)频繁通信讨论过《红楼梦》的顾颉刚为之写了一篇《序》,说《红楼梦考证》和《红楼梦辨》的出现,标志着"旧红学的打倒,新红学的成立"。

胡适《红楼梦考证》等文章的出现,确实在《红楼梦》研究的历史发展中形成了一个新的不同于过去旧红学评点派、索隐派的学派,叫做

新红学考证派。但是,新红学出现以后,旧红学是否一下子就被"打倒"了呢?

胡适《红楼梦考证》的发表,对当时占居主要地位的索隐派红学发起了批评,于是在胡适和蔡元培之间发生了一场争论。我们知道,蔡元培的《石头记索隐》是旧红学的重要代表作之一,胡适的《红楼梦考证》则是新红学的第一篇重要文章,所以胡、蔡之间关于《红楼梦》是怎样的一部书以及如何研究这部书的争论,也即是《红楼梦》研究史上新红学考证派和旧红学索隐派之间的一场重要论争。

先是,蔡元培在《石头记索隐》中说,《红楼梦》"作者持民族主义甚挚,书中本事在吊明之亡揭清之失"。他认为研究《红楼梦》主要应当是"推求"小说中所影射的历史人物,"推求"的方法有三:一是"品性相类者";二是"轶事有征者";三是"姓名相关者"。根据他的"索隐",《红楼梦》里面的贾宝玉就是清朝康熙皇帝的太子胤礽,林黛玉则是影射当时的著名文人朱竹垞(朱彝尊),等等。

后来胡适发表了《红楼梦考证》,认为"《红楼梦》这部书是曹雪芹的自叙传",其内容是叙写曹家"坐吃山空""树倒猢狲散"的自然趋势,是一部平淡无奇的"自然主义"的作品。胡适认为研究《红楼梦》不应当是去搞种种的"索隐"而应当是搞"考证","其作者之姓名与其著书之年月固为唯一考证之题目"。胡适并且不客气地把包括蔡元培在内的旧红学家,统统称为"猜谜的红学大家",说他们的研究其实是"绞尽心血去猜那想入非非的笨谜"。

其后,蔡元培对胡适的批评进行了反驳。1922年1月,他写了《〈石头记索隐〉第六版自序》,副题就是《对于胡适之先生红楼梦考证之商榷》。文中说,他在《石头记索隐》中用三法"推求"小说中所影射的人物,"自以为审慎之至,与随意附会者不同"。他说:

> 近读胡适之先生之《红楼梦考证》,列拙著于"附会的红学"之中,谓之"走错了道路",谓之"大笨伯"、"笨谜",谓之"很牵强的附会",我殊不敢承认。

蔡元培并反驳说："吾人与文学书最密切之接触,本不在作者之生平,而在于著作。著作之内容,即胡先生所谓'情节'者,决非无考证之价值。"他举例说,我国古代文学作品《楚辞》,其作者为屈原、宋玉、景差等人,其时代在楚怀王、襄王时,这些为昔人所考定,然而,"善鸟香草以配忠贞,恶禽臭物以比谗佞。灵修美人以媲于君,宓妃佚女以譬贤臣。虬龙鸾凤以托君子,飘风云霓以为小人",王逸所举的这些东西都牵涉到作品的内容,"亦情节上之考证也","然则考证情节,岂能概目为附会而拒斥之?"

蔡元培还说:"胡先生谓拙著索隐所阐证之人名,多是'笨谜'。"对此,蔡元培反驳说:"胡先生所谥为'笨谜'者,正是中国文人习惯,在彼辈方以为必如是而后值得猜也。"并举例说:"即如《儒林外史》之庄绍光即程绵庄,马纯上即冯粹中,牛布衣即朱草衣,均为胡先生所承认。"又以此为据反问道:"安徽第一大文豪且用之,安见汉军第一大文豪必不出此乎?"

蔡元培一方面为自己的"索隐"辩护,一方面还针对胡适所提出的"自传说"批评道:

> 胡先生以曹雪芹生平,大端考定,遂断定《石头记》是"曹雪芹的自叙传","是一部将真事隐去的自叙的书","曹雪芹即是《红楼梦》开端时那个深自忏悔的我,即是书里甄贾(真假)两个宝玉的底本"。案书中既云真事隐去,并非仅隐去真姓名,则不得以书中所叙之事为真。又使宝玉为作者自身影子,则何必有甄贾两个宝玉?鄙意甄贾二字,实因古人有正统伪朝……习见而起。贾雨村举正邪两赋而来之人物,有陈后主、唐明皇、宋徽宗等,故疑甄宝玉影宏光,而贾宝玉影允初也。

针对蔡元培的反驳,胡适又再进行了答辩。同年五月,胡适作了《跋〈红楼梦考证〉》,其中第二部分题目即是《答蔡孑民先生的商榷》。

胡适说，蔡先生的"方法论"①对于有些小说是"可以采用"的。如《孽海花》，"这本是写时事的书，故书中的人物都可以用蔡先生的方法去推求"，小说中的陈千秋、孙汶、庄寿香即是田千秋、孙文、张香涛。又如《儒林外史》，"也有可以用蔡先生的方法去推求的。如马纯上之为冯粹中，庄绍光之为程绵庄，大概已无可疑"。但是胡适认为，"大多数的小说是决不可适用这个方法的"，《红楼梦》即不可用此法。

胡适论《红楼梦》之所以不能适用蔡元培的方法，以及蔡元培索隐的荒谬，曾引述了顾颉刚如下的话：

(1) 别种小说的影射人物，只是换了他姓名，男还是男，女还是女，所做的职业还是本人的职业。何以一到《红楼梦》就会男变为女，官僚和文人都会变成宅眷？

(2) 别种小说的影射事情，总是保存他们原来的关系。何以一到《红楼梦》，无关系的就会发生关系了？例如蔡先生考定宝玉为允礽，黛玉为朱竹垞，薛宝钗为高士奇，试问允礽和朱竹垞有何恋爱的关系？朱竹垞与高士奇有何吃醋的关系？

顾颉刚这驳问是很巧妙、有力的。胡适就借用顾颉刚的话再次指出了旧红学索隐派那种"猜谜"式的"索隐"的可笑。

胡适在文中又再次特别强调考证"作者之生平"的意义。他说：

若离开了"作者之生平"而别求"性情相近，轶事有征，姓名相关"的证据，那么，古往今来无数万有名的人，那一个不可以化男成女搬进大观园里去？又何止朱竹垞、徐健庵、高士奇、汤斌等几个人呢？况且板儿既可以说是《廿四史》，青儿既可以说是吃的韭菜，那么，我们又何妨索性说《红楼梦》是一部《草木春秋》或《群芳

---

① 胡适所说蔡先生的"方法论"，即指蔡元培用"三法""推求"小说所影射的人物的研究方法。

谱》呢？

看看当年胡适和蔡元培的这场论争,反复辩驳,多次交锋,是颇为热烈的。在胡、蔡的论争中,我们可以看到一个颇为有趣的情况,即双方相互揭出对方论点和方法存在着的问题,一般地说都是有一定道理的。原因说来很简单,就是蔡元培和胡适双方对《红楼梦》的论述都不是真正科学的,都存在着矛盾和破绽之处。但是如果要把胡适和蔡元培两人的争论比较一下的话,那么平心而论,还是应当说胡适比较对一点。

应当说,蔡元培的《石头记索隐》比起王梦阮、沈瓶庵的《红楼梦索隐》来,其撰述用意是比较严肃的。他不是只凭兴趣在那里"戏笔",而是想通过对《红楼梦》的"索隐"来宣传民族主义思想;而胡适"考证"《红楼梦》等小说的动机,他自己曾明白声言是为了"要教人一个不受人惑的方法",使人们不要"被马克思列宁斯大林牵着鼻子走"(《胡适文选·介绍我自己的思想》)。他是要用资产阶级实用主义哲学的宣传来阻挠当时马克思主义理论在中国的传播。我们应当看到二人在研究《红楼梦》的思想政治动机上的不同。

我们了解评论家著述的思想政治动机,对于评析他们的学术著作是必要的;但是我们不能简单地用对他们著述的思想政治动机的评判,来代替对他们的学术著作的评判。他们的著作学术上的意义和价值,他们学术见解上的是非,应该实事求是地作具体的评析。

蔡元培的《石头记索隐》虽然把《红楼梦》称为"政治小说",但他对这部"政治小说"的研究,确实是跟一般旧红学索隐派的"猜谜"式的研究是一样的,是属于附会学派。至于胡适,他的《红楼梦考证》,其"自传说"以及把《红楼梦》说成是"自然主义"的作品,这些观点是错误的。但他根据前人记述的一些材料加以整理、串述,明确指出《红楼梦》的作者是曹雪芹,考列出有关曹雪芹家世的一些史料;他的文章对当时充塞于《红楼梦》研究中那种钩沉索隐、测字猜谜的风气,发起了批判。这一些从《红楼梦》研究的历史发展来说,应当实事求是地给以恰当的评价。

当年胡适和蔡元培之间的那场辩论,虽然多次反复争辩,但是谁也没有说服谁。他们之间的那场争论实际上后来还延续了很久。实际情况说明,在《红楼梦》研究史上,并不是一出现了新红学,旧红学一下子就被"打倒",就退出了《红楼梦》研究阵地的。

二、后期索隐派的趋向及其变化

在胡适的文章发表以前,《红楼梦》研究中的索隐派已经是风靡一时,形成了很大的声势。当时除了蔡元培的《石头记索隐》之外,稍前或稍后还有王梦阮、沈瓶庵的《红楼梦索隐》和邓狂言的《红楼梦释真》等篇幅甚大、影响颇广的评著。在这种情况下,旧红学索隐派及其著作,自然是不会随着20年代初期胡适和蔡元培之间的一场争论,随着新红学考证派对旧红学索隐的批评就消歇下来的。

实际上不但蔡元培在当时的争论中并没有放弃索隐派的观点和方法,就是在很久以后,也还有人站在旧红学的立场而反对新红学的,而最重要的事实是索隐派的评著此后仍然在不断地出现。

在胡适和蔡元培的争论之后,在新红学考证派尖锐地批驳测字猜谜的旧红学索隐派之后,索隐派评论家那些"抉微""抉隐",寻觅《红楼梦》的"本事""真谛"之类的著作,依旧在陆续出现。我们这里将要加以评述的阚铎的《红楼梦抉微》和寿鹏飞的《红楼梦本事辨证》这两本书,就都是20年代中期以后出现的,至于比这两本著作篇幅更大的景梅九的《石头记真谛》的出版,则已经是30年代的事了。这种情况说明,学术研究中一种唯心主义的观点和方法既经形成,那么虽经多人批评,其牵强附会也已多所暴露,但要加以杜绝,实在并不是容易的事。

总的说来,后期索隐派著作是前期索隐派著作的继承和发展,它运用的仍然是那种主观主义地寻觅小说"本事"和"微言大义"的穿凿附会的思想方法。但是后期索隐著作具体分析一下,也还存在着一些不同的情形。后期索隐派评著大致可分为三种。

一种是继续运用前期索隐派著作的研究方法，仍然很生硬地把《红楼梦》的"本事"和一些零碎史实加以比附，借以证明《红楼梦》是一部"野史"。其所使用的方法，虽说同样是形而上学的、支离破碎的，但所述多半还是有一些文字作为猜测、推论的依据，姑不论这种猜测、推论是否牵强附会，是否正确。这一种索隐派评著，可以寿鹏飞的《红楼梦本事辨证》作为代表。

另一种是完全抛开《红楼梦》的历史价值和社会意义，专门从猥亵处着眼，竭力把《红楼梦》说成是一部"淫书"。其基本的研究方法，是寻章摘句，加上歪曲捏造。例如从《金瓶梅》中，宰割下一些猥亵描写，拿来跟《红楼梦》中截取下来的片断互相印证，以此证明《红楼梦》实从《金瓶梅》而来，因而也是一部"淫书"。索隐派中这一种类型的研究，实在已经不仅是无补费精神的问题，而是一种可鄙的行为了。阚铎的《红楼梦抉微》就正是这样的货色。这部评著的出现，标志着索隐派红学的堕落。

还有一种则是兼容并包过去诸种索隐派著作的旧说，把《红楼梦》所"隐寓"的"历史"范围无限放宽，凡能说出小说影射清朝历史的，尽管说法各不相同，但都加以肯定、采纳，同时在索隐"史事"的过程中，评论者又受到了当时社会上民主思想的某种影响，于是便在充斥着穿凿附会的无聊的"索隐"之中，夹进了一些"自由""民主""革命"之类的字眼以及关于《红楼梦》具有"平民精神"的论断，使全书内容显得拉杂不伦，很不调和。这可以说是大杂烩式的索隐派著作，也可以说是索隐派评著的一个变种。这种索隐派评著，出现较迟的景梅九的《石头记真谛》便是最突出的代表。

要之，在后期索隐派评著中，寿鹏飞的《红楼梦本事辨证》是前期索隐派的直接继续。阚铎的《红楼梦抉微》则是索隐派红学发展过程中出现的一种邪门歪道，它的出现表明索隐派的趋于极端腐败。至于景梅九的《石头记真谛》，其主要篇幅和基本内容，仍是钩沉索隐之类的玩意儿，它兼收并蓄，把索隐派诸说煮成一锅。但它多少也有一点变化,这就是它也不得不随着时代潮流,在"索隐"的老腔调中加上了一些"民主""革命"之类的新概念。但这样一来,《石头记真谛》全书的思想观点也就显得庞杂而又混乱,彼此互不统一。这种迹象正说明索隐派评论家已经心劳力拙,索隐派红学发展至此,已经是归于穷途了。

三、阚铎的《红楼梦抉微》

此书阚铎(字霍初)著,署"无冰阁校印",民国十四年(1925)天津大公报馆印行。在这以前,已经先在北京《社会日报》副刊上连载过。

《红楼梦抉微》不但是索隐派的一部恶札,而且也是《红楼梦》研究中最无可取的著作之一。我曾经说,清代光绪年间"梦痴学人"所著的《梦痴说梦》一书,"是《红楼梦》研究史上一部难得的反面教材"①;这里我们所要评述的《红楼梦抉微》,也是一部罕见的反面教材。这两种评著不同之处,是《梦痴说梦》把《红楼梦》歪曲成为一部"丹书",《红楼梦抉微》则把《红楼梦》诽谤成为一部"淫书"。"丹书"之类的昏庸说教,或许能够领会的读者并不多;而"淫书"之类的恶意宣扬,则颇容易使一般读者受害。故两书虽然同属于《红楼梦》研究史上最荒诞的评著,但就两书的社会影响来说,后者对读者的危害则超过前者。

本来,自《红楼梦》出世之后,污蔑它是"导淫"之书的并不乏其人;但像阚铎这样,专门写一本书来证明《红楼梦》之为"淫书",却实在是《红楼梦》评论史上的一项"创造"。

《红楼梦抉微》一书约四万字左右,列题一百七十余个,有文一百六十余则(篇)②,每则文字多寡差别极大,其中最长者达二三千字,最短者仅二三十字。书首有作者民国十三年(1924)所作的《红楼梦抉微自识》,开篇即说:

---

① 《评〈红楼梦〉研究史上的随笔类论著》,载《学术月刊》1979 年 3 月号。
② 此书有些地方,题目虽有两个,文却只有一篇。如《黛玉之与金莲》《上学裁衣之相同》用一文,《葬花之真诠》《化灰下水与葬坟之别》用一文。

咸同以来,红学大盛,近则评语索隐,充塞坊肆,较之有井水处无不知有柳屯田,殆已过之。然青年男女,沉酣陷溺,乃如鼷鼠食人,恬然至死而不自觉。嘻,何其甚也!《红楼》大体高华贵尚,不至令人望而生厌,而丑秽俗恶,遂随之深入于人心。天下之最可畏者莫若伪君子,彼真小人者,人人避之若浼,诚不如伪君子日日周旋于缙绅之间,反得肆其蛊惑之毒。《金瓶梅》者,真小人也。著《红楼梦》者,在当日不过病《金瓶》之秽亵,力矫其弊而撰此书。初不料代兴以来,乃青出于蓝,冰寒于水,一至于此。

在阚铎看来,《金瓶梅》是一部粗俗的淫书,《红楼梦》则是一部文雅的淫书。粗俗的淫书,因为不加掩饰,故人知所避,不易受其污染,而《红楼梦》这部淫书,则披着美丽的外衣,读者不知所避,故"反得肆其蛊惑之毒"。所以,《红楼梦》这一"伪君子",比之《金瓶梅》这一"真小人",尤为"可畏",尤为有害。

我们知道,《金瓶梅》是我国明代一部著名的长篇小说,它在文学史上的地位和意义,它在我国古代长篇小说发展过程中的作用,总之关于它的价值和是非功过不是三言两语所能说尽。所可肯定的是,"淫书"二字,实不足以全面概括其内容和价值,但也应当说它里面确有许多涉及男女两性关系的猥亵描写。至于阚铎在这里把《红楼梦》跟《金瓶梅》相比,说什么"青出于蓝,冰寒于水",是一部比《金瓶梅》更"淫"、更"毒"的"淫书",这实实在在是热昏的胡话。

阚铎自称"自悟彻《红楼》全从《金瓶》化出一义以来,每读《红楼》,触处皆有左验",于是便著为此书,"实欲觉后来之迷"。换句话说,他是怀着菩萨救世的心肠,为了使人们不致"沉酣陷溺",免遭《红楼梦》之毒害,方才著述此书的。

《红楼梦抉微》讲的是些什么呢?不妨摘抄其中一部分论题,从这些文章题目是可以约略了解该书内容的。其论题有:《以贾代西门之铁证》《贾雨村应注重村字》《黛玉与金莲皆曾上过女学》《〈红楼〉以孝作骨,〈金瓶〉以不孝作骨》《两书之僧尼》《两书之皇亲》《两书之雪天戏叔》《两书在服中作种种之不肖》《通灵玉究竟是何物》《石头是玉之前身,西门是孝哥之前身》《葬花之真诠》《化灰下水与葬坟之别》《偷香玉三字之意义》《黛玉何以姓林》《黛玉之与金莲》《上学裁衣之相同》《宝钗与李瓶儿》《绣鸳鸯描摹横陈之所本》《凤姐与王六儿》《元春与吴月娘》《妙玉遭劫与孙雪娥被拐》《湘云之与李桂姐》《薛姨妈之与王婆》《情解石榴裙与醉闹葡萄架》《平儿之与春梅》《湘莲杀三姐即武松杀金莲》,等等。

纵观全书内容,大致可归纳为三点:一是认为《红楼梦》全从《金瓶梅》一书"化出",这是全书基本观点;二是认为《红楼梦》里的人物,即是《金瓶梅》里人物的"化身";三是认为《红楼梦》里的一些事情,是《金瓶梅》里一些事情的仿写或续写。这三者是互相交错的。又因为阚铎想要着重论证《红楼梦》是"淫书",故用不少篇幅将《金瓶梅》里两性关系的叙写来比照《红楼梦》的描写。

《红楼梦抉微》所用的方法完全是牵强附会的索隐的方法。为了节省篇幅,我们可就上述三项内容,各略举例如下。

所谓《红楼梦》系从《金瓶梅》一书"化出",可以本书第一条"抉微"为例。此条题为《以贾代西门之铁证》,文云:

> 《红楼梦》何以专说贾府之事?《金瓶梅》十八回《赂相府西门庆脱祸》,因兵科给事中宇文虚中等,奏劾蔡京、王黼、杨戬一案,杨戬亲党有西门庆姓名在内。西门庆遣家人来保赴东京打点,由蔡攸具函,嘱托右相李邦彦,并送银五百两,只买一个名字。李邦彦取笔将文卷上西门庆名字改作贾廉云云。《红》书之以贾代西门,即发源于此。

原来,曹雪芹创作小说时,为了确定书中一个家族姓什么,却必须到《金瓶梅》里寻求启发;就因为《金瓶梅》里说到李邦彦将"西门庆"改作"贾廉",所以曹雪芹便决定使《红楼梦》"专说贾府之事"!《红楼梦》研究史上是很有些奇谈的,这里又是一桩。从这条"抉微",我们可以知道,阚铎脑袋里是先立了"《红楼》全从《金瓶》化出"这样一个观念,然后挖空心思去寻觅一切可以比附的地方的。否则,《金瓶梅》里写到有人将"西门庆"名字改作"贾廉"这样的细枝末节,怎么会被挑剔出来加以利用,把它说成是《红楼梦》所写"贾府之事"即《金瓶梅》所写西门庆家之事的"铁证"呢?

所谓《红楼梦》里的人物即《金瓶梅》里人物的"化身",可举其论证"林黛玉即潘金莲"为例。阚铎说:

> 林黛玉即潘金莲。颦儿者,言其嘴贫也。一部《红楼》,林于文字为最长;一部《金瓶》,金莲于诗词歌赋无所不能。盖林曾从贾雨村读书,此外并无一人曾上过学。潘亦于七岁往任秀才家上过女学,为《金瓶》各人所无。……林能自己裁衣,于他人并未明点;盖潘乃潘裁之女,九岁入王招宣府,又能为王婆裁缝寿衣。潘之精于女红,为《金》书注意之笔,亦可作一确证。(《黛玉之与金莲》《上学裁衣之相同》)

开头就提出一个"铁证",这里又是一个"确证",其实这种"确证"也是不值一驳的。倘若古书里写到一个女子文才甚好且又精于女红,就可说是林黛玉的前身,则林黛玉的前身就未免实在太多,而可以拉来比附的书又何尝只有一部《金瓶梅》!

林黛玉是出身仕宦之家的贵族小姐,潘金莲是出身裁缝家庭的市井女儿。林黛玉生活在大观园那样的环境里,潘金莲则生活于恶霸西门庆之家。林黛玉始终爱着贾宝玉,潘金莲则朝三暮四。总之,《红楼梦》里的林黛玉是一个具有叛逆思想性格的贵族之家的小姐,《金瓶梅》里的潘金莲则是一个庸俗淫荡的市侩女性。这两个女性形象,相距何止十万八千里,为什么要把她们硬扯在一起?过去的索隐派红学家,有的说林黛玉是影射朱竹垞,有的说她是影射顺治皇帝的宠妃董鄂妃,又有的说她是影射乾隆的皇后富察氏;现在这个阚铎又发展一步,把林黛玉这个典型形象的模特儿找到了《金瓶梅》里潘金莲这个淫荡女子身上,这真是所谓每况愈下,愈来愈不堪了。即此一端,也可以见出索隐派红学的愈趋腐败了。

除了说贾宝玉是西门庆,林黛玉是潘金莲之外,阚铎又索隐说薛宝钗是《金瓶》里另一个女子李瓶儿。理由是:"宝钗与李瓶儿同一白净,同一富厚,同一好以财物结交人,同一生子,同一与玉苟合于前,嫁之于后,同一住在贴邻。其所以名钗者,瓶之初赠月娘等是金寿字簪儿,簪者钗也。"(《宝钗与李瓶儿》)《红楼梦》里何尝写到薛宝钗与贾宝玉有过"苟合于前"的事?这纯粹是无聊的索隐家的造谣。此外,《红楼梦抉微》又胡说什么《红楼梦》里的元春、迎春、探春、惜春,分别是《金瓶梅》吴月娘、李娇儿、孟玉楼、孙玉娥,袭人是春梅,晴雯是玉箫,等等。真是昏话连篇,随口乱嚼,这里不细述了。

所谓《红楼梦》里写的事即是《金瓶梅》里写的事,这里只举两个例子。其一是说《红楼梦》里林黛玉葬花,即是《金瓶梅》里李瓶儿葬她的前夫。阚铎说:

> 黛玉葬花即指金莲死武大、瓶儿死花二而言。瓶儿原从金莲化出,故花二之花,与武大异曲同工,其所葬之花,并非虚指,即花子虚也。……《红》二十三回……①按此段先说撂了好些在水里者,即指西门与金莲曾将武大尸身焚化,撒入澈骨池水中。黛云水里不好,拿土埋上,日久随土化了。宝云帮你收拾者,是谓子虚死后,瓶儿请了西门过去,与他商量买棺入殓,念经,发送到坟上安葬,此非葬花②而何,却是移作葬武不得。盖武大化灰下水,并无坟之可言!(《葬花之真诠》《化灰下水与葬坟之别》)

请读者想想,树上的落花,在这里却变成了人的尸体!《红楼梦》里林黛玉葬花,在这里竟变成了什么李瓶儿埋葬她的前夫花子虚!曹

---

① 此处摘引《红楼梦》二十三回里面贾宝玉、林黛玉商谈把花撂入水中改为葬入花冢的故事。引文过长,略去。

② 此处"葬花"的"花"字指花子虚,下句"葬武"的"武"字指武大郎。

雪芹小说里黛玉葬花这个动人的故事,就这样被这个索隐家横加污染,涂抹成为《金瓶梅》里那种十足丑恶的事件,是可忍孰不可忍?

再一个例,是说《红楼梦》里写贾宝玉踢人,是从《金瓶梅》里西门庆好打老婆而来。其妙论见《宝玉踢人之故》,文云:

> 西门庆是打老婆的班头,降妇女的领袖。如打金莲,打瓶儿,种种皆其实据。《红楼》全用倒影法,既以宝玉作西门,故将宝玉写成一个受打受降的温柔手段,是为反写;于另一面又受政老之毒打,是为倒写;又于另面写踢袭人窝心脚,既为侧面文章,又映带西门之踢武大心口,盖谓宝玉并非不会踢人耳。

什么"反写""倒写"啦,什么"侧面文章"啦,全是主观主义的瞎说。请问,贾宝玉有一次发脾气无意中踢伤了袭人,这跟西门庆有意行凶脚踢武大郎心口有什么相干?跟西门庆好打老婆又有什么关系?阚铎明知《红楼梦》里贾宝玉对待女子是"温柔手段",与西门庆对待女性的肆意蹂躏完全不相同。但他为了千方百计证实贾宝玉即是西门庆,便不惜对《红楼梦》的实际描写加以歪曲,造谣说曹雪芹塑造贾宝玉这个人物仍是在写西门庆,不过是采用"倒影法"云云,这实在是很恶劣的。

《红楼梦抉微》在"抉"《红楼梦》之"微"时,经常捏合《金瓶梅》《红楼梦》两部小说的人物故事,着眼于男女两性关系的叙写,考究"贾珍与可卿之关系"、"叔公与侄妇之关系"之类。但阚铎尚不肯仅止于此,他还进一步把《金瓶梅》里一些丑恶事情硬栽到《红楼梦》里一些实无其事的人身上。例如,他说"湘云醉眠芍药裀,即《金》书五十二回之山洞戏春娇"(《湘云之与李桂姐》),"宝玉挨打,似琴童挨打。打宝玉而黛玉心疼,打琴童而金莲暗泣"(《宝玉挨打之故》),硬是要把《金瓶梅》里那些无耻行为说成是贾宝玉和史湘云、林黛玉二人之间也曾经发生过的事,这就实在是凭空污人清白了。阚铎的这种"抉微",其实就是造谣。此外,书中对"通灵玉"所作的荒唐解释,说什么"西门全身以玉茎为祸根,故宝玉之玉即为命根"(《通灵玉究竟是何物》),又加上一些引人入于邪想的文字,我们这里不作具体引述了。只是我们必须如实指出,那些文字足以证明,它的作者是一个极端荒唐而又下流的评论家。在论证《红楼梦》是所谓"淫书"方面,《红楼梦抉微》在《红楼梦》研究史上真可以说是登峰造极的。

四、寿鹏飞的《红楼梦本事辨证》

此书民国十六年(1927)商务印书馆印行。全书约五六万字。前半部分是对过去评论《红楼梦》诸种说法的评述,后半部分是寿鹏飞对《红楼梦》作者问题和小说"本事"的索隐。

本书卷首有蔡元培1927年所作的《序》,其中说:

> 同乡寿槃林先生新著《红楼梦本事辨证》,则以此书为专演清世宗与诸兄弟争立之事;虽与余所见不尽同,然言之成理,持之有故。此类考据,本不易即有定论;各尊所闻以待读者之继续研求,方以多歧为贵,不取苟同也。先生不赞成胡适之君以此书为曹雪芹自述平生之说,余所赞同。以增删五次之曹雪芹,为非曹霑,而即著《四焉斋集》之曹一士,尤为创闻,甚有继续研讨之价值。

蔡元培的《序》概括了《红楼梦本事辨证》一书的主要观点和基本内容。此《序》也可看作是当年他跟胡适的论争的继续。他在这里再次明确表示,他是反对胡适以考证去说明"自传说",而仍然主张搞索隐(他这里把索隐称为考据)的。

《红楼梦本事辨证》评介了关于《红楼梦》的九种评著或观点。一是,有谓《红楼梦》书中人,皆影当时名伶者,举《樗散轩丛谭》为例。二是,有谓记金陵张侯家事者,举周春《阅红楼梦随笔》为例。三是,有谓记故相明珠家事者,举陈康祺《郎潜纪闻二笔》等为例。四是,有谓刺和珅而作者,举《谭瀛室笔记》为例。五是,有谓藏谶纬之说者,举《寄蜗残赘》为例。六是,有谓全影《金瓶梅》而作者,举阚铎《红楼梦抉微》为例。七是,有谓记清世祖董鄂妃故事者,举王梦阮、沈瓶庵《红楼梦索隐》为例。八是,有谓影康熙朝政治状态说者,举蔡孑民《石头记索隐》为例。九是,有谓作者曹雪芹自述生平者,举胡适《红楼梦考证》、俞平伯《红楼梦辨》为例。寿鹏飞一方面介绍上述九种评论的内容要点,同时或简或详地对这些说法逐一加以评价①。

在上述九种评论中,寿鹏飞对蔡元培的《石头记索隐》最为佩服。虽然他也批评蔡书以薛宝钗影高澹人、以刘老老拟汤潜庵为不当,还批评蔡书以《红楼梦》为"政治小说",所指范围过广,"其所指影事,东鳞西爪,无归宿处";但他着重指出,就总体而言,"蔡说深得作者真意。当时如吕晚村、方孝标、戴名世辈,均以故国之思,偶有著作,咸撄奇祸。此书作者,乃不得不变化面目,托之言情,隐存事实,冀垂后世,洵足推倒诸说之谬"。意谓《红楼梦》"作者苦心",惟蔡说一出,有似"明星曙光","此一闷葫芦,始打破矣"。

寿鹏飞于所评诸说中,排击胡适之说最为用力。他说:"若《石头记》一书止为曹雪芹自述生平而作,则此书真不值一噱矣。其根本错误,在谬认此书前八十回为曹雪芹所撰,后四十回为高兰墅所撰,亦太卤莽灭裂矣。"

那么,一百二十回《红楼梦》作者究竟是谁呢? 寿鹏飞说:

> 犹忆卅年前,同学马水臣(纲章)驾部为余言,增删《红楼梦》之曹雪芹,本名一士。马君赅博,承家学,语必有本。今考曹一士,字谔廷,号济寰,亦号泖浦生。上海人。雍正进士,官兵科给事中,屡上封事,朝野传诵。工诗文,有《四焉斋集》,惟未考得其雪芹别号。或因增删此书,特设此号以自晦欤!

---

① 寿鹏飞对诸说的评介详简大不一样,如对第五第六种说法,都只用了三数行文字;但对第七、第八、第九种说法,则各用数页以上的篇幅,详加介绍和评论。

寿鹏飞认为,"此书作者,必非胡适所考江宁织造沈阳曹寅之孙曹頫之子曹霑其人矣,又何从而有自述生平之理乎?"他进一步就《红楼梦》的思想内容加以评述说:

即就是书思明讥清之意观之,亦断非旗籍满臣,世代通显,感恩清室者所为,当必为明代孤忠遗逸,幽忧志士之所作。

寿鹏飞关于《红楼梦》作者是曹一士的说法是靠不住的。他说他的说法来自他的同学马水臣,说什么"马君赅博,承家学",请问这能够成为考述的依据吗?马水臣的话,至多也与《樗散轩丛谭》"或言是康熙间某府西席某孝廉所作"相等,不过是传闻之词,并未举出所"本",何得信以为真?寿鹏飞说胡适考证《红楼梦》作者的根据是袁枚的《随园诗话》,但寿鹏飞认为袁枚"好夸诞",信不得;那么,胡适也可以反过来问,马君并未举出论点之所据,怎能保证他不是出于自诩博闻,传此浮言呢?且寿鹏飞把《红楼梦》一百二十回一古脑儿看作均是曹一士一人所作,又怎能解释小说前八十回和后四十回思想倾向和艺术成就之明显的不同?所以,我们认为,说《红楼梦》的作者是曹一士,不过是一种并不可靠的猜测之词罢了。

《红楼梦本事辨证》下半部分,是寿鹏飞对《红楼梦》"本事"的索隐。他说:

以余所闻,则《红楼梦》一书,有关政治,诚哉其言。然与其谓为政治小说,无宁谓为历史小说;与其谓为历史小说,不如径谓康熙季年官闱秘事之为确也。盖是书所隐括者,明为康熙诸皇子争储事。只以事涉宫闱,多所顾忌,故隐约吞吐,加以障幂,而细按事实,皆有可征。

寿鹏飞所谓"可征"的"事实"是什么呢?且举一例如下。他说:

> 林、薛二人之争宝玉,当是康熙末胤禛诸人夺嫡事。宝玉非人,寓言玉玺耳,著者固明言为一块顽石矣。黛玉之名,取黛字下半之黑字,与玉字相合,而去其四点,明为代理两字,代理者,代理亲王之名词也(康熙废太子胤礽封理亲王)。理亲王本皇次子,故以双木之林字影之。犹虑观者不解,故又于迎春名之曰二木头。宝钗之影子为袭人,写宝钗不能极情尽致者,则写袭人以足之。袭人两字,分之固俨然龙衣人三字。此为书中第一大事。

这里玩弄的仍是旧红学索隐派惯用的那种拆字猜谜的伎俩。寿鹏飞在这里对小说中"袭人"的命名寓意提出了一种新的解释,认为"袭人"是"龙衣人"三字的合写,而"龙衣人者,帝服也,亦雍正影子也"。他以为"宝钗者,雍正影子也",而袭人是宝钗的"影子",所以,写袭人是雍正,也就是写宝钗是雍正。他就是这样自己编造"事实",并且用来作为自己论证《红楼梦》"本事"乃隐括康熙皇帝诸子"夺嫡事"的观点的证据的。其实,袭人丫头的命名,曹雪芹在小说中曾经通过贾宝玉之口,交代这个名字是从陆游的诗句"花气袭人知骤暖,鹊声穿竹识新晴"中取来的。但是,寿鹏飞为了自己立论的需要,他宁可另作解释,却把曹雪芹小说里所提供的解释抛在一旁,不予理会了。

此书又"索"出贾母乃是康熙皇帝。他说:

> 史太君者,康熙帝影子也。……亦称贾母者,言伪朝之母也。康熙仁慈,宜称众母。太君既居最高地位,而所爱护者惟此宝玉,所以喻康熙帝之宝爱其帝座宝位,无所不至也。爱宝玉而不肯即以黛玉配之者,喻帝之不肯轻立储贰,以宝位畀胤礽也。太君备致五福,宽厚有阅历,非影康熙帝而何?

此书多次"索"出林黛玉是废太子胤礽的影子,除上面曾经引及的一段文字外,又有一段云:

> 胤礽为皇二子,故姓林。林者二木,二木云者,木为十八之合,两个十八为三十六,康熙三十六子,恰合二木之数。而理王为三十六子中之一人也。黛玉者,乃代理二字之分合也。……全书描写黛玉处,直将胤礽一生遭际及心事,曲曲传出。而康熙帝始爱胤礽,后生憎恶,口吻毕肖。作书本旨,全在于是。而仍浑然不露,所以为奇文也。

就这样,在寿鹏飞的"索隐"之下,贾母溺爱孙子贾宝玉,就变成了康熙皇帝爱护他的"玉玺",贾母由女变男当了皇帝,而贾宝玉则又化人为物,变成了皇帝的一块"玉玺"。同时,林黛玉和贾宝玉的恋爱关系,却又变成了废太子胤礽想要夺取皇玺的关系。但假如说林黛玉爱贾宝玉就是爱皇帝的"玉玺",那么贾宝玉爱林黛玉又怎么讲?难道皇帝的那块"玉玺"生而有知,也懂得疼爱林妹妹乎?索隐只顾随意猜测,不顾互相矛盾,也不讲是否合乎逻辑。

寿鹏飞的这类"索隐",看似条分缕析,头头是道,其实是漏洞百出,无法自圆其说。譬如他认定,《红楼梦》中十二金钗正册、副册、又副册共三十六人,"皆康熙诸皇子之影子"。但他有时却又另作索隐,说十二钗里的那个史湘云是"作者自寓"。这真使人要发生这样的疑问,莫非那个所谓的《红楼梦》的作者曹一士,忽发奇想,也想化男成女,加入"十二钗"的队伍、住入大观园不成?

又,寿鹏飞既认为三十六钗即是康熙皇帝的三十六子,自然应当是一位金钗用以写一位皇子。但他有时却又自乱其说,如说薛宝钗是"雍正影子",袭人"亦雍正影子"。请问,既然宝钗、袭人这三十六钗中的二钗同影三十六皇子中的胤禛(后为雍正皇帝),那么,宝钗、袭人之外的三十四钗和胤禛之外的三十五个皇子,相互之间又如何"影"法?这笔账怎么算?寿鹏飞何以自解?凡此种种,说明寿鹏飞《红楼梦本事辨证》研究《红楼梦》的思想方法,完全是前期索隐派红学的继承,并没有什么新鲜的东西可言。

五、景梅九的《石头记真谛》

《石头记真谛》又名《红楼梦真谛》,景梅九著,民国二十三年(1934)西京出版社印行。此书分上下卷,十万字左右。篇幅比上面谈到的《红楼梦抉微》《红楼梦本事辨证》大得多。这部30年代出现的书,搞的是大杂烩式的索隐,或可以说是诸种索隐说的大杂烩。

上卷有张继序、王婆楞序和作者所作的《代序》(《答友人询〈红楼梦真谛〉书》),正文有《石头记真谛纲要》《叙论》《先论命名》《次论薛林取姓》《次论汉满明清》《再专论宝玉》《论书中诗词》《论著者思想》,末有《附录》《别录》《杂评》《杂录》。下卷包括《评王梦阮、沈瓶庵〈红楼梦索隐〉》和《评邓狂言〈红楼梦释真〉》。以篇幅论,下卷多于上卷;就重要性说,则下卷不及上卷。

书首张继序说,读了《石头记真谛》,才知道《红楼梦》"隐写明清间兴亡真伪之痕迹,又假借儿女闺房之私,以发挥伤时感世之深心。篇中表示眷念祖国、鄙弃伪廷之处,均可忖度而得,故《真谛》一名《忖真》云"。这段话概括了《石头记真谛》全书的基本观点。张继并说,前此"索隐""释真"诸作,均"不免失之于疏略浮泛,都不逮《真谛》之精详确切,洋洋十万言,独为警彻绝伦也"。

景梅九在《代序》中说,欧风东渐之后,在《红楼梦》评论中,"因而是索隐、考证、辨证、释真、抉隐等作,以为之剖判其要略。但求一足曝露原书真谛而无余蕴者终未有见也,此鄙人所以不揣颟蒙,而思一揭其奥秘,其快阅者之心目"。景梅九说这是他撰写此书的"最初意旨"。后来曾有一度"追寻著者之思路,又发现原书关系平民精神之点,觉其符合最新社会学说,能超过马格斯一派议论,不禁通身快活"。但他经过反复思考,最后还是落实在这样的理解上:

> 乃不意迩来强寇侵凌,祸迫亡国,种族隐痛,突激心潮,迥诵"满纸荒唐言,一把辛酸泪。都云作者痴,谁解其中味",以及"说

到酸辛处,荒唐愈可悲。由来同一梦,休笑世人痴"两绝句,颇觉原著者亡国悲恨难堪,而一腔红泪倾出双眸矣。盖荒者,亡也;唐者,中国也。荒唐者,即亡国之谓。人世酸辛,莫甚于亡国。

说《红楼梦》的社会政治思想"符合最新社会学说",而且"超过"马克思主义的理论,这在《红楼梦》研究史上是前所未闻的。我们知道,伟大的现实主义作品《红楼梦》确是体现了当时初步民主主义的进步思想的,但它毕竟是产生在清朝初年,下距景梅九写这本索隐著作的时候,足足有一百七八十年,说早在清朝初期产生的一部小说,其思想居然会符合20世纪30年代时期"最新"社会学说,而且还"超过马格斯一派议论",这本身岂不正是一种荒唐之言!

景梅九在30年代感受到"强寇侵凌,祸迫亡国",这是可以理解的。但他把小说中的"荒唐"理解为"亡国",这就像前期索隐派的蔡元培,为了宣传民族主义和反清思想,把小说中的"红"字解释为"朱明"一样,都是主观主义的附会。

景梅九非常强调"索隐"的意义,他认为曹雪芹在小说里写了贾雨村这个人物,评论家最应重视的是一个"村"字。据他看来,这个"村"字即是"忖"字,所谓"贾雨村言"者,即"假予忖焉",曹雪芹写《红楼梦》本意无他,就是写一个谜,让人们来"忖"(也即是索隐)的。

在《叙论》中,景梅九又再次强调曹雪芹的小说有意影射"明清之间隐事",所以索隐工作对于这部小说尤有"重要价值"。他站在旧红学的立场上,继续了20年代初期胡适和蔡元培之间的那一场争论。他认为王梦阮、沈瓶庵的《红楼梦索隐》和蔡元培的《石头记索隐》都在相当程度上"揭穿本书之密(秘)奥",而胡适的《红楼梦新证》既不符合小说本意,也不能使索隐派心服。他说:

> 胡适之为《红楼梦考证》则抱定作者曹雪芹,硬说是曹之自叙传,辛辛苦苦只考得南游一事,于本书全体未能拍合,故不足服索隐者之心。今阅蔡氏于《〈石头记索隐〉第六版自序》中,对于胡氏

考证有所商榷,振振有词,恐胡氏未易反唇也。

由此可见,当年胡适和蔡元培的一场争论,至此仍未结束,从20年代到30年代,寿鹏飞和景梅九的相继发言就是证明。

那么,竭力提倡索隐,并且自诩善于"忖真"的景梅九,是怎样理解和阐述《红楼梦》的"真谛"的呢?今举《石头记真谛纲要》一段文字为例:

> 戚序颇知微旨,就"如捉水月,只把清辉,如雨天花,但闻香气"四语论,暗借水月、雨花、清香以写"满清"两字。水、月加主是"清",又明写"清"字;水雨、花头为"满",又暗用"香满一轮中"句写"满"字。故接云,"庶得此书弦外音乎?"弦外音即亡国隐痛,吾人欲读者领略弦外音而不辞一弹再鼓耳。

这段文字充分体现了索隐派评论《红楼梦》的典型特点,不过景梅九在这里搞的已经不是一般的索隐,而是一种双重的索隐了。他一方面是索《红楼梦》之"隐",一方面是索别人的《红楼梦》评论之"隐"。"如捉水月"等四句话,确是戚蓼生为《红楼梦》所作的序中的话,但戚蓼生的序是否有景梅九所索出的"隐义"呢?现把戚序那段文字引录如下:

> 盖声只一声,手止一手,而淫佚贞静,悲戚欢愉,不啻双管之齐下也。噫!异矣。其殆稗官野史中之盲左、腐迁乎?然吾谓作者有两意,读者当具一心。譬之绘事,石有三面,佳处不过一峰;路看两蹊,幽处不逾一树。必得是意,以读是书,乃能得作者微旨。如捉水月,只把清辉;如雨天花,但闻香气。庶得此书弦外音乎?

只要读过戚序,就知道戚蓼生的本意是想说明《红楼梦》艺术描写技巧的高妙,有似左丘明和司马迁。他说曹雪芹很善于"双管齐下","一声也而两歌,一手也而二牍",说读者必须了解《红楼梦》这个特点,才能领略《红楼梦》的好处,领略作者的"微旨"。至于《红楼梦》的"微旨"是什么,戚序并未加以说明,并且也无暗示,何尝有景梅九所说的认为《红楼梦》隐寓明清兴废和所谓"亡国隐痛"?景梅九说戚蓼生序"暗借'水月'、'雨花'、'清香'以写'满清'两字"啦,说"'水'、'月'加'主'是'清'"啦,说"水"、"雨"二字加"花"字头部即是"满"字啦,等等,这一切都是景梅九自己头脑里设想出来并且强加于戚蓼生的,戚蓼生在《序》里几时说过他有这种用意?

在《石头记真谛》中,景梅九对小说里"木石前盟""金玉姻缘"又作了"新"的解释。他说"木石前盟"即是"木石前明",也即是怀念"前明"。至于"金玉姻缘",说是"金玉良缘乃因满清自谓出于金(观努尔哈赤自称"后金"尤为明确)","清金一致无疑义矣","一旦入主中国,得帝王之玺,如金玉之结缘"(《先论命名》)。如此云云。

在论林黛玉、薛宝钗的姓氏时,景梅九认为《红楼梦曲》中"世外仙姝"等语均有深意。"姝"字恰以"朱""女"二字合成,"谓此寂寞林黛玉实为朱明之女,非满清自长白山来而为冰天雪地中人即薛家金钗也"。"终不忘"紧接"俺只念","念兹在兹,终不忘朱明,纵然与满雪结婚,以至于齐眉举案,到底意难平。谓作者无种族之隐痛,其谁信之?"又说:

> 黛玉代表亡明,故写得极瘦弱,风吹欲倒。宝钗代表满清,故写得极丰满,气吹欲化。黛玉婢用紫鹃,正是亡国帝王之魂。……黛玉号潇湘妃子,写亡国哀痛如亡君;宝钗号蘅芜君,指满人兴于荒芜水草之地而入主中国,皆兴亡对照法。

此外,景梅九又说《红楼梦》开始"开卷第一回"一语,即含有"宗明"之隐义。因此语乃从《孝经》"开宗明义第一章"而来,其中含有"宗明"二字。又说小说中"空空道人"所言"大旨不过谈情",其真实意思是说大旨不过"谈清",等等。以"盟"为"明",将"情"作"清",此类无中生有、强为解释之处甚多,足以证明景梅九是一个道地的索隐派。

在《论著者思想》一节中,景梅九认为"著者曹一士及重订者曹雪芹","生于清初乾隆之际,目睹满人倾轧猜忌之情形,以及富贵功名之虚伪",又受了黄宗羲等人思想的影响,"故于本书字里行间,时露平民色彩"。但是景梅九这些见解往往也是通过牵强附会的索隐法"忖"出来的。例如他说:

> 如第七回宝玉初见秦钟,自思道:"天下竟有这等的人物,如今看了,我竟成了泥猪癞狗了(此句乃影朱元璋相貌如猪,有弦外音),可恨我为什么生在这侯门公府之家。若也生在寒儒薄宦之家,早得与他交接,也不枉生了一世。我虽比他尊贵,可知绫锦纱罗,也不过裹了我这枯株朽木(枯株乃古朱),美酒羊羔,也不过填了我这粪窟泥沟(乃有猪窟意),富贵两字不啻遭我荼毒了(这些话在如今很平常,但在君主时代,野心家抱大富贵的希望,自觉富贵为荼毒的,除过几个高人隐士,真是少有)。"

且看,这些索隐式的评论是如何地不伦不类!

以上是《石头记真谛》的情况,该书下卷比较简单,包括《评王梦阮、沈瓶庵〈红楼梦索隐〉》和《评邓狂言〈红楼梦释真〉》,主要是评述《红楼梦索隐》。下卷写法是摘述所评两书的许多片断,或表赞同,或有所商榷,或加以补充,在别人的索隐之上又加上自己的一层索隐。穿凿附会很严重,有时还以索隐式的邪想写了一些庸俗低级的文字,简直可以跟阚铎的《红楼梦抉微》相比丑。看来景梅九是无论如何,决心要把诸家索隐包纳在一起,使自己的书成为索隐派的集大成之作的。

今稍举其补充《红楼梦索隐》的两个例子如下。在评《红楼梦索隐》第二回时,景梅九说:

> 第二回智通寺联:"身后有余忘缩手,眼前无路想回头。"《索

隐》谓为一般热中人说法,其实仍是讥讽满人。作者多以猢狲拟东胡,"身后有余"言有尾巴也,"忘缩手"言其伸手取中原也。

在评《红楼梦索隐》第三十二回时,景梅九又说:

> 黛玉想道:"我虽为你知己,但恐不能久待。你纵为我知己,奈我薄命何!"(言宝玉恋明而明已衰弱,至南朝仅余残喘,天命不与,徒唤奈何。历用"知己"字样,仍兼"知我者其惟《春秋》乎"语意在内。)
>
> 宝玉说:"你放心。"(乃谓玉玺终是明物,你放心罢。乃作者希望恢复故国一片心也,故慎重言之。)

为了把"思明"的主观意念强加给《红楼梦》,景梅九便说小说里面贾宝玉、林黛玉那段互表爱情的话,隐寓着什么"思明"之类的"真谛";为了把"排满"的主观意念强加给《红楼梦》,又在"身后有余忘缩手"一句中发现人所未知的"真谛",说什么"忘缩手"是隐寓东胡"伸手取中原"之意,而"身后有余"即是猢狲的"尾巴"云云。这种想入非非、令人啼笑不得的索隐,只不过是再次暴露了索隐派评论家的荒唐而已。至于说这本《红楼梦》评著是什么"精详确切"、"警彻绝伦",那不过是胡吹乱捧罢了。

六、谈几点历史的经验教训

从胡适和蔡元培那场新旧红学之争,到后来索隐派著作的依然陆续出现,及其最后终趋于穷途末路,《红楼梦》研究史上的这些情况,可以帮助我们获得以下几点认识。

第一,旧红学索隐派,作为《红楼梦》研究历史过程中形成的一种唯心主义的学派,其方法论和影响,决不是新红学一打就倒,一批就了的。

《红楼梦》研究中"索隐"式的评论，真可以说是源远流长。从《红楼梦》一产生，就有人在那里搞"索隐"，寻觅《红楼梦》所隐的"本事""真意"。到了民国初年，这类"钩沉索隐"的研究工作，竟导致出现了像王梦阮、沈瓶庵《红楼梦索隐》、蔡元培《石头记索隐》、邓狂言《红楼梦释真》那样一些大部头的评著。尽管新红学派揭出了索隐派红学是"猜谜"，是"附会学"，索隐派评著本身也暴露了许多不能自圆其说的破绽和荒谬可笑之处，但是蔡元培在跟胡适的那场论争中，并没有觉得索隐派搞那种"索隐"有什么错误，不但他后来在为寿鹏飞《红楼梦本事辨证》所作的《序》中仍然坚持索隐派的观点，就是在他以后的一些索隐派评论家，如寿鹏飞、景梅九在谈及胡适、蔡元培昔年那场争论时，仍然明确地认为蔡是胡非，顽固地站在索隐派的立场上；景梅九还特别强调"索隐"的方法对于研究《红楼梦》这部小说，尤其具有"重要价值"。而最重要的一个事实是，胡、蔡那次争论之后，从20年代到30年代，依然有阚铎的《红楼梦抉微》、寿鹏飞的《红楼梦本事辨证》和景梅九的《石头记真谛》那样一些索隐派著作的不断出现。

索隐派为了使他们那种主观随意的索隐式的研究得以继续进行，他们对胡适根据一些已有材料考证出《红楼梦》的作者是曹雪芹这个结论持怀疑和反对的态度。例如寿鹏飞就否定胡适这个考证结果，仅凭他"同学马水臣"的并无确据的话，便断定《红楼梦》前八十回的作者不是曹雪芹，补续后四十回的作者不是高鹗，说什么一百二十回统统都是一个叫做"曹一士"的"上海人"写的。蔡元培也认为这个"创闻"值得公诸世间；而景梅九则竟据以为定论，说曹一士确是《红楼梦》的原著者。我们说，胡适关于《红楼梦》的研究自有他的问题和错误，他把《红楼梦》硬说成是曹雪芹的"自然主义"的"自叙传"就是一个例子；但他当时说《红楼梦》的作者是曹雪芹，这一点还是言之有据的。景梅九宁可相信寿鹏飞所传马水臣关于《红楼梦》作者是"曹一士"的并无确据的浮言，而不相信胡适关于《红楼梦》作者是曹雪芹的言有所据的考证，这说明他坚持索隐派的偏见。实际上，也正是由于他们不肯放弃随意索隐的兴趣和方法，所以胡、蔡争辩之后，仍然一本接一本地炮制出索隐类的评著来。

第二,《红楼梦》研究中主观唯心论越是膨胀,形而上学越是猖獗,就越会出现种种荒唐怪诞的东西,但这种情况的出现却也说明了索隐派红学之必然趋于没落。

索隐派红学的著作对《红楼梦》的"索隐",是以主观随意性为其基本特征的。就这一点而言,后期索隐派和前期索隐派是完全相同的。但是,从新红学出现以后,从20年代初年胡、蔡之争以后,虽然仍有《红楼梦抉微》《红楼梦本事辨证》《石头记真谛》这些评著的陆续出现,而就它们本身的某种变化及其趋势来说,毕竟是趋向没落了。

拿《红楼梦本事辨证》来说,它只是前期索隐派的继续,除了提出《红楼梦》作者是所谓"曹一士"这样一点"创闻"之外,就其研究《红楼梦》的路子和方法来说,并无新的东西可言。再拿《红楼梦抉微》来说,这本书的作者连蔡元培这些"政治索隐派"在《红楼梦》研究中仅有的一点思想严肃性也完全丢掉了。阚铎把索隐派那种猜谜式的研究进一步引上邪路,他已经不再去"猜"《红楼梦》所隐的"政治""历史",而是乐于去"猜"《红楼梦》所"隐"的《金瓶梅》式的"淫事"了。《红楼梦抉微》的出现,典型地说明了索隐派的堕落,也说明了文学研究中主观唯心论和形而上学的严重危害。

至于景梅九的《石头记真谛》,它的出现在《红楼梦抉微》之后。此书恢复了前期索隐派钩稽"历史"的旧传统,但它对各种索隐派的成说兼收并蓄,除了把《红楼梦》所"隐"的"历史"范围无限扩大之外,在一些地方又很不调和地夹进了"革命"、"自由"、"平等"之类的新的政治术语,说《红楼梦》具有"超过"马克思主义的进步思想;有些地方还津津有味地夹杂了一些阚铎式的低级趣味的"索隐"。这种不伦不类的大杂烩式的评著的出现,说明索隐派红学至此已经不能对《红楼梦》说出一点新的有意义的东西来了。《红楼梦》研究中索隐派的思想和方法并非到此为止,但是《石头记真谛》之后,似乎就再也没有出现像它这样篇幅较大、内容方面又较有分量的索隐派评著,这不是偶然的现象。

第三,旧红学的拆字猜谜、钩沉索隐和新红学研究中的烦琐考证,只能把《红楼梦》研究引入歧途。我们研究《红楼梦》唯一正确的途径就是学习运用马克思主义的观点和方法,而研究的着重点应当是《红楼梦》这部作品本身。

当年胡、蔡之争为什么一时相持不下?为什么旧红学长期打而不倒?原因之一是,胡适研究《红楼梦》的方法并不是他自己吹嘘的那样是什么真正的"科学方法"。胡适的考证方法,可能在作者家世、版本比较之类范围内解决一些问题,但并不能对《红楼梦》作出科学的正确的评论。他可以考证出《红楼梦》的作者是曹雪芹,但是在涉及《红楼梦》这部现实主义文学巨著的思想意义和艺术价值时,却得出了《红楼梦》只是曹雪芹叙写自家"坐吃山空""树倒猢狲散"的"自然主义"的"自叙传"这样的结论,说《红楼梦》的"真价值正在这平淡无奇的自然主义上面"(《红楼梦考证》)。这种不切实际的错误观点不仅在我们今天看来是显然的,即在当年,作为新红学派论争对手的旧红学家,也能够指出这种说法的矛盾和破绽。至于后来有的人把"自叙传"加以绝对化,径直把整部《红楼梦》当作曹雪芹的家谱来加以研究,把曹氏家族中的人物及其经历,跟小说中贾府人物的言行事迹完全混为一谈,那就更为形而上学了。由此可见,新红学考证派在历史上对陈腐的旧红学索隐派起过冲击的作用,但是他们的研究方法并不能导致人们对《红楼梦》作出科学的评价,得出正确的认识。

研究《红楼梦》主要的应当研究什么?这个看来似乎不成问题的问题,在过去长期的《红楼梦》研究实践中,其实恰恰是很成问题的。旧红学索隐派所搞的"索隐",究其实质内容,与其说是在研究《红楼梦》,不如说是在"研究"、推演他们头脑里所提出的各种各样的"谜"。过去新红学家在曹雪芹家世及版本情况等方面是作了一些有用的考证工作的,但确实也曾经搞了许多无补费精神的、过于烦琐的东西。那些没完没了、枝枝节节的烦琐考证,在某种意义上说,跟旧红学索隐派那种离题万里的研究是颇为相似的,不过表现形式不同而已。

近来有些同志指出,我们在古典文学研究中,要避免那种不去研究作品本身而专去研究作者的祖宗之类的做法。我想,在我们的文学研究工作中，对于一定范围内的问题进行考证工作是必要的、有用的；有时候，对不恰当的考证还得用考证的方法来加以讨论、纠正。拿《红楼梦》的研究工作来说，考证作者的一些家世情况也是需要的，但是我们应当把这类工作放在适当的位置上。如果我们把力量过多地放在研究曹雪芹的祖宗，特别是研究远离曹雪芹的远祖上，那就没有多大意义。《红楼梦》的深刻内容和崇高价值，只有通过对它本身深入地进行马克思主义的研究才能得到正确的说明。如果我们拼命去研究曹雪芹的远祖，即便我们能够上溯到曹雪芹的第十八代祖宗，即便我们能够证明曹雪芹的远祖中确乎有很杰出的人物，这对于说明曹雪芹及其《红楼梦》的思想成就和艺术成就，究竟会有多大作用呢？

回顾《红楼梦》研究的这段历史，我们应当吸取一点有益的经验教训，我们研究《红楼梦》应当把注意力和着重点放到《红楼梦》本身上来。过去红学家在《红楼梦》研究中那种兴之所至，离题万里，拆字猜谜，钩沉索隐，烦琐考证之类，我们是要引以为训的。《红楼梦》研究的历史，已经证明那样的研究道路是走不通的。

1954年以来，在对新旧红学的唯心论和形而上学进行了批判之后，应当说我们不少同志主观上是企图用马克思主义的观点和方法来研究、评析《红楼梦》，并且也是获得了重要成绩的。当然，对《红楼梦》进行马克思主义的科学研究，要求这种研究是合乎科学的而不是形而上学的，深刻的而不是肤浅的，这并不容易。我们在这种研究中，可能会产生这样或那样的问题，可能会有意见分歧，可能会有缺点错误，但这种研究跟过去那种猜谜式的索隐和没完没了的烦琐考证毕竟大不相同，毕竟是我们应走的唯一正确的道路。只要我们不断清除主观唯心论和形而上学的影响，只要我们能够坚持沿着这条道路前进，我们的《红楼梦》研究就一定会得到更多、更好的成果。

（原载《红楼梦研究集刊》第4辑，1980年9月）

论"《红楼梦》毫无价值论"及其他
——关于红学研究中的非科学性问题

一

倘若有个对《红楼梦》毫无兴趣、毫无研究的人,说《红楼梦》这种书没有什么价值,人们大概会一笑置之,不以为怪。但如果有人郑重地告诉大家:有位红学专家——就是"新红学"创始人胡适,他说"《红楼梦》毫无价值",您信不信?我想很多人对此是会深为惊讶,觉得难以置信的。然而这并不是出于他人的代拟或主观的猜测,而是确然的事实。

这些年来,国内外都出版了一些有价值的红学著作,我觉得1979年台湾出版的罗盘的《红楼梦的文学价值》便是其中的一部①。这部书不作考证等方面的工作,而是专门从文学创作原理来研究《红楼梦》的创作经验和技巧,希望通过一番比较系统的研究,充分地肯定和阐发《红楼梦》的文学成就和价值,并帮助今天的文学青年从中得到有益的借鉴。应当说,这种研究很有意义,《红楼梦的文学价值》是一部有价值的书。但我在这里并不想对它作具体的评介,使我感兴趣并且想加以引用的是该书卷首《李序》(李辰冬作)中如下的一段文字:

---

① 罗盘,本名罗德湛。《红楼梦的文学价值》,台湾东大图书有限公司1979年初版,1983年再版。我用的是1983年的再版本。

十几二十年前，中国广播公司为广播全部《红楼梦》，整整准备了一年，在正式广播的前夕，约胡适、李玄伯两位先生以及兄弟我——那时他们认为的三位红学专家——座谈，意思是想请三位专家来捧捧场。第一位当然是先请胡先生发言，而胡先生的第一句话，就是"《红楼梦》毫无价值"。那时主持广播的是邱楠先生，邱先生就问："胡先生，《红楼梦》既然毫无价值，那末，我们明天还播不播？"胡先生感到出言有问题了，于是说："我只讲考证问题，至于价值问题，请李先生（指我）讲好了。"邱先生接着又问："《红楼梦》既然毫无价值，您考证它干什么？""我对考证有兴趣，只是为考证而考证。""《红楼梦》毫无价值"，这是我第一次从胡先生口里听到。我们这种六七十岁年纪的人，从小就喜欢《红楼梦》而重视它的原因，由于胡先生的提倡，现在从胡先生的口里说它毫无价值，真正难以置信。但后来打听，才知道胡先生讲这样话的不止这一次。《红楼梦》是否有价值，在罗盘先生这部书里，可以得到明确的解答。（句下着重点引者所加）

李辰冬这篇序言作于1979年，序中说"十几二十年前"，那就是60年代的事了。到了60年代胡适还认为"《红楼梦》毫无价值"，并且据李辰冬后来打听，胡适讲这话还"不止一次"。由此可见，"《红楼梦》毫无价值"这个评价，并非胡适偶尔失言，而是他对《红楼梦》一个重要的一贯的观点。

《红楼梦》究竟有没有价值？这个问题当然不必等到公元1979年罗盘的《红楼梦的文学价值》出版以后，才可以得到明确的解答。这部文学巨著出现二百多年来经受了历史的考验，并且超越了国界，得到了许多读者和评论家那样热烈的赞赏和崇高的评价，这个事实本身就已经作出最权威、最明确的解答了。

《红楼梦》作为中国古代文学宝库中一颗璀璨的明珠，同时也是可与世界上任何最伟大的文学作品相媲美而毫不逊色的杰作。还在清朝末年，王国维就把《红楼梦》和歌德的《浮士德》这部世界名著相媲美,称赞《红楼梦》是极其难得的"宇宙之大著述"(《红楼梦评论》)。然而后来新红学的创始人胡适却不重视《红楼梦》的思想艺术价值,俞平伯也曾说《红楼梦》"不得入于近代文学之林"。当然也有不同看法,比如李辰冬的《红楼梦研究》一书①,其主旨恰恰就是要解释《红楼梦》的重大价值及其在世界文学史上的地位。意大利有但丁的《神曲》,英格兰有莎士比亚的悲剧,西班牙有塞万提斯的《堂·吉诃德》,德意志有歌德的《浮士德》,法兰西有巴尔扎克的《人间喜剧》,俄罗斯有托尔斯泰的《战争与和平》,"那末我们有哪部杰作可与他们并驾齐驱呢?"李辰冬的回答就是:我们有曹雪芹的《红楼梦》!在《红楼梦》有无价值这个问题上,胡适和李辰冬的说法哪个合乎实际?当然是后者而不是前者。

　　胡适的"《红楼梦》毫无价值论"是说不通的。倘若《红楼梦》真是毫无价值,包括毫无考证价值,则胡适自己那些《红楼梦》考证文章何从产生?他那些文章包含的价值就与《红楼梦》本身有价值相联系,否则胡适考证文章的价值又何所附丽?所以,"《红楼梦》毫无价值论"不但否定了在电台上广播《红楼梦》这类普及工作,而且也全盘否定了有关《红楼梦》的一切研究和考证工作,连同胡适自己的工作在内。这个说法并不符合实际,也是令人难以苟同的。

　　为什么像胡适这样一个学者,并且还是一个多年研究《红楼梦》的红学专家,竟然会认为"《红楼梦》毫无价值",原因何在呢?根据上面李辰冬的记述,我们已经可以排除这是胡适一时失言的可能性。那么,是不是出于某种"逆反心理"呢?据我看,《红楼梦》研究中的"逆反心理",无论是历史上还是现在,也无论是大陆还是大陆以外都是有的。远的不说,不久以前香港"不过如是斋"《红楼梦谜》一书的出版,作者岂不是就在显示这样的心理和意图:你们不是反对索隐派的做法,反对把红学变成猜谜学吗?我偏要用索隐派的观点和方法,用猜

---

① 李辰冬《红楼梦研究》1942年正中书局出版。拙著《红楼研究小史续稿》(上海文艺出版社1981年8月出版)曾专章评介,此处不赘。

谜的形式再写出一部大书,把《红楼梦》彻里彻外当作一个"谜"来猜!关于这部书,本文后面将要论及,这里暂不详谈。胡适是否也是出于另一种逆反心理,对《红楼梦》的价值索性来个全盘否定论呢?可惜当年李辰冬他们没有当面明确地向胡适提出这个问题,现在当然就更无从问起了。据笔者看法,这可能是一个原因,但不是根本原因。

　　胡适轻视乃至否定《红楼梦》的价值,尤其是它的文学价值和世界地位,是跟一定时期某种思想认识的局限性,尤其是跟他文学观上的偏颇和欠缺分不开的。从这个意义来说,胡适 60 年代对《红楼梦》这个极端否定的评论,跟他 20 年代就轻视《红楼梦》的思想艺术性是完全一致的。在 20 年代,轻视《红楼梦》的价值和地位,并不是个别人的孤立的现象。当时胡适、陈独秀、俞平伯都是如此。一个重要原因是,他们当年机械搬用西方的文艺观点和欣赏习惯,觉得西方近代小说是小说最好的范本,并以此来衡量中国的古代小说。陈独秀当时就按西洋近代小说的模式来批评《红楼梦》,不满意于《红楼梦》不像西洋小说那样"专重善写人情",说"他那种善述故事的本领,不但不能得读者人人之欢迎,并且还有人觉得琐屑可厌"。所以他建议有名手"将《石头记》琐屑的故事尽量删削,单留下善写人情的部分"①。在陈独秀眼里,曹雪芹最多不过是第二流作家,他的小说是需要"名手"来加以"尽量删削"才能成为好作品的。《红楼梦》既然是这样一部蹩脚小说,那么当然也就不得入于世界近代文学之林,谈不上什么重要价值了。

　　陈独秀认为,故事叙述方面的"琐屑可厌"是我国古代小说的普遍缺点,"不但《石头记》如此,他脱胎底《水浒》、《金瓶梅》,也都犯了同样的毛病"②。这种批评并不符合我国这些名著的实际状况,是不妥当的。我曾经说:"这种片面性的理论,甚至都违背了这样一个普通的道理,即无论在实际生活中还是在成功的文学作品中,'故事'和'人情'是辩证统一的,'人情'正是通过'故事'才能表达出来的。试问,拿《红楼梦》来说,如果没有试题大观园的故事,没有宝玉挨打的故事,没有

---

①② 陈独秀《红楼梦新叙》,见上海亚东图书馆 1921 年 5 月初版《红楼梦》卷首。

贾宝玉和他的女伴们日常生活的种种故事,书中各种人物的思想感情如何表现出来?《红楼梦》里的'人情'能够离开《红楼梦》里这些'故事'而存在吗?"①如果真像陈独秀主张的那样,将《红楼梦》里"琐屑的故事尽量删削",留下来的还会是曹雪芹的《红楼梦》吗?

一方面把西洋小说当作小说创作应当遵循的唯一范本,另方面又轻视本国小说在长期的历史发展过程中所形成的民族特点和长处,以欣赏西方文艺小说的心理习惯代替欣赏本国古代小说的心理习惯,这是当时一部分人贬低《红楼梦》和我国其他古代小说的共同原因。而由于胡适对我国文化遗产存在着"不如人"论的观点,所以他轻视乃至否定《红楼梦》的价值和地位就更不是偶然的了。

胡适对《红楼梦》持"毫无价值"论,还反映了他个人文艺观,特别是对文学典型塑造理解上的偏颇和欠缺。胡适对《红楼梦》的评论有两个要点,一个是认为《红楼梦》的创作方法是"自然主义",一个是认为《红楼梦》是曹雪芹的"自传"。这两者结合在一块,使胡适自己无法理解《红楼梦》思想和人物的概括意义,无法理解《红楼梦》这部小说及其一系列成功的文学典型形象所反映的社会思想内容的广阔性和深刻性,因而无法对《红楼梦》的思想价值和艺术价值作出合乎实际的评价。从这个角度来说,要充分地体认和阐述《红楼梦》的价值,对他来说并不只是愿意与否的问题,还有个可能不可能的问题。

在《红楼梦》研究的历史发展上,胡适的贡献主要是在考证方面,至于他对小说创作过程中作家艺术思维的特点,对文学典型的概括性的认识和理解,看来既赶不上前于他的王国维,也比不上稍后于他的俞平伯。这种情况固然使他难以对《红楼梦》的价值作出充分的积极的评价,同时也使他难以对自己的"自传说"的正确性产生怀疑。在这方面,俞平伯就比他强。首先,俞平伯虽然曾经对《红楼梦》的世界文学的地位表示怀疑,但他从不否定《红楼梦》的价值,而且在不少具体的评论中肯定、赞扬了《红楼梦》的艺术成就。其次,俞平伯虽然也主

---

① 拙著《红楼研究小史续稿》第一章第四节。

张"自传说",但他不像胡适那样坚持。1952年《红楼梦研究》出版时,他在《自序》里面对自己早年《红楼梦辨》过分拘泥于"自传说"就作了自我批评,认为其中第八篇《红楼梦年表》"把曹雪芹底生平跟书中贾家的事情搅在一起"的做法"根本就欠妥当"。在1954年3月发表于《新建设》的长篇论文《红楼梦简论》中,他对新红学考证派的"自传说"及其研究进一步提出了批评。他说:

> 他们把假的贾府跟真的曹氏并了家,把书中主角宝玉和作者合为一人;这样,贾氏的世系等于曹氏的家谱,而《石头记》便等于雪芹的自传了。这很明显有三种的不妥当。第一,失却小说所以为小说的意义。第二,象这样处处粘合真人真事,小说恐怕不好写,更不能写得这样好。第三,作者明说真事隐去,若处处都是真的,即无所谓"真事隐",不过把真事搬了个家而把真人给换上姓名罢了。(句下着重点引者所加)

俞平伯这两段文字都是在1954年《红楼梦》研究思想批判之前就写下的。这表明他从自己多年的研究中,已经越来越意识到"自传说"的不合理性以及将贾氏世系和曹氏家谱合二而一的做法的错误。他这里说得很对,"自传说"的不妥当,首先就"失却小说所以为小说的意义";而且,"象这样处处粘合真人真事,小说恐怕不好写,更不能写得这样好"。是的,如果硬要"实录"式地去写,即便写成了,那也是"起居注"、"生活记事"之类的东西,已经不能算是小说,更不要说能够写出《红楼梦》这样的富有创造精神和艺术魅力的文学作品来了。俞平伯在这篇文章中再次说,这种"过于拘滞的毛病""我从前也犯过"。这是实事求是的科学态度。

跟俞平伯相比,在"自传说"这个问题上,胡适的认识和表现就比较差劲了。胡适并不是没有接触到不利于"自传说"的事实或材料,但他不肯据此对"自传说"有所修正。大家知道,胡适建立"自传说"最重要的依据就是"脂砚斋评"。但他对"脂评"采取了实用主义的态度。

"脂评"中那些他认为有利于"自传说"的材料他就利用,那些不利于"自传说"的地方,哪怕是很重要的评论,他就故意回避掉了。如庚辰本第十九回"脂评"有两大段评述,说贾宝玉这个人物"是我辈于书中见而知有此人,实未目(有正本作"目未")曾亲睹者","不独于世上亲见这样的人不曾(豫适按:此二字拟移前读作"不独不曾"),即阅今古所有之小说奇传(有正本作"传奇")中,亦未见这样的文字"。根据"脂评""皆今古未见之人,也是未见之文字"这些评述,人们自然就会得出这样的认识:"脂评"指出贾宝玉这个人物形象并不是实录生活中某一个实在的人,也不是照摹过去作品中某一个人物,而是出于小说家曹雪芹的艺术创造,同时人们也将会对"自传说"产生怀疑①。胡适有关《红楼梦》的文字,包括有关其版本的文字写了不少,但是他从未引述"脂评"中这些不利于他那"自传说"的重要材料,更不用说像俞平伯那样对"自传说"提出批评和自我批评了。这固然说明了胡适在体认小说创作的规律和特点这些方面不及俞平伯,同时也反映了胡适在这个问题上治学态度并不是实事求是的。

二

胡适提出"《红楼梦》毫无价值论",这是《红楼梦》科学研究中非科学性的一个典型例子。其实,如果我们稍加观察,就会发现这些年来红学研究中非科学性事例颇不少,比较常见的表现就是片面性和绝对化(极端性)。

红学评论、研究中的片面性和绝对化过去和现在都有。胡适当年建立"新红学",批判了旧红学索隐派,提出了"自传说",在《红楼梦》研究的发展史上是一种进步。经过人们长期的研究,一般认为曹雪芹创作《红楼梦》,是充分运用他自己以及他家庭的生活为素材的;但是把

---

① 参见拙文《关于"脂评"问题》(原载《华东师范大学学报》1983年第6期)。我在该文中,对这两段"脂评"另有较详评析。

这一点合理性的东西加以扩大,把《红楼梦》说成就是曹雪芹的"自传",这就有了片面性。不过,胡适的"自传说"还不是那么极端的,他觉得小说中有些环境和人物不一定是实有的;可是到了后来,"自传说"在有的红学著作里就发挥到了极端的地步,把小说中的贾府和曹氏的族谱简直是合二而一,以为《红楼梦》里的人物和事件真是所谓曹家生活的"实录"了。

长期以来,视《红楼梦》为"实录"的观念一直束缚着一些人的头脑。人们时不时地会看到文章和报道,说是《红楼梦》里大观园已经发现了,在北京的某街某巷某一处所;隔了些时候又有文章说已经找到大观园原址,不过不在北京,而是在南京的某一条路,门牌号码是多少。诸如此类的争论,自昔迄今,一直都有。当这样一些文章在那里费力考据,并且从《红楼梦》里各找印证,争论不休的时候,为什么就不想一想,《红楼梦》说到底毕竟是一部小说,曹雪芹在北方和南方都生活过,他为什么不可以写大观园兼有北方和南方的景物特点呢?为什么就不想一想,我们有什么权利要求曹雪芹创造大观园这样一个文学环境,要么只允许他照摹北京的,要么只准他照摹南京的某一个实实在在的园子呢?又比如,人们也常看到、听到有考证文章,说发现某人的诗集、某处的记载恰好也是"十二金钗""金钗十二",说这就是曹雪芹所写"十二金钗"的"根据"。老实说,这样的"发现"及评论,实在也是很难过高估计其真实性和科学价值的。

近些年红学研究中还出现了一种现象,即有意无意地把某些问题搞得十分对立。你说《红楼梦》后四十回好?我偏说后四十回很坏,坏透了!说它不但艺术上极差,毫无好处,而且政治上也很反动,是高鹗他们秉承清朝统治阶级的旨意炮制出来的。你说《红楼梦》后四十回坏?我偏说后四十回很好,好极了!说它不但艺术性跟前八十回没有不同,而且后四十回思想性比前八十回还更进步。关于"脂评",一种情况是,不但把它作为判断《红楼梦》创作情况的唯一依据,而且自觉不自觉地还把它作为我们今天评价《红楼梦》的准则,像有人批评的那样,对它简直"奉若神明"。另一种情况则是,把"脂砚斋"骂为"老奸巨猾",把"脂评"通通说成是"庸俗不堪,一塌糊涂",说"那些脂评,都太糟糕了"。《红楼梦》后四十回是大家都能看到的东西,"脂评"现在也已经不是几十年前难得看到的了。对于这些放在大家面前、事实上都是难以完全赞扬或完全否定的东西,由于各人爱好不一,评价遂有高低之分,这是可以理解的;但是为什么会出现如此截然相反、势不两立的评价和结论呢?这就使人觉得难以理解了。是由于先入为主、固执己见呢?还是"逆反心理"在起作用呢?还是二者兼而有之呢?这样来进行研究和评价工作是不是实事求是呢?

对于胡适红学著作的研究和评论,我们也有个评价得更科学、更准确一点的问题。有一个时期,对胡适的红学成就采取尽量贬低甚或根本否定的评价,这不是实事求是的。近些年来不少同志提出应当重新评价胡适,实事求是地肯定他在红学史上的地位,这是应该的。胡适作为新红学的创始人,"他在当时,发起了对旧红学索隐派那种'猜谜学'的批判,他查阅了大量有关资料,明确提出《红楼梦》作者是曹雪芹,并且联缀考述了曹雪芹的家世和《红楼梦》的版本,决非一无是处,是应该历史地加以肯定的"①。

在胡适以前,并不是没有出现过一些根据实际材料进行考证的文章,如钱静方的《红楼梦考》、孟森的《董小宛考》,都是较好的著述,但学术分量似嫌不足,影响也不甚大。"从作者、家世、版本等诸方面进行比较有系统的考证工作,并且对《红楼梦》研究产生重大影响的,胡适的《红楼梦考证》应当说是第一篇。"②学术史上的事实,是不应凭人们主观的好恶而加以抹煞的。胡适虽然不是第一个说《红楼梦》作者是曹雪芹,但他考证曹雪芹是《红楼梦》的作者,这是正确的,也是比较切实的。相比之下,现在有的考证家否定曹雪芹的著作权,甚至无视清代确实的史料记载,把曹雪芹这个人的存在也否定掉了,这不反而是一种只凭主观猜想、无视实际材料的倒退行为吗?

---

① 参见拙文《关于"脂评"问题》,笔者对胡适红学研究的历史贡献有所评述。
② 拙著《红楼研究小史续稿》第二章第二节。

这几年有关胡适的评价,无论是批评还是肯定,似乎也还存在着一些不那么科学、不那么准确的情况。一方面,有的文章在批评的时候,似乎不自觉地犯了点扩大化的毛病。例如把批倒胡适和批倒"脂评"完全挂起钩来,说"不批评这个祖师爷,胡适就批不倒;批了脂砚斋,胡适不批也倒了"。我们知道,胡适在运用"脂评"建立他那"自传说"时是有片面性的错误的,本文前面就谈到这种情况;但是我们"对胡适不能为批判而批判,把他学术考证上正确的部分也否定掉;自然也不能为了批判胡适,祸延'脂评',把'脂评'里面应当肯定的东西也都批判掉了"①。另一方面,有的文章为了肯定胡适,对他某些错误或不尽妥当的东西也都肯定了下来。有一种说法,似乎以前批判胡适"大胆的假设,小心的求证"全都批判错了,于是重新又把胡适那种体现实用主义哲学的方法论看作是科学的正确的东西而加以接受。又有一种看法,说胡适其实并不否定《红楼梦》的艺术成就和价值,说"自然主义"并不是贬义词,胡适把《红楼梦》归入"自然主义",就是对《红楼梦》的充分肯定。这种看法也可以商榷。别的不说,胡适自己就不止一次地说"《红楼梦》毫无价值",这怎么解释呢?

　　人们常说,"矫枉过正"。对于事物的认识和评价,人们有时候着眼点比较偏重于这一方面,有时又比较偏重于那一方面,看来也许是难以避免的。但是在学术问题上,就探求对于研究对象的科学认识的高度真实性、准确性来说,总是以力求符合实际为好。矫枉过正,或许难以完全避免;但是矫枉过正毕竟不应是我们科学研究的目的和标准。试想,既然是"过正",也就并不准了。

　　关于"逆反心理",有时候或许跟矫枉过正不无一点关系。出自逆反心理或者夹杂有逆反心理的意见,倒不一定百分之百必然是错,当然也不一定完全对。是对是错,归根到底要看是否符合实际。譬如一匹马,假如许多人都不认识它,都说它是驴;但有人偏说它是马,那么尽管这种意见出自逆反心理,我们也必须承认他是对的。但同样是这

---

① 参见拙文《关于"脂评"问题》,笔者对胡适《红楼梦考证》的价值及意义有所评述。

匹马,许多人都说它是马;有人偏说它是驴,则不论这种意见是否出于逆反心理,他的意见总是错的。又同样是这匹马,它有它的"优点"和"缺点",而两种均出于逆反心理的意见,一种意见说它毫无缺点,是千里马、神驹;一种意见说它坏得不能再坏,"一善俱无,诸恶备具"。那么我们只得老老实实地指出,这两种意见都不对。

有关《红楼梦》的问题,有不同意见是正常的现象。学术见解上的分歧也不是坏事,不同意见的充分讨论还可能使得人们对问题认识得更全面、更深刻一些。问题在于,在《红楼梦》研究、评论中,人们发现,就因为矫枉过正或逆反心理或其他非科学的因素在起重要的甚至是决定的作用,结果就使得某些本来比较容易获得一致看法,或者至少看法不应截然相反的问题,也弄得长期纠缠不清,始终不得解决,并由此不断产生指马为驴,以及对着同一匹"马"或者捧煞或者骂煞的情况,这实在是很遗憾的。要克服《红楼梦》科学研究中诸如"不是举之上天,就是按之入地"①的思想方法和研究方法的毛病,最根本的一条还是大家努力做到实事求是,多增强一些科学性,多消除一些非科学性。

三

这些年来红学研究中非科学倾向一个很突出的现象,就是主观随意性的进一步严重化,其主要标志是旧红学索隐派著作及其研究方法的复活。海内外不少同志和朋友对这种非科学倾向曾有批评,但这类著述依然不断出现,并且不仅是一些文章,还有一些专著。有的专著篇幅之大,完全可以跟旧红学索隐派一些大部头著作相比。像香港前不久印行的"不过如是斋"的《红楼梦谜》②,长达三十多万言,便是近来出现的最大的索隐派猜谜学著作之一,作者也因而可称红学界一位大

---

① 《我怎么做起小说来》,见《鲁迅全集》第 4 卷《南腔北调集》,人民文学出版社,1981 年。
② 《红楼梦谜》,"不过如是斋"(李知其)著。该书上篇共 248 页,1984 年 12 月出版于香港,自印本。

猜谜学家。

"不过如是斋"这部著作,站在新旧红学索隐派的立场,其驳论的主要对立面是新红学派。他在《序言》中说:"近七十年来,议论《红楼梦》的专著和文章多得很,若要页页都看,恐怕我们的光阴会糟蹋不少。"那么他为何还要写这部《红楼梦谜》呢?他说:

> 只因有一个自为积极的意义,就是希望年轻人读完我这本书,明白到"新红学"原来是一场闹剧,从此不再轻信那些什么曹霑又名曹雪芹,脂砚斋是曹雪芹的亲友,以及林林种种的雪芹遗物遗作等等可厌的"铁论";把省下来的时间老老实实的去钻研一些真才实学的时代科技,好使后世的中国人变得聪明些,学会自行思辨问题那就好了。(句下着重点引者所加)

接着又说:"无奈面对近年'新红学'自传派不改只此一家的气焰,寻且变本加厉,谬证孳生;很憎恶这个不象样的读书风气,心所谓危,也就不避冒犯权威,跟随索隐诸君子走卞和与齐太史兄弟的窄路子,算是对一己的良知作出了交代。"这可以说是"不过如是斋"撰写《红楼梦谜》一书的动机的说明,也可以说是他自称要做坚定的索隐派的宣言。

在《红楼梦》研究史上,新红学考证派和旧红学索隐派曾经反复折辩、争论不已,可以说是红学论坛上的"老对手"了。拙著《红楼研究小史稿》《红楼研究小史续稿》中有关章节以及专文《从胡适、蔡元培的一场争论到索隐派的终归穷途》对此曾作过一些评述,此处不赘。我这里只想说一点,即"不过如是斋"如此全盘肯定索隐派、全盘否定新红学,未免是一种片面性的看法。

新红学有没有缺点和错误?当然是有的。本文即有所涉及。关于所谓雪芹"遗物遗作",对于那些弄虚作假的恶劣行为,对于那些不严肃的轻率的做法,进行严肃的揭露和批评是很应该的。至于所谓"不象样的读书风气",各人所指容有不同。依我看,就红学研究而论,倘若要批评"不象样的读书风气",那么首先还得批评不像样的研究风气、著述风气。如果没有不像样的研究、著述风气,何来不像样的读书风气?或许可以说著述界的不良风气是读书界不良风气的反映,但是学术界为什么要去迎合读书界的不良风气呢?总之,风气上的问题,如果只批评读者而不批评作者,那就有欠公平。

错误的东西、不良的风气是应该批评的。但批评应当实事求是,不是不分青红皂白地打倒一切,更不应该只是赞美索隐派而贬责非索隐派。把"新红学"整个儿说成是"一场闹剧",这种笼而统之的批评就不恰当。再说,"曹霑又名曹雪芹,脂砚斋是曹雪芹的亲友",错在哪儿?莫非要像新索隐派杜世杰那样否定曹雪芹的著作权,甚至连清朝初年确有作家曹雪芹这样的事实也化为乌有,说仅仅是另一个人的"化名",才算是发现了真理?

"不过如是斋"的《红楼梦谜》,是旧红学索隐派的复活的一个典型,它在近来出现的索隐派猜谜学著作中很有代表性。这部书的基本观念是,认为《红楼梦》是"一本前所未见的梦谜小说",全书"到处隐藏了大、中、小的谜语不计其数"[①],这些"谜"所隐藏的内容就是明清之际的政治历史事件,反映了小说作者"民族主义"的思想。这部书全盘接纳了从旧红学索隐派到当今索隐派著作的观点,书的题目《红楼梦谜》已经明确表示它是一部猜谜学的著作。现在我们只就该书有关小说最主要的一对主人公贾宝玉、林黛玉的章节,各摘引一段出来请大家看一看,议一议。

第一段,是关于林黛玉的。"不过如是斋"在这段文字中,竭力称赞《红楼梦》"藏谜"的高明手法令人惊叹不已,认为小说里紫鹃对黛玉说做一碗汤:"火肉白菜,加了一点虾米儿,配了点青笋紫菜",这几句话其实是"作了一个史事报告",说其中深藏着有关明清之际的重大政治内容。他说:

《红楼梦》藏谜的手法,每每痴得使人惊叹不已的。象第八十

---

① 《红楼梦谜》上篇第一节《甄英莲》。

七回紫鹃问黛玉：叫雪雁告诉厨房，给黛玉作一碗"火肉白菜，加了一点虾米儿，配了点青笋紫菜"好么？这时的紫鹃，其实作了一个史事报告。"火肉"谐音鹅肉，白彩的鹅肉，就是天鹅肉了；"虾米儿"读蛤蟆儿；"青笋紫菜"是清顺治来。这一碗汤恐怕是说：弘光帝那个癞蛤蟆，只为好色想吃天鹅肉，看看快把江山配给了清顺治帝了。黛玉道："也罢了。"是无可奈何的口气，她既有偶副射福王的身分，能够接得上说什么呢？"癞蛤蟆想吃天鹅肉"这一句谜释藏在第十一回末，算是伏笔于千里之外的一个明点了。（《红楼梦谜》上篇第七节《林黛玉》，句下着重点引者所加。）

《红楼梦谜》虽说是新出现的索隐派著作，其实它的基本思想和研究方法全是旧索隐派的老一套。大家知道，旧红学索隐派蔡元培的《石头记索隐》就认为《红楼梦》"作者持民族主义甚挚，书中本事在吊明之亡揭清之失，而尤于汉族名士仕清者寓痛惜之意"。《红楼梦谜》接受的就是蔡元培这个看法。但是旧红学索隐派这个说法是靠不住的，过去已经受到许多人的批评。正如余英时近年来所说的："索隐派诸人，自清末以迄今日，都是先有了明清之际一段遗民的血泪史亘于胸中，然后才在《红楼梦》中看出种种反满迹象。自乾隆以来，《红楼梦》的读者不计其数，而必待清季反满风气既兴之后而'民族主义'之论始大行其道，这其间的因果关系是值得追究的。"[①]我认为余英时的这个批评，指出《红楼梦》研究中"民族主义"论产生的时代原因，并指出索隐派种种著作的产生，都是它们的作者先有上述意念存于胸中，然后才在小说里"看出种种反满迹象"，这个批评可谓切实有力，符合实际。

"不过如是斋"上述这段文字，依我看来，不外就是余英时所指出的先入为主的索隐派研究方法的产物，与其说是在表现《红楼梦》"藏

[①] 余英时《近代红学的发展与红学革命》，见余英时所著《红楼梦的两个世界》，1978年台北联经出版公司出版。我用的是1981年的增订再版本，引文句下着重点系我所加。

谜"手法之高明,不如说是《红楼梦谜》作者在显示自己"制谜"的本领。所谓紫鹃的话语所藏的"谜",实际上是这位索隐家自己制造出来的。猜谜人自己即是制谜人,这就是问题的实质。至于这里使用的所谓"解谜"法,无非也还是旧红学索隐派和一部分旧红学评点派所使用的"谐音"之类的方法而已。不过,"青笋紫菜"居然谐读作"清顺治来",就未免"谐"得过于牵强了。

应当说,在旧红学索隐派和旧评点派的一些著述中,谐音法还是使用得比较认真、严格的,可是在《红楼梦谜》里,作者为了自己制谜、解谜的需要,往往是"谐"得太自由、太不严格了。我这里顺带提一下《红楼梦谜》对小说另一个重要女主人公薛宝钗的索隐,据"不过如是斋"说:"薛宝钗的正射是顺治帝后,副射是洪承畴。"为了证实这个"副射",他便说薛宝钗居处"梨香院可以谐读成吏降院",薛宝钗所吃"冷香丸谐读领降官"。请问,倘若不是为了适应自己的需要,硬要把薛宝钗说成是影射汉奸洪承畴,以为《红楼梦》作者写薛宝钗是讽刺"洪承畴很早便带头做了降臣",谁会作这样的"谐读"呢?①

第二段,是关于贾宝玉的。"不过如是斋"认为,贾宝玉姓爱新觉罗,影射的即是姓爱新觉罗的顺治皇帝。他认为小说里史湘云叫贾宝玉"爱哥哥"那段话,就藏有"咒闹(豫适按:此处行文似有未当)胡人的死亡"的寓意。他说:

> 第二十回,史湘云叫宝玉做"爱哥哥",黛玉笑她:"偏是咬舌子爱说话,连个二哥哥也叫不上来,只是爱哥哥的。回来赶围棋儿,又该你闹幺爱三了。"黛玉短短一句话里,出现了"爱"字三次,实在是一个明点:贾宝玉原是姓爱的。几十年前,不是有些人把英文里的科学一词译作"赛先生",民主一词又译作"德先生"吗?用的都是这个简称的方法。"回来赶围棋儿"是说回来围攻旗夷

---

① 这一小段中有关薛宝钗的引文,除"梨香院可以谐读成吏降院"见《红楼梦谜》上篇第一节《甄英莲》外,余均见该书上篇第三节《薛宝钗》,句下着重点系我所加。

的时候,"又该你闹么爱三了"这一句话表面是闹一二三,实际写成只见有一二三而无四。无四谐读胡死,可知史湘云口中的爱哥哥只是书中的言语,她心里却是要咒闹胡人的死亡呢。(《红楼梦谜》上编第八节《贾宝玉》,句下着重点引者所加。)

《红楼梦谜》作者认为:"明末清初的大事,或许没有一件在《红楼梦》里找不到影踪的;而《红楼梦》作者写这一本小说,技巧上亦不离营造谜语,并使之连贯成篇。"(上篇第二节《薛蟠》)照他看法,这里又是一个隐藏"明末清初的大事"的"谜语"。这位《红楼梦》猜谜家说,他小时候听人家说笑话,有人写了一副对联,上联是"一二三四五六七",下联是"孝悌忠信礼义廉",这副对联是用来讽刺某人"忘八""无耻"的,他对《红楼梦》这个小情节的猜释就是受了这个笑话的启示。其实,《红楼梦》里这个小情节,不过是写史湘云字音咬不准,把"二"说成"爱",也就是林黛玉笑她"偏是咬舌子爱说话"罢了,哪里有什么深意?哪里是小说作者设什么谜?这个所谓"谜",也还是这位猜谜人自己"营造"出来的。

大家知道,《红楼梦》的版本不同,文字也有异。"又该你闹么爱三了"是王梦阮、沈瓶庵《红楼梦索隐》所附"程甲本"的文字,《红楼梦谜》的作者是知道"己卯本""庚辰本"和"戚序本"都是作"又该你闹么爱三四五了"的。这样一来,所谓"无四"谐"胡死"之说不就落空了吗?不过不要紧,索隐学家有的是办法。这位猜谜人对此又变着法子预先作了这样的猜释,说《红楼梦》作者这一次"不是用缺略的'四'字来暗示无四,而是用添续的'四五'两个字来谐读'死胡',藏谜的形式相反,但谜底的寄意是相同的"。这位猜谜人声明,他"较喜欢"王、沈《红楼梦索隐》所附"程甲本"的那一句,"是因有助我便利猜释谜底"。可是请问,曹雪芹的卒年无论依"壬午说"还是"癸未说",他不是1763年或1764年就去世了吗?他怎么能够看到并且认可后来才出现的程伟元高鹗的"程甲本"呢?莫非是曹雪芹死后又活回来修改他的《红楼梦》?

其实,读者压根儿就没有必要去猜测曹雪芹"藏"这个"谜"用的究竟是"缺略法"还是"添续法",要知道这个所谓的"缺略法""添续法"都是"不过如是斋"李知其自己"营造"出来的。同时,读者当然也不必去考证曹雪芹在清朝乾隆年间,是否就已经能未卜先知,预先参考后世人们译英文"科学"一词为"赛先生"、译英文"民主"一词为"德先生"的办法来"藏谜",因为这个所谓"简称的方法""缺略法""添续法",以及将"回来赶围棋儿"说成是隐寓"回来围攻旗夷"之类,全都是这位制谜人又兼猜谜人自己"营造"出来的,因而是死无对证的事。

旧红学索隐派的研究方法,就是他们常用的影射法。在《红楼梦谜》中,这种影射法也就是猜谜法,运用起来是非常灵活的。这位索隐家认为《红楼梦》的影射有"正射""副射",还有"偶副射"。例如林黛玉,李知其说她"正射是董小宛","副射是亡明帝统",至于"偶副射"那就不止一个,有时候"偶副射是唐王朱聿键",而在小说第二十回听紫鹃说做碗汤的时候的林黛玉则是"偶副射福王"。福王朱由崧和唐王朱聿键都是南明的亡国之君。又如贾宝玉,李知其说:"贾宝玉的正射一如《王沈评》所指出的:是清初入关的顺治帝。"李知其又同意蔡元培的说法,贾宝玉的"副射"是"传国玺之义也"。但贾宝玉同样也有多个"偶副射",像小说第三十三回挨他父亲的板子的时候的贾宝玉,正如蔡元培所言,"那是康熙朝太子胤礽被废事的影射"。李知其说:"偶副射,那要随书中谜语制作的机遇而作方便的客串。"只要读者了解到猜谜人就是制谜人,那么索隐派方法论的全部奥妙就一清二楚了。事实上,贾宝玉、林黛玉、薛宝钗这些人物,他们什么时候、什么场合"影射"什么人、什么物,难道不正是索隐学家们按照自己的需要,看怎么"便利"、"方便"就作怎样的编排吗?

一般说来,在新红学考证派的考证工作中,有时由于某种先入之见,也可能产生牵强附会的东西。但他们作为考证家,总要拿出点"证据",假如那"证据"是伪造之物,那么考证家的考证及其结论的虚假性也就暴露出来了。可是索隐家就不同了,他们在索隐过程中也提出一些"证据",但这"证据"往往是他自己制造并且解释权只属于他自己的玩意儿,往往是难以查实、死无对证的东西。索隐学家使用这种方法,自以为很聪明、很灵活,不容易被人抓住把柄,殊不知这恰恰暴露了索隐学派整个研究方法那种主观随意性的实质,说明索隐学派的著作及其研究方法是离开科学性更其遥远的东西。

《红楼梦谜》的作者劝告青年人,不必读非索隐派的红学著作,就只读《红楼梦谜》这样的索隐学著作,"做索隐读者"(第八节《贾宝玉》),并且要他们"有信心遵循蔡元培、王梦阮、沈瓶庵、潘重规、杜世杰等正确而高明的导航线,继续把谜语猜下去"(第二节《薛蟠》)。我们这里当然无法讨论蔡元培等人红学著作的具体的异同,但自己本人就是索隐学家、《红楼梦》"谜学"专家的李知其,推崇索隐学派的著作为"正确而高明的导航线",这自然是很可以理解的。至于青年们是否愿意、是否会按照这条"导航线",像李知其那样地"继续把谜语猜下去";又假如个别青年真地照此办理,他是否会由此大得好处,像李知其希望的那样,"变得聪明些,学会自行思辨问题"(《红楼梦谜·序言》),这就有待于实践的检验了。我们完全相信,具有科学观念的现代青年,对于"不过如是斋主人"的这番劝告,是会作出正确的回答的。

《红楼梦》不仅是属于中国的,也是属于世界的,它是各国人民共同的宝贵的文学遗产。对《红楼梦》的科学研究工作,应当使人们对它获得正确的理解和认识,使人们从中得到有益的帮助和借鉴,这就要求《红楼梦》研究工作者坚持实事求是的科学态度。笔者本文从胡适的"《红楼梦》毫无价值论"说起,论及红学的一些历史和现状,着重对《红楼梦》科学研究中非科学倾向提出了一些看法和批评,这些看法和批评可能也会有不科学的地方,也犯了片面性的毛病,请同行专家们批评指正。什么是科学?什么是科学研究?我觉得科学就是老老实实的学问,科学研究就是追求实事求是。如果我们大家不断地克服片面性,特别是克服主观随意性,那么《红楼梦》科学研究中的非科学性就会不断减少,红学研究的科学水平就会继续提高,这是可以预期的。

[原载《华东师范大学学报》哲学社会科学版1986年第3期。并见《中外学者论红楼》(哈尔滨国际《红楼梦》研讨会论文选)北方文艺出版社1989年6月第1版]

红学批评应当实事求是
——评《红楼梦谜》对胡适和非索隐派红学的批评

一、引　言

"斜阳古柳赵家庄,负鼓盲翁正作场。死后是非谁管得,满村听说蔡中郎。"(《小舟游近村,舍舟步归》其四)陆游这首诗中所说的蔡中郎,就是东汉时的蔡邕,即后来高明《琵琶记》中的蔡伯喈。关于《琵琶记》究竟是写蔡邕的本事,还是写高明的友人王四的本事,抑或高明借蔡伯喈以讽谏王四[①],这不在我们现在要讨论的范围之内。陆游这首诗,是有感于一个人死后,一切是非功过全由他人评说,自己再也管不着了。这自然是无可如何的事,任何人也不例外,历史就是在人类社会活动和自然发展规律的支配下不断向前的。人是历史的产物,后人为了继续前进,对历史上的人物及其活动包括学术上的是非得失进行批评讨论,吸取聪明智慧,总结经验教训,本是一种有益的事。问题不在于后人可否评说前人的是非,问题是在于应当如何评说前人的是非,我想最重要的一点就是努力做到实事求是。实事求是四个字说起来容易,要真正做到是很不容易的。

---

① 关于《琵琶记》的创作意图,说法不尽一致,毛声山批点《琵琶记》,其《总论》中有云:"《琵琶记》何为而作也?曰:高东嘉为讽王四而作也。尝考《大圜索隐》曰:高东嘉名则诚,元末人也,与王四相友善。王四亦当时知名士,后以显达改操,遂弃其妻周氏,而坦腹于时相不花氏家,东嘉欲挽救不可得,乃作此书以讽之,而托名于蔡邕者,以王四少贱,尝为人佣菜也。"按,高东嘉,指著名戏曲家高明,字则诚,"菜""蔡"谐音。

二、《红楼梦谜》怎样批"胡家店"？怎样批非索隐派红学？

胡适1962年去世至今已三十多年了，这个历史人物值得研究。这些年来，大陆和海外发表了有关胡适的许多论文，还出版了不少著作，包括年谱和评传。胡适是一个思想复杂、功过兼有的人物，他著述宏富，不但在历史上有重要影响，而且影响及于现在。就以红学研究来说，这次甲戌年台湾红学会议召开时间的确定，不就是跟他在台湾公开印行过《脂砚斋重评石头记》，即甲戌年抄本的过录本这一学术史实有关吗？

批评应当实事求是，批评一个已经失去反批评可能的历史人物尤其应当如此。对于胡适，您肯定他哪些事做得对，批评他哪些事做得不对，只要言之成理，持之有故，即便看法不同，此属百家争鸣，乃是正常现象。我这里要提到的乃是一个令人遗憾的例子，那就是香港连续印行的"不过如是斋"李知其先生的大著《红楼梦谜》。这部大著1984年12月出版上篇，1985年9月出版下篇。笔者不揣冒昧，曾在《论"〈红楼梦〉毫无价值论"及其他》一文中，对李氏索隐法的非科学性有所评议①。李先生于1988年7月又出版了《红楼梦谜》续篇，此书以程甲本120回为研究对象，著文120节，在继续大搞索隐猜谜的同时，大批"胡家店"和非索隐派红学，矛头所指乃至越出红学研究界的范围。我觉得李氏的红学批评有失求实态度，不少批评用的"是猜臆而非考证"（534页）的方法，令人难以苟同。兹举数例如下。李先生说：

1. "新红学专家"们认为贾宝玉与曹雪芹是实有其人，并且

---

① 此系笔者1986年在哈尔滨国际《红楼梦》研讨会上宣读的论文，其副标题是《关于红学研究中的非科学性问题》，文中对《红楼梦谜》索隐方法的非科学性有所批评。载《华东师范大学学报》（哲社版）1986年第3期，收入拙著《中国古代小说论集》第二版（华东师范大学出版社，1987），第三版未收此文，移收入拙著《论红楼梦及其研究》（上海古籍出版社，1992）。

两位一体,只不过欲借胡适的"科学"幌子来斗垮老师宿儒,建一山寨。中国自鸦片战争以来,国人听见拥有船坚炮利的西洋科学都怕得要死,连带一些洋荤买办也不免刮目相看,"新红学专家"们就由此冒出头来的……"自传说"在"新红学"的论坛上叫嚣了六十多年,导致如今假古董、假文物等"新"事物充斥于白话文学界的圈子内……(《红楼梦谜》续篇第一节499页,着重号系笔者所加,下同)

2. 读者若看得出"程甲本"是完整的定稿本,就不会人云亦云的再把什么其他早期抄本挂在口边乱吹乱捧了。近代文人每觉百二十回本《红楼梦》不符合胡适那个什么"曹霑"四十年代自叙传的"大胆假设",于是群起假扮"科学家"诬指后四十回是高鹗补作,并谓另外应有什么三十回"旧时真本",如此新风口号,无非崇胡之谈,并无真凭实据。(第十二节521页)

3. "新红学专家"们的什么"科学"考证至今仍只能在一些二十世纪中期先后发现的手抄残本若干插赃批语内兜圈子,上演一出由杨钟羲编导之崇满欺世的长篇闹剧。甘心被扯线作过河卒子的新学忙人胡适何曾真正理解他在外国左挟右持横拖过来的"德先生"与"赛先生"是怎么样的真假货色呢?洋买办有权排斥我们用猜谜方法自由读汉文小说么?(第十五节528页)

4. 顺治帝(豫适按:李氏认为宝玉影射顺治皇帝)于崇德九年入关,改元顺治,是年才及七岁。若有以为元春此时搅在怀内的是十多岁的翩翩公子,抚其头颈笑道比先长了好些,恐怕还是猜臆而非考证。"新红学专家"们每喜把宝玉的年龄报大,无非附会胡适的裁判,坐实那个什么"曹霑"在第五回的"云雨之事"是自叙奸情而非"圣明天子事"而已。(第十八节534页)

5. 提到古为今狃(豫适按:原文如此)的嘈学闹剧,或问那个"脂砚斋"为什么要在一九二七年新出现的"甲戌本"批示"因命芹溪删去"秦可卿死况呢?恐怕是民初一撮在胡适身旁的人物,为了迎合胡适富投入感的认同宝玉心态而写的;类此的最新报道曹家消息之批注在"庚辰本"等出现更是后来的事了。秦可卿可疑的死因以及雍正帝的被斩传闻最易触动胡适的心坎:他的尊翁名胡传,清末在台湾"战死沙场"抑或在厦门"卒死于病"呢?石原皋《闲话胡适》揭发前些年国内文化大革命时,什么"造反派"破胡传的棺木,证实了胡适夫人江冬秀曾说过他的公公"军中被杀头",果然棺内头骨无存①。(第五十五节 607—608 页)

6. 那个叫做什么"曹霑"的乌有旗人,果真值得为要写"自叙传"而搬出这些犯上僭越的谵语吗?② 依我看,那本前些年突然冒出来的什么"懋斋诗钞"那句什么"秦淮风月忆繁华",以及什么"船山诗草"的什么"艳情人自说红楼",俱属外行人的识见,胡言乱语,无非想坐实"自传说"以及流通一些满人诗作而闹出来的嘈学。而今一大伙人说高鹗是什么张问陶的妹夫,只是喊口号而非治学心得。(第六十一节 620 页)

7. 第五十五回暗写雍正帝登基的声气。脑筋僵化的新派专家或会奇怪何以不顺着朝代先后演说,而要跳着穿插故事呢?这就得细心考问我们作梦时,有否严守时序的规限呢?梦是超越时空的活动……可见用断章取义的方法来读《红楼梦》是很有必要的,说不定这才是详梦的科学方法呢?(第五十五节 607 页)

---

① 所谓胡适之父胡传"被杀头"之说不确。易竹贤著《胡适传》说:"台湾割给日本后,胡传内渡,在厦门病逝时,正值五十五岁的壮年。"(4 页)并在注文中说:"石先生的这种见解,与胡适自己在《四十自述》、《先母行述》及《胡适口述自传》等处的说法相悖。笔者赴绩溪上庄察访时,曾以此事询问上庄乡干部及胡适族人胡乐丰先生。他们都说'十年浩劫'期间,确有'造反派'掘坟事,但'找不着头颅骨'的话,仍系传闻,并无人亲见证明,因而都认为靠不住。"又说:"张经甫(焕纶)代撰的《胡铁花先生家传》、胡近仁(祥木)所撰《诰授通议大夫赏戴花翎江苏候补知府前台湾台东直隶州知州铁花胡公家传》均谓胡传病逝于厦门,与胡适所述相符。"(同上,易著《胡适传》,湖北人民出版社,1987 年)曹伯言、季维龙编《胡适年谱》也说,1895 年 7 月,"胡传因脚气病发作在厦门去世,由次子嗣秬扶柩回乡安葬"(6 页),并注云:"一说胡传'是为了抗日而战死沙场的'(见石原皋《闲话胡适》,载《艺谭》1981 年第 1 期)。根据胡适的'自述'、'自传'以及其他方面的记载和我们的实地调查,这一说法是很难成立的。"(同上)此见《胡适年谱》,安徽教育出版社,1989 年。

② 《红楼梦》第六十一回写五儿私取茯苓霜赠芳官酿成一场风波,王熙凤提出对有关的人进行惩罚。她说:"依我的主意……虽然柳家的没偷,到底有些影儿,人才说他。虽不加贼刑,也革出不用。朝廷家原有罣误的,倒也不算委屈了他。"李知其所谓"犯上僭越的谵语",就是指凤辣子这里所言"朝廷家原有罣误的"一语。

《红楼梦谜》(续篇)里这类文字很多,以上只是较有代表性的批评而已。仅从上面有限的引述文字中,我们可以看到,李氏批判的并不仅仅是胡适,也不仅仅是"新红学",实际上是批判整个非索隐派红学,其范围实际上还超出了红学界。那么,李先生的这些批评是否正确呢?

三、《红楼梦谜》的红学批评存在着哪些问题?

在我看来,李著《红楼梦谜》的红学批评,至少存在着如下四个问题:

(一) 批"胡家店"批过了头,犯了扩大化的毛病

李知其先生的红学批评明显地越出了正常的学术批评,除上述所谓"只不过欲借胡适的'科学'幌子来斗垮老师宿儒"、"群起假扮'科学家'"、"坐实那个什么'曹霑'在第五回的'云雨之事'是自叙奸情",责备他人是"脑筋僵化的新派专家"、"俱属外行人的识见,胡言乱语"等;在索隐过程中随时责备他人"霸道得很"(510页)、"过于霸气"(514页)、"攀附胡适冒充专家"(699页)、"厚脸学舌"(499页)、"惯于应声的白话文人"(531页)、"白话脑筋僵化"(538页)、"崇胡白话文人"(691页)、"五四白话学风之轻佻无根"(731页)等等。李氏批判的主要对象当然是胡适,但他所要批倒的"胡家店"(605页),不只是"民初一撮在胡适身旁的人物"(607页),矛头所向,兼及一批"满裔"学者。他说:"可叹近世满裔好充'新红学家',盲从胡适开口'曹雪芹',闭口'脂砚斋',而不知是讽满之书,展示了满人的形象原来聪明不到那里去。"(737页)此话未免太失分寸,被攻击者已不只是一些满裔学者。

李氏书中又多次出现"什么'曹霑'的乌有旗人"、"什么'懋斋诗钞'"、"什么'船山诗草'"(620页)、"什么'四松堂集'"、"各种劣诗注语与什么'脂批'入民国后大量出炉"(522页)等等。……请朋友们想想,

《红楼梦谜》所要批判、否定的范围有多广？我曾经说过，《红楼梦谜》"是近来出现的最大的索隐派猜谜学著作之一，作者也因而可称红学界一位大猜谜学家"①，现在觉得还应该补充一句："同时也是红学界一位大批评家。"不过我必须把这个"大"字解释一下，免得有劳索隐。这个"大"字没有恭维的意思，只是说这位索隐家的红学批评犯了扩大化的毛病。

熟悉《红楼梦》研究史的人都知道，20年代胡适和蔡元培关于"索隐"和"考证"，特别是关于蔡著《石头记索隐》的索隐法是否正确的问题，有过一场反复的争论。双方观点尖锐对立，但胡适主要也就是批评蔡著是"附会的红学"，是在猜"笨谜"，而蔡先生也只是说胡适的批评"我殊不敢承认"，反过来批评胡适"曹雪芹的自叙传"说不通而已。二人学术观点和研究方法虽有尖锐分歧，而相互间何尝有半点贬损对方人格的话？李先生是尊敬"老师硕儒"的，那么当年蔡先生学术争论中那种真正学者的风格和气度总也该保留一点吧。这里又想起红学史上50年代大陆曾有过一次有关《红楼梦》研究的批判运动，那次批判运动的产生自有它的种种原因，人们对它的是非得失看法和评价也不是全都一样，但通过总结和反思，许多人至少在一个重要问题上取得了一致，即那次运动混淆了学术批判和政治批判的界限，犯了简单化、扩大化的毛病。历史已经发展到了八九十年代，我们在《红楼梦》研究和批评中，自应正确地总结和吸取红学史上的经验教训。

（二）把"新红学"当个筐，恶语都往里面装

《红楼梦谜》著者抨击的主要对象是"新红学"，但原谅我说一句老实话，抨击者对"新红学"的实际情况似乎缺乏应有的了解。譬如对"自叙传说"、对后四十回续书，不但在广大的红学研究工作者中，观点并不统一，甚至存在着尖锐的意见分歧；就是在新红学派中也并不是铁板一块，看法全都一样。这里仅以"自叙传说"为例，我们上面提到

---

① 这个批评见拙文《论"〈红楼梦〉毫无价值论"及其他》，参见本书126页注①。

的50年代大陆上那场批判《红楼梦》研究的运动,从学术观点上说,主要就是批判新红学派的"自传说",而不是批判旧红学索隐派的观点。这决不是说旧红学索隐派的观点比"自传说"正确,而是在许多人看来,旧红学索隐派的主观随意性十分明显,已经不必花大力气去加以批判和廓清了。

在"新红学派"的几位主要著作家中,如所周知,胡适是主张"自传说"的,后来有的学者"自传说"观点比胡适还更彻底,但并非所有的人都是李先生所批评的"顽固文人",一贯坚持此说。把"自传说"说成是统治数十年来索隐派以外的红学家及其研究著作的至高无上的观点,这是一种不切实际的看法。

新红学派最主要的代表人物之一的俞平伯先生,起初是主张"自传说"的,但是总的说来他"自传说"的观点越来越淡化,其后曾经明确地对"自传说"进行过批评。有些朋友不甚了解情况,以为俞先生是由于50年代大陆上对他的批判不得已而对"自传说"进行批评,其实并非如此。他在1952年出版的《红楼梦研究》一书的《自序》中,就对自己过去《红楼梦辨》中的有关说法有所修改。他说:"把曹雪芹的生平跟书中贾家的事情搅在一起,未免体例太差。《红楼梦》至多是自传性质的小说,不能把它径作为作者的传记行状看呵。"[①]这跟《红楼梦辨·红楼梦底风格》中"我们有一个最主要的观念,《红楼梦》是作者底自传"[②]的说法已经有了不同。在《红楼梦简论》(发表于《新建设》1954年3月号)中,他说:

> 近年考证《红楼梦》的改从作者的生平家世等等客观方面来研究,自比以前所谓红学着实得多,无奈又犯了一点过于拘滞的毛病,我从前也犯过的。他们把假的贾府跟真的曹氏并了家,把书中主角宝玉和作者合为一人;这样,贾氏的世系等于曹氏的家谱,而《石头记》便等于雪芹的自传了。这很明显有三种的不妥

---

①② 均见《俞平伯论红楼梦》,上海古籍出版社,1988年。

当。第一,失却小说所以为小说的意义。第二,像这样处处黏合真人真事,小说恐怕不好写,更不能写得这样好。第三,作者明说真事隐去,若处处都是真的,即无所谓'真事隐',不过把真事搬了个家而把真人给换上姓名罢了。①

俞先生并且就作家和他笔下的主人公的关系明确地说:"贾宝玉不等于曹雪芹,曹雪芹也不等于贾宝玉。"②俞先生对包括自己在内的以往所持的"自传说"进行了批评和自我批评,这是他进行学术探索获得的成果,同时也反映了一位诚实的学者可贵的学术品格,而他这些文字都发表于1954年对《红楼梦》研究开展批判运动以前③。

看来,《红楼梦谜》的著者是把胡适的"自传说"扩大成为"新红学家"固定不变的统一的观点,又进而扩大成为非索隐派红学家统一的共同拥护的观点了。我想,李先生这种脱离实际的笼而统之的概括,或许是《红楼梦谜》在红学批评上犯了扩大化毛病的重要原因之一。

应当说,李先生对红学研究中出现的某些情况和问题提出批评,是有一定根据的。还在《红楼梦谜》上篇中,他就对"林林种种的雪芹遗物遗作等等可厌的'铁论'"进行批评。笔者对此曾经说:"关于所谓雪芹'遗物遗作',对于那些弄虚作假的恶劣行为,对于那些不严肃的轻率的做法,进行严肃的批评是很应该的"④,但我对李氏轻易断言"'新红学'原来是一场闹剧,从此不再轻信那些什么曹霑又名曹雪芹,脂砚斋是曹雪芹的亲友"的看法不敢苟同,认为"如此全盘肯定索隐派、全盘否定新红学,未免是一种片面性的看法"⑤。现在《红楼梦谜》

---

①② 均见《俞平伯论红楼梦》,上海古籍出版社,1988年。
③ 李希凡、蓝翎《关于〈红楼梦简论〉及其他》发表于《文史哲》1954年9月号,他们另一篇文章《评〈红楼梦研究〉》发表于《光明日报》1954年10月10日。毛泽东写给中共中央政治局同志和其他有关同志的信(即《关于红楼梦问题的信》)时间是1954年10月16日,当时并没有公开发表。俞平伯上述这些批评"自传说"的文字,均发表在李、蓝的文章和毛泽东写此信以前。豫适补注:《关于〈红楼梦〉研究问题的信》(附注释),可查《毛泽东文集》第六卷352—353页,人民出版社,1999年6月第1版。
④⑤ 此处批评有关曹雪芹"遗物遗作"某些不够严肃乃至弄虚作假的作法,引自拙文《论〈红楼梦〉毫无价值论》及其他,参见拙著《论红楼梦及其研究》(上海古籍出版社,1992年)。

续篇中又批评说："'新红学'患了假大空的重症。说它假,各种近年炮制的什么'曹霑'文物可证;说它大,就是平地把《红楼梦》作者任意夸大说成是社会福利工作者甚或新时代前进反叛的革命先驱人物;说它空,只因不肯踏实地细读小说内文,而终日嗟叹什么'旧时真本'的迷失,及传诵根本不曾存在过的史湘云与卫若兰成婚等的胡说。实在嘈闹之极。"(735—736页)如此不加分析、不留余地地批判"假大空的胡家店"(685页),难道"新红学"真的就那么一无足取,全都是"假""大""空"吗?

批评不应脱离实际,态度应当实事求是。关于文物真伪问题,关于对《红楼梦》作者及其小说思想的评价问题,关于小说本事"探佚"方面的问题,有不同的意见和看法尽可以据实研讨、论争。事实上,有关这些问题,据我所知,无论是大陆还是海外的红学界并没有统一的看法,有时论争还是很激烈的。我不知道《红楼梦谜》的著者对这些情况究竟是真的毫无了解,还是视而不见?否则为什么总是把胡适、把"新红学派"、把非索隐派的红学家统统捆绑在一起加以批判,而且批判胡适祸延古人,把曹雪芹、"脂砚斋"以及《懋斋诗钞》、《四松堂集》等等诗集也都加以否定,统统贬斥为"嘈闹之极"的"嘈学闹剧"呢?这种把"新红学"当个筐,各种恶语都往里面装的做法,实在令人难以理解,而且也有失学术批评应有的科学态度。

这里随便举个例子。李先生批评红学研究中存在着某种不良现象,为什么一定要连带反复批判"胡适一帮白话文人"(680页)、"五四白话学风"(732页)、"白话文学界"(499页)呢?不管怎么说,当年胡适提倡白话文,适应时代潮流,总该肯定其历史功绩。况且,白话文为什么就一定不好?《红楼梦谜》这部大著上篇、下篇、续篇共三本,不都是用白话文写的吗?请问李先生:"甘心被扯线作过河卒子的新学忙人胡适何曾真正理解他在外国左挟右持横拖过来的'德先生'与'赛先生'是怎样的真假货色呢?"这样的文字是文言文还是白话文?李先生说:"论学是最忌霸道的。"(571页)这句话说得非常好,希望我们在学术讨论和批评中共同做到。

（三）对人批评缺乏根据，责人处其实更应自责

《红楼梦谜》续篇和上篇、下篇一样，不但独尊索隐派，实际上是以索隐派为本位来划线，凡是索隐派，无论新旧，作者均予容纳、赞同，而对索隐派以外的红学，则几乎都在其排斥、批评之列，对于胡适为主的新红学家更是动辄加以抨击。遗憾的是书中对他人的批评，常常缺乏足够的理由和依据，甚至是只下贬语而不作论证。书中经常出现"仰承胡适"(735页)、"厚脸学舌"(499页)、"惯于应声"(531页)、"顽固文人"(562页)、"五四崇胡白话文人"(691页)、"白话脑筋僵化"(538页)、"五四白话学风之轻佻无根"(732页)，以及"霸道""霸气"或"专横独断的霸业"(692页)等等。如批评人"厚脸学舌"，无非是指胡适主张"自传说"，别人也跟着说之类。但这里有个问题应当弄清楚，我们姑且不论胡适提出"自传说"的是非得失，作为一种学术观点，如果有些人赞成它就说那些人是"厚脸学舌"，那么人们就会问，索隐学者某甲、某乙赞同索隐学者某丙的观点，能否就贬斥某甲、某乙"厚脸学舌"呢？学术论争中彼此能够进行这种批评吗？又譬如，凭什么说"五四白话学风"一定就是"轻佻无根"？不使用文言而使用白话为什么脑筋就会"僵化"？理由何在？看来，《红楼梦谜》著者对于反对索隐派观点和研究方法的人实在是耿耿于怀，随处总要寻找一个贬损人的字眼来进行批评。又比如否定《懋斋诗钞》《四松堂集》等清代诗集的可靠性、真实性，说它们是有些人为了仰承、迎合胡适"自传说"的需要而炮制出来的，那么清代有无敦敏、敦诚这些诗人？难道他们亦如李知其先生所言，与曹雪芹一样统统都是什么"乌有旗人"？如果说这些满人诗集和甲戌本等早期抄本都是炮制出来的假货，总得要拿出证据来，否则如此轻率地怀疑、否定古人及其著作，未免使人觉得过于主观武断，读者难以信服。

应当指出的是，《红楼梦谜》有时常用"缺略法""添续法"，或者使用我们不妨称之为"外加法""嫁接法"之类的办法，一方面用来索隐《红楼梦》的本事，另方面还用来挖苦、抨击观点跟李氏不同的红学家，

那就更属不该了。例如本文前面所引李氏《红楼梦谜》续篇第4条、第5条批评,说什么"'新红学专家'们每喜把宝玉的年龄报大,无非是附会胡适的裁判,坐实那个什么'曹霑'在第五回的'云雨之事'是自叙奸情",说什么甲戌本脂评命芹溪删去秦可卿死况的批语,是"一撮在胡适身旁的人物,为了迎合胡适富投入感的认同宝玉心态",说什么"秦可卿可疑的死因以及雍正帝被斩传闻最易触动胡适的心坎",还引述大陆"文革"期间并不可靠的传闻来证实胡适之父胡传"被杀头"(参见本书第128页注①)。这一些批评可说是主观猜测和"嫁接法""外加法"相结合的产物。胡适已经去世,无法对这些批评进行辩解和反驳,难道为此就可以无需顾忌地肆意讥刺和抨击吗?学术批评中持此态度不但有害于学术争鸣,而且也未免有失厚道,实在不该。

李先生批判他人研究《红楼梦》着眼于"奸情",那么《红楼梦谜》又是怎样的呢?人们如果以子之矛攻子之盾,就可以举出续篇第七十五节如下一段文字:

> 尤氏吃饭时,贾母说了一句什么"巧媳妇做不出没米儿粥来",随着"众人都笑起来",料想其间必藏有奇诡谜语。既说没有米儿,按理做的便不能叫粥;看来"没米儿粥"是说"粥"字没了"米"儿,便成了弓弓,谐公公。贾母显然在与尤氏打趣说荤话:正是巧媳妇抱不出公公来。后文让贾珍告诉贾母:宝玉的箭"大长进了,不但式样好,而且弓也长了一个劲",明点了那个"弓"字,并借劲谐敬,提示尤氏的公公名贾敬。或问是否由此可以"考证"出谁人家又多添一出爬灰丑剧呢?我看不必了。自述归自述,小说归小说,作者意在教读者学那邢德全也"喷了一地饭"罢了。贾敬与尤氏都是宁国府的人物,况关外未汉化的满人,纵有乱伦风俗也不足怪。(648页)

这里说的是小说第七十五回里面写到的事,《红楼梦谜》著者用索隐猜谜的方法向读者提示,《红楼梦》里除了有贾珍和秦可卿这一对公媳的"奸情"之外,还有着贾敬和尤氏这另一对公媳的"奸情"。新红学考证家议论贾珍、可卿之间的"奸情"就受到李氏的讥刺,而索隐派的李氏"索隐"出贾敬、尤氏的"奸情"就可以,这怎么解释？更值得一辩者,说贾珍、可卿有一出"爬灰丑剧",还可以说有"脂评"的一段话和小说里的那些令人怀疑的叙写作为依据；可是李氏使《红楼梦》"多添一出爬灰丑剧",其依据在哪里？就只在贾母"巧媳妇做不出没米儿粥来"这样一句普通至极的话语里。倘若心里没有《红楼梦》里尚有其他"爬灰丑剧"这类意念,怎么能认定此话"必藏有奇诡谜语"？怎么能断定此语是"荤话",并进而索隐出这谜语里隐藏着贾敬和尤氏之间的"奸情"呢？我想,人们在读了《红楼梦谜》上述一段索隐文字之后,很可能会提出这样一个问题：究竟是贾母在"说荤话",还是《红楼梦谜》的著者在"说荤话"？平心而论,您能说人们这个问题提得没有根据吗？一方面不许别人"每喜执实奸情的表义来研究《红楼梦》"（641页）,一方面自己又可以根据索隐派猜谜的办法去寻觅小说里的"奸情",能说这是平等的学术批评吗？所以,我觉得《红楼梦谜》作者除了在学术争论或对他人进行批评时应当实事求是之外,还应当考虑一下责人处还应自责的问题,不知李先生和读者朋友们以为然否？

（四）公开提出"详梦的科学方法",把索隐派的主观随意性推向极端

《红楼梦谜》著者说他的索隐法承自前辈的索隐法,但深究一下就会发现,李氏索隐法较之蔡元培索隐法已是同中有异了。蔡氏的索隐已有明显的主观随意性,但还受一定原则的约束,到了李氏的索隐,主观随意性已发展到了极致,不再受一定原则的约束,真是更加"自由",更加随心所欲了。

大家知道,蔡元培的索隐有三条原则或方法,即索隐影射时必须以下述三者为依据,这就是："一、品性相类者，二、轶事有征者，三、姓名相关者。"（《〈石头记索隐〉第六版自序》）他根据第一条,认为小说中"宝钗之阴柔,妙玉之孤高",分别与高江村、姜西溟二人的"品

性相合",便说宝钗是影射高江村,妙玉是影射姜西溟。根据第二条,他就"以宝玉曾逢魇魔而推为允礽,以凤姐哭向金陵而推为国柱"。根据第三条,他就"以探春之名,与探花有关,而推为健庵;以宝琴之名,与学琴于师襄之故事有关,而推为辟疆"。所以他认为《石头记索隐》"自以为审慎之至,与随意附会者不同"(同上)。蔡氏索隐实际上难免牵强附会,因为他脑子里已经先确定了小说里"十二钗"是十二位著名文人的影射这一个前提,然后根据蔡氏自定的三条原则和方法去"索隐","审慎之至"云云是谈不上的。"以一种主观猜想作为前提,然后又以猜想的方法去证实这种前提,何得谓之'审慎'?"①

蔡元培根据其索隐"三法"寻觅小说人物与现实人物之间的关系是一对一的关系,即一人影射一人的关系;可是到了李知其的《红楼梦谜》就把一对一的关系扩大化了。李氏索隐的方法,我们可以称之为"李三法",即"正射法"、"副射法"、"偶副射法"。根据这三法,小说中人物某甲,既可以"正射"某A,又可以"副射"某B,还可以"偶副射"某C、某D、某E;同时,历史人物某A,又可以根据类似的方法,说成是被分写在小说人物某甲、某乙乃至更多的人物身上。此外,小说中的人物既可以影射历史上的人物,还可以影射某种用语、典故或其他事物。总之,"李三法"的功能和作用比"蔡三法"要自由、宽广得多。兹举《红楼梦谜》有关宝钗、黛玉、宝玉若干影射关系如下:

宝钗:正射顺治帝的皇后,但她也"副射洪承畴,偶副射永历帝"(671页)。……

黛玉:正射顺治帝的董妃即董小宛,偶副射"南明亡国之君",有"弘光、隆武两朝君主的身分"(553页),但有时"客串亡明真假太子案的太子",即所谓"江北江南真假朱明太子"(566页),有时还说她"副射亡明的入土墨玺"(507页)。……

宝玉:正射顺治皇帝,"又客串胤礽,并泛写掌玺帝君"(615页),

---

① 参见拙著《红楼研究小史稿》第六章第三节《蔡孑民的〈石头记索隐〉》,上海文艺出版社,1980年。

有时"扮演了宠爱香妃的乾隆帝,这回(豫适按:指小说第五十九回)更添了胤禛的戏文"(同上),有时"宝玉一身二写",一面写他是"被废的清太子",一面"兼笔写荒淫好色而仅做了一年弘光朝皇帝的福王"(569页)。……

宝钗既是皇后,又是皇帝,又是降臣;黛玉既是妃子,又是太子,又是南明两朝君主。那么,宝钗、黛玉究竟是男是女?宝玉既是顺治皇帝,又是废太子胤礽,又是雍正皇帝、乾隆皇帝、弘光皇帝,说了半天他究竟是谁?竟能活了那么多朝代?这里说宝玉是弘光帝,上面怎么又说黛玉也是弘光帝?怎么黛玉也那样长寿?在小说《红楼梦》里,薛宝钗、林黛玉、贾宝玉三人之间的关系是一清二楚的,可是到了《红楼梦谜》里,这三个人之间的关系就弄得男女不分、关系复杂得理不清楚了。尽管读者被《红楼梦谜》索隐弄糊涂了,但诸君可不能批评上述这类索隐、影射是不伦不类、支离破碎,倘若您提出这种批评,李先生就反过来批评您头脑不"灵活","脑筋僵化",读不懂《红楼梦》这部"奇书"、"谜书"。

"李三法"既可"数覆一射",又可"一射数覆"(575页),当然比"蔡三法"更"灵活"、更"自由",随意附会也就更为方便了。这种随意附会有时真到了令人吃惊的程度,这里且举一例:

> 第三十四回写宝玉被笞挞后,袭人为宝玉"将中衣脱下,略动一动,宝玉便咬着牙叫嗳哟。袭人连忙住手。如此三四次,才褪下来了。袭人看时,只见腿上半腿青紫,都有四指阔的伤痕,高了起来"。上回写宝玉被打后,先在贾母房中疗治过才送回园内的;打的这般重,如何还会穿上什么"中衣"呢,中者,不大不小、不上不下之谓。胤礽被废,既不得称太子,已非大,但也不致被打成下人奴才包衣,故仍有"中衣"可穿。……其后那句"四指"阔的伤痕"高了起来",是写皇四子胤禛因太子被废而得升大位。手足兄弟,一人受伤,另一人得青云直上踏入紫宫,故说"腿上半腿青紫"。(565页)

《红楼梦谜》著者抓住宝玉"腿上半腿青紫,都有四指阔的伤痕高了起来"这些字眼,大做索隐文章。他把"青紫"一词从一句话里宰割下来之后又分别拆成两半,将"青"作青肿解,说是影射胤礽的被废;将"紫"作"紫宫"解,说是影射皇四子胤禛因太子被废而得升大位。真没想到贾宝玉腿上的伤痕,竟蕴含着如此重大的历史故事!读者诸君如果批评这种索隐未免太牵强附会,李氏已经准备好答辩词在这里:这还是由于你们脑子"僵化",不能领悟这正是小说《红楼梦》奥妙的"谜笔"。但是恕我直言,与其说这是曹雪芹的"谜笔",实不如说这是索隐学者李知其先生的"营造"。"猜谜人自己即是制谜人,这就是问题的实质。"①

《红楼梦谜》除了强调《红楼梦》通部是"谜语""谜笔"之外,还推出了一个重要的概念,即"梦"的概念。李知其先生认为《红楼梦》创作本身就是在"做梦",所以研究《红楼梦》"无妨断章取义去猜谜"(638页),并说这就是"详梦的科学方法"(607页)。

《红楼梦》第七十回先后出现有"如今仲春天气""如今正是初春时节""时值暮春之际"三句话,这三句话有点时序混乱,但三句话有的是作者叙述句,有的是小说中人物语,并没有什么深意可言。但李知其先生为了阐释他的"做梦"论,便把这三句话串在一起来索隐,称赞这是"三句妙文",并说:"时序虽见颠倒,但做梦是不计较的。新派文人以为是败笔,但于索隐读者眼中可能是佳句。"(637页)小说第五十五回,李先生认为是"暗写雍正帝登基的声气";然而了解清代各朝先后顺序的读者,就可能会指出李氏的索隐不能成立。可是,李先生又已经预先准备好反批评在这里:"脑筋僵化的新派专家或会奇怪何以不顺着朝代先后演说,而要跳着穿插故事呢?这就得细心考问我们作梦时,有否严守时序的限呢?梦是超越时空的活动。所以上一回在暗讽传闻于顺治七年春月太后下嫁小叔子的趣史时,可以忽然兼讽乾隆

---

① 此为笔者批评李知其先生索隐猜谜法的话,参见拙文《论〈红楼梦〉毫无价值论》及其他》,该文编入拙著《论红楼梦及其研究》。

四十三年正月初十为多尔衮作出翻案的'辨诬记',再回述婚喜的情节。而今这回突然影射雍正帝夺嫡故事,可见用断章取义的方法来读《红楼梦》是很有必要的,说不定这才是详梦的科学方法呢。"(607页)应当指出的是,这里所谓"顺治""乾隆""雍正"各朝的史事全都是李氏通过索隐、猜谜"营造"出来的。

《红楼梦》创作过程是"做梦",而曹雪芹呢,"他既非'作者',也不是'抄者'或'阅者',只是一个呓说人在泄恨说恨"(738页)。《红楼梦》既是"做梦"的产物,研究它也就必须用"详梦"的方法,而且这才是"科学方法"! 这就是《红楼梦谜》著者告诉我们大家应当懂得的方法论! 我们不是说科学研究应当实事求是么? 按照李氏这种"做梦"说、"详梦"说,哪还有什么实事求是可言呢? 红学索隐派的研究方法是以主观随意性为其根本特征的,但当索隐学者无法自圆其说时,索性把文学的创作和评论统统理解为非理性的活动,用一个"梦"字来搪塞。对于这样的理论和方法,真是叫人不知说什么好了!

四、余　　论

《红楼梦谜》著者自称是继承"老师硕儒"蔡元培先生的索隐传统的,但蔡氏关于索隐必须受一定原则的约束那样一点"审慎"已被李氏的自由"详梦"所取代;李氏以他的《红楼梦谜》站在索隐派立场上继续进行当年反对新红学考证派的论争,但是蔡先生在论争中所具有的诚恳的学者风格和态度也丢失了。胡适和新红学乃至当今的红学研究,其中不无非科学的、错误的、不良的东西,但把索隐派以外的红学一律贬斥为"嘈学"、"闹剧",终究是一种主观武断的判语。这里我想提一个看法,李氏对胡适的红学研究成果都看不上眼,那么他是否有意无意地接受了胡适某种思想方法的一点影响呢? 我看恐怕是有的,那就是胡适的怀疑主义,但从他对待索隐派以外红学研究的态度而言,他的怀疑主义却又比胡适跑得更远。

本来,在科学研究中,信和不信,疑和不疑,是探索过程中常有的事,必须具体问题具体分析,不能持形而上学的态度。我们既不能说信比疑好,也不能说疑比信好。什么都不怀疑,那就有可能陷于保守主义;而什么都怀疑,那就有可能导致虚无主义。我们对这个问题的正确态度只能是十二个字,那就是:信应信所当信,疑应疑所当疑;而为了要做到疑信得当,就必须抱实事求是的态度,舍此难以追求真理或接近真理。

至于在学术探讨中有意见分歧,有尖锐的争辩,有严肃的批评,只要有理有据,也无足怪。只是《红楼梦谜》著者对于索隐派以外的红学不但责之过苛,而且几乎全盘否定,特别是对于胡适更是讽刺挖苦、厉言攻击,未免过分。胡适如果活着,他可能对此作出反应,提出他的反批评。不过,我想这也难说。1962年2月24日,胡适去世那一天下午在一次酒会上就说过:"我挨了四十年的骂,从来不生气。"①对于李氏的批评,他可能也会说:"不要去管他,那是小事体,小事体。"②总之,胡适在某一点上跟本文开头所说的蔡邕一样:他已无法发言。不过,活着的人们看到活着的李先生对胡适等人的严厉抨击,不免产生感慨,且也觉得有欠公平。即如笔者于此亦有所感,故对李氏的红学批评略作批评如上,倘有不当,尚希李先生和红学界朋友们有以教之。

(此为1994年赴台湾参加红学研讨会的论文,载《中华文史论丛》第54辑,上海古籍出版社1995年6月出版。)

---

①② 据胡颂平《胡适之先生年谱长编》,转见易竹贤著《胡适传》,463页,湖北人民出版社,1987年。

论红学的考证、索隐及其他

近年来,在报刊杂志和一些会议上,不断地有同志对《红楼梦》研究有所议论,特别是对红学考证学方面的问题提出了严肃的批评;有些同志对批评又颇有异议。笔者也想发表一些看法,参加讨论。

一、论如何恰当地对待考证

当前对红学提出的批评,主要集中在考证工作方面。首先,我想红学界应当欢迎批评,特别应当认真听取那些并非专搞红学的同志的批评。可不能以为别人的意见"不在行"而一笑置之,根本不予理睬;或者因为批评的话说重了,产生反感,影响了对于问题的冷静分析。看来在这类事上,还是很用得着"当局者迷,旁观者清"这样的老话的。譬如最近有同志在一次红学讨论会上转述了历史学界、古典文学界一些专家学者这样的批评:"你们红学界把我们考据的名声败坏了。"①这句话很有典型性,话是说得厉害,也不一定很全面,但说得直率尖锐,在某种意义上真可说是一语中的,显得切实有力。

那么,是不是红学研究、红学考证一团糟,统统要不得,一概加以反对?当然也不是。问题是要进行分析,看看毛病出在什么地方,如何加以克服。

---

① 刘世德在辽宁省第四届《红楼梦》学术讨论会上的专题报告。按,笔者在一些场合也不止一次地听到对红学考证工作的类似的批评。

考证或考据可不可以搞？当然可以搞。即如上述那句话，批评得很严厉，但也没有完全否定考据的必要性。学问的途径是多方面的。通常，不同的专家们往往容易从自己所擅长、所爱好的角度来对同一部书进行研究，着眼点往往是不同的。记得梁启超说过这样一段话：

> 同一书也，考据家读之，所触者无一非考据之材料。词章家读之，所触者无一非词章之材料。好作灯谜酒令之人读之，所触者无一非灯谜酒令之材料。经世家读之，所触者无一非经世之材料。①

确实，考据家、词章家、灯谜酒令爱好者、经世家同读一部书，研究的角度往往是不同的。梁启超当年没有具体地举出某一本书作为例子，我们今天用他这段话来说明《红楼梦》研究的情况，那是很合适的。

当然，首先要认识清楚，《红楼梦》是一部古代小说，并不是一部学术著作，更不是一件出土文物，譬方说它并非一件古鼎。广大读者希望研究《红楼梦》的人多从文学的特点和规律这些方面来研究它，这是完全合情合理的。不过并不排斥从某些方面适当地进行一些考据。我们从红学研究的实际状况来说，考证工作一直在不断进行。1921年胡适《红楼梦考证》发表以后，很长一个时期，考证或考据在《红楼梦》研究中占据着统治的地位。这些年来由于种种原因，考证之风在《红楼梦》研究中又颇盛行。有同志甚至担心这样搞下去，可能会把"红学"搞成"红外线"。可见这个问题是值得注意和研究的。

适当地搞一些考证，不但是可以的也是有益的。清代有个红学家叫裕瑞，根据他对《红楼梦》一百二十回前后文意、文字的比较，考出后四十回是他人所续，并非全出曹雪芹之手。他虽然说了一些过头话，

---

① 梁启超这段文字，见《慧观》，据《清议报》第三十七册"饮冰室自由书栏"所载。

斥后四十回为"一善俱无，诸恶备具"①。但无论如何，裕瑞说后四十回与前八十回非一色笔墨，还是有一定道理的。胡适在《红楼梦》的评论上有错误，但他比较系统、全面地考叙曹雪芹是《红楼梦》的作者，这还是有贡献的。

历史上的少说一些，近年来《大金喇嘛法师宝记》等碑刻以及两篇《曹玺传》的发现，对于曹雪芹家世的研究提供了新的实物材料，这是考证工作的新收获。关于曹雪芹的祖籍，笔者过去和不少同志一样认为是"河北丰润"。后来去辽阳看到了喇嘛塔等碑刻，再阅读同志们有关《曹玺传》的考述，就觉得"辽阳说"更有说服力。此无他，就因为有了这些并非伪造或掺假的实物作佐证的缘故。

近年来还发表了一些辨伪性质的考证文章。如陈毓罴、刘世德写了《曹雪芹画像辨伪》等好几篇考证文字②，论证王冈和陆厚信所绘两幅画像的像主都不是曹雪芹，虽然也有人对此持不同意见，但在我读来却觉得他们二位的考证颇有道理。又如前些年出现了一些曹雪芹的"佚著"，据说连那些风筝图、风筝诗也都是曹雪芹的作品。文物考证家郭若愚同志对此持不同看法，写了几篇考证文章，其中有一篇将上海博物馆藏的《北平风筝谱》和《红楼梦》里有关风筝的叙写，跟被认为是曹雪芹的"佚著"的《南鹞北鸢考工志》中的风筝作了具体的比较，从风筝的图式，放风筝的习俗和方式方法的历史演变等方面进行了细致的考证，论证后者"成书年代甚晚"，不可能是曹雪芹那个时候的产物③。他的考证，也应当说是言之成理，持之有故的。能不能说，跟那些证实某物为真物、某文为真文的考证文字相比较，这一类"否定性"的考证文字价值就低一些呢？当然不能这么说。考证的基本任务本

---

① 清裕瑞《枣窗闲笔·程伟元续红楼梦书后》。按，关于续书问题，拙著《红楼梦问题评论集》（上海古籍出版社，1981年）中有《应当实事求是地评价〈红楼梦〉后四十回》一文，可参，此处不赘。

② 陈毓罴、刘世德合著有《曹雪芹画像辨伪》（见《红楼梦论丛》，上海古籍出版社，1979年）、《论曹雪芹画像的真伪问题》（《学术月刊》1979年2月号）、《曹雪芹画像辨伪补说》（《红楼梦研究集刊》第三辑）、《谈新发现的"曹雪芹小像"题词》（《文学遗产》1980年第2期）等。

③ 郭若愚《三难〈废艺斋集稿〉为曹雪芹佚著说》，载《红楼梦研究集刊》第五辑。

来就是辨伪存真,只要考得认真、正确,两方面都是需要的。

考证算不算研究?有的说算,有的说不算。这要看对"研究"理解如何。有的同志对"研究"作狭义的理解,认为只有理论性的、规律性的评论研究才算是研究,因而说考证不属于这个范围,这也无不可;但假如对"研究"作广义的理解,认为考证也属于研究的范畴,可能更好一些。我个人是比较倾向后一种看法的。就批判继承祖国文化遗产这一总任务来说,做好版本的校勘、典章制度的考述以及文字的训诂等考证工作,是需要的。这些考证工作可以为进一步的理论研究提供条件和基础,是研究工作的第一步或研究的一个方面。看来,把考证纳入较广义的"研究"的范畴之内比较合适。至少有三点好处:一是可以避免贬低考证或考据的看法,使从事这些考证工作的人不觉得自己的工作低人一等;二是可以使考证工作和理论批评接近起来,更好地互相促进;三是可以使从事考证工作的同志意识到,考证比之理论研究虽然有其特殊性,但仍应遵循研究工作的一般规律。

这个问题的争论,我想只要在两个基本点上——即:第一,考证(当然是指科学的考证)有其用处;第二,考证也属于广义的研究的范畴——能够得到统一的认识就可以了。至于对考据(特别是具体到对某一种考据)的意义价值大小的估计,要使大家看法都一样,那是很难的,因为这涉及许多复杂的具体因素,其中还包括对考据的"兴趣度"(一时想不出合适的字眼,姑妄名之)的问题。

重要的是要防止形而上学的绝对化的观点,在肯定考证的地位和意义的同时,要认真克服诸如"观点是临时的,材料是千古的","只有考据才是学问"之类的错误观点[①]。近年来红学考证上之所以出现脱离实际的烦琐倾向,乃至主观主义的荒唐的随意猜测等毛病,都跟这类考证缺乏正确观点的指导分不开。同时,说考证在红学中应占有一定的地位,这并不是说可以忽视《红楼梦》是一部文学作品这一最基本

---

① 引文据邓绍基《坚持马列主义、毛泽东思想原则,提高古代文学研究水平》,载《文学遗产》1982年第2期。

的事实。人们当然可以从各个不同角度进行研究,但从总体上说,主要的还是应当研究《红楼梦》本身,从文学的角度着重研究《红楼梦》的思想内容和艺术成就。在今天讨论红学考证工作的意义和问题的时候,强调这一点是很有必要的。

二、论红学考证上存在的问题

"你们红学界把我们考据的名声败坏了。"主要的无非是批评两点,一是烦琐考证,二是主观猜测。平心而论,批评这两点,是有一定道理的。

什么叫做烦琐考证?这是指该项考证缺乏意义,甚至没有什么意义可言,而考证的过程和方法,又是一味钻牛角尖,琐琐碎碎,没完没了。考证的烦琐与否,倒不完全决定于题目的大小。题目小的不一定就是烦琐考证,题目大的也有可能弄成烦琐考证。

就《红楼梦》里面的风俗制度乃至词语典故等方面进行考证,有时候看起来似乎一事、一句,题目很小,但如果考证清楚,却是有益于读者和研究者的,因而不能说是烦琐。清代有个红学家周春,他《阅红楼梦随笔》里面有许多牵强附会的东西。但其中有一条说:"'花气袭人知骤暖,鹊声穿竹识新晴',陆放翁佳句也。宝玉用'袭人'以名花大姐,二字甚韵。后来政老以为淫词艳曲,由政老不知诗之故。"[①]他考出"袭人"二字的出处,并利用这一考证作了恰当的评论。这就不能说是烦琐的考证。又如版本校勘方面的工作也不能说没有意义。随便举个例子,《红楼梦》第五回写贾宝玉神游太虚幻境,所听到的第三支曲《枉凝眉》中有一句:"想眼中能有多少泪珠儿,怎经(或作禁)得秋流到冬尽春流到夏。"这个"尽"字很别扭,也费解。近年有同志查考了许多版本,查到杨继振旧藏《红楼梦稿》此句作"怎禁得春流到冬尽春流到

[①] 按《红楼梦》二十三、二十八回和周春《阅红楼梦随笔》所引陆游的两句诗,跟陆游《村居书喜》诗原句略异,原句为"花气袭人知骤暖,鹊声穿树喜新晴"(据四部备要本《剑南诗稿》卷五十)。

夏",前一个"春"字用笔圈去,旁添"秋"字,"尽"字则改为"又"字。这使人恍然大悟,原来"尽"字实系"又"字的抄误。因抄本中常把"盡"字简写作"尽",下面两点若写得小,易与"又"字相混;反过来,"又"若写得潦草,如其下适有污点,也易被抄手误认为"尽"字。所以此句可校读为:"想眼中能有多少泪珠儿,怎经得秋流到冬又春流到夏。"①这样就全句贯通,文、意俱佳。像这样的小考证,题目虽小,文也不长,对读者还是有启发的。

考证曹雪芹的家世,这是一个很大的题目,搞得好对于《红楼梦》读者、尤其是《红楼梦》研究者是有帮助的。多年来关于曹雪芹家世的考证,尤其是有关曹寅的考证,就很有用处。上面提到的近年来发现的有关的碑刻和两篇《曹玺传》,以及有关的一些考述,也都是有用处的。但是凡事搞过了头就不见得好。如果我们片面地认为考证考得越古越好,还要上考到三国时的曹某,乃至于汉代的曹某;又从考证与曹寅有关的亲戚,扩大到要考证曹家历代远亲近戚则是否必要?这在考证者是花了许多心力,辛辛苦苦;但在别人看来就觉得是烦琐。能说人家这个批评没有一点道理?恐怕不能。理由很简单,就因为即使我们费了九牛二虎之力,不但能够准确无误地把曹雪芹的家谱一直上排到汉代,能够详尽无误地考出曹家历代祖宗的行实,而且还能够把曹家历代远亲近戚都考得详尽无遗,但这对于理解曹雪芹和《红楼梦》,究竟有多大意义呢?难道我们会因为曹雪芹的远祖是宰相、将军,会因为曹家历代有许多亲戚,其中有不少还是达官贵人或饱学之士,就会改变对《红楼梦》这部作品的思想或艺术的评价吗?有同志说,看到红学界有些同志那样辛苦地考证那样过古、过远的题目,实在感到很可惜。这是有一定道理的。还有,《红楼梦》毕竟是一部文学作品,何必要坐实大观园一定就是北京或南京或其他什么地方某一个实在的园子?我们有什么权利或理由要求曹雪芹写大观园一定只能照抄、照摹某一个实在的园子?诸如此类的考证,过去和现在都有。对

---

① 陈毓罴《〈枉凝眉〉曲末句之校读》,载《红楼梦研究集刊》第一辑。

于这类考证,人们自然就要批评,说这是为考证而考证、烦琐考证了。你能说人家这种批评没有一点道理? 我看不能。

除烦琐考证外,另一个毛病是主观主义的猜测。"你们红学界把我们考据的名声败坏了。"最主要的恐怕还是指那种主观主义的胡猜妄测。就笔者个人接触,许多同志对此最为反感。旧红学索隐派搞的就是主观主义的猜测的方法。索隐派的方法实在是要不得的,遗憾的是,索隐派这种研究方法近年来颇有复活之势。值得注意的是,出现了一些考证与索隐混杂在一起的文章,小说人物考证和作者考证中都有这类的考证文章。有的同志还对自己这种考证方法起了个名,叫做"破译法"。其实,这就是有的前辈红学家已经批评和自我批评过的东西,叫做"索隐派的精神,考证派的面貌"①。

且看近些年来有些考证文章是怎样考证《红楼梦》里三个女性之死的罢。

其一是秦可卿。秦可卿在小说里是出现得较早也是退场得较早的人物之一。《红楼梦》里有关这个人物的死,写得有点含糊(或说是含蓄),但写她年纪轻轻就早死了,却是十分明白的。可是有一篇考证文章,题《秦可卿晚死考》②,硬是要考证出在"石兄旧稿"中,秦可卿"死期很晚"。其实,所谓"石兄旧稿",谁见过? 该文又花了不少篇幅详考贾珍和秦可卿,"这位无所不为的公公和无所不为的媳妇"在天香楼里的丑行。其实脂批已经说过,《红楼梦》原稿确有一段"秦可卿淫丧天香楼"的叙写,是曹雪芹听了批书人的劝告删去了③。这是看过这条脂评的人都知道的,现在何必又花功夫来作这样的考证? 这样的考证又有何益?

如果说上述这篇考证文章已经有"无补费精神"的毛病的话,那么后来发表的另一位作者的题为《关于秦可卿之死》的考证文章④,就更

---

① 俞平伯语,载《红楼梦问题讨论集》第二集。
② 载《文艺研究》1979年第1期。
③ 甲戌本《脂砚斋重评石头记》第十三回回末批有云:"秦可卿淫丧天香楼,作者用史笔也。老朽因有魂托凤姐贾家后事二件……令人悲切感服。姑赦之,因命芹溪删去。"
④ 载《红楼梦学刊》1980年第3期。

使人十分吃惊了。我们知道,依《红楼梦》现存的版本,从秦氏死后贾珍那种异乎寻常的言行,从小说第七回"焦大越发连贾珍都说出来",大骂"爬灰的爬灰"等,是透露出贾珍和秦氏有过奸情的。可是现在这篇考证文章却考出"新"内容来了。据说这个秦氏不但跟她公公贾珍有染,而且她那"太公公贾敬"也奸污过她。而且还具体考证,在天香楼干这种丑事的并不是贾珍,恰恰就是贾敬。据这位同志的"设想"(该文原用语),是秦可卿病重了,在天香楼里"被太公公贾敬所凌辱",不堪忍辱而上吊自尽的。其实这是没有确据的主观猜测。很可注意的是,这篇考证文章末尾有这样一段话:

> 未删的原稿中并不一定会有贾敬正面出场,更不会有正面描写什么的污秽文字,天香楼一节删了,秦氏的死故是个谜,致使"合府皆知,无不纳罕,都有些疑心";很可能在未删的原稿里,"淫丧"事也是一场"幕后戏",秦氏死故也仍是一个字面上看不见,读者们能猜得到的谜,仍然会使"合府皆知,无不纳罕,都有些疑心"(此处并未删改——原注)的。

这就奇了!请问,既然未删的原稿中"淫丧"事"很可能"只是一场"幕后戏","并不一定会有贾敬正面出场,更不会有正面描写什么的污秽文字",那么怎能断定在天香楼里奸污秦可卿的是"太公公贾敬"?怎么能像法官似地作出如下的判决?说什么:

> 总而言之,"淫丧"一案罪犯不是贾珍。
> 那末,"淫丧"案犯是谁呢?是贾敬。
> 贾敬?这是可能的么?可能的,就是他。

本是出自猜测的东西,缺乏确切的根据,然而下判断却是如此之坚决。应当说,这种把考证、把判决建立在主观猜测(用作者自己的话叫做"设想")之上的搞法,实在是很不可取的。

其二是贾元春。小说写元春之死是明白的,并没有含糊其词的地方。然而又有一篇题为《论贾元春之死》的考证文章①,考出了一个"新"的结论。据其考证,"元妃不得正死"。怎么死的?说是"柳湘莲所在的起义军进逼京师",结果呢,元妃就像唐代的杨贵妃那样,是被皇帝为了平息起义军的愤怒,作为替罪羊而被"赐死"(自缢)的。这篇考证文章写道:

> 如果这个思路还不算离原著情节发展的逻辑太远,我们对贾元春之死就可以想象得具体一些:柳湘莲所在的起义军进逼京师,以极大的声威震撼整个王朝。……(豫适按,中略石呆子、张华、倪二"乃至贾府内一些敢于反抗的奴隶,群起响应,呼声大振,当阶级斗争的滚滚洪流奔涌而来"等等)……于是,"至孝纯仁","体贴万人之心"的皇上,便降旨将贾府的政治代表——贤德妃贾元春赐死,"以谢天下"。(着重点引者所加)

所谓"柳湘莲所在的起义军进逼京师",本来就是推测出来的,现在又在这个推测的基础上"想象"出贾元春之死来,这种作法能说是科学的考证吗?与其说这是在考证,不如说这是凭"想象"进行文艺创作了。曹雪芹当然是一位伟大的作家,但想象他会写出农民起义的"阶级斗争的滚滚洪流",这是可能的吗?而且这种想象式的推论,跟《红楼梦》里有关农民起义的实际叙写是明显地矛盾着的。

其三是薛宝钗。秦可卿之死和贾元春之死,《红楼梦》里是写到了的,薛宝钗的死《红楼梦》里没有写到。于是又有一篇文章谈到了这个问题。不过,跟上述几篇考证文章略有不同,作者并不把自己的文章的题目称为"考"或"论",只是称为"推测"②。据该文"推测",薛宝钗后来是嫁给贾雨村做小老婆的;她是怎么死的呢?据"推测",是雨村处

---

① 载《社会科学辑刊》1980 年第 3 期。
② 题《红楼梦》原稿后半部若干情节的推测》,全文很长,其谈薛宝钗部分见《红楼梦研究集刊》第三辑。

刑后家属充军,宝钗"路毙,埋于雪中"。这种"推测"也很离奇,是缺乏说服力的。

文中说,薛宝钗嫁给贾雨村为妾,在小说里是有预示的。小说第一回写贾雨村在甄士隐家酒后高吟:"玉在椟中求善价,钗于奁内待时飞。"据说这"待时飞"即暗示"宝玉出家以后,宝钗最后的归宿",即"嫁了贾时飞"。按,小说里虽然在介绍贾雨村时说过他"表字时飞",但在这里将"待时飞"解释为暗示嫁给贾雨村是不合适的。这两句话,还是依一般人的理解,即寄寓贾雨村的抱负为比较切实。再者,"求善价""待时飞"二者均虚写等候施展抱负的机遇。如果将"待时飞"看作是实写等待贾时飞这一个具体的人,那么,"求善价"的"善价"又将实指何人?如此推测,二句话就显得不和谐了。

文中又说薛宝钗最后"路毙,埋于雪中",这正合着"金簪雪里埋"的暗示。这也是缺乏说服力的。请问,如果把"金簪雪里埋"理解为是薛宝钗"路毙,埋于雪中";那么,跟此句相联的上句"玉带林中挂"又将作何解释?按照这种"推测"的逻辑,岂不是又将生出林黛玉吊死在树林中这样的附会来吗?当然,此文对林黛玉之死并没有作这样的"推测",否则又会编出另一段离奇的文字来了。按,甲戌本《脂砚斋重评石头记》第五回里有关的文字是这样:

> 可叹停机德,此句薛。堪怜咏絮才。此句林。
> 玉带林中挂,金簪雪里埋。寓意深远皆非生其地之意。

这里脂批个别字被抄颠倒了,当是"寓意深远,皆生非其地之意"。脂批里面所说的"生非其地","生非其时",乃是对《红楼梦》故事中这些女性不幸命运的慨叹,要说寓意,即是如此。如果在脂评这种"寓意"之中,又刻意求深、求新,对"金簪雪里埋"作那样的"推测",说薛宝钗后来是死在"充军"的路上,被埋在雪里,恐怕是不恰当的。这种"设想的情节"(该文原用语),新奇是有点新奇,不过这只是一种令人难以相信的猜测而已。

以上是有关小说里人物的考证。再拿有关《红楼梦》作者的考证来说,这几年也搞得很热闹。据说《红楼梦》作者并非曹雪芹,而是"石兄"。这位"石兄"是谁?说法不一。有一篇考证文章题为《〈红楼梦〉的原作者是谁?》①,可说是近年来用索隐派的方法搞考证的典型性的文章之一,很值得议论一下。据此文考证,《红楼梦》的作者是曹頫,曹頫把自己的履历连同自己是小说作者这样的"交代材料""写入书中"。又说:"曹頫在书中把自己的履历交代得清清楚楚,当然必须经过一番深入的研究才能破译出来。"这篇考证文章的作者就是用这种"破译法"来进行考证的。

据这位同志考证,小说二十七回贾宝玉对探春说过一段话:"我这么城里城外,大廊大庙的逛,也没见过新奇精致东西……"(着重点原引者所加)这就是曹頫写出的"交代材料",曹頫在这里自称《红楼梦》这部小说作者"名頫"。为什么呢?说是贾宝玉那句话里有"廊""庙"两个字,而曹頫的"頫"字又是出自《千字文》:"矩步引领,頫仰廊庙。"既然"頫""廊""庙"三个字同出在"頫仰廊庙"这同一句话里,文字相关,可见就是著书人自我交代,而我们由此也就可以知道小说《红楼梦》作者"名頫",也即是曹頫了。

这是文中比较简单的"破译",还有复杂的"破译",就是对小说第五十回、第五十一回中那些谜语的考证。谜语诗有一首是这样:"镂檀锲梓一层层,岂系良工堆砌成?虽是半天风雨过,何曾闻得梵铃声?"此文考证这首谜语诗里隐寓有"接任织造""大清豪门"八个字,也即是写的曹頫。其考证如下:

> 此谜看似木制宝塔,其实不是。第一句,檀已镂、梓已锲,则都没有了,剩下"一层层",此即"一层接一层"之意,缩成"接层",谐音"接任"(吴音"层"与"任"通)。
>
> 第二句,实物而非"堆砌",则必为织造。

---

① 载《北方论丛》1980 年第 4 期。

第三句,"风雨过"则"天青"。查谢在杭《文海披沙记》"陶器,柴窑最古,世传柴世宗时造,所司请其色,御批云:'雨过天青云破处,这般颜色做将来。'"又本书第四十回贾母说:"那个软烟罗,只有四样颜色,一样雨过天青……"但现在"半天",则"天不到顶","天青"成"大青",谐音"大清"。

第四句,"闻"不到铃声是没有耳朵,"闻"无"耳"为"门"。"何曾",亦人名,《晋书》:"何曾性奢侈,每一食费万钱,犹嫌无下箸处。"则切"豪"字,连成"豪门"。……(着重点原引者所加)

请大家看一看,这样的考证是不是牵强附会呢?按,小说里的这首谜语诗,前人有的说是木雕的宝塔,有的说是松塔,可是从来没有人说这里面隐寓的谜底是一个人的名字,因为小说里写到,薛宝钗做的这一首谜语诗,事先就说清楚谜底是"浅近的物儿"(五十回)。现在运用"破译法"来考证这首谜语诗时,不顾小说里这些实际叙写,考证为谜底是《红楼梦》作者"曹𫖯"的履历,这岂不是为了寻找"新"的发现而脱离了小说的实际吗?

这些考证文字,看似说得头头是道,除小说外,又引这引那,似乎材料很充足,究其实质,不过是一种文字游戏,分明是头脑里先有了曹𫖯乃小说作者这样一个主观意念,然后才去这里那里寻找一些材料来证明的。请问,著书人如要写出曹𫖯的名字及其履历,为什么一定要去查《千字文》而不去查别的书?为什么除了查《千字文》之外,又必须去查《晋书》和《文海披沙记》而不去查别的著作?为什么要在第二十七回、第四十回而不在别的回里写"交代材料"来跟这首谜语诗相印证?实物而非"堆砌",又为什么就一定是"织造"?这一切都是毫无逻辑关系的,是按照考证者的主观需要拉扯、拼凑的。此外,什么"一层层"即是"接层"又即是"接任"啦;什么"天青"的"天"字只是"半天"所以就变成"大青",而"大青"即是"大清"啦;什么"闻"不到铃声即是"闻"字无"耳",也即是"门"字啦;以及挖空心思,将"何曾"这样一个发问之词当作一个历史人物来看待,转弯抹角地又弄出一个"豪"字啦,如此等等。这跟旧红学索隐派那种主观随意性的研究方法如出一辙，是毫不新鲜的。这种"破译法"的运用，说明我们有的搞红学考证工作的同志已经是不自觉地倒退到旧红学索隐派的水平上去了。

曹雪芹真正是一位极有幸又极不幸的作家。有幸的是，他的创作不但越来越受到自己国家人民的肯定和喜爱，而且远涉重洋，被世界人民肯定为伟大的作品。不幸的是，他在历经过去封建统治阶级的无端诬蔑诟骂之后，直到今天，还有人通过"考证"干脆取消了他对《红楼梦》的著作权；更有甚者，有位考证家索性连曹雪芹这个人本身也"考证"掉了！

前些年，台湾有位叫杜世杰的红学家，出版了一本叫做《红楼梦原理》的专著，公然重新贩卖旧红学的陈年旧货，还在那里大肆考证《红楼梦》的内容，是什么影射"世祖削发为僧"等几件"风月大新闻"之类[①]。他说："红学上之风月宝鉴为贾瑞致死之因素，贾瑞本射洪承畴，在明末洪承畴之降清，真是一大新闻。另几种是太后下嫁、吴三桂借清兵，及世祖削发为僧事，皆风月大新闻。"最令人吃惊的是，这本《原理》通过对《红楼梦》谐音法的研究，又得出了一个"新"发现，竟说"曹雪芹"三个字只不过是"抄写勤"或"抄写存"或"抄写金"（豫适按，"金"指"金陵十二钗"）而已。换句话说，世上根本没有曹雪芹其人，曹雪芹只是一个"化名"！还进一步倒过来说："曹雪芹既是一个化名，则乾隆年间记载雪芹之事，都是不足恃之资料。"这就是说，不但脂评有关曹雪芹著书的记述被否定掉了，连清代敦敏、敦诚这些人有关曹雪芹的记述也都否定掉了。这正如冯其庸同志批评的那样："这样的治学方法，确实令人惊奇，而杜先生的欺世之胆量，也确实大得出奇！"[②]

旧红学索隐的研究方法，是以主观随意性为其根本特征的。这种主观主义的随意猜测，有时真是达到了赤裸裸的毫无顾忌的程度。为

---

① 这些都是旧红学索隐派的猜测之词，"世祖削发为僧"是王梦阮、沈瓶庵《红楼梦索隐》的说法，是早经多人批驳过的无稽之谈。
② 这一小段文字参考了冯其庸《曹雪芹家世新考》（上海古籍出版社，1980年）第十一章《关于曹雪芹》。

了达到宣传其主观意念的目的,他们是可以无视客观事实,或将根本不存在的东西"考证"成实有的东西,或则将实际存在的事物毫不犹豫地化为乌有。《红楼梦原理》在这方面真是达到了登峰造极的地步。我们知道,《红楼梦》里有些人名,确实是采用谐音法的。但是,如果把这种艺术手法加以绝对化、神秘化,每见到一个名字,就疑神疑鬼,胡猜乱测,现在索性发展到连曹雪芹这个实际存在的人也"考证"掉了,这不是道道地地的旧红学索隐派的复活吗?对于《红楼梦》研究中出现的这种情况,难道不应当加以注意并提出批评吗?

三、论如何提高红学考证的水平

上面我们谈了这些年来《红楼梦》研究中,特别是红学考证方面存在的问题。不解决这些问题,就不可能提高红学考证工作的水平。如何提高红学考证的水平呢?我想主要的有如下几点。

第一点,也是最根本的一点,就是我们必须弄清马克思主义理论与考证工作的关系,使我们的考证工作自觉地接受马克思主义观点的指导。

最近邓绍基同志在他的一篇文章中说:"建国以来,曾出现过一种最大的误解,把我们党和毛泽东同志提倡的运用马克思主义来研究古代文学误解为只是指评论工作,甚至把考据工作和马克思主义的指导对立起来。"①指出这个问题是很必要的。事实上,个别搞历史考据和古代文学考据的同志头脑里存在的某种看法,是并不恰当的。"当'汉学'盛行之际,何来马克思主义?"这是一种说法。还有一种说法,考证《红楼梦》"不是批评《红楼梦》的文学价值,所以谈不到什么理论观点。"这就是说,搞评论需要马克思主义,搞考据则不但不需要马克思主义,甚至是可以超理论、超观点的。这当然是不切实际的。

---

① 邓绍基:《坚持马列主义、毛泽东思想原则,提高古代文学研究水平》,载《文学遗产》1982年第2期。

世界上任何事物都是有其特殊性的,没有特殊性也就没有该事物本身;同时,任何事物又都不是超然的、孤立的,世上万般事物总是体现了普遍性和特殊性也即共性与个性的统一。过分强调某一事物的特殊性,就像忽视其特殊性一样,都会带来某种弊病。考证或考据固然是一种技术性比较强的研究工作,但它也是一种探索事物真相的科学研究工作,既然如此,就必须遵循科学研究的一般规律,并且也不可能超出于理论观点之外。你研究什么?为什么研究这而不研究那?特别是你如何研究?用什么样的原则和方法去研究?这都不可能不跟一定的理论观点发生这样那样的联系。不错,学术研究方法是有其相对独立性的,但是方法论的问题,归根到底都是跟一定的世界观相联系,并且是为一定的世界观所制约的。看来,我们很需要重温恩格斯在《自然辩证法》里的有关论述。他说:

> 不管自然科学家采取什么样的态度,他们还是得受哲学的支配。问题只在于:他们是愿意受某种坏的时髦哲学的支配,还是愿意受一种建立在通晓思维的历史和成就的基础上的理论思维的支配。①

科学研究必然要受一定的哲学和理论思维的支配,不管科学家本人愿意不愿意,也无论他自己是否明确地意识到,是承认还是不承认,这是不以科学家个人的意志愿望为转移的客观规律。自然科学的研究尚且如此,社会科学的研究自然就更不例外了。

恩格斯在批评"蔑视一切理论""轻视理论思维"的时候又说:"轻视理论显然是自然主义地、因而是不正确地思维的最确实的道路。"②我们看看上述某些红学考证文章中那些"不正确地思维"的情况,不正是"轻视理论"、"轻视理论思维"的结果吗?

---

① 恩格斯:《自然辩证法·自然科学和哲学》,见《马克思恩格斯选集》第三卷,人民出版社,1972年。
② 恩格斯:《自然辩证法·神灵世界中的自然科学》,同上。

恩格斯所说的"建立在通晓思维的历史和成就的基础上的理论思维",也就是指马克思主义。恩格斯显然认为,自然科学家接受马克思主义哲学的指导,对于从事科学研究是很重要、很有益的。马克思主义是完整的思想体系,它既是世界观,同时也是方法论。列宁把"马克思的哲学"称作"伟大的认识工具"[①]。在今天,我们只有自觉地学习运用这个"伟大的认识工具",才能够更好地认识世界,包括认识曹雪芹和他的《红楼梦》。

第二点,应当把科学的考证跟索隐派的研究方法区别开来,使我们的考证学建立在唯物主义的科学的基础上。

这些年来,红学考证中发生的一些毛病,很重要的一个原因就是未能把科学的考证跟索隐派的方法区别开来。科学的考证和索隐派的方法是应当区别而且也是可以区别开来的。它们的区别是否可以说有如下三点。

首先,科学的考证所提出的考证题目,不是考证家头脑里凭空设想的产物,一般地说是具有一定的现实性的,而索隐派索隐题目的提出,往往只是索隐家头脑里的某种主观的意念,因而是脱离实际的,甚至是虚幻的。其次,科学考证过程中,考证家是尊重事实,并且遵循逻辑思维的规律,是实事求是的;而索隐家在索隐过程中却不尊重事实,或宰割、歪曲事实,并且无视逻辑思维规律的约束,是主观随意的。最后,科学的考证,由于它上述两个前提是正确的,因而有可能考证出合乎实际的结论,使人明白事物的真相,由不知到知,由少知到多知,对人们是有益的;而索隐派的索隐,则由于它上述两个前提是错误的,因而"索"出来的结论是虚幻的荒谬的,它不但不能帮助人们明白事物的真相,反而把人们的思想认识搞糊涂了,对人们是有害的。旧红学时期有人"索"出"林黛玉即潘金莲"[②],现在台湾的那位杜先生"索"出曹雪芹只是一个"化名",就是最典型的例子。

[①] 列宁:《马克思主义的三个来源和三个组成部分》,见《列宁选集》第二卷,人民出版社,1972年。

[②] 阚铎《红楼梦抉微》持此谬说,可参拙著《红楼研究小史续稿》第五章。

总起来说，科学的考证是符合马克思主义认识规律的，是唯物主义的，有益的，我们应该赞成；索隐派的索隐是违背马克思主义认识规律的，是唯心主义的，有害的，我们应该反对。把科学的考证和索隐派的索隐区别开来，不但是一个理论认识的问题，更重要的是一个研究实践的问题。但只要我们认真地自觉地用唯物主义去克服唯心主义，用科学的方法去克服非科学的、反科学的方法，我们就能够使我们的红学考证学牢固地建立在唯物主义的科学的基石之上。

第三点，在红学考证工作上，要注意防止和克服兴趣主义的倾向。这一点对于克服红学考证学上的毛病，也是很重要的。对曹雪芹和《红楼梦》感到兴趣，这是好事，但是兴趣主义却应该防止。兴趣主义如果弄成趣味主义，而且跟形而上学的思想方法相结合（偏偏这二者又是很容易"结合"的），那就更糟。这种"结合"会形成一种相当难治的"综合症"。《红楼梦》研究，特别是红学考证，一旦染上了这种"综合症"，就必然会离开科学思维的轨道，而走上恩格斯所批评的那种"不正确地思维的最确实的道路"。

《红楼梦》研究史上，有许多例子可以说明，有些红学家在研究上犯错误，究其原因，往往就是从这个地方失足的。譬如，钻到一个缺乏意义甚至根本没有什么意义的题目里，就一头栽了进去，穷年累月，辛辛苦苦，而始终不能或不肯自拔；把细枝末节的琐碎问题，片面地加以夸大，脱离实际地看得无限重要；本来考证材料不足，却又不肯罢休，硬是要强为无米之炊；一旦形成了一个主观意念，就不管解释得通还是解释不通，硬是要坚持下去，事实不够，"设想"来凑，于是就弄出许多不近情理乃至荒唐怪诞的文字来，如此等等。仔细一分析，可以发现，这些毛病跟兴趣主义多少都有点"亲戚"关系。总之，搞《红楼梦》，兴趣主义很值得大家警惕，包括笔者在内。我们对《红楼梦》感兴趣，但又不是兴趣主义，这也是辩证法。遵循这个辩证法，我们一方面就能把《红楼梦》研究，长期认真地进行下去；另方面才能避免陷入唯心主义的泥坑，而保持清醒的头脑，坚持红学研究（包括考证学）的科学性。

现在许多人都说，在中国文学研究领域里，"鲁学"和"红学"是两大显学，这是完全有道理的。曹雪芹和鲁迅这两个伟大的名字，是我国人民的骄傲。他们作为中国文学史上古代阶段和现代阶段许多作家中间最杰出的代表，理应受到人们最广泛的注意，理应是我们重点研究的对象，理应有许多研究家和许多研究成果，这是很自然的，也是完全应该的。

至于个别同志在把《红楼梦》研究称为"显学"的时候，是否带有那么一点揶揄的意味，我看这并不重要，重要的是我们从事红学研究的同志要团结一致，共同努力提高红学研究的水平。即使有些同志目前对红学考证学提出了尖锐的批评，也应当看到他们反对的是我们上面提到的那些烦琐考证、胡猜乱测的东西，并不是完全否定这些年来红学研究的成绩。实际上，从打倒"四人帮"以后这几年的情况来看，红学家和广大红学工作者是提供了许多有价值的有益的研究成果的。出版了一批专著，无论在数量或品种上，都是过去几个红学发展阶段难以比拟的。还出版了《红楼梦学刊》、《红楼梦研究集刊》这样两个在国内外具有重要影响的专门刊物，这两个刊物加起来已经出版了二十本；近年又新增加了另一个专门刊物《红学文丛》。对于这些专著，对于这些专门刊物和其他刊物上发表的文字，人们可以发表各种各样的评论，包括对其中一些非科学的、荒谬的东西提出批评，但无论如何，应当承认红学研究队伍扩大了，研究领域宽广了，研究成果也比过去多了，从总体来说，我们的红学研究是在前进的。

我们的国家是伟大作家曹雪芹的故乡，我国的红学工作者应当对红学的发展作出最大的贡献，这是我们义不容辞的责任。只要我们认真学习马克思主义（包括马克思主义文艺理论），认真总结经验，坚持以马克思主义的立场、观点和方法来进行我们的研究工作，那么包括红学考证学在内的整个红学，必将能进一步提高科学水平，更健康地向前发展，这是一定的。

（原载《文艺理论研究》1982 年第 4 期）

关于"脂评"问题
——论全盘批倒"脂砚斋评"之不当

"脂砚斋是过去《红楼梦》研究的权威和祖师爷。不批评这个祖师爷,胡适就批不倒;批了脂砚斋,胡适不批也倒了。"[①]这是近年来《红楼梦》研究中出现的一种有代表性的意见。

过去一般红学家是很珍视"脂评"的,有的则尊崇到了近乎迷信的程度。近年来,有关"脂评"的文章和著作,持论颇有不同:有的评价很高;有的评价极低,甚至对之持全盘否定的态度。本文不拟详尽地讨论"脂评"的价值或糟粕以及有关"脂评"的各种不同见解,只着重就近来研究中这种为批倒胡适而批倒"脂评"的评论提出一些商榷的意见。

一、批判实用主义不能归咎于"脂评"

提出批倒胡适、批倒脂砚斋的同志,原本无非是为了纠正《红楼梦》研究中的错误,但是结果却又陷入了另一种偏颇。因为,胡适有关《红楼梦》的某些错误观点,曾以"脂评"为"证据",在这个意义上,批判胡适和批判"脂评"有一定关系,但二者毕竟不是一回事。首先,胡适有关《红楼梦》的考述并非全都错了,其中也有值得肯定的地方[②];其

---

① 《如何对待脂砚斋》,见《红楼梦艺术论》,上海文艺出版社,1980年。《红楼梦艺术论》一书不无好的评论,本文只就该书有关"脂评"的论述提出商榷,并不是评价整部著作。

② 胡适有关《红楼梦》的考述,其是非功过应实事求是地评价。他在当时,发起了对旧红学索隐派那种"猜谜学"的批判,他查阅了大量有关资料,明确提出《红楼梦》作者是曹雪芹,并且联缀考述了曹雪芹的家世和《红楼梦》的版本,决非一无是处,是应历史地加以肯定的。

次,胡适某些论点之所以有错误,并非全与"脂评"有关。所以,我们批判胡适的错误,是不能依靠(或主要依靠)批倒"脂评"来解决的。批判胡适主要的是批判他反动的政治立场,批判他那种实用主义的观点和研究方法;如果为了批倒胡适而批倒"脂评",结果未必能批倒胡适,也未必能清除胡适的错误及其影响,而对"脂评"采取全盘否定的评价则是不符合实际的。

胡适的资产阶级实用主义观点和治学方法,以及《红楼梦》是所谓曹雪芹"自叙传"、是"自然主义"的作品的说法,确实在《红楼梦》研究中产生不好的影响。有的同志认为《红楼梦》研究领域里,"一直至今胡适派迷雾绕绕,脂砚斋的神话连篇累牍"①。有的同志则指出,"索隐派和自传说,近几年来就颇有一些活跃","目前,在'红学'界,索隐派和自传说似乎还在以一种新的面貌出现"②。对于索隐派和自传说在过去和近年来"红学"研究中影响的程度的估计尽管有不同,但这种影响确实是客观存在的。如实地指出《红楼梦》研究中存在的错误倾向,对于促进"红学"的健康发展是很必要的。然而,我们不能够对这个复杂的问题作简单化的处理,不能认为脂砚斋是罪魁祸首,"脂评"是一切谬论的渊薮,胡适"自传"说之类的观点又是来自"脂评",因而只要把"脂评"批倒,问题也就解决了。

为批倒胡适而批倒"脂评",也不符合"脂评"的实际。胡适从"脂评"的一些文字得出了《红楼梦》是曹雪芹的"自叙传"的结论;而实际上,"脂评"里面有些很重要的评述,乃是对于"自传说"的否定。如庚辰本第十九回写贾宝玉跟茗烟有一段对话,脂砚斋由此便对贾宝玉这个人物形象,写下了一段很长的评论:

> 按此书中写一宝玉,其宝玉之为人,是我辈于书中见而知有此人,实未目(有正本作"目未")曾亲睹者。又写宝玉之发言,每

---

① 《如何对待脂砚斋》,见《红楼梦艺术论》,上海文艺出版社,1980 年。
② 冯其庸:《关于当前〈红楼梦〉研究中的几个问题》,见《梦边集》,陕西人民出版社,1982 年。

每令人不解,宝玉之生性,件件令人可笑,不独于世上亲见这样的人不曾(此二字拟移前,读作"不独不曾"),即阅今古所有之小说奇传(有正本作"传奇")中,亦未见这样的文字,于颦儿处更为甚。其囫囵不解之中实可解,可解之中又说不出理路。合目思之却如真见一宝玉,真闻此言者,移之第二人万不可,亦不成文字矣。余阅《石头记》至奇至妙之文,令(有正本作"全")在宝玉颦儿至痴至呆囫囵不解之语中,其诗词雅谜酒令,奇衣奇食奇玩等类,固他书中未能,然在此书中评之,犹为二着。

小说同一回,写贾宝玉跟袭人说话,自称:"我们这种浊物,到生在这里。"对上句,"脂评"云:"妙号,后文又曰(疑为'有'之抄误)须眉浊物之称,今古未有之一人,始有此今古未有之妙称、妙号";在下句之后,又有一段同样很长的评论:

这皆宝玉意中心中确实之念,非前(有正本无"前"字)勉强之词,所以谓今古未(有)之一人耳。听其囫囵不解之言,察其幽微感触之心,审其痴妄委婉之意,皆今古未见之人,亦是未见之文字。说不得贤,说不得愚,说不得不肖;说不得善,说不得恶;说不得正大光明,说不得混账恶赖;说不得聪明才俊,说不得庸俗平(有正本无"平"字。按上句谓"聪明才俊",此句当亦为四字,"平"下疑夺"凡"字);说不得好色好淫,说不得情痴情种;恰恰只有一颦儿可对,令他人徒加评论,总未摸着他二人是何等脱胎(有正本此处有"何等心膻"),何等骨肉。余阅此书亦爱其文字耳,实不能评出二人终是何等人物。

脂砚斋评本各本上的批注数量不同,各本上的脂评加在一起数量就很可观,但绝大多数每条不过数行字,或只片言只语,像这样长的评论是并不多见的。无论从篇幅、从内容上看,都属于"脂评"中最重要的文字。对这两段"脂评",应当如何评价呢?一种意见认为,脂砚斋一再说宝玉的话是"囫囵不解",说对贾宝玉说不得这,说不得那,"实不能评出……终是何等人物",是在鼓吹不可知论。但仔细研究一下,这批评实在是责之过苛,值得商榷。不错,"脂评"在这里确是一再重复"囫囵不解"的话头,但他也说过"其囫囵不解之中实可解",只不过是"可解之中说不出理路"而已。用我们今天的话来说,就是对贾宝玉这个人物形象的典型意义,不能用一个概念去简单地加以概括、解释罢了。

典型问题是文学创作和文学理论中一个很重要的问题,同时又是一个复杂的问题。对于一部卓越的文学作品来说,典型形象既经塑造成功之后,它本身就成为文学的一种客观的存在,人们对它的认识,由于受到历史条件和评论者个人条件,诸如立场观点、理论水平、认识能力、艺术修养以及生活阅历等因素的制约,会有不同的看法,需要经过一个较长的时间才可能有较深刻的理解。有些概括性很高的文学典型形象,甚至在经过数十年乃至一二百年之后,人们对它的认识虽然有了进展,也仍会有认识不够清楚、阐释不够确切的地方。鲁迅笔下的阿 Q 是如此,曹雪芹笔下的贾宝玉也是如此。一般说来,我们对贾宝玉这个典型形象的意义的认识和评析,比之以前的红学家自然深刻得多了,但是,除了那种不被多数同志所同意的看法(认为贾宝玉是"垂死阶级的代表")之外,我们许多同志现在对这个人物的认识和评论不是也还有种种不同(或说贾宝玉是新兴市民阶级的代表,或说他是地主阶级的叛逆者,或说他是"多余的人"),需要通过进一步的讨论、研究,才能得出比较深刻、圆满因而也较为一致的评论吗?我们今天的情况尚且如此,二百多年前的一位评论家,觉得难以对贾宝玉这个人物作出深刻的解释,这有什么可奇怪的呢?

实际上,脂砚斋对贾宝玉并非毫无认识。在上面所引的"脂评"中,脂砚斋除了具体、生动地描述了他对这个人物的印象和感受以外,还反复强调指出贾宝玉是"今古未有之一人"。应当说,这就是他对这个人物形象的认识和评价,这个认识和评价并非凭空而来,是在"听其囫囵不解之言,察其幽微感触之心,审其痴妄委婉之意"的分析研究过程中形成的。

这种评论,尽管有明显的局限性,并且带着某种唯心论的形态,但仍具有重要的价值和意义。评书人在这里按照他自己的感受和理解,以他那种富有个性特色的评述方式,在《红楼梦》研究史上最先地发表了有关贾宝玉这个文学形象的典型意义的评论,其中包含着一些很有价值的合理内核。主要有如下两点。

第一,"脂评"指出贾宝玉这个人物形象是小说作者曹雪芹的创造。贾宝玉既未见于实际生活之中,亦未见于"今古所有之小说传奇"之中;"是我辈于书中见而知有此人"。这就明确地肯定了贾宝玉乃是作家艺术创造的产物,是一个文学形象;并且充分地肯定了这个人物对于我国以往的"小说传奇"所创造的人物艺术形象来说,具有全新的意义。

第二,"脂评"指出贾宝玉这个人物是塑造得很成功的文学典型。评书人以谈体会的方式,充分地肯定了曹雪芹人物塑造方面卓越的艺术成就,尽管贾宝玉并非世上实有,并且也未见于他书,然而小说作者却把他写得那样真实可信,栩栩如生;"合目思之却如真见一宝玉,真闻此言者,移之第二人万不可,亦不成文字矣"。这实际上就是指出了,贾宝玉是一个充分个性化的、具有高度艺术真实性的典型形象。

别林斯基曾经说过:"在真正有才能的作家的笔下,每个人物都是典型;对于读者,每个典型都是一个熟识的陌生人。"①脂砚斋当然不可能有这样明确的关于艺术典型的理论观点,但是,脂砚斋对贾宝玉这个人物的感受和体会,却是与别林斯基关于文学典型是"熟识的陌生人"的观点有点类似的。他觉得宝玉这个人不仅在实际生活中没有见到过,而且在《红楼梦》以前的文学作品里也没有见到过,这不像是个"陌生人"吗?然而他的言行却又是这样地使人感到真切、可信,他的个性是这样地鲜明,以至于把他的个性写到另一人物身上就显得不可

---

① 别林斯基:《论俄国中篇小说和果戈理君的中篇小说》,见《别林斯基论文学》,梁真译,新文艺出版社,1958年。

信了,这不又很像是一个"熟识的"人吗?平心说来,二百多年前的一位评论者,虽难以用科学的理论和方法评析贾宝玉这个复杂的文学典型,但他对《红楼梦》这个人物形象的感受和认识还是描述得颇为生动、真切的。

"脂评"这些评述,对于"自叙传"说恰恰是一种有力的反驳。然而胡适和后来一些坚持"自传"说的考证家,不厌其烦地以"脂评"中"真有是语"、"真有是事"(庚辰本二十回)、"作者与余,实实经过"(同上二十五回)等语为据,但对"脂评"中上述这些不利于"自传"说或恰好与"自传"说相反的文字,尽管是长篇大论的重要文字,却故意视而不见。这种情况恰恰说明了,胡适自称的所谓"科学"的考证,其实并不科学,而是实用主义的。从这个实例,我们可以认识到,如果要批评的话,首先不是批"脂评"的问题,而应当是批胡适错误的观点和实用主义的方法。倘若我们不去批评"脂评"研究者胡适的实用主义,却反而把胡适的错误的根源归咎于"脂评",那不是把事情弄颠倒了吗?要是那样的话,那么即使把"脂评"全都批倒了,也仍然是不能解决问题的。

二、"脂评"并非全都"庸俗不堪,一塌糊涂"

有的同志认为,脂砚斋是一个"庸俗、轻薄、恶劣、凶狠"的人,指责"他的那些脂评,是写得庸俗不堪,一塌糊涂的,又无聊,又蹩脚。脂评思想空虚,立场反动,态度暧昧,肉麻当有趣。只要不被偏见蒙蔽,任谁都能看透这个老奸巨猾"。总而言之,"那些脂评,都太糟糕了"[①]。对脂砚斋连同"脂评",如此统统骂倒、全盘抹煞,是否恰当?是否合乎实际?

脂砚斋究竟是何许样人,跟小说作者具体关系如何,到现在还没有考证清楚,未有一致看法。胡适自己的说法就变过不止一次,先是说脂砚斋"大概是雪芹的嫡堂弟兄或从堂弟兄"[②],后来又说他"相信脂

[①] 《如何对待脂砚斋》,见《红楼梦艺术论》,上海文艺出版社,1980年。
[②] 胡适:《考证红楼梦的新材料》,见《中国章回小说考证》,或《红楼梦研究参考资料选辑》第一辑,人民文学出版社,1973年。

砚斋即是那位爱吃胭脂的宝玉,即是曹雪芹自己"①。而我们知道,胡适在《红楼梦考证》中,是把"雪芹一生的历史"说成即是"贾宝玉的历史",把贾宝玉说成即是曹雪芹的。所以,胡适对脂砚斋(评书人)、曹雪芹(小说作者)、贾宝玉(小说中人物形象)这三者究竟是什么样的关系,始终就没有说清楚过。这种情况是可以理解的。因为考证和评论,这二者虽有一定关系,但毕竟有不同,考证有它本身的意义和作用,却代替不了评论。在一定范围内,正确的考证可以解决一些作者生平、家世或版本源流之类的问题,却不能代替对作家、作品及作品中的典型形象作出正确的评论。在这方面,胡适那"大胆的假设,小心的求证"帮不了他自己的忙。所以胡适虽然正确地批驳了旧红学索隐派对贾宝玉的种种附会和猜测,但他自己也只能把贾宝玉就是曹雪芹、《红楼梦》里的贾府就是曹家之类的评论塞给读者。这正反映了胡适缺乏正确的文艺观点,同时也反映了"自传说"派理论上和方法上的软弱和缺陷。

脂砚斋究竟是曹雪芹的叔父还是续妻,甚或是小说作者自己,考证家虽有不同说法,但都认为是与曹雪芹关系十分亲密的人。大多数研究者都认为不应全盘抹煞"脂评"的价值;更不能因为有些研究"脂评"的人思想方法上有错误,就把这过错归结到脂砚斋的评论上。"脂评"中确实有不少唯心主义的糟粕,例如宣扬了人生如梦之类的色空观念,在评论人物时常流露出封建庸俗的思想感情②,但如果因此就把"脂评"都说成是"思想空虚,立场反动",说成是"一塌糊涂","都太糟糕了",那就不符合实际了。

"脂评"在人物形象评述中确有值得肯定的东西,上述有关贾宝玉

---

① 胡适:《跋乾隆庚辰本脂砚斋重评〈石头记〉钞本》,见《胡适论学近著》第一集,或《红楼梦研究参考资料选辑》第一辑。

② 例如,小说第二十一回写袭人"劝"贾宝玉,"这一日宝玉也不大出门","也不和姊妹丫头等厮闹","自己闷闷的,只不过拿书解闷,或弄笔墨"。评书人据此认为是袭人劝诫宝玉有一定成效,因而称赞"袭卿有三大功"。另一方面,脂评中又云:"宝玉恶劝,此是宝玉一大病也";"宝玉重情不重礼,此是第二大病也";宝玉有一次横下心,"只当他们死了","如此一想,却倒毫无牵挂,反能怡然自悦",脂评认为此亦宝玉一病,共是"三大病"。脂评说袭人有"三大功",宝玉有"三大病",这种褒贬反映了评书人的封建庸俗思想。

的评论就是例子。在有关《红楼梦》的艺术特点及其成就的评述中,"脂评"也有一些好的见解,这里只想提两点。

第一,"脂评"有一个很突出的特点,就是经常把《红楼梦》跟其他小说加以比较,从比较中批评那些平庸拙劣的作品,而赞扬《红楼梦》的高不可及。第一回有一条眉批:"开卷一篇立意,真打破历来小说窠臼,阅其笔则是《庄子》《离骚》之亚。"(甲戌本)当然,《红楼梦》跟《庄子》《离骚》属于不同文学体裁,实在难分高下,但评书人在这里提出了这样一个带有根本性的论点,认为《红楼梦》"打破历来小说窠臼",却实在是一个完全正确、非常重要的见解。

而且,脂砚斋是把这个根本性的观点贯串在他有关《红楼梦》艺术方面的许多评析之中的。小说第一回写绛珠仙子对警幻仙子谈及神瑛侍者灌溉之情,表示下世为人之后,"但把我一生所有的眼泪还他也",句旁夹批:"观者至此,请掩卷思想,历来小说可曾有此句?千古未闻之奇文。"同一回写贾雨村"生得腰圆背厚,面阔口方,更兼剑眉星眼,直鼻权腮",眉批:"最可笑世之小说中,凡写奸人则用'鼠耳鹰腮'等语。"第二回写到年方五岁的林黛玉,只是平平常常地用了"聪明清秀"四个字,脂砚斋认为这样写十分自然、不落常套:"看他写黛玉只用此四字,可笑近来小说中满纸'天下无二,古今无双'等字。"(以上见甲戌本)

第三回写黛玉初至贾府,被引至"东廊三间小正房内","因见挨炕一溜三张椅子上也搭着半旧的弹墨椅袱,便向椅子上坐了",旁批:"三字有神。此处则一色旧的,可知前正室中亦非家常之用度也。可笑近之小说中,不论何处,则曰'商彝周鼎'、'绣幙珠帘'、'孔雀屏'、'芙蓉褥'等样字眼。"(以上见甲戌本)第十七回写贾政等人游大观园,至稻香村,"篱外山坡之下有一土井,旁有桔槔辘轳之属,下面分畦列亩,佳蔬菜花,一望无际",脂批:"阅至此,又笑别部小说中一万个花园中,皆是牡丹亭、芍药圃、雕瀾(栏)画栋,琼榭硃(有正本作"珠")楼,略不差别。"十八回写贾宝玉作诗,有"绿玉春犹卷"一句,宝钗说元春不喜"绿玉"二字,要宝玉换字,宝玉一时寻思不得好字眼,"便拭汗道,我这会子总想不起什么典故出处来!"脂砚斋又批:"想见其构思之苦,方是至情,最厌近之小说中,满纸'神童'、'天分'等语。"(以上见庚辰本)此类评述,不胜枚举。这些评述的共同特点是,赞扬《红楼梦》叙写人物神态容貌、语言行事,乃至居处环境和家具摆设,均能做到切实自然,合乎情理,不落常套,同时又批评其他平庸之作的千篇一律、毫无新意、矫揉造作。脂砚斋评有关小说艺术方面所提出的这种赞扬和批评,是有道理的。

第二,"脂评"另一个很突出的特点是随处说明《红楼梦》的"笔法",用各种各样名称的"笔法"来赞扬《红楼梦》的艺术性。小说第一回有一段眉批说,《红楼梦》的叙写,"有曲折,有顺逆,有映带,有隐有见,有正有闰,以至草蛇灰线,空谷传声,一击两鸣,明修栈道,暗度陈仓,云龙雾雨,两山对峙,烘云托月,背面传(傅)粉,千皴万染诸奇,书中之秘法亦复不少。余亦干(于)逐回中搜剔刳剖,明白注释"(甲戌本)。"脂评"对《红楼梦》种种"笔法""秘法"的"搜剔刳剖",有些地方未免刻意求深,添油加醋,甚至乱加发挥,把自己一些主观主义的念头,硬加到曹雪芹的头上①,但也有不少地方还是切合小说实际,评析得有道理的。

小说十六回回前总评有云:"细思大观园一事,若从如何奉旨起造,又如何分派众人,从头细细直写,将来几千样细事如何能顺笔一气写清?又将落于死板拮据之乡。故只用琏、凤夫妻二人一问一答,上用赵妪讨情作引,下文蓉、蔷来说事作收,余者随笔顺笔,略一点染,则耀然洞彻矣,此是避难法。"(甲戌本)评书人这里所说的"避难法",实际上就是指曹雪芹叙事行文,极善驾繁复万端于轻闲叙写之中。"脂评"屡次指出:"《石头记》贯(惯)用特犯不犯之笔。"(庚辰本十八回眉批)小说十六回写王熙凤请贾琏的乳母赵嬷嬷喝惠泉酒,赵嬷嬷道:

---

① 例如,小说第四十六回写鸳鸯向平儿说及袭人等"连上你我这十来个人",这无论从思想、从艺术上看均无甚深意,评书人却为此写了一段颇长的评语,刻意求深,脱离实际地大讲曹雪芹在这里显示了什么"九曲八折,远响近影,迷离烟灼,纵横隐现,千奇百怪,眩目移神,现千手千眼大游戏法"(见庚辰本)。

"我喝呢!奶奶也喝一盅。怕什么?只不要过多了就是了。"句下就有脂批:"宝玉之李嬷嬷,此处又写赵嬷嬷,特犯不犯。先有梨香院一回,两两遥对,却无一笔相重,一事合掌。"(庚辰本)这里说的是《红楼梦》写人叙事,往往看似犯复,却又各有特点,并不雷同,而是"特犯不犯","两两遥对",这也是正确地指出了《红楼梦》的一种艺术特点的。

"脂评"对《红楼梦》中某种"游戏之笔"的评论亦是有见地的。小说十六回写秦钟离魂"正见许多鬼判持牌提索来捉他",脂砚斋评道:"《石头记》一部中皆是近情近理,必有之事,必有之言。又如此等荒唐不经之谈,间亦有之,是作者故意游戏之笔,耶(聊)以破色取笑,非如别书认真说鬼话也。"小说接着写秦钟阴魂告诉众鬼,荣国公的孙子贾宝玉是他的朋友。"都判官听了,先就唬慌起来,忙喝骂鬼使道:'我说你们放了他回去走走罢,你们断不依我的话。如今只等他请出这个运旺时盛的人来才罢。'"脂砚斋对此又评曰:"如闻其声,试问谁曾见都判来?观此则又见一都判跳出来,调侃世情固深,然游戏笔墨一至于此,真可压倒古今小说,这才算是小说。"(甲戌本、庚辰本同)脂砚斋在这些评语中指出,《石头记》这类"游戏之笔",看似"荒唐不经",实则颇合情理,含有"调侃世情"之意,同样是写鬼,但"非如别书认真说鬼话"。这样的评析是有道理的。

此外,"脂评"还有一个重要价值,就是它有助于我们了解《红楼梦》创作和修改过程中的一些情况。小说第一回上有一则大家都很熟悉的眉批:"能解者方有辛酸之泪,哭成此书。壬午除夕,书未成,芹为泪尽而逝。"(甲戌本)这条"脂评",除了"壬午"二字有人推论可能是评书人记忆有误,实为"癸未"的错写(另一些同志不同意此说)以外,对其余所述,论者并无异议。这则"脂评"对于曹雪芹创作《红楼梦》时饱含血泪的心境,对于作家在尚未把小说全部完成的情况下就含悲而逝,都是十分重要的记述。又如小说十三回回末总批中,有"秦可卿淫丧天香楼,作者用史笔也","因命芹溪删去"那一段话,也是人们所熟知的。小说原稿中"秦可卿淫丧天香楼"的删除,究竟是得还是失?对这个问题有不同意见可以讨论。就这段"脂评"本身来说,它记述了

《红楼梦》创作过程中修改的情况,它告诉读者,曹雪芹对待创作是严肃的,保留原稿中"淫丧天香楼"的叙写,对贾府主子的淫行自是更为具体的暴露,然而作者在权衡得失之后,还是把那些赤裸裸的描写删去了。这就说明,过去评点家认为"《红楼梦》是暗《金瓶梅》","较《金瓶梅》尤造孽"①,将《红楼梦》说成是一部"淫书",是错误的。此外,"脂评"还多处提示曹雪芹原有的艺术构思和八十回后的情节,使我们得以知道今存后四十回与前八十回并非全出一手,这也是很有用处的。

我们上面提到的不过是全部脂砚斋评很小的一部分,但已经足以说明,把"脂评"统统抹煞,实在是不恰当的。

三、不应无根据地指责脂砚斋

胡适对待"脂评"的实用主义的态度和方法是不足取的。但是为了批评胡适,为了批评"大捧脂砚斋,奉之若神明"的做法,就反过来痛骂脂砚斋,把"脂评"统统批倒,却也失诸主观片面。在这种情况下,有些批评,就会变成了缺乏根据的指责。例如说:

> 那些脂评,都太糟糕了。如第一回里,写到贾雨村是湖州人,脂评:"胡诌也。"具有反动官僚的一定典型意义的贾雨村怎么能说是胡诌的呢!接着,写得严老爷来拜,脂评:"炎也,炎既来,火将至矣。"简直是胡闹!②

这样的批评是不恰当的。

《红楼梦》对人物的命名,常采取谐音的办法。这种方法并非曹雪芹独创,明代著名小说《金瓶梅》就采用过。甲戌本《石头记》第一回,脂砚斋在"姓贾名化"旁边批:"假话,妙";在"字表(当作"表字")时飞"

---

① 此系清道光年间"太平闲人"张新之《石头记读法》中语。
② 《如何对待脂砚斋》,见《红楼梦艺术论》,上海文艺出版社,1980年。

旁边批："实非,妙",在"胡州人氏"旁边批："胡诌也。"这只不过是指出小说作者对贾雨村这个人物的姓名、表字和籍贯使用了谐音法,犹如同回小说中写到甄士隐的家人霍启,脂评："妙,祸起也",并指出这是曹雪芹"因事而命名"的一种艺术手法。从这些情况,人们还可以引申出这样一种认识,即贾雨村、霍启这些人物乃是作家塑造的人物形象,并非实有的人。至于脂砚斋在"严老爷来拜"旁边批："炎也,炎既来,火将至矣",无非是指出"严"字谐"炎"字,"严老爷来拜"意味着将发生火灾而已,小说后面不是接着就写到葫芦庙火起吗?这都谈不上什么"胡闹""糟糕"。

"具有反动官僚的一定典型意义的贾雨村怎么能说是胡诌的呢!"这种指责根本不能成立。"胡诌"根本不是对贾雨村整个人物形象所提出的评价,并不是说曹雪芹塑造贾雨村这个形象是"胡诌",和否定贾雨村这个反动官僚的形象的意义。

脂砚斋对贾雨村这个人物是有过评价的。小说第一回写贾雨村落魄时寄居葫芦庙,对月吟诗,中有"满把晴光护玉栏"之句,旁边就有脂批："奸雄心事,不觉露出。"第二回写贾雨村得官后,遣人送两封银子、四匹锦缎答谢甄家娘子,"又寄一封密书与封肃,转托他向甄家娘子要那娇杏作二房",句旁有脂批："谢礼却为此,险哉人之心也。"小说同回写贾雨村"升了本府知府,虽才干优长,未免有些贪酷,且又恃才侮上,那些官员皆侧目而视"。脂批云："此亦奸雄必有之理。"不上一年,贾雨村被上司上了一本,"参他生情(有正本作"生性")狡猾,擅改礼仪,外沽清正之名,暗结虎狼之势,致使地方多事,民命不堪等语",脂批："此亦奸雄必有之事。"其后贾雨村被参革职,本府官员无不喜悦,"那雨村心中虽十分惭恨,却面上全无一点怨色,仍是喜悦自若",脂批："此亦奸雄必有之态。"第四回写贾雨村复职授了应天府,无意中遇到衙中门子,原是贾雨村微贱时寄居过的葫芦庙的小沙弥,便对门子让坐,这门子不敢坐,雨村笑道："贫贱之交不可忘,你我故人也",句旁有批云："全是奸险小人态度,活现活跳。"此后写贾雨村徇情枉法、胡乱判案,脂砚斋更是随处加批"奸雄""奸雄欺人"等语(以上见甲戌本）。这些评语，尤其是"此亦奸雄必有之理""此亦奸雄必有之事""此亦奸雄必有之态"三句，指出此人言行心理写得合情合理，符合"奸雄"的性格逻辑，也就是说这个人物具有"一定典型意义"。脂砚斋根据小说的实际描写，对贾雨村所写下的这些评语，是很有道理的。

为了把脂砚斋和"脂评"彻底批倒，还有个说法是指责"脂砚斋欺世盗名"，对他进行了一种颇为新奇的批判：

> 自据为曹雪芹著作方面的遗嘱执行人的脂砚斋，首先夺取著作权，书名由脂砚斋挂帅，改意义很深的《红楼梦》之名为毫无意义，只对石器时代才有意义的《石头记》，又有意"迷失"掉了后四十回，妄图掩盖四大家族和封建制度的崩溃与灭亡过程。前八十回虽然留下来了，还被脂评污染了，把它歪曲得一塌糊涂。一芹一脂之间所展开的一场斗争是具有严重的性质的。①

这段批评实在是大可商榷。

第一，关于曹雪芹小说的书名问题。《石头记》《红楼梦》都是这部小说中提及的书名，曹雪芹的小说究竟称《石头记》好还是称《红楼梦》好，各人可以有不同的看法。以前，陈独秀就曾说过，用《石头记》的书名较好②。当然，一般读者中间最流传的书名是《红楼梦》。但如果一定要说《红楼梦》这个书名就如何好，"意义很深"；说《石头记》这个书名就如何坏，"毫无意义"，那是缺乏理由的。

第二，关于后四十回如何评价的问题。今传后四十回究竟是否高鹗所作？如何评价这后四十回？历来看法也有不同，现在有些文章也正在考证、研究、讨论。在现在没有充分、可靠的证据的情况下，就断定这后四十回乃是程伟元、高鹗"抢救回来"的曹雪芹原作，这种说法

---

① 《如何对待脂砚斋》，见《红楼梦艺术论》，上海文艺出版社，1980年。
② 1921年，陈独秀为上海亚东图书馆初版的《红楼梦》写序，因为亚东本的书名是《红楼梦》，所以陈序只好题作《红楼梦新叙》，但他在题目里《红楼梦》书名后面加了一个括号，注明"我以为用《石头记》好些"。当然，陈序对《红楼梦》的评论如何评价，这是另一个问题，参见拙著《红楼研究小史续稿》第一章，此处不赘。

无法解释何以后四十回跟前八十回艺术上有明显的差距,思想内容上有许多重要的互相违背的地方。根据现在一般的理解,曹雪芹在后半部里应当是进一步叙写"四大家族和封建制度的崩溃与灭亡的过程"的,这说法是有道理的;可是现在后四十回所写贾府的结局,却是什么"沐皇恩""延世泽",是什么"兰桂齐芳""家业再起",这又如何解释?对后四十回痛骂不绝、完全否定是错误的,因为它有应当肯定的地方;但如果反过来,把它说成都是曹雪芹的原著,也不能使人信服。

第三,关于所谓脂砚斋下"毒手"砍掉后四十回的问题。说脂砚斋最先下毒手将后四十回"扼杀在摇篮里",说"告失盗的就是贼,后四十回的稿子只能是脂砚斋故意'迷失'掉的",这种说法的真实性、可靠性颇可怀疑。如果脂砚斋存心要哄骗读者,何不一以贯之地套用"书未成,芹为泪尽而逝"的话题,干脆说曹雪芹只写至八十回岂不较为顺当、省事?为什么时不时地要写下这样一些评语:"宝玉自幼何等娇贵,留与下部后数十回'寒冬噎酸齑,雪夜围破毡'等处对看"(庚辰本十九回双行批注)。"按此回之文固妙,然未见后卅回(有正本作"后之三十回"),犹不见此之妙。此曰(有正本作"回")'娇嗔箴宝玉,软语救贾琏',后曰(有正本作"回")'薛宝钗借词含讽谏,王熙凤知命强英雄'……此日阿凤英气何如是也,他日之强何(有正本无"强何"二字)身微运蹇,展眼何如彼耶,人世之变迁如此!""今日写袭人,后文写宝钗,今日写平儿,后文写阿凤,文是一样情理,景况光阴,事却天壤矣!"(同上二十一回回前总评)"宝玉之情,今古无人可比,固矣。然宝玉有情极之毒,亦世人莫忍为者,看至后半部,则洞明矣","宝玉看(疑为"有")此为世人莫忍为之毒,故后文方有'悬崖撒手'一回。"(同上二十一回双行批)"茜雪至'狱神庙'方呈正文。""袭人正文标目(俞平伯校为"目曰")'花袭人有始有终'。余只见有一次誊清时,与'狱神庙慰宝玉'等五六稿被借阅者迷失,叹叹!"(同上二十回眉批)等等。

评书人说他见过曹雪芹八十回后的文字,应当是可信的,上述这些"脂评"中提及八十回后的情况当是事实。但他说是"后卅回",或只说"后半部""下部后数十回",从没有说曹雪芹八十回后的原稿是四十回,也没有明确地向读者说明《红楼梦》全书究竟是多少回或打算写多少回。

为什么"脂评"有时说"书未成,芹为泪尽而逝",有时又说曹雪芹的小说有"后半部"呢?看来比较合理的解释是,曹雪芹确实在八十回后还写有一部分稿子(尽管弄不清是多少回),但它们已经散失,而"书未成",指的是曹雪芹去世以前来不及完成全书写作计划,包括来不及把前八十回修改工作全都做完。至于曹雪芹八十回后的原稿哪里去了?"脂评"只说若干稿子被借阅者"迷失",并未说及其他原因。究竟那些文字是被当时封建统治者删去的呢?还是卫道的文人删去的呢?还是借阅者所遗失?或是多种原因兼而有之?这些问题现在尚未考证清楚。在这种情况下,只凭推论,只凭"告失盗的就是贼"的逻辑,就断定曹雪芹后半部原稿"只能是"脂砚斋下毒手故意砍掉,是难以说服人的。

第四,关于所谓脂砚斋"夺取著作权"的问题。说曹雪芹死后,脂砚斋"欺世盗名","夺取"了曹雪芹"著作权",这恐怕要算是最令人感到惊讶的指责了,而这种指责的全部根据就只在于"书名由脂砚斋挂帅"!众所周知,脂砚斋只是把他评阅过的本子定名为《脂砚斋重评〈石头记〉》,卷首标明"脂砚斋凡四阅评过",并没有说是脂砚斋"著"或"重订",他只是说他不止一次地评阅过这部书,而没有说这部书是他所著或与曹雪芹合著。在"脂评"中,他毫不含糊地说明此书作者是"雪芹",他自己只是评书人,一为著者,一为评者,所以"一芹一脂"相提并论。责备脂砚斋"欺世盗名",将《红楼梦》的著作权据为己有,这只能是指一种莫须有的罪名加到脂砚斋头上!

四、科学研究要力求避免主观随意性

以上我们对近来"脂评"研究中的问题提出一些讨论的意见,概括起来,主要有如下三点。

第一，脂砚斋是封建时代的评论家，"脂评"中确有一些唯心论的陈腐的东西，应当批判。但是也要看到"脂评"里面存在着不少有价值的、应当肯定的东西，对于我们研究曹雪芹和他的《红楼梦》很有用处，像脂砚斋那样亲近曹雪芹的人，由他所提供的有关情况或线索，是后代的评论家、考证家所无法代替的。从"脂评"的实际情况来看，对它全盘否定是不恰当的。

第二，胡适实用主义的研究方法应当批判，其恶劣影响应当清除。但是，我们的批判要采取马克思主义的方法，即辩证的实事求是的方法，对胡适不能为批判而批判，把他学术考证上正确的部分也否定掉；自然也不能为了批判胡适，祸延"脂评"，把"脂评"里面应当肯定的东西也都批判掉了。

第三，我们研究《红楼梦》，特别是研究那些有争议的复杂的问题（如后四十回续书问题、"脂评"问题等），要力求避免主观随意性和片面性。《红楼梦》研究的历史和现状说明，凡对复杂问题采取简单化绝对化的办法，效果都不好，因为既然可以从这一个极端走到那一个极端，也就可能从那一个极端走到这一个极端。所以在《红楼梦》研究中很需要提倡学习和运用辩证分析的方法，以便从思想方法论上帮助我们克服形而上学的毛病。

马克思主义经典作家，"他们对于应用辩证法到客观现象的研究的时候，总是指导人们不要带上任何的主观随意性"①。主观随意性是客观地实事求是地去认识和评析事物的障碍，旧红学索隐派和评点派中出现那些随意附会的荒唐的东西，就是未能克服这种主观随意性的结果。由此可见，要使我们的红学研究工作乃至其他各个领域的科学研究工作得到真正的发展，防止和克服主观随意性实在是十分重要、非常必要的。

（原载《华东师范大学学报》哲学社会科学版1983年第6期）

---

① 毛泽东：《矛盾论》，见《毛泽东选集》第一卷。

科学的分析与古怪的猜想
——对一种研究方法的质疑

一

1965年,何其芳同志在他的长篇论文《论红楼梦》中写有这样一段文字:

> 是有那样一些读者,他们把小说当作谜语来猜。他们认为书上明白写的都没有研究的价值,必须刁钻古怪地去幻想出一些书中没有写的东西出来,而且认为意义正在那里。……关于《红楼梦》的无稽之谈那是例不胜举的。什么时候我们的许多文学名著才能免于这一类的奇异的灾难呵!(着重点引者所加)①

何其芳同志是在谈到有的人以刻意求深的主观猜测的办法把薛宝钗说得过坏,把她随处的言谈行事都说成是在"奸险性生"、存心害人的情况下说这番话的。作为《红楼梦》研究史上"刁钻古怪"的猜谜式研究的例子,何其芳同志在文章中举了两个。一个是涂瀛在《红楼梦问答》中说林黛玉是王熙凤害死的,因为害死了黛玉,贾府就可以吞没了黛玉到贾府时带来的数百万家资;另一个是张新之在《红楼梦读

---

① 见《论红楼梦》一书,人民文学出版社,1958年。

法》中说,"《石头记》乃演性理之书,祖《大学》而宗《中庸》"①。

薛宝钗这个人物形象历来评论家颇多争论,毁誉褒贬历来都有,至于红学史上像涂瀛、张新之这样的牵强附会,例子实在太多,我们这里不谈这些问题,只谈何其芳同志这段话里提出的一种值得我们重视的批评。他指出"把小说当作谜语来猜"是错误的,并且把这种猜谜法的运用及其得出的种种"无稽之谈"称为"奇异的灾难",说得真是感慨系之。虽然这已经是二十多年前的事了,可是看来他的批评现在也仍然有效。现在不是也有不少同志感慨系之地在议论、批评我们这些年来的《红楼梦》研究,特别是考证性质的研究中继续出现的一些类似的现象么?

二

《红楼梦》研究中这种"奇异的灾难"的登峰造极的表现,恐怕要推台湾杜世杰的《红楼梦原理》了。他以谐音法为"证据"断言曹雪芹乃是"抄写勤"的"化名",根本否定了曹雪芹这个人物的存在。但是这个惊人的"新"发现能够说明什么呢? 在我看来,这样的考证能够证明的却是这样一个原理,即:主观唯心主义的索隐派的研究方法会把《红楼梦》研究引导到何等荒唐的地步!

不必讳言,近年来我们大陆上有的文章在不同程度上也存在着类似的问题,也就是何其芳同志所指出的那种不相信"书上明白写的",而要"刁钻古怪地去幻想出一些书上没有写的东西来,而且认为意义正在那里"的毛病。这里且从同志们常议及的例子中举两个来讨论一下。其一是,有文章"考证"出在天香楼里跟秦可卿通奸的并非贾珍而是贾敬;其二是,有文章用"破译法""考证"出《红楼梦》原作者并非曹雪芹而是曹頫②。

---

① 涂瀛持此说的"证据"是,"当贾琏发急时,自恨何处再发二三百万银子财,一'再'字知之。夫再者二之名也,不有一也,而何以再耶?"张新之持此说的"证据"是,"宝玉说明明德之外无书,又曰不过《大学》、《中庸》"。
② 前一篇文章题《关于秦可卿之死》,载《红楼梦学刊》1980 年第 3 期;后一篇文章题《〈红楼梦〉的原作者是谁?》,载《北方论丛》1980 年第 4 期。

关于秦可卿的死，无论是从小说的实际叙写（尽管是片断的），还是从脂评的有关评述，人们一直认为原稿中"秦可卿淫丧天香楼"那段文字写的是贾珍跟儿媳妇通奸丑行，这本是合乎实际的看法。然而近年来有同志撰文，却要翻这个"积案"（原文用语），提出一个令人大为诧异的"新"结论，说在天香楼里跟秦氏通奸的并不是她的公公贾珍，而是她的"太公公贾敬"，断定"'淫丧'罪犯是贾敬"，"再不可能有他人"，说得十分肯定。可是，这个结论可靠吗？

大家知道，《红楼梦》里的贾敬，是一个只知修丹道、求升仙的人，小说并没有写他有好色善淫之类的言行，因此，把奸污孙媳妇这样丑恶的淫行加在他的身上，是跟这个人物总的形象，跟人物思想性格及其生活发展的逻辑不相吻合的。曹雪芹对贾敬也是有批判的，但主要是批判他身为家长而百事不管，放纵子孙胡作非为而只顾自己烧丹炼汞、妄图升仙之类的"胡羼""虚诞"，并不是像对贾珍、贾琏、贾蓉那样揭露其荒淫无耻。

从反映生活和艺术构思来说，这正说明了伟大的现实主义巨著《红楼梦》思想和艺术的深刻性。曹雪芹对封建大家族里主子们的观察和认识是全面的、细致的。就像他笔下许多聪明美丽的女子各有独特的鲜明的个性一样，他也没有把昏庸腐朽的主子们都写成没有特点的同一种类型。就小说有关贾敬、贾珍的实际描写来看，就这两个人物本身的思想言行来看，跟秦氏在天香楼发生奸情的人，应当是贾珍而不是贾敬，这才合乎情理，合乎逻辑。论文作者却把这一些最基本的东西完全抛在一旁，而从贾敬是"道士"，秦氏房中摆设着秦太虚的对联，而秦太虚，"从人名角度看，则明是个道士的法号"；贾敬修道，想做"神仙"，而秦氏自己介绍说"我这屋子，大约连神仙也可以住得了"（着重点原有）等情况，来论证贾敬和秦氏发生奸情的可能性和必然性，证据实在是很薄弱的，论证是缺乏说服力的。

脂评甲戌本十三回回末总批说"秦可卿淫丧天香楼"是作者的"史笔"，批书人因秦氏魂托凤姐，"其言其意则令人悲切感服，姑赦之，因命芹溪删去"。该文作者对此又不相信，他相信的是自己这样的设想：

曹雪芹的创作构思是要写秦可卿受到宁国府"三代"主子的欺侮；那段文字是写秦可卿病重了，请道士在天香楼消灾祈福，就在那里被"太公公贾敬"所奸污的。并且断言，有关"淫丧"的文字并不是曹雪芹听了批书人的劝告然后自己删去，而是别人删去的。小说第五回《红楼梦曲·好事终》中有两句："箕裘颓堕皆从敬，家事消亡首罪宁。"上面有墨批云："敬老悟元，以致珍、蓉辈无以管束、肆无忌惮。故判归咎此公，自是正论。"脂评这个注解和评论是符合小说的实际的，然而论文作者对此又不相信，他说这是批书人在那里"装模作样"。他相信的还是自己这样的猜想：批书人明知与秦氏通奸的是贾敬，只是"为尊者讳"，存心隐去这层"深意"，才把罪名移到儿子贾珍头上。

我们对待脂评自应采取分析的态度，要扬弃其中落后、腐朽的思想，但大家公认脂砚斋、畸笏叟是很熟悉曹雪芹身世生活和小说创作情况的人，他们所提供的有关《红楼梦》创作过程的材料或线索，还是很有价值的。就秦可卿的死来说，脂评的注解是符合小说的实际描写的，譬如脂评明明白白地说，《红楼梦》初稿中那段"淫丧天香楼"的文字，是曹雪芹听取了别人的意见之后自己删去的，凭什么证据偏要说这是批书人有意蒙骗读者呢？莫非论文作者真的觉得自己对曹雪芹创作《红楼梦》的底细，比脂砚斋、畸笏叟了解得更为详尽吗？这恐怕就未免过于相信自己的猜想了。

关于《红楼梦》的创作权，近年来出现了一种新的说法。据说《红楼梦》的原作者并不是曹雪芹，而是曹𫖯，还由此提出了一种叫做"破译"的研究方法。说是曹𫖯在《红楼梦》某些谜语、酒令、怀古诗等文字里面，"把自己的履历交代得清清楚楚，当然必须经过一番深入的研究才能破译出来"，所以只要对曹𫖯的这些自我的"交代材料"（原文用语）进行"破译"，就能够发现、证明《红楼梦》原作者是曹𫖯。

所谓"破译法"，其实就是千方百计猜想《红楼梦》里的谜中之谜的方法。我们就拿该文的第一条"破译"来分析一下。《红楼梦》第五十回，贾母叫大家做灯谜儿。李纨编了一个，说："'观音未有世家传'，打《四书》一句。"论文作者竟从这个谜语里猜测出曹𫖯在这里面写下了

"交代材料",宣称自己是"石头(宝玉)世家"①;还进而"破译"出永忠诗"哭曹侯"的"侯","不是雪芹,而是曹𬱖"。这种"破译"对不对呢?

我们先看小说里的这段文字:

> 李纨笑道:"'观音未有世家传',打《四书》一句。"湘云接着就说:"在止于至善。"宝钗笑道:"你也想一想'世家传'三个字的意思再猜。"李纨笑道:"再想。"黛玉笑道:"哦,是了。是'虽善无征'。"众人都笑道:"这句是了。"

按,湘云所猜的谜底见《四书》中的《大学》:"大学之道,在明明德,在亲民,在止于至善。"但她接口就猜,未及细想,所以猜得不甚准确。黛玉所猜的谜底见《四书》中的《中庸》:"上焉者虽善无征。"黛玉猜出的谜底是准确、圆满的,所以众人都笑着说"这句是了"。小说里这段文字,有关"观音未有世家传"这个谜语的提出,猜谜的过程,正确谜底的得出以及众人的认可,都写得很完整、很明白,丝毫没有含糊不清或影射之类的东西。读这段文字的读者,如果没有先入之见,是决不会想到这个谜语里隐藏有什么小说作者的自我"交代材料"之类的。但该文作者却要在这段文字里提出如下一些需要"推敲"的地方来,他说:

> 此谜可推敲的是:(1)"善"者岂必观音,为何非用观音;(2)观音不能用"世家",正如释迦牟尼不能用"本纪";(3)"征"也不贴切。

其实这三点疑问的提出本身就是多余的,立意也是站不住脚的。先说第一点,请问"善"者为什么不可以用于"观音"? 在旧社会里,许多人都把观音称为"救苦救难观世音菩萨"的。"救苦救难"难道不就

---

① 该文作者认为:"本书(豫适按,指《红楼梦》)作者自称'石头','石头'在书中幻化成'宝玉'。"又说:"曹𬱖、作者石头、批者脂砚,三者是同一个人。"

是最大的"善"吗？再说第三点，"征"（"徵"的简写）在这里是"征验"的意思①，也不存在什么贴切不贴切的问题。最后我们来说第二点。这里根本扯不到什么"世家""本纪"的问题。论文作者对谜面"世家传"作了割裂的不符合原意的解释。"观音未有世家传"，本意无非是说像观音这样善良的好人却没有后代传下来。这跟《史记》里面人物传记的"本纪""世家"是风马牛不相及的两码事。因此，该文中诸如"按《史记》体例，'世家'是记诸侯之事，后来虽然没有诸侯，但也要相当地位的官员才能用'世家'之名。曹雪芹只是贡生，不能用，只有曹頫才合适"之类的"破译"，全都是论文作者根据自己论证《红楼梦》作者是曹頫这样的需要随意生发出来的话，是不切合谜语本意的。

再说，这种"破译法"是违背猜谜的一般规律的。按理，要寻找"观音未有世家传"这个谜的谜底，应当从《四书》寻出那些能够跟谜面连接得起来的句子，可是那位"破译"的同志却不这样做，而是从《大学》里另引"《楚书》曰：'楚国无以为宝，惟善以为宝'"（着重点原引文所有）来作这样的"破译"："原来，'善'切的是'宝玉'。"又从辛弃疾《玉楼春》词中引"补陁大士神通妙，影入石头光了了"（着重点原引文所有）来作这样的"破译"："原来，'观音'切的是'石头'。"需知这里所引《楚书》里的话，跟谜面"观音未有世家传"是没有什么关系的。

要猜谜就必须遵循谜面谜底相对应的规律。"观音未有世家传——虽善无征"，谜底和谜面是连贯的，合乎规律的，是可以理解的，如果连接成"观音未有世家传——楚国无以为宝，惟善以为宝"，这成什么话呢？谜底跟谜面有什么相干呢？如果说，这"楚国无以为宝，惟善以为宝"是对于"虽善无征"的"善"字的解释，那么包含有"善"字的句子多得很，凭什么断定"曹頫"（？）必定是用的这句子呢？至于引辛弃疾的词，那就扯得更远了。出谜的人明白规定是"打《四书》一句"，怎么可以去找《四书》以外的书呢？如果说，这"补陁大士神通妙，影入

---

① 另一种解释是"征"作"纳征"解，"虽善无征"意谓观音虽善，但无人向她纳采定亲，故未能传宗接代。此说也通。无论"证"作"征验"或"纳征"解，都不存在什么"不贴切"的问题。

石头光了了"是对于"观音未有世家传"的"观音"的解释,那么古书里包含有"观音"两个字的句子多得很,又凭什么断定"曹頫"(?)必定是用的这句子呢?

再说,这种"破译法"因为过于穿凿,往往就会弄出一些不能自圆其说的问题来。譬如,论文作者本意是要证明曹頫(?)在这个谜里自我交代是"石头(宝玉)世家",换句话说,曹家是世代相传的;可是这里又说什么"'观音'切的是'石头'",而如果用这句话来解释"观音未有世家传"里的"观音",那么岂不是等于在证明"石头未有世家传"吗?论文作者不是说"可以毫不怀疑地断定,曹頫、作者石头、批者脂砚,三者是同一个人"吗?那么,"破译"了半天,究竟您是说"石头"(曹頫?)世家传还是说"石头"(曹頫?)没有世家传?这不是自相矛盾、不能自圆其说吗?

论文作者还进一步"破译"了永忠"可恨同时不相识,几回掩卷哭曹侯"的"隐"意。据他说,这里曹侯的"侯","所指也不是曹雪芹,而是曹頫,他明吊雪芹、暗哭曹頫,一把眼泪哭两人"。按,永忠诗的诗题明明白白地写着:《因墨香得观红楼梦小说吊雪芹三绝句姓曹》,其第一首全文是这样:"传神文笔足千秋,不是情人不泪流。可恨同时不相识,几回掩卷哭曹侯。"从整首诗来看,这个"曹侯"当然是指写《红楼梦》的曹雪芹;诗题本身就是铁证:"因墨香得观红楼梦小说吊雪芹",何尝有什么吊曹頫的意思?说什么此诗"暗哭曹頫",这是没有什么根据的,是附会出来的。从对李纨这个诗谜的"破译",人们可以看到该文作者在进行"深入的研究"时,岂不是把他自己的猜想看得比客观实际更为重要吗?

该文此类附会多次出现。如小说中纹儿提出的谜语是"水向石边流出冷",打一古人名。探春笑问道:"可是山涛?"李纨道:"是。"(五十回)这本来也是十分明白的。可是论文作者同样认为此谜中还有一层需要"破译"的谜,认为这是曹頫以山涛"自比",并且是曹頫在这里向《红楼梦》的读者作自我交代:"曾任员外郎。"论文作者所持的理由之一是:"山涛在曹魏时曾任吏部郎,暗射曹頫之员外郎。"(着重点原有)

从原文句下着重点可以看出，论文作者的用意无非是要凑出"曹郎"二字而已。但是需要指出的是，句下打上着重点的这两句被用来作为论证的根据的话，已经不是引自什么古籍，而是出于论文作者自己的设意和措词，这就更加缺乏说服力了。像这样的"破译"，怎么能不使人们认为这是非常穿凿附会的研究呢？

三

"于无字处觅'隐'义，从夹缝里看文章。"①我国古代文学研究是有不少好的传统的，不过确实也有那么一点牵强附会的传统。旧红学索隐派的研究方法，其基本特征就是主观随意性。像"破译法"这类研究方法的提出和运用，不论作者主观上是否意识到，从《红楼梦》研究方法发展的历史的角度来分析，实际上是跟未能摆脱过去索隐派研究方法的影响分不开的。

除了索隐派研究方法的影响之外，有两点我们还可以共同来分析研究一下。其一是，我们在考证研究上是否有刻意求深、片面追求"新"意的心理？其二是，我们在考证研究上，是否把自己的主观猜想看得比客观实际（包括作品的实际描写等）更为重要？我看何其芳同志所说的《红楼梦》研究中"刁钻古怪"的幻想的产生，就是跟在这两个问题上出现了偏差分不开的。而且我们还可以说，其"刁钻古怪"的程度，往往是跟有关研究者刻意求深、迷信己见的严重程度成正比例的。越是刻意求深，越是迷信己见，所得出的所谓"新"的发现或见解也愈是匪夷所思，愈是"刁钻古怪"。

要求文章写得有新意，写得深刻一些，这本来是好的。问题并不在这里，问题是在于我们不能片面地盲目地求"新"、求"深"，求新求深还需要一个更高的原则来加以指导和制约，这个原则就是实事求是。

---

① 拙文《评〈红楼梦〉研究史上的索隐派》文末《作者附记》，载《红楼梦研究集刊》第2辑，上海古籍出版社1980年3月。该文篇幅颇长，但为避免内容重复，故未收入本书。

实事求是的基本要求,就是在研究(包括考证)工作上要尊重事实(如尊重作品的实际描写)。要是我们主观上已经有了某种想法,那么应当用事实(有关的全部事实)来加以检验;而不应当歪曲、裁剪事实或硬拉一些不相干的材料来满足自己的主观需要。换句话说,我们依靠的是实事求是的科学的分析,而不能依靠脱离实际的主观随意的猜想。

对主观主义的随意猜测的方法提出商榷和批评,并不是全部否定《红楼梦》研究中"探佚"的工作,因为"探佚"可能得出纯属主观猜测的"刁钻古怪"的幻想,也可能得出合乎实际的有益的成果;当然更不是全盘否定红学研究中的考证工作,因为辨伪存真等考证工作是不应该也无法加以否定的。当年何其芳同志批评"把小说当作谜语来猜",不能理解为他一律反对考证工作。至于近来同志们之所以提出要把科学的考证和主观主义的猜测方法区别开来,目的正是为了维护红学考证工作的科学性,使考证工作包含在整个红学研究范畴之内,使它占着一个应有的地位,并发挥其积极的作用。坚持唯物主义,克服唯心主义;坚持实事求是的科学分析,克服主观主义的随意猜测,这是提高《红楼梦》研究水平最起码的也是最根本的前提。只要大家努力以此共勉,我们的红学研究(包括考证)就一定能够得到提高和发展。我们一定要有这个决心和信心。至于这篇文章里的一些看法和批评意见,如有不当,敬祈指正。

(原载《红楼梦研究集刊》第 11 辑,1982 年 12 月。此文发表时署名"斯方",是笔者偶用的一个笔名。)

《红楼梦》研究和"逆反心理"

倘若有个对《红楼梦》毫无兴趣并且缺乏了解的人,说"《红楼梦》这种书没啥价值",我想朋友们很可能一笑置之,不以为意。但若有人郑重告诉大家:"新红学"创始人胡适说"《红楼梦》毫无价值"!很多人对此就会颇为惊讶,觉得难以置信了。不过这并不是杜撰,而是事实。前几年台湾出版的罗盘的《红楼梦的文学价值》[①]我以为是一部有价值的书,李辰冬在为该书所作的《序》中,就说他亲自听到胡适当众说过这样的话,并且据他"后来打听",才知道胡适"讲这样话的不止这一次"。李辰冬著有《红楼梦研究》[②]一书,他认为曹雪芹的《红楼梦》完全可以跟世界文学名著相比美,是一部具有重大价值、具有世界文学地位的伟大作品。胡适的红学研究,其贡献和长处是在考证方面,但他对《红楼梦》的评价并不高明。关于《红楼梦》的价值,胡和李的说法哪个合乎实际?我想没有偏见的人是不难作出正确的回答的。

胡适的"《红楼梦》毫无价值论"我不赞成。倘若《红楼梦》真是毫无价值,包括毫无考证价值,则胡适自己那些《红楼梦》考证文章何从产生?其价值(不正确的地方姑不论)又何所附丽?可惜当年人们没有直截了当地问胡适,他对《红楼梦》持这种全盘否定论是否出于"逆反心理"?现在当然就更无从问起了。据我看,"逆反心理"并不是胡

---

① 《红楼梦的文学价值》,罗盘(罗德湛)著。台湾东大图书有限公司,1979年初版,1983年再版。
② 《红楼梦研究》,李辰冬著。正中书局1942年出版。笔者曾专章评价此书,见拙著《红楼研究小史续稿》,上海文艺出版社1981年8月出版。

适对《红楼梦》的价值持否定论的根本原因,但可以说是一个原因。

其实在《红楼梦》研究中,逆反心理以及片面性、绝对化乃至主观随意性,过去和现在都有。更早的不说,胡适当年建立"新红学",批判旧红学索隐派,提出"自传说",在《红楼梦》研究史上是一种进步。一般认为,曹雪芹创作《红楼梦》是利用他的家庭和个人的一些生活素材的,但把这一点合理性的东西扩大化,说《红楼梦》是曹雪芹的"自传",这就陷入了片面性。但胡适的"自传说"还不是很彻底的,他认为小说里有些环境和人物不一定是实有的。到了后来,"自传说"在有的红学著作里进一步发展,把小说里的人物事件和曹氏家族的人物事件合二而一,以《红楼梦》为曹雪芹及其家族生活的"实录",这就更为片面、更为极端了。由于"自传说"并不切合实际,许多地方解释不通,所以原来主张或相信"自传说"的人,后来改变了当初的想法。但并非所有主张"自传说"的人"眼前无路想回头",仍然坚持"自传说"的人也是有的。

又譬如旧红学索隐派,虽然屡经批评,但坚持旧红学索隐派的思想和方法的也还颇有人在,这些年索隐派的著述就在不断出现。前不久香港出版的"不外如是斋"的《红楼梦谜》①,就是旧红学索隐派的复活的典型。该书贬斥非索隐派、独尊索隐派,并且断言惟有新旧索隐派的著作才是"正确而高明的导航线",希望人们"做索隐读者","继续把谜语猜下去"。据他说,《红楼梦》是"一本前所未见的梦谜小说","到处隐藏了大、中、小的谜语不计其数",所以"猜谜语是读《红楼梦》最正确的方法"。其实与其说"营造"、"谜语"的是曹雪芹,还不如说是"不外如是斋"自己。不然的话,谁会想到薛宝钗是影射汉奸洪承畴呢?谁会想到为了说明《红楼梦》讽刺"洪承畴很早便带头做了降臣",便说薛宝钗的住处"梨香院可以谐读成吏降院",说他所吃的"冷香丸谐读领降官"呢?猜谜人就是制谜人,这就是《红楼梦谜》这部索隐派

---

① 《红楼梦谜》,"不外如是斋"李知其著。本文所引文字见该书上篇,香港1984年12月出版。

猜谜学著作的实质。

　　胡适等人当年批评旧红学索隐派的著作是"猜笨谜"，近些年红学界不少人对不断出现的索隐派的著述及其研究方法也提出了批评。"不外如是斋"这部书从书的题目到书的内容和方法，都明确地向人们作这样的宣示：你们说索隐派是"猜笨谜"！你们批评、反对索隐派的研究方法！我就偏要用索隐派的思想和方法，用"猜谜语"的形式再写出一部大书给你们看看！且看，这不分明又是《红楼梦》研究中"逆反心理"一种很典型的表现吗？老实说，《红楼梦谜》虽然是新索隐派的著作，但并不比旧红学索隐派高明，如果说它有什么地方超过旧红学索隐派，则主要是表现在它那些"谐音法"、"谐读法"以及"偶副射"之类，运用得比以前更为随心所欲、更加实用主义化了。

　　这些年《红楼梦》科学研究中，与逆反心理多少有些联系的另一种非科学性的表现，是持论片面，有意无意地把问题弄得非常对立。你说《红楼梦》后四十回好？我偏说它很坏，坏透了，说它艺术性极差，毫无好处，而且政治上也很反动，据"考"，这后四十回还是高鹗他们秉承清朝统治阶级的旨意炮制出来的。你说《红楼梦》后四十回坏？我偏说它很好，好极了！说它不但艺术性跟前八十回并没有什么不同，而且后四十回思想性甚至比前八十回更进步。关于"脂评"，一种情况是，不但把它作为判断《红楼梦》创作情况的唯一依据，而且自觉不自觉地还把它作为我们今天评价《红楼梦》的准则，像有人批评的那样，对它简直"奉若神明"。另一种情况则是，把"脂砚斋"骂为"老奸巨猾"，把"脂评"通通说成是"庸俗不堪，一塌糊涂"。《红楼梦》后四十回、"脂砚斋评"，都是放在大家面前、事实上都是难以完全赞美或完全批倒的东西。对这些东西，由于各人爱好不一，评价遂有高低之分，这是可以理解的；但是为什么对它们会产生如此截然相反、势不两立的评价和结论呢？是由于先入为主、固执己见呢？还是"逆反心理"在起作用呢？还是二者兼而有之呢？

　　从上述《红楼梦》研究中"逆反心理"的情况，不由得想到人们常讲的"矫枉过正"的话。我想人们对事物的认识和评价，有的人或有的时候着眼点比较偏重于这一方面,有的人或有的时候着眼点比较偏重于那一方面,看来是难以避免的。但是在学术问题上,就探求对于研究对象的科学认识的高度真实性、准确性来说,总是以力求符合实际为好。矫枉过正,或许难以完全避免;但是矫枉过正,毕竟不应该是我们科学研究的目的和标准。试想,既然是"过正",也就并不准了。

关于"逆反心理",有时候可能跟矫枉过正不无一点关系,但就出自逆反心理或者夹杂有逆反心理的意见本身而论,倒不一定百分之百必然是错,当然也不一定都对。是对是错,归根到底要看是否符合实际。

有关《红楼梦》的问题,有不同意见是正常的现象。学术见解上的分歧也不是坏事,不同意见的充分的讨论或批评,还有可能使人们对问题认识得更全面、更深刻一些。问题是在于,在《红楼梦》研究和评论中,人们发现,就因为矫枉过正或逆反心理或其他非科学的不恰当的因素在起重要的甚至是决定的作用,结果就无助于困难问题的解决,甚至连那些本来比较容易获得一致或基本一致的问题,也都弄得长期纠缠不清,这实在是很遗憾的。看来,要解决《红楼梦》科学研究中的非科学倾向,要提高红学研究的水平和质量,很需要避免鲁迅早就指出过的"不是举之上天,就是按之入地"[①]的那种批评方法,这就要求我们大家在科学研究中共同努力,实事求是,克服片面性,尤其要克服和反对主观随意性。

---

① 《我怎么做起小说来》,见《鲁迅全集》第四卷《南腔北调集》,人民文学出版社,1981年。

短论两则

一、一味求"新"之失

有一次和朋友闲谈,说起人世间的文章著作,域内域外,古往今来,车载斗量,真是恒河沙数,不过如果来个简单的二分法,则亦无非就是两类,一类是使人读了聪明起来,另一类是使人读了糊涂起来而已。这几年有关古代小说的论著丰富多彩,有许多是益人心智之作,但却也有一些使人读了莫名其妙的文章。例子之一是,去年有一本杂志,发表了一篇为潘金莲翻案的文章;接着又有一份报纸摘要加以介绍,题目就赫然这样写着:"潘金莲不是淫妇,武大郎本是俊男。"并说,这乃是该文作者"去清河县实地调查结果"云云。

《金瓶梅》里的潘金莲是不是一个淫妇?武大郎高矮俊丑如何?自然应当根据小说本身的实际的叙写来立论。我跟一般读过这部小说的普通读者一样,认为小说中那个潘金莲,实在是一个令人不快的不洁的荡妇。可是如今却有人去清河县"实地调查",得出的结论则是:"《金瓶梅》里的潘金莲不是淫妇",而是一位"严守妇道,安分守己"的很可尊敬的女性。这岂不是使人糊涂起来吗?那么,《金瓶梅》究竟还是不是一部小说创作呢?难道它倒是一部真的清河县的人物志,是一部什么"实录"不成?对于几百年前一部小说创作中的艺术形象,今天的人跑到清河县那里去作"实地调查",仅凭有的"老辈人"或老辈人得自他们的老辈人的一些"据说",就断然地发表翻案文章,论述"《金瓶梅》里的潘金莲不是淫妇,武大郎本是俊男",这妥当吗?而有的人对此文也感兴趣,还摘要加以推广、介绍,这合适吗?人们不得不怀疑,写作、发表和推荐这种文章,是不是有一味求新甚至是哗众取宠的思想在起作用呢?这种文章在客观上除了使人糊涂或造成文艺阅读上的思想混乱之外,还能有什么有益的社会效果呢?

在《红楼梦》研究上,有人曾经用"抉微"法提出过一个惊人的"新"论点,说《红楼梦》里的林黛玉就是《金瓶梅》里的潘金莲;如今则有人用"实地调查"的方法,提出了一个使人吃惊的"新"论点,说《金瓶梅》里的潘金莲并不是一个淫妇。一是将《红楼梦》里的林黛玉加以丑化,一是将《金瓶梅》里的潘金莲加以美化,二者都脱离实际地追求出奇,倒是可以先后辉映的。写文章要求有新意,要求写得深一些,这是好的;在学术研究中,对错误的东西,该翻的案也应该翻过来。问题不在这里,问题是在于这一切都必须遵循一个更高的原则,这就是实事求是。倘若离开这个原则,离开正确的指导思想和科学的研究方法,随便地翻案,一味地求"新",那实在是很不妥当的。

(原载《光明日报》1984年11月20日)

二、"炒作"与"曹雪芹再生"

近年来,文学遗产的整理和研究获得了重大的成就,不仅出版了许多普及性的古代文史书刊,还出版了许多有较高学术质量的研究著作。但是另一方面,在市场经济冲击下,在一些不恰当的目的和利益的驱动下,也出现了一些不良倾向。

前些时候由中国国际广播出版社出版的一部厚厚的印装很讲究的《太极红楼梦》,该书多处署名著者是:"王国华、曹雪芹"。据"作者简介":"王国华,湖北荆门人,1952年腊月廿一日生……曹雪芹,名霑,字芹圃,号雪芹。雍正二年(公元1724年)……"出生于本世纪的王国华竟然与死去两百多年的曹雪芹"合作"著书,此事未免荒唐。在《红楼梦》研究史上,各种说法都有,但如此公然强拉曹雪芹来跟自己合作著述,确乎前所未有,真有点所谓"开创"性了。整理、研究或阐释古人的著作当然可以,但首先要端正思想和方法,应当有个严肃的科学态度。王国华用"太极图"的原理来诠释《红楼梦》,这是他的自由,别人是否同意或者是否批评他犯了旧红学索隐派随意猜测的毛病,那是别人的自由。但是,著作如果要署名,就不能主观随意。这本书应该而且恐怕也只能是"曹雪芹原著、王国华诠解"(或"考证""索隐")这样的模式,而不应该用这种"新"方法硬拉曹雪芹来为自己撑腰或垫底。这本书版权页上说共 80 万字,其中绝大部分是照抄曹雪芹原著,而王国华居然自封为这本书的第一作者! 不知这是从何说起? 曹雪芹什么时候同他研讨过《红楼梦》呢? 然而,在这本书出版之前,却有多家报刊对其大加吹嘘,有的竟说这是什么"震惊人类的发现"。

现在有些媒体对一些粗劣图书进行炒作,主要原因,一是有的媒体有关人员或情况不明,或文化素质差,学识有限,被一些人的吹嘘所迷惑;二是有些书稿作者和出版者缺乏严肃认真的治学态度和敬业精神,甚至互相拉扯,以达到彼此各自的目的。以《太极红楼梦》而言,其研究思想和方法并不科学,学术见解也很成问题。科学研究要克服非科学倾向,说《太极红楼梦》是"震惊人类的发现",人类的神经就那么脆弱? 媒体也要老老实实,严谨冷静,反对夸大狂,防止情绪化。学风端正了,传媒之工作作风也端正了,我国古代小说研究和整理出版才能有健康的发展。

[原载《人民日报》(海外版)1998 年 4 月 30 日]

批判地总结、吸取《红楼梦》研究史的经验

回顾二十年前，当笔者在中国古典文学教学中为自己提出讲授"《红楼梦》研究史"这个专题，编印出教材，其后在此基础上写出专书的任务的时候，对这项工作的重要意义，当时的认识还是比较笼统、肤浅的。这些年来，通过撰写《红楼梦》研究史稿的实践过程，对这个问题的认识和体会比过去是较为深入、具体一些了[①]。

我们为什么应当重视《红楼梦》研究史呢？研究《红楼梦》评论的历史有什么意义和作用呢？以下提出几点认识，请同志们一起讨论。

首先，我们应当把《红楼梦》研究史上的研究著作和评论资料，当作一种文学批评的历史遗产来加以批判地继承。

从清代乾隆年间《石头记》抄本上脂砚斋的评论开始，至今已经有整整二百多年的历史了。两个多世纪以来，许多人对《红楼梦》及其作者作了各种各样的考证、评论和研究，专门研究《红楼梦》者历代不乏其人，评论著作数量很大。以一部作品而拥有这样多的研究家和研究著作，在世界文学评论史上也是罕见的。曹雪芹的《红楼梦》就像莎士比亚的戏剧那样，不仅成为本国学者重要的研究对象，而且成为世界上许多国家的学者共同的研究对象。"红学"和"莎学"之所以成为世

[①] 《红楼研究小史稿》（清乾隆至民初）、《红楼研究小史续稿》（五四时期以后），分别于1980年1月和1981年8月由上海文艺出版社出版。说来惭愧，这两本小书大体上是"文革"前就已完成的旧稿，倘若没有那场"及时"的运动，早在十多年前就可能出版了。粉碎"四人帮"以后，书稿出版前虽然作过一些整理修改，但那几年笔者正在北京工作，个人整理有关《红楼梦》的旧稿，是利用业余时间进行的，限于各种条件和个人的水平，拙著仍然是极其粗糙的。

界性的学问,决不是偶然的。

不必讳言,过去《红楼梦》研究中有许多是唯心论、形而上学的东西,在旧红学索隐派和评点派的评著里就有许多穿凿附会、想入非非乃至无聊低级的文字。但是我们同样也应当看到,二百多年来的"红学"研究毕竟也有不少有意义、有价值的东西,是应当加以批判吸取的历史成果,是有关《红楼梦》的文学批评的历史遗产。

旧红学时期的红学研究,其局限性和思想糟粕是很显然的,但就是这个时期的红学研究也有值得肯定的东西,譬如抄本《石头记》上的那些评点,就应分析地看,不应全盘否定。"脂评"里面固然有不少主观唯心的、庸俗腐朽的思想内容,但也有一些见解是有益的、可取的;至于其中那些有关小说作者以及《红楼梦》创作过程中的情况,包括那些对八十回后某些情节或文字的片断的记述,更是后来研究曹雪芹的思想和创作的很有价值的宝贵资料。迷信"脂评"自然是不对的,全盘否定"脂评"也是不恰当的。

又如清代蒙族文学家哈斯宝有关《红楼梦》的评论,就其一般的政治观念和伦理观念来说是很不高明的,他把《红楼梦》看成是一部维护封建纲常的教科书,恰恰是把这部伟大作品的意义和价值看颠倒了。但哈斯宝在大量的回批中,有关《红楼梦》艺术分析方面的论述,却时有很好的见解。他深入、细致地分析了《红楼梦》人物形象塑造和故事情节叙写等方面的艺术特点,对于帮助人们欣赏、认识《红楼梦》的艺术成就和艺术技巧,是颇有价值的,对人们是有一定的启发意义的。

至于鲁迅关于《红楼梦》的那些评论,虽然写在几十年前,但他对《红楼梦》的社会价值和艺术成就及其在中国小说发展史上的崇高地位的评论,他在续书问题上所作的实事求是的比较分析和评价,不但在过去曾呈放出异彩,就是在今天也仍然保有其重要价值,对我们很有启发,值得我们学习和借鉴。

总之,搜集、整理《红楼梦》研究史上各种流派各种评论著作和资料,批判地分析、研究和总结《红楼梦》研究史上的历史成果,不仅对于这笔文学批评遗产本身的客观存在来说是必要的,而且对于我们今天如何吸取已有的积极的研究成果以推进《红楼梦》的研究，也是很有意义的。

其次，《红楼梦》研究史上的历史经验（包括反面经验），应当加以总结和吸取。

《红楼梦》研究的历史证明，能否对《红楼梦》的思想意义和价值作出正确的或比较正确的分析和评价，总是跟评论家的人生观、文艺观分不开的。半个多世纪以前，正当一般红学家纷纷猜测，牵强附会地把《红楼梦》的"命意"归结为所谓"易""淫""缠绵""排满""宫闱秘事"，热中于猜测小说中的贾宝玉"影射"谁人、象征何物，或把他归结为超时空的"情种"或"色鬼"的时候，鲁迅却着重从"悲剧"的性质内容上肯定了它的社会价值，认为"《红楼梦》中的小悲剧，是社会上常有的事"，指出《红楼梦》是一部反映"世上""不幸人多"的作品，贾宝玉则是处于这个世上，因见"许多死亡"而大苦恼的"多所爱者"，鲁迅如果对社会人生、对文学创作，以及对二者的相互关系缺乏切实的理解，能作出这样的分析吗？

反过来说，《红楼梦》研究史上种种穿凿附会、荒唐怪诞的索隐和评析，归根到底总是跟评论者主观唯心主义的消极的人生观、文艺观，和形而上学的错误的研究方法分不开的。由于思想观点和研究方法不对头，清朝时期那个"太平闲人"张新之，花了三十年时间、写了三十万言的评点文字，只是为了说明《红楼梦》是所谓宣扬《易》理和儒教的布道书。这种可怜无补费精神的研究，其教训是很深刻的。

《红楼梦》研究史上还出现过运用西方学术文艺观点来研究《红楼梦》，以及不同流派相互之间长期论争等情况，也值得批判地总结。晚清时期和民国初年，有一些评论家从西方小说的发达及其对社会生活所产生的积极影响作用得到启发，纠正了轻视小说的传统观念。《红楼梦》不再被认为是没有意义的"闲书"，而被看作是"批评社会"的有进步意义的作品，这是《红楼梦》研究历史发展过程中的一种进步；但是，由于对外国文艺理论和批评标准存在着机械搬用的毛病，所以这类文章也就存在着不切实际的错误的一面。这就说明，对于外国的东西，我们可以借鉴，但不能照搬，我们不能离开本民族文化的传统特点来研究《红楼梦》。

又如，《红楼梦》研究史上还出现过以胡适为代表的新红学考证派和以蔡元培为代表的旧红学索隐派的一场论争。虽然新红学考证派的那些文章所持的"自传说""色空说"以及"不得入于近代文学之林"等观点是错误的、有害的，但胡适等人对曹雪芹及其家世和《红楼梦》版本的考证还是作出了一些成绩的。"新红学"的出现及其对于"旧红学"的批判，从《红楼梦》研究的历史发展来说起了促进作用，是一种进步。

但是"新红学"的出现并未能使落后的索隐派很快衰落，不仅胡、蔡之争延续了很久，而且索隐派的著作此后还是不断出现。这种情况说明，在学术文化领域里，一种唯心主义的思想方法论既经形成，短时期的批判是不可能使之销声匿迹的，而"新红学"本身在理论观点、研究方法上的局限性和错误，也使得他们无法对《红楼梦》作出正确的评论。只是后来在对新、旧红学的唯心论错误进行批判之后，《红楼梦》的研究才大体上向正确的方向和道路前进。这些历史经验都足以说明，只有掌握先进的思想武器，在我们今天来说就是掌握马克思主义的观点和方法，才能够清除唯心论的思想方法及其影响，才能够对《红楼梦》进行科学的研究，作出正确的评价。

总起来说，了解和吸取《红楼梦》研究史上重要的历史经验，包括批判地了解和评析《红楼梦》研究史上唯心论和形而上学研究方法的各种形态及其发展演变，对于我们识别、防止和克服唯心论的错误，增强学习和运用马克思主义观点和方法来研究《红楼梦》的重要性、必要性的认识，是很有好处的。

第三，在《红楼梦》研究中，我们应当对《红楼梦》研究（包括它的评论史）的研究，给予应有的重视。

《红楼梦》是值得我们从多方面去进行研究的文学巨著。它的历史内容和思想价值，它的艺术成就和艺术经验，应当是研究的主要内容。有关《红楼梦》作者的家世、版本问题的考证或其他方面的研究，只要有助于人们对《红楼梦》的欣赏和理解,我想是应当允许的,但是我们要防止和克服像旧红学索隐派那种主观主义的随意附会,以及新红学考证派过去犯过的那种实用主义的烦琐考证的倾向。

我们今天对《红楼梦》的各种研究,都不应该对红学史茫无所知,不应该离开以往《红楼梦》研究的历史成果和历史经验。只有这样,我们今天的研究,才能够充分吸取以往的有益的积极成果,使我们的研究超过前人;同时,也只有充分吸取以往的经验教训,才不致在我们今天的研究中重蹈过去新旧红学的覆辙。

近年来,国内外对红学感兴趣,进行研究的人越来越多,总的说《红楼梦》的研究取得了很多成果,是向前发展的。不能因为《红楼梦》研究中存在一些不恰当的东西,就否定这些年来《红楼梦》研究中值得肯定的成果;当然我们也要实事求是地看到,《红楼梦》研究中的确存在着一些问题,尽管这是属于第二位的。最典型的例子,是前些年台湾出版了一部题为《红楼梦原理》的研究专著,还是坚持用红学史上索隐派的研究方法,硬说《红楼梦》是写"世祖削发为僧"[①]等"风月大新闻";并且发现"曹雪芹"不过是一个"化名",是所谓"抄写勤"三字的谐音,根本否定了曹雪芹这位作家的存在,胡说什么清代有关曹雪芹的文字记载"都是不足恃之资料"。正如冯其庸同志批评的那样,那位研究家"欺人之胆量,也确实大得出奇!"(《关于曹雪芹的几个问题》)此外,在《红楼梦》的评论、研究文字中,确实也出现了一些过于主观猜测和烦琐考证的偏向。这些"索隐"和"考证"的出现,不论研究者主观上是否意识到,是否承认,实际上是跟未能认真吸取红学史上的经验教训分不开的。从这个意义来说,《红楼梦》研究史上那些反面经验,也是一种颇有用处的东西。

看来,我们不仅需要《红楼梦》研究史的专书,还需要从各种角度

[①] 民国初年旧红学索隐派的代表作之一《红楼梦索隐》,就认为《红楼梦》里的贾宝玉、林黛玉,影射的是清世祖为董鄂妃(又说那是秦淮名妓董小宛)早逝,伤悼不已,遂遁迹五台山落发为僧的故事。这种无稽之谈早经许多人批驳过(可参看《红楼研究小史稿》第六章)。《红楼梦原理》不过是拾旧索隐派的唾余,老调重弹而已。

深入研究《红楼梦》的研究历史的论文。例如研究清代的红学,研究"五四"时期的红学,或研究索隐派的红学、评点派的红学、随笔类的红学,或研究红学史上重要评论家(如"脂砚斋"、王国维、胡适、俞平伯等)的评著的得失,或研究红学史上具有代表性的观点(包括唯心论在红学史上的不同形态及其演变),或研究红学史上方法论方面的问题,等等。总而言之,从各方面深入研究和总结前人研究的成败得失,从中吸取有益的经验教训,作为我们今天研究的借鉴。

为了配合、推动红学史和整个红学的研究,我们应当整理和出版《红楼梦》研究史上发生过重要影响的评著的资料。这方面我们已经做了一些工作,但还不够。这类资料性的东西,可以包括唯心论很明显的甚至荒唐怪诞的东西。有选择地编辑出版这类评著和资料,是一件有意义的工作。这类评著资料,有的可以公开发行,有的可以内部发行,供研究工作者之用。

《红楼梦》研究的历史经验告诉我们,正确的或比较正确的观点总是在跟错误的、荒谬的观点的矛盾斗争中产生和发展起来的。让人们不但了解红学史上正确的东西,也了解红学史上错误的东西,能够使人们在比较分析中有所鉴别,扬弃错误的观点和方法,掌握正确的观点和方法。如果广大的《红楼梦》爱好者都能粗知一点红学史的实际知识,将有助于他们提高对《红楼梦》和《红楼梦》研究著作的欣赏和理解的水平,对今天的红学研究产生促进作用;而《红楼梦》研究工作者如能更多、更深入地了解和吸取《红楼梦》研究史的实际状况和历史经验(包括正反面的经验),也将有助于观察、分析前人研究的成败得失,使自己的研究工作建立在更科学、更可靠的基础之上。毫无疑问,广大红学爱好者和研究工作者了解和掌握红学史,对于进一步端正红学研究的方向、提高红学研究的水平是很有裨益的。

1978年,笔者在《红楼研究小史稿》的《序》中曾经说:

> 清理《红楼梦》研究的历史过程,批判地总结《红楼梦》研究的历史成果和经验教训,包括批判地阐述《红楼梦》研究过程中唯心

论的各种形态及其演变,对我们今天研究《红楼梦》和古典文学,可以提供一种有益的借鉴,是一项很有意义的研究课题。

这里所提出的研究课题和任务,当然不是由某一个人,尤其不是像我这样理论水平和能力都远远不够的作者所能完成的。拙作"只是一个极其粗略的稿本",之所以让它问世,目的是"使读者约略了解两个多世纪以来《红楼梦》研究历史的一个轮廓",同时"作为一块引玉之砖",期望以后有"更为系统、更为精美的《红楼梦》研究史方面的论著"出现。

人们可以相信,不仅在我们国内,而且在国外,不久将会有其他同志和外国朋友的《红楼梦》研究史论著问世。在我看来,《红楼梦》研究史,就像文学史、小说史那样,不应当只是三两种,还应当而且也一定会出现得更多一些。在《红楼梦》研究领域里,有更多、更好的《红楼梦》研究史的专著和论文出现,不但可以促使红学园地进一步呈现出百家争鸣、百花齐放的生动局面,而且还将有助于使国内外的红学研究,沿着正确的道路更加健康地向前发展。

(1981年8月,拙著《红楼研究小史续稿》出版,笔者随即撰写《应当重视红学史研究工作》一文,发表于《华东师范大学学报》1982年第2期。这次收入本书时,删去原文第一节,并改用今题。)

索隐派红学的研究方法及其历史经验教训
——评近半个世纪海内外索隐派红学

半个世纪以来,特别是 70 年代以来,在《红楼梦》研究中,海内外出版了一些索隐派著作,从持索隐派观点者看来可说是索隐派的复兴,从批评者观点说来则是索隐派的复辟,从《红楼梦》研究史的角度来说,则是当年胡适和蔡元培新旧红学争论的继续。举例来说,先后出版的有潘重规的《红楼梦新解》,杜世杰的《红楼梦考释》(是其《红楼梦悲金悼玉实考》《红楼梦原理》的增补本),李知其的《红楼梦谜》,霍国玲、霍纪平、霍力君的《红楼解梦》以及王国华的《太极红楼梦》等。

一、老话题再度起争论,胡适、陈炳良批评潘夏索隐法

在海外老一辈红学家中,潘重规从 50 年代至 70 年代著有《红楼梦新解》《红学五十年》《红学六十年》等书,是索隐派红学家。早在 50 年代初,胡适读了他有关《红楼梦》的文章,曾发表《对潘夏先生论〈红楼梦〉的一封信》①(豫适按:潘夏为潘重规笔名),表示"不能赞同潘君的论点",认为"潘君的论点还是'索隐'式的看法,他的'方法',还是我三十年前称为'猜笨谜'的方法"。胡适在这封写给哲先的信中还感叹

---

① 胡适此文发表于 1951 年 10 月,潘重规《红学六十年》附有胡适此信影印件。拙编《红楼梦研究文选》(华东师范大学出版社,1988 年),在选编潘重规、陈炳良有关索隐红学的商榷文章时,也编入了胡适此信。

说:"我自愧费了多年考证工夫,原来还是白费了心血,原来还没有打倒这种牵强附会的猜笨谜的'红学'!"

70年代,潘重规仍然继承蔡元培的观点,认为《红楼梦》是反清复明的。在《〈关于红楼梦的作者和思想问题〉答余英时博士》一文中,说《红楼梦》"作者对贾府的恶意仇视,时时流露于字里行间。作者在书中反复指点真假,以贾府影射伪朝"。陈炳良在《近年的红学述评》中,对潘的观点和方法提出商榷,认为潘的《红楼梦新解》以宝玉代表传国玺,林黛玉代表明,薛宝钗代表清,林、薛争取宝玉即是明清争夺政权的说法纯属推测,是不恰当的。陈炳良说:

> 原谅我作这么一个相同的例子(analogy):潘先生的大名不也可以牵扯上反清复明的思想吗?潘先生的姓拆开来不是指番人的满洲吗?他的大名不是隐日月两个字,即明朝吗?我的贱名也可以解作:"陈指过去,即怀念胜朝;炳即丙火,即朱明;良是艮上加一点,艮即山,故良字是隐崇祯自缢于煤山。"我相信潘先生是不会同意我的说法的。

陈炳良对潘重规索隐方法的这个批评是很巧妙的。潘对陈这段话实在难以作出有说服力的反驳,特别是对这段话中用索隐方法硬是将潘、陈两人的姓名都解释成为具有反清复明的含意究竟应当持何态度,更是左右为难,肯定也不是,否定也不是。试想,如果肯定陈炳良这段话的方法,则明显与事实不符,因为潘、陈两人的命名确实并无反清复明的用意,如此一来,岂不是也就肯定了自己书中那些反清复明之说并无事实依据?但如果否定陈炳良这段话的方法,则势必也要否定自己书中的方法,因为他自己书中使用的方法跟陈炳良这段话中使用的方法是一样的,都是表面上看似有理实则是牵强附会的索隐派的方法。总之,无论是持肯定态度或持否定态度,都难以使自己运用索隐方法论证《红楼梦》具有反清复明思想的做法得以自圆其说。面对这一两难的情况,潘先生便回避正面回答是否同意陈炳良这段话的说法,而是说《红楼梦》应否运用这种索隐方法的问题发表与陈氏相反的意见。在陈氏看来,既然这种方法纯属主观猜测,自不应以此研究《红楼梦》;而潘氏在《〈近年的红学述评〉商榷》一文中则说,问题在于应不应该运用这种方法,"我们研究《红楼梦》,如果应该用这种索隐办法去解决问题,就不当因难而退"。

陈炳良文中还就潘重规认为曹雪芹不是《红楼梦》原作者的说法提出一些质疑,如问:"如果曹雪芹不是作者,那么永忠和明义的诗,脂砚斋'书未成,芹为泪尽而逝'那句话和许多'曹雪芹作者'的记录,我们怎样去解释呢?""如果曹雪芹不是作者,那么别人为什么要'嫁祸'给他呢?如果作者是避免文字狱,为什么修订者要提到曹雪芹的名字,难道他不知道文字狱可以株连很广的吗?"关于前一个问题,潘重规回答说:"误会曹雪芹乃《红楼梦》的原作者,是由脂砚斋、畸笏一班和曹雪芹同时的红迷引起的。他们沉醉在《红楼梦》文学的魅力中,他们在批语中对隐名的原作者和执笔增删的曹雪芹,都漫无分别的称他们为作者。批书人对原作者表现极度的崇拜;而对密友曹雪芹则表现得非常亲昵。"至于何以要由曹雪芹来增删,潘说:"或许是雪芹诗笔比这班批书朋友较强,或许《红楼梦》的底本是曹家的藏书,《脂砚斋重评石头记》可能是曹家传抄出来的","《红楼梦》本书,另有隐名的原作者;曹雪芹只是增删补订的执笔人。脂砚斋在评语中一律都称之为作者,这便是曹雪芹变成为《红楼梦》作者的由来。'永忠、明义的诗'和'许多曹雪芹是作者的记录',都是受脂评影响而产生的"(着重点引者所加)。关于后一个问题,潘重规回答说:"脂砚斋批语中说曹雪芹是作者,但脂砚斋并不知道《红楼梦》是反清复明的隐书,所以谈不到'嫁祸',因为他们并未感到有'祸'可'嫁'。"

从上述情况可以知道,内地红学界后来关于《红楼梦》著作权问题,关于脂本后出以及永忠、明义等记述是接受脂评影响而产生等不同看法的论争,可以说直接间接地与70年代港台的讨论有关。问题早就提出来了,后来的论争只不过是问题的进一步展开,规模和影响更大,论争也更为尖锐、激烈而已。

二、杜世杰《红楼梦原理》：曹雪芹谐音"抄写勤"，世上并无此人

潘重规之后，海外索隐派中比较著名的有杜世杰。他1971年在台湾出版有《红楼梦悲金悼玉实考》，经修订后1972年印行《红楼梦原理》，1979年在上述两书基础上增补改写成《红楼梦考释》印行。此书1995年在北京由中国文学出版社出版。《红楼梦考释》卷首《自序》称："余研究《红楼梦》数十年"，"撰《红楼梦悲金悼玉实考》一书，说明《红楼梦》涵民族大义，以复礼兴汉为宗旨"，《红楼梦考释》一书"搜掘《红楼梦》所隐藏的真事，诠释《红楼梦》的词藻，发扬《红楼梦》的义理，务期读者能彻底了悟《红楼梦》为复性救世之书，为有功名教之书，实乃前贤立言之作，非曹雪芹的忘本自诋"（着重点引者所加）。《再序》又强调"《红楼》的宗旨是教礼明义，知耻奋斗，的是一部演性理之书"（同上）。

《红楼梦考释》共八篇，每篇分若干章。第一篇《〈红楼梦〉与曹家》，其中有《〈红楼梦〉对贾府的褒贬》，《〈红楼梦〉不是曹家的写实》等；第二篇《〈红楼梦〉的组织与读法》，其中有《红楼名词》，《真假阴阳的运用真谛》，《看反面》，《智通》，《人物的创造》，《一手二牍的创造法》等；第三篇《贾府与满清宫廷》，其中有从时间、从空间、从人事《看贾府与清朝》，《贾府的机关》，《〈国朝宫史〉与贾府的巧合》，《大事考释》；第四篇《宝玉与满清帝系》，其中有《由名号看宝玉身分》，《从亲属身分看宝玉身分》，《从生活经历看宝玉身分》；第五篇《后妃角色》，其中有《太君与太后》，《凤姐》，《蘅芜君》，《湘妃》；第六篇《大汉儿女》，其中有《宝琴》，《史姑娘》，《怡红公子与绛珠草》，《小宛入宫辨疑》；第七篇《〈红楼梦〉的思想》，其中有《〈红楼梦〉的民族大义》，《真伪的兴废》，《倡礼攘夷》，《儒生兴胄裡》，《贬斥降臣》等；第八篇《吴梅村与〈红楼梦〉》，其中有《从名号的涵义求作者》，《从作者的经历找作书人》，《梅村之谜》，《反清遗老》，《从学术观点看作者》，《〈红楼梦〉的素材与梅村遗著》。

《红楼梦考释》内容甚为庞杂,兹仅举其关于《红楼梦》作者、《红楼梦》思想、"谐韵格谜"猜法的"考释"如下:

关于《红楼梦》的作者。杜世杰认为,"依《红楼梦》缘起看","原始作者是石头、空空道人、情僧及贾雨村等。曹雪芹不过修改增删编目分回而已"(第八篇)。他认为曹雪芹不是《红楼梦》作者,只是"抄写勤",是一个抄手。为什么呢?他"考释"说:

> 根据红楼的命名法看,石头记的事叫《石头记》,情僧录的事叫《情僧录》。因为这部书是用假语村言敷衍出来,所以传世者便叫贾雨村。……故曹雪芹一名很像是"抄写勤"的谐音。曹雪芹批阅十载,增删五次,他不但"抄写勤"而且增补也勤,依此曹芹圃或系"抄勤补"的谐音。如此解释,虽嫌穿凿,但除此也无更好的解释。而曹雪芹又名曹梦阮,颇似"抄梦圆"的谐音。圆字应作圆满解,即完成之意。《红楼梦》实在是他抄写完成的,那他根据《石头记》、《情僧录》的命名法,就应该名"抄梦圆"(谐曹梦阮)。(第八篇,重点引者所加,下同)

那么,《红楼梦》作者究竟是谁?杜世杰认为,那是吴梅村。理由何在?他"考释"说:

> 甲戌本上说:"至吴玉峰题曰《红楼梦》,东鲁孔梅溪则题曰《风月宝鉴》。"此二人似乎也是参与《红楼梦》的作者,再加上贾雨村,按序各取一字,便是"吴梅村"三字。上列诸名词,皆采一手二牍法,即地名兼人名。

> 据《微论红楼梦》的作者郁增伟先生的解释:"吴梅村世居昆山,祖议始迁太仓,盖吴是江南地方总称。昔吴地所辖,县称吴郡。玉峰是昆山县马鞍山之山峰名。梅溪是梅村溪流之总称。……以此可说著者居吴郡,玉峰之麓,梅溪之滨,村舍之语。

上列地名,太仓卫志、昆山县志均有记载可考。"按郁先生之解释,则可发现,原著者似乎故留姓名地址,以启后之读者,而明其苦心,则夙愿偿矣。(第八篇)

书中多处用谐音法、命名法证明《红楼梦》作者不可能是曹雪芹,而应当是吴梅村。江顺怡《读红楼梦杂记》谓《红楼梦》"正如白发宫人涕泣而谈天宝,不知者徒艳其纷华靡丽,有心人视之皆缕缕血痕也"。杜世杰说:"这真是中肯之谈,揭明了《红楼梦》所隐的是兴废史及宫闱事,作者是出入宫廷之人。若作者是曹雪芹,所写的是曹家事,那以'白发宫人而谈天宝'未免过当。但与梅村又相吻合,徐光润在《梅村年谱序》云:'……吾乡梅村先生之诗,亦世所谓诗史也……其集中之作,类皆感慨时事,悲歌掩抑,铜驼石马,故宫禾黍之痛,往往而在。'"他又认为高鹗也相信《红楼梦》是野史,乃自号"红楼外史"。对此,杜又"考释"说:"红者'朱'也,即朱楼(明宫)外史。他这项命名法同《石头记》、《情僧录》一样,取一手二牍法,把人名与书名并在一起。"

他又说"《石头记》缘起的秘密,却藏在九十五回",因为九十五回说石头在"青埂峰下倚古松",于是又推测,"那《石头记》是遗老在洪帮的秘密会所制造的。石头本来是女娲炼来补天用,补天就是救国。那《石头记》的宗旨与古松的'洪英'一样,是遗老们要制造(训练)出来救国"。他的根据是,洪帮的"秘密会所"叫"古松",会员叫"洪英";"洪为'漢'字去中土,洪英即汉人之精英"云云。

关于《红楼梦》的思想。杜世杰说:"主张《红楼梦》涵民族大义者,并不乏人,如蔡元培氏、王梦阮氏、潘重规氏等。"于是他从各方面尽可能去考释《红楼梦》的民族思想。《红楼梦》一开头即以甄、贾相对,在杜世杰看来,甄代表汉族,贾代表异族。"姓贾的不是淫乱无度,就是残酷不仁,再不然就是贪赃枉法,竟找不出一个好人。而姓甄的呢? 古道热肠,培养出个贾化,无恶不作,自己反弄得家破人散。江南甄府没有任何罪名,竟被抄家,被抄的原因是太真了,太好了,所以别人不喜欢,才被抄。甄宝玉虽然少年顽劣,可是后来仍变为正人君子。若是曹雪芹写自传,就不应该把姓曹的都写成坏人。"总之,如以《红楼梦》为曹家自传,"怎样也讲不通的"。那么《红楼梦》的"反清思想"隐藏在哪里呢？就隐藏在《红楼梦》引子"演出这悲金悼玉的《红楼梦》"里。他说：

> 《红楼梦》的主旨是"悲金悼玉"。所谓"悲",是痛恨的意思。金是金人、金国,也即是金虏。悼是哀悼。玉是顽石,也即是土石,说明白一点即是"故土"。玉在《红楼》上必须拆字,玉拆为一王或"一土",土与土同,黄自元皇甫碑"茅土表其勋德",《形音义综合大字典》,王羲之草书土为土。(第七篇)

杜世杰认为《红楼梦》有"贬斥降臣"的思想,他说："《红楼》作者,心怀亡国之恨,对卖国求荣腆颜事仇的降臣,大加挞伐。为了隐藏真事,乃名洪承畴为贾天祥、小红,名吴三桂为呆霸王、滥情人,名金之俊为贾芹(禽)即伪邦的禽兽。都能刻画入微。"(同上)为什么将洪承畴扯到小红呢？杜世杰对小红的涵义作了"考释"：

> 小红即红娘,出在《西厢记》,是牵线引路之人。皇太极得到洪承畴,对群臣曰："今得一引路者,吾安得不乐。"(见《啸亭杂录》)事实洪承畴就是金人寇明的向导,故名之小红。(同上)

由洪承畴想到小红已经使人觉得牵强附会了,而杜世杰还联想到小红走过蜂腰桥,实际上就是影射洪承畴"变节"。他说：

> 小红因坠儿贾芸来才走上蜂腰桥,蜂腰在二节之间,投降也叫变节,小红走到蜂腰桥,这又说明洪承畴处在一节至二节之间。(着重点引者所加)

小红走过蜂腰桥去干什么呢？是去拿笔。拿笔干什么呢？是要描花样子。《红楼梦》作者这样安排是什么意思？杜世杰说,这是"影射洪承畴写降表事"。理由何在？理由就在于"花"应读"话"即"话样子","说得明白一点,即洪承畴所写的降表"。杜书中随处利用《红楼梦》中的人物故事批判洪承畴等降臣,如说:"洪承畴在不能逃走的情形下投降,投降便遗臭万年,所以贾蔷浇了贾瑞一身屎尿。贾瑞早晨回家,对家中人说:是失足掉在茅厕里,这便是失足遗臭之意。"这类随意牵合、随意发挥之处书中很多。

就像许多已往的索隐派著述一样,《红楼梦考释》也把《红楼梦》看成是小说作者写的一个"谜",而研究《红楼梦》也就是千方百计地"考释"这个"谜"。杜世杰强调的是,《红楼梦》里的"谜"都属于"谐韵格谜",比较难猜,但他提出了"先猜后谐""两层破解"的方法,认为掌握了这方法,就能"考释"出《红楼梦》的隐义。小说二十二回写到宝玉制的谜是:"南面而坐,北面而朝,象忧亦忧,象喜亦喜。"他说,"贾政猜镜子,实际是舜帝坐朝之典",并对宝玉、黛玉、宝钗三人命名隐义猜释如下:

> 作者既拟宝玉为舜帝,黛玉为湘妃,那对宝钗就应该拟为湘君,但那太明显了,所以作者改用蘅芜君。蘅芜为香名,见《拾遗记》,别无他解。蘅芜君即"香君",谐韵读"湘君"。这是一个比较难猜的谜,但谐韵格谜都是要先猜后谐,就是谐后语所用的谐韵也是要经过两层破解。如"反穿皮袄"要先猜"装羊",然后谐"装佯"。"外甥打灯笼"要猜"照舅",然后谐"照旧"才通。依此法则应猜"蘅芜君"为"香君",然后谐"湘君",也是很自然的猜法,并不是穿凿附会。而《红楼》上采用的全是谐韵格,依此法猜宝玉的谜为"舜帝",然后谐"顺治",所隐的史事全显眼前。(第四篇)

根据杜世杰这样的"考释",他认为就能明白小说作者的命意:"就竹夫人、潇湘馆、潇湘妃三个名词对证,黛玉况湘妃无疑";"就更香、蘅芜院、蘅芜君三词对看,宝钗必射皇后";"钗黛既射后妃,那绛洞花主(宝玉)必射帝王,并且应射夷人帝王"。小说作者以舜帝比顺治,"宝玉既况顺治,则宝钗即是皇后,黛玉就是贵妃"。杜世杰就是以这类猜谜方法来论证"宝玉与满清帝系"诸种人际关系,来论证贾府是影射清廷史事的。

三、李知其《红楼梦谜》:研究"梦谜"应当用"详梦"的方法

80年代,香港有自号"不过如是斋"的李知其,也写出了篇幅很大的索隐红学著作,书题叫《红楼梦谜》。此书1984年出版上篇,1985年出版下篇,1988年又出版了续篇。上篇是该书第一章《红楼梦角色猜谜举例》,有文24节;下篇是该书第二章《红楼梦事物猜谜举例》、第三章《红楼梦面面观》、第四章《"红学"的议论》,有文28节;续篇以程甲本一百二十回为猜谜对象,有文120节。

李知其的《红楼梦谜》,其基本观点、基本方法就是继承和发挥蔡元培等旧红学索隐派的思想和方法,认为《红楼梦》是反清复明之作,说《红楼梦》"是一本前所未见的梦谜小说,到处隐藏了大、中、小的谜语不计其数"(上篇第一节《甄英莲》,着重点引者所加,下同),认为小说作者就是通过制作这许多"谜""梦谜",来反映政治历史事件、表达反清复明思想的。

《红楼梦谜》的特点之一,是强调小说作者善于"营造谜语",而李知其又极善于"解谜"。这里举两个例子。第一个例子,李知其说,《红楼梦》里的贾宝玉是影射顺治皇帝,小说第二十回湘云叫宝玉为"爱哥哥"那段话有诅咒胡人"死亡"之意。他说:

> 第二十回,史湘云叫宝玉做"爱哥哥",黛玉笑她:"偏是咬舌子爱说话,连个二哥哥也叫不上来,只是爱哥哥的。回来赶围棋儿,又该你闹么爱三了。"黛玉短短一句话里,出现了"爱"字三次,实在是一个明点:贾宝玉原是姓爱的。……"回来赶围棋儿"是说回来围攻旗夷的时候,"又该你闹么爱三了"。这一句话表面是闹一二三,实际写成只见有一二三而无四,无四谐读胡死,可知史

湘云口中的爱哥哥只是书中的言语,她心里却是要咒闹胡人的死亡呢。(上篇第八节《贾宝玉》)

第二例子,李知其说,小说第八十七回紫鹃说要厨房为黛玉做一碗汤那几句话,其实是"作了一个史事报告"。他说:

> 《红楼梦》藏谜的手法,每每痴得使人惊叹不已的。像第八十七回紫鹃问黛玉:叫雪雁告诉厨房,给黛玉作一碗"火肉白菜,加了一点虾米儿,配了点青笋紫菜"好么?这时的紫鹃,其实作了一个史事报告。"火肉"谐音鹅肉,白彩的鹅肉就是天鹅肉了;"虾米儿"读蛤蟆儿;"青笋紫菜"是清顺治来。这一碗汤恐怕是说:弘光帝那个癞哈蟆,只为好色想吃天鹅肉,看看快把江山配给了顺治帝了。(同上第七节《林黛玉》)

李知其这种猜谜法,真是匪夷所思,其穿凿附会真到了无以复加的地步。其实,与其说这是小说作者在"制谜",李知其在"解谜",不如说这些所谓"谜","实际上是这位索隐家自己制造出来的。猜谜人自己即是制谜人,这就是问题的实质"①。

《红楼梦谜》的另一个特点,是竭力推出一个重要的概念,即"梦"的概念;公开提出《红楼梦》创作本身就是"做梦",所以研究《红楼梦》就应当使用"详梦的科学方法"。对该书的这个特点,笔者曾在一篇文章中说过一段话,转录于此:

> 《红楼梦》创作过程是"做梦",而曹雪芹呢,"他既非'作者',也不是'抄者'或'阅者',只是一个呓说人在泄恨说恨。"(《红楼梦谜》,738 页)《红楼梦》即是"做梦"的产物,研究它也就必须用"详

---

① 拙文《论"〈红楼梦〉毫无价值论"及其他——关于红学研究中的非科学性问题》在谈到《红楼梦谜》一书时,曾对该书的猜谜法提出这样的批评。原载《华东师范大学学报》1986年第 3 期,收入拙著《论红楼梦及其研究》,上海古籍出版社,1992 年。

梦"的方法,而且这才是"科学方法"！这就是《红楼梦谜》著者告诉我们大家应当懂得的方法论！我们不是说科学研究应当实事求是么？按照李氏这种"做梦"说、"详梦"说,哪还有什么实事求是可言呢？红学索隐派的研究方法是以主观随意性为其根本特征的,但当索隐学者无法自圆其说时,索性把文学的创作和评论统统理解为非理性的活动,用一个"梦"字来搪塞。对于这样的理论和方法,真是叫人不知说什么好了！①

李知其在《红楼梦谜》中劝告青年人不要读非索隐派的红学著作,应该读索隐派的红学著作,并且"做索隐读者"(上篇第八节《贾宝玉》),还要求他们"有信心遵循蔡元培、王梦阮、沈瓶庵、潘重规、杜世杰等正确而高明的导航线,继续把谜语猜下去"(同上第二节《薛蟠》)。索隐家的李知其,将已故和在世的新老索隐派及其索隐方法称为"正确而高明的导航线",这是可以理解的；但是青年们是否会像李知其那样,遵循他那"详梦"的方法,"继续把谜语猜下去",具有科学观念和理性意识的青年是会作出他们正确的回答的。

四、霍国玲等《红楼解梦》：林黛玉"竟是谋害雍正皇帝的元凶"

继上述潘重规、杜世杰、李知其之后,内地也出现了霍国玲、霍纪平、霍力君的《红楼解梦》这样的红学索隐派的书。

霍国玲等著的《红楼解梦》也像许多索隐派著作一样,认为"小说的表面故事是假话,另有真事隐在其中","《红楼梦》中隐入了何人何事,是《红楼解梦》一书所要揭示的问题"。那么,此书索出了什么隐事呢？他们说：

---

① 拙文《红学批评应当实事求是——评〈红楼梦谜〉对胡适和非索隐派红学的批评》,刊于《中华文史论丛》第54辑,上海古籍出版社,1995年。

> 康熙帝驾崩后，雍正帝继位，不仅结束了曹家"烈火烹油"的生活和富贵荣宠的地位，而且在雍正六年作者14岁时抄了他的家，从而使这个"百年旺族"走上江河日下、日暮途穷的下坡路。曹雪芹乖蹇的命运并没有到此为止，雍正八年，他16岁时，宫中选秀女，又把他倾心爱恋的姑娘竺香玉夺入宫中，先作御用少尼，后来纳作妃子，进而封为皇后。这一切，给这对年轻的恋人带来了不可言喻的痛苦。为了抗议这种强暴和不公正的命运，他二人合力将雍正帝用丹砂毒死，最后香玉又以身殉情。（1995年中国文学出版社《红楼解梦》增订本第一集《〈红楼解梦〉的研究方向和研究方法》，着重点引者所加，下同）

换句话说，《红楼解梦》一书索出的隐事、真事，是曹雪芹和他的恋人竺香玉合谋毒杀了雍正皇帝。

《红楼解梦》所说的"竺香玉"是谁？该书说就是小说里林黛玉的生活原型，就是"《红楼梦》中隐写了杀死雍正帝的女侠"。霍书在谈《红楼解梦》书名由来时，有这样一段话：

> 我们姐弟合著的《红楼解梦》一书，原打算取名为《红楼隐侠》。这是由于雍正帝暴亡后，民间广为流传的一种说法是：雍正帝死于女侠的刀下，这个女侠便是吕四娘。通过我们的钩隐稽实，发现置雍正帝于死地的女侠不是别人，而是《红楼梦》中林黛玉的生活原型竺香玉。这个竺香玉并未直接出现在小说里，而是被隐写在小说中她的无数分身者身上。据此才将我们的书名定为《红楼隐侠》，意思是说《红楼梦》中隐写了杀死雍正帝的女侠。（同上）

这就是说，书名虽然听取某位红学家的意见由《红楼隐侠》改定为《红楼解梦》，可是这部书的一个重要用意是歌颂一个杀死雍正皇帝的女侠，这却是一样的。

问题在于这个"竺香玉"是何许人。历史书上并没有这样一个人，那么到哪里去找这样一个人呢？霍氏姐弟是从《红楼梦》里索隐出来的。原来"竺香玉"这个人是从小说七十六回妙玉所作的那首诗里找出来的。他们说：

> 香篆销金鼎，脂冰腻玉盆。
> 箫增嫠妇泣，衾倩侍儿温。
> 空帐悬文凤，闲屏掩彩鸳。

首先，我们发现在"香篆销金鼎，脂冰腻玉盆"两句诗中，隐进了竺香玉的名字。何以见得呢？请看：

1. 香、玉两字隐在这两句诗中（直通）
2. 篆字中可拆出一个竹字（拆字法）
3. 竹隐竺（谐音法）

据此我们说妙玉的诗中隐进了竺香玉的名字，并由此推及，妙玉之诗，正披露了香玉守寡后的生活实况。妙玉诗句中的"嫠妇"即寡妇之意，因此我们说妙玉是竺香玉守寡后的一个分身；"空帐悬文凤，闲屏掩彩鸳"两句诗，透露出香玉守寡后又与天祐私通的史实。（第一集《〈红楼梦〉中隐入了何人何事》，妙玉诗句下着重点原有，余为引者所加。）

为什么说"香玉守寡后又与天祐私通"呢？霍书作了如下的解释，同时对"天祐与香玉之事败露后，一个自尽，一个逃亡"的结局作了交代。他们说：

> 众所周知，凤是传说中的一种雄鸟，与其相对应的同种雌鸟称作凰。鸳是一种水鸟中的雄鸟，与其相对应的同种雌鸟则是鸯。而妙玉守寡后，她的空帐不空，里面又悬进了颇具文彩的凤（才子天祐）。同样，妙玉的闲屏不闲，内中又掩进了美丽斑驳的鸳（美男子天祐）。诗中这种寓意，读者不能忽视。

乾隆九年，天祐三十岁时中了举，并得官职为州同。就在这年,香玉为天祐生下一子,但由于天祐之妻的醋妒及庙中老尼的威逼,至使天祐"惧祸走他乡",香玉"耻情归地府",一段姻缘,到此结束。(同上)

霍书认为曹天祐就是雪芹,同时又是小说中的贾宝玉,而黛玉、妙玉又同是小说中根本未曾直接出现过的所谓"竺香玉"的化身或分身,并且又夹入这个守寡后的香玉跟曹天祐之间"私通",而且这"私通"还是"史实"!这只能说是在编造故事。

《红楼解梦》中常将历史人物、小说作者、小说中人物乃至研究者"发现"出来的人物捏合在一起,根据自己的需要去营造人物关系,编造故事情节。如小说第三回有两首《西江月》词,霍书根据脂批称此两首词"别有深意",又作了如下一番考释和发挥:

> 脂批中指出,写上述两首《西江月》是作者"别有深意",其深意为何?笔者认为,此词是用来为宝玉画像、作评的,同时还存有作者的自谦自贬之意。其用心则在于:为自己与香玉合谋害死雍正打掩护。世人谁能料到,像宝玉这样一个"纵然生得好皮囊,腹内原来草莽"的人物,竟会谋害当今皇上?更不会有人料到,像黛玉那样一个娇滴滴,哭啼啼,终日里药比饭吃得还要多的病弱少女,竟是谋害雍正皇帝的元凶。甭说世人不会想到,即使今天我们姐弟将此案揭示出来,仍有部分读者不愿相信,不肯相信,不敢相信。(《〈红楼梦〉的分身法》)

这里,小说作者、香玉、宝玉、黛玉、雍正皇帝,在《红楼梦谜》著者的导演下演了一出"合谋害死"雍正皇帝的戏,但是导演却不说这是戏,而说是已经"揭示出来"的骇人听闻的谋害皇帝案,而黛玉"竟是谋害雍正皇帝的元凶"。这真是从何说起啊!这是在歌颂林黛玉还是在以莫须有的罪名诬陷林黛玉呢?

对《红楼解梦》这部书,有的红学家曾予以鼓励、肯定,有位署名紫军者为此书写《序》,竟说《红楼解梦》在红学研究中"实际已形成完整的学说",说此书是对《红楼梦》研究的"全面突破",是"新的里程碑",说此书的"核心",就在于"推断、论证出《红楼梦》背后所隐的一段历史",其最重要的事件就是一个叫竺香玉的20岁的皇后,"在曹雪芹的配合下,用丹砂毒死雍正"(第一集增订本《序》)。但也有学者对此书提出认真严肃的批评,如杨启樵在发表于《红楼梦学刊》1997年第四辑的《旷世奇闻:曹雪芹毒杀雍正帝——评霍国玲等著〈红楼解梦〉》一文中,以历史资料为据,指出"雍正未尝封香玉为后"、"雪芹弑帝有悖常情"、"香玉为尼纯属想像"、"雪芹岂是龌龊小人"、"黛玉形象下流不堪",批评此书的"索隐""越解越糊涂"。文末说:"霍氏钻研《红楼梦》十余载,应有相当成就;惜主观性太强,先立一说:雪芹恋人香玉被逼为皇后,曹、竺合谋毒死雍正。其搜集证据牵强附会,多不可信,钻入牛角尖而不能自拔。倘能虚心接受忠告,摈弃成见,以今日之我攻昨日之我,定有得益。"

如果说《红楼解梦》是在编写一个关于曹雪芹及其恋人谋害雍正皇帝的耸人听闻的故事的话,那么另一部索隐派的书王国华的《太极红楼梦》则是将《红楼梦》原著各回的顺序完全打乱,按照王国华的《红楼梦》"结构学",重新裁剪组合,使之成为一部不讲情节、不讲人物思想逻辑,只符合王国华设计的"太极红楼梦""结构红楼梦"的主观主义的玄想,只是在那里将全部《红楼梦》作"太极"的图解,其研究的思想和方法更缺乏学术性、科学性。尤有甚者,此书1995年7月由中国国际广播出版社正式出版时,竟署名作者是"王国华、曹雪芹"。清朝时候的曹雪芹,就这样被拉来充当现在与王国华合作著述的伙伴。如此荒唐,我们这里就不详加评述了。

五、索隐派方法论并不科学,其自身存在着无法克服的非科学性质

在《红楼梦》研究史上,索隐派的文章著述不少。历史上曾发生过

以胡适为代表的新红学考证派和以蔡元培为代表的旧红学索隐派之间的一场争论,那场争论虽然充分暴露了索隐派研究方法的非科学性质,但是用索隐派的观点和方法研究《红楼梦》的现象,实际上并没有完全绝迹,有时候还显得相当突出、活跃。近几十年来,海内外的索隐派著述实质上是旧红学索隐派的继续。

如何认识《红楼梦》研究史上的胡、蔡之争呢? 如何认识和评价新旧红学的历史地位和学术前途呢? 我曾经说:

> 《从胡适、蔡元培的一场争论到索隐派的终归穷途》是对红学史上一场争论的评述。历史上这场争论至今在红学界并没有结束,从某些现象看来,旧红学索隐派在当年经过新红学考证派的批判之后,似乎又有"反攻"之势。而在我看来,以主观随意性为特征的索隐派红学,从科学研究的观点来衡量,其研究的思想和方法就是站不住脚的;新红学考证派的著作虽非没有缺点,但两相比较,总的说来还是以胡适为代表的新红学考证派比以蔡元培为代表的旧红学索隐派较为切实一些。至于历史上的索隐派,本身并非完全相同。蔡元培的方法不对,但他的《石头记》历史地看还保留着某种思想进步性。如今海外有的新的索隐派著作,别看有的是煌煌巨著,可是比起蔡元培来,不但未见高明,主观主义的随意猜测的毛病更为严重,所以我认为索隐派无论新、旧,在《红楼梦》研究中只能是"终归穷途"。①

为什么在红学研究中索隐派著述不绝如缕,有时还显得相当热闹,然而我们却说索隐派红学在学术上终归穷途呢? 这并不取决于批评者对它所持的批评态度,而是由索隐派研究方法本身客观存在的并且是无法克服的非科学性质和非科学倾向所决定的。

---

① 拙著《论红楼梦及其研究·自序》。引文中提及的拙文《从胡适、蔡元培的一场争论到索隐派的终归穷途》已收入《论红楼梦及其研究》。该书上海古籍出版社1992年出版。

索隐派红学家称自己所采取的研究方法是科学的方法。除个别索隐派红学家曾公开提出《红楼梦》研究本来就不必采取什么科学的方法，如上面我们说到的李知其，他认为文学的创作和研究其实都是"梦"，研究《红楼梦》不必遵守什么严格的科学规范、科学原则、科学方法，完全可以并且只有使用测字猜谜的方法，放任个人的主观猜测和想象才能发现《红楼梦》的隐意，他不在乎别人认为自己这种"详梦"方法是否合乎科学。此外各种各样的索隐家都热中于对自己主观猜测的方法涂上一层科学的色彩，力求把自己索隐的方法说成是科学的方法，企图借此显示其方法的科学性。其实，科学的考证方法跟索隐派的猜谜方法其性质是不同的，我们必须把两者区别开来。

那么科学考证和主观索隐有什么不同，如何加以区别呢？我们可以从下列若干方面加以考察。首先，就提出论题而言，考证家的论题一般地说具有一定的现实性，论题的提出以考证家对研究对象的初步观察和了解为基础，强调论题来自客观对象；索隐家的论题的提出往往是来自某种先入之见、某种既定的主观悬念，在索隐派红学著述里，许多论题即所谓"谜"，其实都是这些猜谜家自己制造出来的。历史上根本就没有过一个入宫的女尼后来又为妃子、为皇后的"竺香玉"其人其事，曹雪芹又何尝有什么"弑帝"的念头和行动？他有什么必要通过写作两首《西江月》词，来"为自己与香玉合谋害死雍正打掩护"呢？可见两首《西江月》词这个所谓"谜"以及这个"谜"中隐藏的所谓曹雪芹的"用心"，都是索隐家主观设定，是杜撰出来的。

其次，就论证过程而言，考证家的论证强调遵循逻辑、尊重客观实际，在论证过程中，其思维方法的基本特征和走向是从材料到结论；索隐家在这一点上恰好与考证家相反，他们在论证过程中，其思维方法的基本特征和走向是从结论到材料。在索隐派的著述中，论证的过程和方法往往是支离破碎、东拉西凑，他们的论证既不讲究科学逻辑，也不尊重客观事实和材料，有时是把事实和材料裁剪、组合得符合自己的主观需要，有时甚至可以制造出"事实"和"材料"，例如根据自己的需要，牵强附会地构想出人物和事件的某种关系或联系。李知其从史湘云说话有点"咬舌子",把宝玉"二哥哥"叫成"爱哥哥",扯到会把"一二三"叫成"么爱三",又扯到有"一二三"而无"四",而"无四"谐音"胡死",可见史湘云口里叫"爱哥哥",心里是在诅咒"胡人的死亡"。这就是索隐法随意猜测的一个例子。

再次,就结论验证而言,考证家在主客观条件比较充分的情况下,其考证的结论是比较切实可靠的;当然,受到主客观条件的限制,考证家有时未能得出科学的结论,考证过程及其结论会有失误,但以考证方法所得的结论无论是对是错,一般地说是可以验证的;而索隐家们对自己所得出的结论总是评价甚高,往往自诩为曹雪芹的隔世知己,《红楼梦》的真正解人,其实他们的结论往往是主观猜想的产物,并非什么真知灼见,很难说是切实可靠。同时,索隐派主观猜测所得的结论是否正确,往往是死无对证、无从检验的。且问,人们有什么办法验证曹雪芹确实与那个"竺香玉"合谋杀死雍正皇帝?又有什么办法验证曹雪芹笔下创造出来的人物史湘云口里在叫"爱哥哥"的时候,心里却是在诅咒胡人死亡?

最后,就研究价值而言,科学考证的目的和作用是通过认真踏实的研究,去探讨一些实际存在的科学问题,在研究过程中遵循科学规律,依靠已知的科学知识,从已知到未知,帮助人们解决疑难问题,获得新的见识;索隐家们索隐的具体的目的和动机虽然有所不同,或由于好奇心的驱使,或为了证实某一政治成见、心理观念,或则借此自炫博学、善于解谜,甚或借此消磨时日,以驱遣文字自娱并以此娱人,总之他们最看重的是追求兴趣,满足自己和同好者心理的需要,但也正由于他们的研究具有主观猜测、随意附会的通病,往往就不能自圆其说,也难以从科学上取信于人,有的读者不但难以从中获得有益的新知,脑子里反倒被塞进许多想入非非的虚幻故事和无益的思想观念,《红楼解梦》告诉人们曹雪芹和他的恋人合谋"弑帝",以及林黛玉的原型"竺香玉"守寡后跟人"私通""生子"即属此类。

总起来说,科学的考证本身要求尊重客观实际和科学规律,考证家的某些具体考证可能产生失误,但他们毕竟受到科学研究原则的约束；测字猜谜的索隐，尽管在某些人看来颇有一种乐趣，研究方法真是"自由"得很，但是以主观随意性为其根本特征的索隐派的研究方法，使索隐派红学著述存在着非科学的、有时是明显的反科学的倾向，这是基本事实。半个世纪以来海内外红学索隐派的理论和实践，再次暴露红学索隐派的方法具有自身无法克服的严重缺陷。《红楼梦》研究的历史经验启示人们，红学研究工作者只有认识索隐方法非科学的性质，吸取索隐派研究的历史教训，才有可能克服《红楼梦》研究中重复出现的非科学倾向，才有可能提高红学研究的科学素质和科学水平。

（原载《齐鲁学刊》1999年第3期，第五节据同年10月16日《文汇报》上拙文《主观猜测，还是科学考证》，略有添补。）

附 辑

访 谈 篇

- 《红楼梦》研究要倡导严谨的学风
- 答韩国郑沃根博士问
- 文学遗产研究要端正思想和方法
- 文化遗产研究要端正思想和方法
- 半砖园里话红楼
- 博学深思 实事求是

《红楼梦》研究要倡导严谨的学风

有些人喜欢"于无字处觅隐义,从夹缝里看文章"[①],用主观猜测代替科学研究,把《红楼梦》与宫闱秘史挂起钩来,追求曲折离奇的"新鲜看法",简直把红学变成"猜谜学",将考据学名声搞坏。

本报专访　华东师范大学副校长、红学家郭豫适最近指出,《红楼梦》研究近几年来有很大发展,成绩不容低估。但是,考证过于烦琐以及随意猜测、牵强附会的索隐派的遗风应该予以纠正。

郭豫适指出,近几年来红学研究队伍有了扩大,过去是少数专家研究红学,如今不少作家、理论家和青年作者参加了红学评论行列;红学研究领域也有了扩大,以前偏重《红楼梦》思想内容方面的研究和作者家世的考证,现在开拓到探讨艺术经验、创作技巧和语言特点等,并且把《红楼梦》摆在世界文学名著行列中进行分析,与外国文学名著《源氏物语》等及莎翁、托翁巨著进行比较研究。新的研究成果大量涌现,包括《红楼梦》研究史、《红楼梦》艺术论等新品种也相继问世,成绩十分喜人。

"但是,在红学研究工作中也应看到若干值得重视的问题。"郭豫适指出,当前红学研究主要问题是有些考证过于烦琐,索隐派遗风相当浓烈,有些人喜欢"于无字处觅隐义,从夹缝里看文章",用主观猜测

---

①　见拙文《评〈红楼梦〉研究史上的索隐派》文末《作者附记》。载《红楼梦研究集刊》第二辑,上海古籍出版社1980年3月。

替代科学研究,把《红楼梦》与宫闱秘史挂起钩来,追求曲折离奇的"新鲜看法",简直把红学变为"猜谜学",将考据学名声搞坏。有人异想天开地"考证"出曹雪芹并无其人,而是"抄写勤"的谐音,还有人竟说什么《红楼梦》作者是李鸿章的母亲。前些时候,有的文章猜测《红楼梦》故事内容,说柳湘莲后来闹革命,参加了农民起义军,有的"考证"出秦可卿也曾被她的太公公强奸过。近年来又有人把许多现代自然科学名词强加在曹雪芹身上,说什么曹雪芹的《红楼梦》是用随机性密码形式论述人类史,他是运用随机性密码逻辑规范理论来创作小说,说《红楼梦》的内容即是物理影镜效应、数学信息、图形信息的综合透露,例如贾宝玉的通灵宝玉就是一种密码载体符壳,等等。这样一部"专著"据作者说是他研究《红楼梦》二十一年所得的结晶,曾得到所在地区党政领导的"支持",并且到处散发他的打印本,以求正式出版,扩大影响。

  为什么会出现这类牵强附会、随意猜测的"考证"?郭豫适分析说,一个重要原因可能是受了海内外某些红学著作、专文的不良影响所致。例如,有的论文主张,红学研究对象不包括《红楼梦》,红学的中心应当是探佚、考证等方面的东西。前些时候,海外索隐派出了一本著作,书题就叫《红楼梦谜》,说什么"红楼梦藏谜的手法,每每痴得使人惊叹不已的"。认为小说八十七回紫鹃叫雪雁告诉厨房给黛玉做一碗汤那几句话是"作了一个史事报告",说那碗汤中的"青笋紫菜"即是隐寓"清顺治来"。第二十回中史湘云叫宝玉爱哥哥一段话,又被说成是影射顺治皇帝,因为"顺治帝是姓爱新觉罗",史湘云只说一二三而无四,"无四"谐音是"胡死",于是又推断出史湘云"心里要咒骂胡人的死亡"。这类索隐派的著作对于我们一些同志起到了不好的影响,引导他们去钻牛角尖,研究一些不应提倡、意义不大、杂七杂八的题目,进行乱猜测、瞎"考证",红学研究中这种"主观随意性越是发挥,离开科学研究的道路也就越远"。对此,郭豫适认为应当防止这种消极现象继续蔓延,共同倡导严谨的学风,把红学研究搞得更好。他说,红学研究大有可为,例如《红楼梦》有些什么好的艺术经验,它对于我们今天的文艺创作有什么启发或借鉴的地方？这些专题就大可研究,我们有的同志为什么不走科学研究的阳关大道,却要去走索隐派的独木小桥呢？

(原载《文学报》1985年8月1日,记者张自强)

答韩国郑沃根博士问

小引：今年8月我到上海时，曾回到我的中国母校华东师范大学，去半砖园寓所探望我攻读博士学位时的导师郭豫适教授，今将访谈所得整理发表于此。〔韩国〕郑沃根，1998年10月5日。

郑：老师好！离开中国已经一年多了，今天特来拜访。老师身体好吗？刊物编辑部要我对老师作一次学术探访，前些时候已有信和电话奉告。金泰宽也托我问候老师。

郭：谢谢。很高兴见到你，你和泰宽都好吧？我身体还可以。当然，我们这些人已是老年，精力差了，学术重任得靠你们啰。

郑：老师现在还是很忙吗？听说老师连任新一届的学位委员会学科评议员，事情仍不少，不过不担任副校长之后又不再担任研究生院院长，总是轻松些吧。

郭：摆脱了"文山会海"的负担，确有"无官一身轻"之感；但因尚未退休，教学、研究和其他多种学术工作，还是相当忙。国务院学位委员会上一届学科评议组任期是1992年至1997年，去年起换届选聘，新的一届是第四届。学科评议组成员定期不定期地会有一些会议和工作任务。其他学术社团职务还有一些，外面的学术活动只是适当参加，有时也访问一些院校，至于一些学会，是别人在操心、辛苦，我虽说是"理事"呵什么的，说来惭愧，其实并不理事，时间精力有限呵。

郑：近年仍不断地看到老师的文章，在那篇有影响的论文《论儒教是否为宗教及中国古代小说与宗教的关系》之后，又有《文化遗产研究要端正思想和方法》和《红楼梦学刊》上论王国维的论文,以及《人民日报》海外版上谈《红楼梦》研究的文章等,可见老师依然勤于执笔。

郭:"勤于执笔"是谈不上的。谈儒教是否宗教的文章,颇有几个刊物转载或摘载,但看法并不一致。《文汇报》上拙文《儒教是宗教吗?》发表后,有一篇文章题目即为《儒教是宗教》。还有一篇文章对拙文同意一半不同意一半,同意拙文不苟同孔子是宗教教主之说,认为孔子和前期儒教不是宗教,但认为后期儒教可说是宗教。我觉得对宗教及宗教学不应采取简单否定态度,但儒教毕竟不是神学,性质与宗教不同,故不宜说成是宗教。这是一个学术问题,有不同见解均可自由研讨,各陈所见。

至于你所说的《人民日报》海外版上《"炒作"和"曹雪芹再生"》那篇短评,虽然署的是我的姓名,其实是该报记者根据《文汇报》上《文学遗产研究要端正思想和方法》一文另拟题目摘编而成;而《文汇报》那篇文章,是记者根据《文艺理论研究》"学人访谈"专栏上我那篇文章摘载的。其实拙文所谈也并不是什么高见,不过因为不少同行对此颇有同感,所以在一些刊物上作了报导或转载。

《红楼梦》研究和其他文学遗产研究中,有些著作和文章的研究思想和方法确实存在着一些问题,许多同志认为这些问题如能有所解决,将会有益于学术事业的健康发展。近年来这里由我牵头,承担了一个国家社会科学研究课题,题目就是《文学遗产研究的理论和方法》,课题组里成员有陈大康、谭帆、赵山林诸位,此项研究尚在进行之中。

郑:老师近年来研究工作比较着重研究思想和研究方法的问题,所以《红楼梦学刊》上那篇论文的题目是《王国维治学的思想和方法》,是吗?

郭:是。王国维不但是著名的《红楼梦》研究家,他还是一位很重视治学方法并且研究领域十分广阔的大学问家。去年《红楼梦学刊》编辑部邀我为纪念王国维诞生120周年、逝世70周年写篇专文时,就写了那篇文字。哲人已逝,但其思想著作后人不会忘记。王国维关于学问之道在于求真求实,以及学问不分中西、不分远近,中学与西学应当而且可以"互相推助"的论述,直到今天依然对我们很有启发,有其历史价值和现实意义。我们研究工作者要重视古人一切有价值的思想理论成果。

郑:记得老师以前跟我们讲过《胡适的治学方法论及其他》,说胡适很重视治学方法,其治学方法论并非只是来自他的美国老师杜威的实用主义哲学,更来自中国古代学者的治学经验,还指出胡适所论有其合理的内核,分析了其考证方法的得失,还分析了胡适治学方法论前期后期的演变,使我们至今还留有印象。

郭:该文是在上海举行的一次国际学术研讨会上宣读的论文,《学术月刊》在会后发表,其后收入《胡适研究丛刊》第二辑。在哲学社会科学研究中,治学方法并不是纯然孤立、超越思想的抽象物。治学方法也并非万能,不能设想只要掌握了某种治学方法,在学术上就有了一切。不过,在治学过程中,指导思想如何? 思路和方法正确与否? 这无疑是很重要的。前人(包括清代的朴学家,以及王国维、胡适等学者)在这方面有丰富的经验,无论是正面的或是负面的经验,只要正确对待,都可以成为我们的一种学术财富。

郭:老师的《红楼梦》研究史专著最先出版,这部开创性的著作体现了老师重视学术史的思想。新时期的红学研究的内容是否已经增补进去了?

郭:最近见到一本新书《古代文学研究导论》(潘树广、黄镇伟、包礼祥著,安徽文艺出版社 1998 年 6 月版),其中《古代文学研究史述略》一节说:"古代文学研究史专著自郭豫适《红楼研究小史稿》1980 年问世,至 1995 年郭英德、谢思炜等著《中国古典文学研究史》出版,其间据不完全统计,陆续有关于诗经、楚辞、唐诗、宋词、元杂剧、晚清小说等专题性研究史十余种出现于学术著作之林。"(347 页)我国历史上是有重视学术史的传统的,如不少"学案"类著述就是。近二十年来,不少学者努力于此我觉得很对,回顾、整理和批判吸取各种学科学术史上的成果、经验乃至教训,对我们继续推进学术研究很有必要,很有益处。如你所知,我确有将《红楼研究小史稿》《红楼研究小史续稿》合在一起,并增补入新时期红学研究的内容的计划,不过,此事有点"老牛破车",断断续续在进行,因难以集中时间和精力,尚未全部完成。

郑：老师近来手头上还在做什么工作？几位师兄弟研究情况怎样？

郭：傅惠生研究《三国》、《水浒》的那本书稿,以《宋明之际的社会心理与小说》为题,已由东方出版社编入"中国文学史研究系列"丛书正式出版。陈大康近年继《明代商贾与世风》一书之后,其新著《明代小说史》约六十万言,近日我和他正在看校样,不久即可出版,该书《导言》和个别章节已刊于《明清小说研究》《文学遗产》。台北今年印行他校注的《万花楼演义》《豆棚闲话》《照世杯》。谭帆近年在写一部研究小说评点的专著,力求对这一具有中国民族特色的小说批评学作较全面的整理研究,今年《文学评论》发表了他的长文《中国古代小说评点的价值系统》。对了,他近日将去贵校中文系任教一年,你们很快会在韩国见面。上海古籍出版社今年出版"蓬莱阁丛书",其中有一本是鲁迅《中国小说史略》,卷首那篇《〈中国小说史略〉导读》是出版社约我写的。学林出版社近来出版上海社会科学院刘耿大的《〈西游记〉迷境探幽》一书,我写了一篇评论其对《西游记》审美意蕴和修辞艺术的研究的文章,作为该书的序文。近时除了集体项目之外,还抽出一点时间,对自己过去已发表的文章和近几年来的文稿,主要是对批判继承文学遗产、弘扬民族优秀文化传统、研讨治学方法论的文章作一番自我审视,继续研读和思考。①

郑：老师对当前学术研究还有什么意见？或者说应当注意什么问题？

郭：包括中国古代小说在内的学术研究,就国际而言,希望大家

---

① 其后出版有《学与思：文学遗产研究问题论集》,河南大学出版社 1999 年 9 月第 1 版。

继续多做些学术交流的工作;就国内来说,希望我们的学术研究不要完全听从"孔方兄"(金钱)的指挥。这个我不多说了。倒是最近发生的一件事值得一说,它使我们感到学者和作家自觉地在思想方法上克服形而上学、简单化,防止"断裂"现象的重要性。最近有人发起在一部分青年作家中进行了一次问卷调查,在答卷和有关答卷的评论中,有人自称"孤儿",是"喝狼奶长大的",对五四以来的文学传统,对鲁迅直至当代有成就的作家,认为不值一顾,采取全盘否定的态度。有人甚至说,"鲁迅是一块老石头","他正是'乌烟瘴气乌导师'",早就该将他抛弃了。某些青年作家、评论家如此肤浅愚妄,颇使人感到吃惊。我想,单纯的浅薄无知倒不是很可怕,只要态度正确,努力学习,无知可以转化为少知、多知,古往今来许多大学者、大作家,其深厚也是由浅薄发展而来的,不过愚昧而又狂妄就实在不能恭维了。似此态度,怎么能做好学问、当好一个作家?沃根,你读过鲁迅这本《中国小说史略》,仅以这一本著作而言,鲁迅的贡献多大!怎能轻蔑地说"鲁迅是一块老石头"?你说是不是?

郑:真没想到中国今天有人如此对待鲁迅,太不应该了。鲁迅是位伟大的作家和学者,他的著作是中国的也是世界的宝贵遗产,很值得大家研究和学习。

郭:很同意你的见解。你这次来太匆忙,明天就回国吗?回去后,请向在这里留学过的同学们问好。有便也向崔溶澈、朴在渊诸位问好。祝中韩两国学术研究和文化教育有更多的交流。你的那篇研究中国古代小说在古代朝鲜的传播和影响的论文现在怎样了?希望能继续努力,把它搞出来。

郑:我会继续努力,谢谢老师。老师再见!

(此文翻译成韩文后在韩国发表于《中国小说研究会报》第36号,1998年11月。中文载《明清小说研究》1999年第1期。)

文学遗产研究要端正思想和方法
——访华东师范大学中文系郭豫适教授

海 客

党的十一届三中全会以来,我们国家在解放思想、实事求是路线指引下,各方面事业都蓬勃发展,获得重大的成就,文学遗产的整理和研究也不例外,不仅出版了许多普及性的古代文史书刊,还出版了许多有较高学术质量的研究著作。但是另一方面,尤其是近几年来在市场经济冲击下,在一些不恰当的目的和利益的驱动下,也出现了一些不良倾向。那么问题的症结何在?最近我们走访了郭豫适教授。

郭教授是华东师大中国古代文学博士生导师,多年来从事我国文学遗产研究。访谈时,他首先出示一本书,那是前些时候由中国国际广播出版社出版的一部厚厚的印装很讲究的《太极红楼梦》,该书多处署名著者是:"王国华、曹雪芹"。据"作者简介":"王国华,湖北荆门人,1952年腊月21日生……曹雪芹,名霑,字芹圃,号雪芹。雍正二年(公元1724年)……"郭教授说,出生于本世纪的王国华竟然与死去二百多年的曹雪芹"合作"著书,此事未免荒唐。在《红楼梦》研究史上,各种说法都有,但如此公然强拉曹雪芹来跟自己合作著述,确乎前所未有,真有点所谓"开创"性了。整理、研究或阐释古人的著作当然可以,但首先要端正思想和方法,应当有个严肃的科学态度。王国华用"太极图"的原理来诠释《红楼梦》,这是他的自由,别人是否同意或者是否批评他犯了旧红学索隐派随意猜测的毛病,那是别人的自由。但是,著作如果要署名,就不能主观随意。这本书书名应该而且恐怕也只能是"曹雪芹原著、王国华诠解"(或"考证"、"索隐")这样的模式,而不应该用这种"新"方法硬拉曹雪芹来为自己撑腰或垫底。这本书版权页上说共八十万字,其中绝大部分文字是照抄曹雪芹原著,而王国华居然自封为这本书的第一作者!这真是从何说起?曹雪芹什么时候同他研讨过《红楼梦》呢?然而,在这本书出版之前,却有多家报刊对其大加吹嘘,有的竟说这是什么"震惊人类的发现"。

谈到现在有些媒体对一些粗劣图书的炒作时,郭教授说,主要原因,一是有的媒体有关人员或情况不明,或文化素质差、学识有限,被一些人的吹嘘所迷惑;二是有些书稿作者和出版者缺乏严肃认真的治学态度和敬业精神,甚至互相拉扯,以达到彼此各自的目的。以《太极红楼梦》而言,其研究思想和方法并不科学,学术见解也很成问题。对此郭教授曾经提出批评意见,他认为"科学研究要克服非科学倾向,说《太极红楼梦》是'震惊人类的发现',人类的神经就那么脆弱?科学研究要老老实实,严谨冷静,反对夸大狂,防止情绪化。学风端正了,我国古代小说研究才能有健康的发展"。

随着市场经济在社会生活中越来越广泛、深入地产生影响和作用,不少地方出现了一些不恰当的口号,比如所谓"文化搭台,经济唱戏"。郭教授指出,这个提法已经产生了不良影响。用这种思想方法作指导,历史文化的研究和宣传在某些人心目中变成了赚钱的工具或手段,于是历史文化遗产的价值和意义就不可避免地被浅薄化、粗鄙化、庸俗化,其文化品格、学术品格遭到了扭曲和损害。为了迎合某些游客的趣味,有些旅游点的设计和管理人员便诱导人们去欣赏、体会封建时代的迷信陋俗;有些人还以研究《周易》为借口,公开成立什么"算命公司",借此骗取钱财;有的地方为了显示本土人杰地灵,牵强附会地争着"考证"古代某位名人籍贯就在本县本乡。前些年有一阵子《金瓶梅》热,就有人去清河县"实地调查",发表文章说什么潘金莲、武大郎是被小说作者歪曲了,说潘金莲其实是一个具有优良品德的女子,而武大郎则是一个体格健壮的俊男。后来竟至于有人要站出来说话,说武姓"后裔"要替其"祖先"武大郎翻案,如此等等,留下笑柄一则。

　　郭教授说,上述这些研究的思想和方法是很成问题的。其结果,对我们所要求的建设社会主义物质文明和精神文明可谓无益有害,同时也背离了研究文化遗产、弘扬优秀传统文化的根本宗旨,不符合学术研究本身应当遵循的规律。看来,在今天市场经济条件下,我们从事学术研究和管理工作的同志,头脑更要清醒,对待历史文化遗产及其研究要注意维护其应有的独立性、科学性和学术品格。文化遗产的研究,常常不可避免地要受到时代环境的限制或影响,这可以说是古今一样,所以才有"知人论世"之说。但是,在同样的时代环境之下,在同样受到社会思潮的激荡和影响之下,人们研究的思想和方法不同,研究结果也就有别,这也是古今中外学术史所明白昭示的。所以在涉及如何对待或处理历史文化遗产问题时,我们仍然应当注意端正思想和方法。

(原载《文汇报》1998年2月20日)

文化遗产研究要端正思想和方法

○：访问者　□：郭豫适

○：先生，处于世纪之交，关于文化遗产研究问题，你有什么想法，请你谈谈好吗？

□：好的。我想，或许可以谈谈文化遗产研究思想方法方面的一些情况和问题。三中全会以来，我们整个国家在解放思想、实事求是思想路线的指引下，各方面的事业都在朝前发展，获得重大成就，文化遗产的整理和研究也不例外。为什么会有这样的结果呢？除了这条总的思想路线之外，我们指导思想和领导方法上有两点是很可宝贵的：其一是确认民族优秀文化的重要价值，动员和组织各方面的力量共同来弘扬中华民族优秀的传统文化；其二是认真贯彻百家争鸣方针，放手让学者们在文化遗产的整理研究上进行自由探讨和创造。这就大大地提高了学术工作者和有识之士的积极性和创造性，在历史文化遗产的整理、研究、编辑、出版上既重视普及，也重视提高。回顾这些年来，我们不仅出版了许多普及性的古代文史书刊，还出版了许多有较高学术质量的研究著作。就我个人的感受来说，我以为一些大部头的、有规模有质量的丛书、类书和工具书的出现，其意义不容轻视。这不仅显示出我们在这方面同样有可能创造出重大成果，而且它们还为我们国家在学术文化的积累和传播上获得了国际声誉。我清楚地记得，1985年访问英国时，我们在牛津大学图书馆书库里，或是在伦敦市区的大书店的书架上，几乎都看不到50年代以后由我国大陆出版的大型的中国古代文史资料丛书和工具书，看到的尽是海外的编著，心里很有感触。实事求是地说,海外也有海外条件的限制,海外出版的这类大部头的书在完整性等方面往往难免存在着某些欠缺。就这些年祖国大陆出版的这类书籍而言,当然也还可以做得更多更好一些。不过一想起在海外高等院校、研究机关和书店里能看到我们编纂出版的这类书,毕竟是值得大家高兴的事。

○:这可以理解。有关中国文史古籍及语言文字等类大型图书的整理和编纂,我们这里也有一些海外不易具备的有利条件,因为"根"在这里嘛!不过,诚如先生所言,如果思想和方法有问题,那么也会搞出一些不好的书籍来。前不久法院判定王××编纂的那部语言文字方面的大型词典抄袭案,不就是一个例子吗?

□:你说得是!从事学术工作是马虎不得的。现在确有一些情况令人忧心。这就是:在市场经济情况下,有些人从事学术研究和出版工作的思想和方法不够端正,表现为在学术研究上缺乏应有的严肃性和科学性。您看看中国国际广播出版社出版的这部十六开本厚厚的印装很讲究的书吧,这部书名叫做《太极红楼梦》的书,里封面、外封面、书脊、扉页和版权页上的署名著者竟是"王国华、曹雪芹"!您看,外封套勒口上还有《作者简介》:"王国华,湖北荆门人,1952年腊月二十一日生……曹雪芹,名霑,字芹圃,号雪芹。雍正二年(1724)……"这就奇了!清朝时期出生的曹雪芹,跟20世纪50年代出生的王国华相距二百多年,二人怎么会一起来合著这一部书呢?这不是用强拉古人参与的方法来从事著述吗?

○:郭先生,如果不是在您这里看到这本书,简直令人难以置信。我很奇怪,中国国际广播出版社是一个正式出版社,他们是怎样理解和处理著作权、署名权和著作版权问题的呢?依照这个办法,明天、后天,书店里岂不是会连续不断地再出现更多的诸如"赵××、罗贯中著"《××三国演义》,"钱××、施耐庵著"《××水浒传》,"孙××、吴承恩著"《××西游记》,"李××、吴敬梓著"《××儒林外史》之类的著作吗?简直有点荒唐!

□:整理、研究、阐释古人的著作当然是可以的,问题在于应当有个严肃的科学的态度和方法。你用"太极图"的原理来诠释《红楼梦》，这是你的学术自由，别人是否同意或是否批评你犯了旧红学索隐派随意猜测的毛病，那是别人的学术自由；但是，就这本书来说，其书名应该是而且恐怕也只能是"曹雪芹原著、王国华诠解"（或"考证""索隐"）这样的模式，而不应该用这种"新"方法硬拉曹雪芹来为自己撑腰或垫底。这本书版权页上说共八十万字，其中绝大部分文字是照抄曹雪芹原著，而现在王国华却自封是这部书的第一作者，曹雪芹倒成了第二作者，请问这合适吗？更重要的是，你王国华自许为曹雪芹的知己，这是你个人的看法，这有你的自由；可是，曹雪芹是否同意你有关《红楼梦》的见解和评论，这可是另外一个问题。请问，谁授权你把你解释《易经》、解释《红楼梦》的高见说成是你和曹雪芹的共识，并且认可你把这部著作说成是你和曹雪芹二人合著呢？曹雪芹又什么时候跟你讨论过他的《红楼梦》呢？

顺便说一下，这本书正式出版以前，就已经被有的传播媒体大加吹嘘，有的竟至于说什么《太极红楼梦》是"震惊人类的发现"（《书刊导报》1992年3月3日头版）。其实正如有些红学家已经指出的，《太极红楼梦》在研究思想和研究方法上并不科学，该书的学术见解很成问题。我个人也曾经对有些报刊如此这般的浮夸宣传提出过批评意见："科学研究要克服非科学倾向，说《太极红楼梦》是'震惊人类的发现'，人类的神经就那么脆弱？科学研究要老老实实，严谨冷静，反对夸大狂，防止情绪化。学风端正了，我国古代小说研究才能有健康的发展。"（《明清小说研究》1993年第2期《第六届全国〈水浒〉学术讨论会纪要》所引）

〇：先生说得是。现在传播媒体有时候对书刊的报导和评介常作不切实际的吹捧。这本书用纸很好，精装又加彩色封套，还不止一处烫金，的确包装得很漂亮，这使人想起现今市场上有些商品，有关人员不去认真提高其质量，而着意于对其外观梳妆打扮。对于读者来说，书籍的平装、精装各有需要；不过，一本书最重要的毕竟是在于它的内在质量，而不在于它外在的华美呀！

□：的确如此。近年来，同志们对于学术文化界出现的一些现象怀有忧心，且有批评。大家常在想，过去我们的学术研究工作曾经多次受到并非必要的政治因素方面的干扰，而现在，是否又命定地必须接受"孔方兄"的指挥呢？

随着市场经济在社会生活中越来越广泛越深入地产生影响和作用，一些并不恰当的说法在不少地方变成了某种指导思想或办事原则，典型的说法之一就是所谓"文化搭台，经济唱戏"。历史文化的研究和宣传在某些人心目中变成了赚钱的工具或手段，于是历史文化遗产的价值和意义就不可避免地被浅薄化、粗鄙化、庸俗化，其文化品格、学术品格遭到了扭曲和损害。为了迎合某些游客的趣味，有些旅游点的设计和管理人员便诱导人们去欣赏、体会封建时代的迷信恶俗；一些人以研究《周易》为借口，公开地成立"算命公司"，借此骗取钱财；有的人为了显示本土人杰地灵，牵强附会地争着"考证"出古代某位名人其籍贯就在本乡本县。前些年有一阵子《金瓶梅》热，就有人去清河县"实地调查"，发表文章说潘金莲、武大郎是被小说作者歪曲了，据说潘金莲其实是一个具有优良品德的女子，而武大郎则是一个体格壮健的俊男。后来发展到竟有人要站出来说话，认为武姓的"后裔"要替其"祖先"武大郎翻案，如此等等。

古代的名人固然可以被拉来为本乡本土增光添彩，即便是古代小说中的人物形象如潘金莲、武大郎，竟也可以经过一番"考证"和宣传，用来增强和扩大本地及其产品的知名度和影响，这真有点"出新"。上述这些思想和方法都很成问题。这样做的结果，对我们所要求的建设社会主义市场经济可谓无益有害，同时也背离了研究文化遗产、弘扬优秀传统文化的根本宗旨，不符合学术研究本身应当遵循的规律。看来，在今天，包括古代文化在内的学术研究要完全脱离于市场经济环境之外，是很困难的；但正因为如此，从事学术研究和管理工作的同志，头脑就更要清醒一些，对待历史文化遗产及其研究，还是要注意维护其应有的独立地位和学术品格。

○：很赞成先生这个看法和主张。如果不注意维护包括文化遗产在内的学术研究的独立性、科学性和学术文化品格,那么其结果必将是"文化"、"经济"两败俱伤,造成不良的社会影响,而且还会贻笑海外有识人士。先生刚才提到《周易》研究,我想提个问题,这些年出版了许多研究《周易》的著作,形成了一股《周易》热,那么《周易》究竟是怎样的一部书?它真的是一本算命书吗?

□:《周易》是我国古代一部重要著作,它又称《易》或《易经》,旧时它被尊为"六经之首",即被置于《诗》《书》《礼》《乐》《春秋》之上。这部书的作者和成书年代,自古以来有不同说法。传说其中八卦的作者是伏羲,重卦者是周文王,卦辞、爻辞的作者有说是周文王,有说是周公旦,至于《易传》的作者,一般认为是孔子(也有异说)。由于材料的缺乏,至今仍然难以确认它的作者究竟是谁,不过可以肯定这是一部经过长期和多人共同完成的著作。《周易》中有经、传两个部分,经文部分包括卦象、卦辞、爻辞,传文部分(称《易传》)包括《彖》《象》《系辞》《文言》《说卦》《序卦》《杂卦》。传文是对于经文的阐述。大致说来,经的部分出现于远古时期,《易传》则是春秋战国时期孔门弟子所作,孔子本人也有所参与。

《易经》里八卦、六十四卦的推演,确实与古人的占筮有关,所以在古代,特别是在汉以前,一般认为它是一部占卜的书。不过从汉代起,经过历代学者的研究和诠释,《周易》实际上已成了我国古代一部包含有丰富的哲学思想、社会政治伦理思想和朴素辩证法思想的著作。在今天,我们更不宜把它当作一部算命书来推广其应用价值,主要的应是从中了解、认识和研究我国古代人们的思想和方法,继承、吸取我们先辈优良的思想传统和思想智慧。简单地说,与其把它当作是一部有实际应用价值的算命书,不如把它当作一部内容非常丰富的哲学古籍来加以研究。譬如《系辞传》中有句"一阴一阳之谓道",这个"道"字在中国思想史上实在是一个十分重要的哲学概念,这句话实际上就是古人有关宇宙人生运动发展规律的认识和表述,反映了古代哲学家朴素的对立统一的思想。又如《象传》中"君子以自强不息""君子以厚德载物"的说法,则反映了我们先人的进取精神和对待事物的正确态度,这些优良的思想传统很值得我们珍视,这对我们是有益的启迪。

○:看来,《易经》还是值得研究的书,司马迁不是说"孔子晚而喜《易》","读《易》,韦编三绝"吗?

□:对,《史记·孔子世家》里确有这样的记载。不过,我们可以推想,孔子读《易》研《易》那么勤奋用心,甚至把串连竹简的绳索都弄断了多次,其根本目的和兴趣是在研究如何使《易》的道理跟他的哲学思想相沟通、相印证,如何从先人那里得到启示,如何使其政治思想和道德主张得以实现,而不会是把《周易》当作占卜的书,为他自己和徒弟们卜算吉凶休咎,以求得个人消灾纳福,否则岂不是把孔子浅薄化、庸俗化了!作为哲学家、思想家、教育家的孔子,一生"不语怪力乱神",怎么可能在晚年自我扮演一个迷信卜筮之术的算命人的角色呢?我们不应把孔子"喜《易》"理解为他迷信卜卦。

在封建时代,统治阶级用《周易》来占卜的事是有的;不过情况也有不同,有的人是真迷信,有的人只是做做样子,其实并不迷信。我这里讲个故事,清朝康熙年间有个名臣叫李光地,此人官至内阁大学士,而且撰有注解《易经》的著作,是知名的《易》学专家。据记载,李光地"常奉召向圣祖皇帝讲解《易经》,可是,有一次皇帝说,李讲解《易经》反而使他如坠五里雾中。还有一次,皇帝要李用《易经》占卜战争胜败如何,占卜的卦象是败仗,皇帝点头同意,但说,此乃敌之败而非我之败。事实证明就是如此"(见《清代名人传略》上卷《李光地》)。

这个故事告诉我们:一、有些像李光地这样的《周易》研究家,尽管他可以向别人讲解《易经》,不过可能由于他研究的思想和方法上有问题,所以他自己对《易经》也不是很明白,自己尚且不甚了然,这就使得像康熙皇帝这样很有汉族文化修养的人,听了他的讲解,反而如坠五里雾中了。

二、康熙皇帝到底是个有作为的君主,他实际上并不迷信卜卦。他虽然叫李光地预卜战争的胜败,其实心里已经决定要打这个仗,并且相信一定会打赢。如果卦象呈吉,他当然要打;如果卦象呈凶,他也仍然要打。所以当李光地告诉他卦象预言要打败仗时,他既没有生气也没有犹豫或不安,而是成竹在胸,点头表示同意,但说打败仗的不是他,而是他的对手。后来事实果如所言,李光地卜卦错了,康熙的话说对了。幸亏康熙是个明白人,或许由于当年打了胜仗心情好,所以并没有为占卜错误而责备李光地。

三、最重要的一点是,这个故事向我们说明,说《周易》在古代是占卜书,说过去有人用它来占卜,这并不等于说要承认《周易》真的是什么万能的天书,承认它能可靠地向占卜者预言未来的吉凶祸福,人们如果信以为真,那就可能上当。那种神乎其神地把《周易》说成是什么"预测学"的说法,其实并不科学,表面上是抬高它,实际上是把《易》学研究引向歧路。

○:看来还是不能离开这样的思想和方法:对《易经》,对文化遗产,我们的批判不是无继承的批判,我们的继承不是无批判的继承,我们的态度应当是批判继承。

□:批判和继承是对立的统一。一是批判继承,一是实事求是,两者结合,学术研究就可能获得好的或较好的成果,至少不会太离谱。这几年,有些人对《易经》的评价就未免有点离谱了。正如有同志所说:"一部《易经》在许多人心目中竟被奉若神明,看作天书;认为只要谙熟《易经》,就可以上知天文,下知地理,料事如神,包治百病。一些招摇撞骗者还口出狂言:依据《易经》八卦预测天气,其准确程度可以超过中央气象台;还有一些人认为,20世纪所谓的物理学中的重大发现,如相对论及场论的思想,早在几千年前的中国《易经》中就已经提出"(《光明日报》1994年8月31日《我们应当如何看待〈易经〉》所引)。《易经》决非真实可靠的算命书,这一点上面已经谈过。推演八卦预测天气,其准确程度可以超过中央气象台,稍稍有点科学观念的人,恐怕都会觉得此说有点滑稽。有同志已对那种将《太极图》、《河图》、《洛书》说成是"全部宇宙数理论和宇宙物理论的最高结晶","是现代人类建立完善自然科学理论体系的奠基石"作了批驳(可参看徐传武《古代文学与古代文化》的《代前言》等)。

我这里谈个想法,对于我国古代自然科学理论和科学技术方面哪怕是并不成熟的思想遗产,进行认真的挖掘和总结是完全必要的,这些年来有些哲学史著作,如冯契先生的《中国古代哲学的逻辑发展》就比较注意汲取这方面的内容。当然我们评述时要坚持历史唯物主义观点和实事求是态度,浮夸的评价和吹捧无助于人们对学术问题的考察和研究。

我国古籍所包含的内容常常是文史哲相通,哲学家的思维对象常常涉及宇宙人生和整个自然界。他们不但对社会人生,而且对物质世界的观察和思考常有深刻的见解。譬如,我们读《庄子》,看到《天下篇》里面"一尺之捶,日取其半,万世不竭",以及"至大无外""至小无内"的话,看佛经多次见到"三千大千世界"之类的话题,就会感到古人生活的时代离我们那么远,但他们对苍茫宇宙、对物质世界的观察和思辨之深邃和细密,却很使我们佩服。这启发我们生活在今天,更不应该做思想的懒汉,应当借助古人所不曾有的现代科学技术,包括种种仪器设备和技术手段,更加努力地对宇宙世界作更多、更细、更科学、更有效的观察、思索和研究,以便有更多的发现,用以推进科学的发展和社会的进步。

○:对于古人,要充分地批判继承他们的思想文化遗产,尤其要珍视他们已有的一切有价值的研究成果和思想成果,是尊重而不是吹捧。今人不要因为古人生在古代就轻视他们,也不要用时髦文词、科学术语使古人和古代思想来个"现代化"。先生是这个意思吧?

□:是这个意思。文化遗产的研究,常常不可避免地要受到时代环境的限制或影响,这可以说是古今一样,所以才有"知人论世"之说。但是,处在同样的时代环境之下,处在社会思潮的激荡和影响之下,从事研究工作的学者倘若研究的思想和方法不同,研究结果也就有别,这同样也是为古今中外学术史所明白昭示的。好啦,今天就谈到这里,你看怎样?

○:好的。谢谢先生!

(原载《文艺理论研究》1997年第6期)

半砖园里话红楼
——访郭豫适先生

钟　珊

沪上人言：华东师范大学校园之美遐迩闻名。一入其间，果然名不虚传：苏州河襟带于右，丽娃河蜿蜒其中，蓝天白云映衬着绿树红花；清流碧草间，一幢幢楼房错落有致，一群群学子飘来荡去。暮春的校园明丽如画。

然而来到位于校园西南隅的郭豫适先生的居所，却又是另一番天地。位于一楼的居室颇觉湫隘，幽暗中甚至有些潮湿。郭先生为人豪爽，令人有一见如故之感。话还没说三句，便领着笔者走出室外，原来环绕居室三面竟是一片面积在城市中颇为少见的宅园：疏篱短墙之上，缠绕着蓬蓬荆条蔷薇，园内覆以两架紫藤葡萄，庭前间以数株金桂腊梅，墙角缀以一二红枫石榴，虽然花期已过或未至，却也予人以"满园春色关不住"之感。更有一株棕榈矗立园中，巨扇形的叶片摇曳生风，探出墙外。漫步园内，枝柯横斜，绿荫匝地；虽然未见匠心布置、刻意整修，却自有一番天然野趣。我想这固然与主人忙于治学笔耕和学校繁剧的事务缠身以致疏于经营有关，却也可于中窥见主人豪放疏阔、率性天真、不求伪饰的性情。

郭先生说，此园名"半砖园"。笔者问命名之故，先生说，刚来时，因陋就简，用残砖在园内泥地上铺成小道，故有此名。园虽简陋，而春华秋实，夏荫冬雪，花开经年，香飘四时，虽无茂林修竹，激湍奔流，却自于闹中取静，不出城市而有息影林下之感。特别是在从华东师大副校长之职退下后,卸下仔肩,更可优游从容于其间了。

回至先生书斋,半壁插架,虽然比不上天禄琳琅,却也坐拥书城,特别是窗外树影参差,绿色诱人,微风入户,几案生凉,真读书笔耕之佳境。先生言,书斋即以园命名,随即取出一本书相赠。接书谛视,封面淡雅,端楷竖题"半砖园文集"。书为江苏古籍出版社于不久前所出,书中还留有一股油墨的清香。于是话题转入此书。先生说这本书是自己献给母校50周年华诞的一份薄礼。1951年,以大夏大学和光华大学两校为基础,成立了新中国创建的第一所新型的师范大学——华东师范大学。而郭先生1953年从上海经世中学高中部毕业后考入华东师大,毕业后即留校任教,始终于斯。

先生向以《红楼梦》研究驰誉学林,从50年代发轫直至近年,始终不辍。他在20世纪60年代大体完成、而于80年代初才得以出版面市的《红楼研究小史稿》、《红楼研究小史续稿》两本共40多万字著作,在我国"红学"研究中至今仍有着不可替代的作用,同时也奠定了他在我国"红学"界的地位。

翻开《半砖园文集》的目录页,其中虽然也论及了唐代传奇、《水浒传》、《西游记》等古典小说,但大多还是论《红楼梦》之文。

《半砖园文集》的开篇是发表于1964年的《论红楼梦思想倾向问题》,这篇近三万字的宏文是郭先生《红楼梦》研究的早期力作。他在文中提出:《红楼梦》所描写的主要是封建统治阶级内部之间的矛盾;曹雪芹基本上是站在贵族阶级叛逆者的立场上来反映现实的;《红楼梦》的产生离不开当时的社会条件,也离不开中国悠久的优秀的思想传统和文学传统。这些实事求是的观点在当时是难能可贵的。

郭先生说,七八十年代是他比较集中地研究《红楼梦》的时代,涉及的范围比以前更为广阔,如反驳"《红楼梦》毫无价值论",有关《红楼梦》后四十回和续书的评价问题,以及王熙凤等人物的分析。1981年底发表于《光明日报》《文学》专刊上的《拟曹雪芹"答客问"》一文寓庄于谐,讽刺了旧红学"索隐派"的种种臆说。

不无讽刺的是,90年代以来,索隐派又有卷土重来之势,种种新瓶装旧酒的"红学"著作相继登场,面对阵阵迷雾,郭先生重贾余勇,又提笔上阵,写出了《索隐派红学的研究方法及其历史经验教训》一文,逐一批驳了《红楼梦新解》《红楼梦原理》《红楼梦谜》《红楼梦解》和《太极红楼梦》等新索隐派著作的奇谈怪论。

除了《红楼梦》外,《半砖园文集》也给我们留下了作者有关古典文学研究理论方面的宝贵记录,如50年代后半期,文学史界以民间文学为正宗主流、而以作家文学为庶出旁流的论调挟"极左"思潮之威,甚嚣尘上。郭先生在《"民间文学主流论"及其他》、《应该把作家文学视为"庶出"吗》等文章中力反潮流,实事求是地指出:"民间文学主流论或正宗说不尽符合文学发展的客观规律,又缺乏坚实的理论基础","这种提法是不科学的、不够妥当的"。郭先生还对其他如现实主义与浪漫主义相结合问题,以及诗人曹操、杜甫及其作品的思想性等建国以来古典文学研究中的若干问题都提出了自己的见解。

(原载《光明日报》2002年7月17日文化周刊第374期)

博学慎思　实事求是
——郭豫适教授访谈录

钟明奇

郭豫适教授，1933年12月生，广东潮阳人，幼年移居上海。1953年考入华东师范大学中文系，毕业后留校任教，其间有数年奉调至京参与16卷本《鲁迅全集》的编注工作。曾任华东师范大学副校长、研究生院院长、华东师范大学出版社社长、《华东师范大学学报》(哲社版)主编、国务院学位委员会中文学科评议组成员兼学科组召集人、中国古代文学理论学会会长。所著《红楼研究小史稿》、《红楼研究小史续稿》是第一部红学史专著，又有《半砖园文集》、《中国古代小说论集》、《论红楼梦及其研究》、《扬弃与发展：弘扬民族优秀文化》(主编)、《学与思：文学遗产研究问题论集》、《曹雪芹"答客问"：论红学索隐派的研究方法》等多部著作。他长期从事教学和科研工作，除中国古代文学史、小说史外，也涉及文学理论、鲁迅研究诸方面。本刊特委托杭州师范大学中国古代文学与文献研究中心钟明奇教授就有关问题采访郭教授，并整理出这篇访谈，以飨读者。

钟明奇　郭先生，您好！您在《红楼梦》与红学史方面有着精深的研究，其实您的研究领域非常广阔，对《红楼梦》之外中国古代文学与文化的研究等也常发表精辟的见解。我受《文艺研究》编辑部的委托，想就《红楼梦》研究等有关学术问题对您作一次访谈。

郭豫适 感谢编辑部的热诚邀请。"研究领域非常广阔"是谈不上的,但不少学术问题确实值得研讨。我们随便谈谈吧。

一、历史使命与时代责任:《红楼梦》研究史的现代创立与当代批判

钟明奇 前人说"开谈不说《红楼梦》,纵读诗书也枉然",我们就从《红楼梦》开始吧。现在写学术专题史已成为一种风气,而新时期以来第一部这样的学术史专著就是由您完成的。《红楼研究小史稿》《红楼研究小史续稿》作为开创性的著作,广受学界重视和好评不是偶然的。您当年是怎样想到要研究这个课题的?

郭豫适 那已是半个多世纪前的事了。那时我还在大学读书,读到鲁迅《中国小说史略》卷首序言里的一段话,心里久久不能平静。鲁迅说:"中国之小说自来无史;有之,则先见于外国人所作之中国文学史中,而后中国人所作者中亦有之,然其量皆不及全书之什一,故小说仍不详。"外国人重视我们的文化遗产,自然是件好事,但为什么有关中国小说历史的研究,先见于外国人的著述中呢?大学毕业后留在系里任教,因为要搞中国文学史、小说史的教学与研究工作,自然又读到鲁迅的这段文字,以及其他相关的文字,例如日本学者盐谷温《中国文学概论讲话》中译本孙俍工《译者自序》,于是原来心里想的那个问题便触发起更多的思索。作为一个中国人,难道我们能够一再安于现状,"譬之懒惰的子孙,把祖宗遗下来的产业任意荒芜,却要待别人来代为耕耨"?从事学术工作的中国学者,在历史文化遗产的整理研究上,我们不应该有点民族责任感吗?

鲁迅说得好:"倘若先前并无可以师法的东西,就只好自己来开创。"(《〈奔流〉编校后记》)鲁迅正是以他令人感佩的开拓精神,写出了《中国小说史略》,结束了"中国之小说自来无史"的局面。从某种意义上说,中国小说史这条线索是由许多作家作品的点连接起来的,那么,从这条线索上找出一个重要的点,如《红楼梦》,试着写出这个点的线,

即《红楼梦》研究史来,行不行呢?我就是在鲁迅当年结合教学撰著《中国小说史略》的启迪之下,在他勇于开拓和坚忍不拔精神的感召之下,萌发出撰写《红楼梦》研究史这样的想法的。

有了上述想法之后,我开始自觉、努力地收集资料。后来有了一个机会,那是1960年至1961年,中文系开设"中国古典文学专题研究与评论"课程,由程俊英教授、万云骏教授和我轮流主讲,他们两位分别讲《诗经》、宋词,我则讲《红楼梦》评论史,《红楼梦研究简史》的讲义就是结合这门课程的需要编印出来的,后来断断续续地进行了一些增补和修改的工作,本书基本上就是由那本讲义发展而来。我的工作当时得到了师友们的积极支持,特别难以忘怀的是已故目录学版本学家、老编审吕贞白先生。他热情鼓励我,说这是别人尚未做过的工作,很值得努力,并说这本教材增补后可以安排出版。师友们的鼓励和支持自然增强了我的决心和勇气。

钟明奇 在您门下读书时,您一直鼓励我们说做学问要有点志气。您在一无依傍、极为困难的情况下开创性地写出第一部《红楼梦》研究史,这的确令人钦佩。您这本书与鲁迅的《中国小说史略》都是原创性的学术著作。据我观察,写原创性的学术著作必定会碰到许多常人想象不到的艰难。您能谈谈当年遇到的困难吗?

郭豫适 我的书哪能与鲁迅的著作相提并论。但当年在写作过程中的确遇到过非常大的困难,首先史料就很难找,理出研究史的发展线索自然更难。当时缺乏现成的比较系统整理过的有关《红楼梦》评论研究的历史资料,现在大家非常熟悉的一粟所编的"古典文学研究资料汇编"之一的《红楼梦卷》尚未出版,"五四"时期及其以后的红学研究的许多史料也需要自己去摸索。其实,无论是"五四"时期以前的还是以后的,我国有关红学研究的许多书刊,是新时期以后才有意识地把它们作为有价值的学术史料而加以整理出版的。不过,那时上海古典文学出版社已经出版的一粟所编的《红楼梦书录》却对我有很大的帮助。一粟是周绍良、朱南铣先生的笔名。我曾致函编者,就红学史料及书录修补问题提出一些参考意见和建议。1963年11月该书由中华书局出版增订本,周先生立即惠寄于我,并来信称"承示各节,在第二版时已有所改正",同时也鼓励我正在从事的红学研究工作。我上面提到的吕先生当年不但热情鼓励我努力撰成《红楼梦》研究史稿,同时也告诉我一些有关的史料或线索。此外,其他学界友人也将有关书籍和资料相借或相赠。当然,最主要的还是依靠图书馆的藏书。那个时候还没有复印机,更不用说你们年轻人现在非常熟练使用的电脑。从图书馆与友人处借来的书不能随便涂画,我的办法就是随读随抄。有的时候,读完一本原著,我抄下来的笔记也就成了一个小册子,随后,我就反复阅读自己的摘抄本,并在上面点点划划,提示自己着重注意之点,或者在上面写上一点眉批,随时记下阅读的感想。下这样的死功夫、笨功夫,花的时间虽然比较多,但对后来写书作用甚大。就这样,寒来暑往,废寝忘食,在极为艰苦的条件下,终于把书稿基本写成,但接着而来"文化大革命",出版的事因而搁置。直到"文革"结束,我被借调到北京参与《鲁迅全集》编注工作,自己一时难以完成全部定稿工作,上海文艺出版社同志们遂跟我商谈,决定将该书分为《红楼研究小史稿》(清乾隆至民初)先于 1980 年 1 月出版,《红楼研究小史续稿》("五四"时期以后)于 1981 年 8 月出版。

钟明奇 事非经过不知难。这部四十多万字的红学史专著从最初起意到正式问世,经历了长达二十多年艰苦奋斗的过程,是先生为之倾注了许多心血的力作。在看到的对这部书的评论中,我觉得由黄霖先生主编的《20 世纪中国古代文学研究史》的评价最为中肯:"这是《石头记》问世以来第一部研究红学发展史的专著,也是'文革'以来第一部文学类学术史专著。郭豫适的这两部红学史著作奠定了'红学'发展史的撰写框架和模式,开启了红学史研究的新阶段。书中随处可见的流畅、严密、左右逢源的犀利评议语词显示出那一代人的史识与时代意识,著者'秉笔直书'的著史态度与严谨求实的治学精神对学术史的撰写产生了积极的影响。"(见《小说卷》,东方出版中心 2006 年版第 511 页)这部书出版至今快有三十年了,我觉得书中很多评论今天看来依然很中肯,其中不少评析简直就像是针对当今《红楼梦》研究中怪现象的。说到这个话题,请问您是怎样看待当今《红楼梦》研究中的那些奇特现象,比如说刘心武先生的《红楼梦》研究?

郭豫适 学问自有多种做法,评论也可,考据也可,关键在于是否实事求是,是否得当。但刘心武的"揭秘"和他的"秦学"是用再创作的办法编造故事,过多地依靠主观猜测,恕我直言,这并不属于科学考证,其实是新索隐派的做法。他有一篇文章题为《"友士"药方藏深意》,收在书海出版社2005年4月出版的《红楼望月》一书中。刘说,《红楼梦》第十回中那个太医张友士之"友士"谐音"有事",是京里派来的"政治间谍",那张药方"实际上是一道让秦可卿自尽的命令"。药方里开的五种药:"人参、白术、云苓、熟地、归身。"他把"云苓"隔开,"云"作"说"解,"苓"作"命令"解,把药方硬说成是:上面命令秦可卿在熟地(中药"熟地"说成处所)自尽。他批评王蒙对此没有读懂,只有他才能读懂曹雪芹的真意。我曾发表一篇短文《是王蒙"没有读懂",还是刘心武索隐编造?》(载2006年7月13日《社会科学报》跟他争鸣。刘的论据并不可靠,如他将"白术"理解为"半数",这就不对。其实,"白术"作为一种中药,"术"当读zhú,音"竹",是不能读作"数"的;将"白术"谐音成"半数",这种转换即便从谐音法的运用来说,本身就是论述失据。他又硬说这人参的"参"是"天上'二十八宿'之一",这"半数""正合十四",而十四是隐指康熙的第十四子。总之,他将秦可卿之死说成是因为政治集团夺权阴谋败露而导致的政治性自杀,这是难以成立的。所以我说:"刘心武同志如此刻意求深,是否疑心过重?是不是在红学研究中太突出政治了?曹雪芹写小说《红楼梦》真是这样处心积虑时时处处突出政治吗?"他这种离奇的"考证",称之为小说家的想象与编造更为合适。

其实,刘心武这样的索隐方法并非他的发明。1984年香港出版"不过如是斋"李知其的《红楼梦谜》,该书研究《红楼梦》第八十七回的一个细节,用的即是这类方法。小说里写到紫鹃问黛玉:叫雪雁告诉厨房,给姑娘做一碗"火肉白菜,加了一点虾米儿,配了点青笋紫菜"这样的汤,李知其竟说这时的紫鹃其实是作了一个史事报告。"火肉"谐音"鹅肉",白彩的鹅肉就是"天鹅肉";"虾米儿"读"蛤蟆儿";"青笋紫菜"谐音"清顺治来"。这一碗汤暗藏的深意是说:"弘光帝那个癞蛤蟆,只为好色想吃天鹅肉,看看快把江山配给了顺治帝了。"刘心武对《红楼梦》里张友士为秦可卿所开药方的解释,与李对一碗汤的如此索隐何其相似乃尔!但刘本人否认自己是索隐派,认为自己是考证派。不过,不据事实材料而据主观猜测,能说是考证吗?他的"揭秘"和他所谓的"秦学",这类研究《红楼梦》的文字,俞平伯先生几十年前就批评过,说这是"索隐派的精神,考证派的面貌"(语见《红楼梦问题讨论集》第二集,作家出版社 1955 年版)。

钟明奇 的确是如此。在学术研究中,有的人就是喜欢故意把事情搞得很神秘,似乎越神秘越好,《红楼梦》研究中此类情况确乎不少。正如何其芳先生在《论红楼梦》一书中所说的:"他们认为书上明白写的都没有研究的价值,必须刁钻古怪地幻想出书中没有写出的东西,而且认为意义正在那里。"这其实已不是学术研究,而是主观性很强的猜谜、索隐。那么,您能谈谈科学考证与主观随意索隐之间有怎样的不同吗?

郭豫适 科学的考证与主观主义的索隐两者有本质的不同,主要表现在如下四个方面。

其一,就论题的提出而言,科学的考证,其论题的提出以对研究对象的初步观察和了解为基础,强调论题来自客观对象,一般地说有一定的现实性;主观主义的索隐,其论题的提出往往是来自前人或自己某种先入之见。比如有人说,曹雪芹谐音"抄写勤",曹雪芹实际上是不存在的;有人还索隐出林黛玉"是谋害雍正皇帝的元凶",像这样的一些论题分明是索隐派作者自己所预先设定的,并非来自现实,而是来自心中的幻影和假相。

其二,就论证的过程而言,科学的考证强调遵循逻辑,尊重客观实际,在论证过程中,其基本特征和走向是从材料到结论;主观主义的索隐刚好相反,其基本特征和走向是从结论到材料,论证的过程和方法往往是支离破碎、东拉西扯,有时是把事实和材料裁剪、组合得符合自己的主观需要，有时甚至可以制造出"事实"和"材料"，牵强附会地构想出人物和事件的某种关系或联系。如李知其的《红楼梦谜》从史湘云说话有点"咬舌子"，把宝玉"二哥哥"叫成"爱哥哥"，扯到她会把"一二三"叫成"幺二三"，又扯到有"一二三"而无"四"，而"无四"谐音"胡死"，他说由此可见史湘云口里叫"爱哥哥"，心里是在诅咒"胡人的死亡"。这就是用索隐法研究《红楼梦》随意猜测的一个典型例子。

其三，就结论的验证而言，科学的考证所得出的结论是比较切实可靠的。当然，受到主客观条件的限制，科学的考证有时未能得出科学的结论，有时甚至考证过程及其结论都会发生失误，但用科学的考证方法所得出的结论无论是对是错，一般地说是可以验证的；而主观主义索隐所得出的结论是否正确，往往是死无对证、无从验证的。请问有什么办法能够去作这样的验证：曹雪芹笔下创造出来的人物史湘云姑娘，她口里在叫"爱哥哥"的时候心里却是在诅咒胡人死亡？

其四，就研究的价值而言，科学考证的目的和作用是通过认真踏实的研究，去探讨一些实际存在的科学问题，帮助人们解决疑难，获得新知；索隐家们主观索隐的具体目的和动机虽然有所不同，但总的来说他们最看重的是追求兴趣，满足自己和同好者的心理需要，如有的不过是借此自炫博学、善于解谜，甚或借此消磨时日，读者不但难以从中获得有益的新见识，脑子里反倒被塞进许多想入非非的荒诞说法，如索隐出林黛玉的原型"竺香玉"守寡后跟人"私通""生子"即属此类。

总的来说，科学的考证本身要求尊重客观实际和科学规律，而主观的索隐常常存在着非科学的、有时甚至是明显的反科学的倾向。红学索隐派搞的索隐，究其实质而言，与其说是在研究《红楼梦》，不如说是在推演他们头脑里所提出的各种各样的"谜"，猜谜者自己即是制谜者，这就是问题的实质。对你提出的这个问题，拙文《索隐派红学的研究方法及其历史经验教训》(载《齐鲁学刊》1999年第3期)有较详细的例释，这里难以展开评述。

钟明奇 早在1904年，王国维在《红楼梦评论》中就批评当时的考证者:"读小说者,亦以考证之眼读之。"指出他们不恰当地把虚构的小说当成真实的历史。除了上述这种不科学的"索隐""考证"之外,您觉得《红楼梦》研究中还应当注意什么问题?

郭豫适 《红楼梦》研究中问题不少,例如有一种研究方法或者说一种情绪性的研究心理,那就是逆反心理,对红学研究也产生了不好的作用。前面提到的香港李知其的《红楼梦谜》也是这样的著作。这本书从书的题目到内容和方法,都明确地向人们作出一种挑战性的宣示:你们说索隐派是"猜笨谜",你们批评、反对索隐派的研究方法,我偏要用索隐派的思想和方法,用"猜谜语"的办法再写一部大书给你们看看!这不分明是《红楼梦》研究中"逆反心理"一种很典型的表现吗?有些红学争论文章也与"逆反心理"有关。你说《红楼梦》后四十回好?我偏说它坏,坏透了,说它艺术性极差,毫无好处,而且政治上也很反动;你说《红楼梦》后四十回坏?我偏说它好极了!说它不但艺术性跟前八十回并没有什么不同,而且后四十回思想性甚至比前八十回更进步,如此等等。这类争论有故意夸大之心,无实事求是之意,是科学研究中主观随意性和片面性的表现,与"逆反心理"也不无一定关系。

钟明奇 谈到这里,我觉得您提出应当重视红学史的研究工作这个看法很重要。红学史本身的经验与教训,对我们今天的《红楼梦》研究来说,很有借鉴价值,大有助益。即以评论索隐派来说,您除了在《红楼研究小史稿》《红楼研究小史续稿》中多有相关的介绍和评析外,我觉得单篇论文中有三篇很精彩、很重要,故为学术界和广大读者所重视和爱读,在有关索隐派的研究中可以说是具有某种经典性的文章。第一篇是1981年12月21日发表在《光明日报》上的《拟曹雪芹"答客问"——红学研究随想录》,这篇用小说笔法写成的学术论文,模拟曹雪芹"答客问",文章写得机智幽默、生动有趣。第二篇是1980年发表在《红楼梦研究集刊》第4期上的《从胡适、蔡元培的一场争论到索隐派的终归穷途——兼评〈红楼梦〉研究史上的后期索隐派》,这篇论文以一个红学史家的眼光,从学理上揭示红学索隐派的最终趋于穷途末路,使人坚信红学索隐派尽管有时会搞得很热闹,但毕竟不是学术研究的正途。第三篇就是您刚才提到的《索隐派红学的研究方法及其历史经验教训》，对近半个世纪海内外索隐派红学的研究方法及其历史经验教训作了深刻的总结。

郭豫适 其实红学界主张重视红学研究史，批评索隐派的非科学性的人很多，我只是其中一个而已。一方面，要批评红学研究中那些不恰当的东西，另一方面，研究者自身要不断地提高学术素养和学术品格，这是大家的企盼。《红楼梦》是一部大书，是我们民族的骄傲，把红学更好地推向前进，这是新一代学人的学术使命。

二、扬弃与批判继承：文化遗产研究的哲学立场与科学辨正

钟明奇 新时期以来大家都比较关心文化遗产问题。据我所知，您对这个问题也很关心，您在总体上对这个问题是怎样看的？

郭豫适 这的确是个重要的问题。我之所以也比较关注这个问题，这是因为感到我们有些人在对待文化遗产的态度和研究上，存在着盲目性和非科学的倾向，同时一些观念和理论也需要从哲学层次上求得更好的认识和理解。我主张读一点哲学，包括马克思主义哲学，这对我们正确看待这个问题很有必要、很有好处。关于"扬弃"与如何对待文化遗产研究的问题，我在1993年湖南出版社出版的《扬弃与发展：弘扬民族优秀文化》一书的序文中有所论述，这里只能约略而言。

哲学史上有个概念叫"扬弃"，是德语"Aufheben"的意译，音译叫"奥伏赫变"。哲学家黑格尔曾经指出它具有"双层意义"，他说："扬弃一词有时含有取消或舍弃之意，依此意义，譬如我们说，一条法律或一种制度被扬弃了。其次，扬弃又含有保持或保存之意，在这意义下，我们常说，某种东西是好好地被扬弃（保存）起来了。"黑格尔并以此为例指出"德国语言富有思辨的精神"（黑格尔《小逻辑》96节，贺麟译，商务印书馆1980年版）。现在《辞海》以及哲学辞典对"扬弃"的定义是一样的。《辞海》（上海辞书出版社1999年版）说："（扬弃）包含抛弃、保

留、发扬和提高的意思。""指新事物代替旧事物不是简单地抛弃,而是克服旧事物中消极的东西,又保留和继承以往发展中对新事物有积极意义的东西,并把它发展到新的阶段。"这里说到的有保留、抛弃、发扬、提高四项,而我个人的理解,"扬弃"的基本要点有三,这就是保持、舍弃、发扬;稍作更具体一些的解释就是有所保持、有所舍弃、有所发扬。为什么提"有所"? 是要求对事物的认识和判断更有分析性、选择性,避免笼统性。我想我们对待一切历史文化遗产,都应当采取这样一种科学的态度。

我这么说,并不是要将"扬弃"取代我们经常说的对待古代文化遗产的"批判继承"这样的提法。"批判继承"的提法好处是通俗易懂,易为人们接受,"扬弃"的哲学意蕴一般人可能觉得有点艰深。两个提法的根本精神是一致的,即要求人们对文化遗产不要采取全盘肯定或全盘否定的态度,而要采取辩证分析的态度。但我个人的体会是"扬弃"的提法,其思辨性、分析性更强一些。"扬弃"的哲学上的意蕴,可以对"批判继承"这个提法作出有益的补充。我这里还想强调的一点是,"扬弃"这个提法本身已经包含有对我们研究主体自身的一种要求在内。真正懂得"扬弃"并在实践中正确运用并不容易,因为这并不仅仅是一个方法问题,更有研究主体的思想水平、认识水平的问题。它要求研究主体对事物本身的认识,从形式到内容,从现象到本质,有属于自己的独立的思考和见解,有切实的合乎实际的科学的理解和把握。这有利于人们在理论和实践中自觉地不断地去充实和提高自己。

钟明奇 "扬弃"之于古代文化遗产研究,的确是一种新的富有哲学智慧的提法。您能否结合一个具体的实例来谈,比如说我国古代典籍中被称为群经之首的《周易》这部书?

郭豫适 《周易》是我国古代一部很重要的著作,它又被称为《易》或《易经》。《易经》里八卦、六十四卦的推演,确实与古人的占筮有关,所以一般人认为它是一部占卜的书。其实就《周易》一书的根本性质而言,它是我国古代一部包含有丰富的哲学思想、社会政治伦理思想和朴素辩证法思想的著作。

在封建时代，统治阶级用《周易》来占卜的事是有的。不过情况也有不同，有的人是真迷信，有的人只是做做样子，其实并不迷信。我这里讲个故事。清朝康熙年间有个名臣叫李光地，此人官至内阁大学士，并且是个知名的《易》学专家。据记载，李光地常奉诏向圣祖皇帝讲解《易经》。还有一次，皇帝要李用《易经》占卜战争胜败如何，占卜的卦象是败仗，皇帝点头同意，但说此乃敌之败而非我之败。后来事实果然是如此。《清代名人传略》上卷《李光地》对此有较为详细的记载。这个故事说明《周易》并不是什么万能的天书，就是叫李光地这样的《周易》名家去替康熙皇帝占卜，也不能保证其准确性，遑论其他。如果过于迷信用《周易》去占卜吉凶祸福，难免要上当。康熙皇帝毕竟是一个有作为的君主，他对事物的认识水平要比李光地高明得多。他虽然叫李光地预卜战争的胜败，并不是准备依据占卜结果的凶吉来决定是否打这个仗，其实他心里已经决定要打这个仗，并且相信一定能打赢。而后来之所以打了胜仗，依靠的乃是战前正确的谋划和战争期间的正确指挥，与李光地的占卜没有关系。因此，对于《周易》这类古代典籍，我们所取的态度还是"扬弃"，即舍弃其消极的成分，而保留、发扬其积极有益的思想和智慧。至于有些人盲目吹捧《周易》为预测学，有的甚至认为依据它预测天气其准确度可以超过中央气象台，说什么《太极图》《河图》《洛书》是"全部宇宙数理论和宇宙物理论的最高结晶"等等，那只不过是既未真正懂得《周易》也未懂得科学的人编造出来的故作惊人之论。

钟明奇 这些人或许自以为他们是在弘扬中国传统文化遗产，但将传统文化遗产神秘化并不是对它的真正的理解和热爱，也不利于弘扬其真正的价值。您对鲁迅也颇有研究，您是如何看待我国现代文化遗产的重镇——鲁迅及其著作的？

郭豫适 鲁迅与他的著作是个永恒的话题。在我看来，无论是过去还是现在，鲁迅这类人都是极其罕见的。他深刻的思想，对国民性的犀利解剖，其文学创作与学术研究上的杰出贡献，无疑是20世纪中国文化史上一座巍然的丰碑。我们都是高校里从事学术研究的人，就谈谈鲁迅学术研究方面的工作吧,当然要在这个访谈里全面谈鲁迅的学术工作那是很困难的,我们就以他写作《中国小说史略》为例吧。鲁迅逝世时,蔡元培献的挽联是:"著作最严谨,非徒中国小说史;遗言太沉痛,莫作空头文学家。"可见,在蔡元培心中,《中国小说史略》这部著作在鲁迅整个思想文化遗产中所占地位何等重要。鲁迅的一生,其光辉的成就是多方面的。《中国小说史略》充分反映了鲁迅作为我国小说史研究领域的开拓者那种令人敬佩的魄力和学识。中国第一部小说史专著出于鲁迅之手,由他来为中国小说史研究奠定第一块基石是很有意义的。后人做学术研究和写文章经常引用它,决不是出于偶然或者偏爱。我最钦佩的是鲁迅从事学术研究所具有的那种勇于开拓与勤勉踏实的精神。靠着他对大量作品和史料敏锐的审视和精心的研究,他终于"从倒行的杂乱的作品里寻出一条进行的路线来"(《鲁迅全集》第九卷《中国小说的历史的变迁》)治学如此之严谨,毅力如此之顽强,成果又如此之丰硕,可是鲁迅在完稿后仍"时虑讹谬",意识到它的局限和不足,而期望有能够超越它的杰构于未来。诚然,《中国小说史略》也有其不足之处,这主要是由当年所处历史社会背景下主客观条件的局限性所造成的。譬如,我们现在接触到的很多资料,包括流失于海外的珍贵刊本,鲁迅当时就没有条件看到。从这个角度说,处在今天能有这么好的条件乃是我们的幸运。当然,也有人不这么看。有人就鄙视鲁迅,说什么鲁迅的文章"烂"。有的竟骂他是一块"老石头",应该扔掉,甚至骂他是"乌烟瘴气鸟导师"。这种恶骂其实正反映出骂人者自身的浅薄、愚昧与狂妄,是学术研究中一种应当批评的不良思想倾向。

钟明奇 的确,不但在中国 20 世纪,就是在中国整个思想文化史上,鲁迅的伟大是无法否定的。不过,正如鲁迅所言,伟大也要有人懂,真正懂得鲁迅是不容易的。由鲁迅我想到毛泽东。毛泽东说,他的心与鲁迅的心是相通的。十多年前我认真读过您的两篇研究毛泽东文艺思想的重要论文,一篇是发表在《文艺理论研究》1992 年第 4 期随即为《新华文摘》全文转载的《谈〈在延安文艺座谈会上的讲话〉从原本到今本的增删修改》；还有一篇是为纪念毛泽东诞辰一百周年，提交给在庐山举行的"毛泽东论《水浒》、《红楼梦》讨论会"并发表在《华东师范大学学报》（哲社版）1993年第6期的长篇论文《全面正确地学习理解毛泽东有关文学问题的论述》。请您着重谈谈应当如何看待他对我国古代文学的论述。

郭豫适 毛泽东有关文学问题的论述，内容很丰富，是重要的理论遗产。对待毛泽东有关我国古代文学的论述，我们也要懂得"扬弃"。毛泽东关于古代文学有许多精当卓越的评论，个别论述则需要结合特殊背景作实事求是的评议，如《水浒传》是"反面教材"之说就是属于这样的情况。

"文革"后期传出了毛泽东这样一段话："《水浒》这部书，好就好在投降。做反面教材，使人民都知道投降派。"同时指出"《水浒》只反贪官，不反皇帝"（参见《人民日报》1975年9月4日）。说《水浒》"只反贪官，不反皇帝"，这是对的；但说《水浒》是"反面教材"，就值得商榷。不过，我想请大家注意这里存在着一种不协调的情况，即《水浒》是"反面教材"的说法，在毛泽东有关《水浒》的全部论述中是显得很特殊、很突兀的，跟他本人公开发表的许多有关《水浒》的评述不相一致，如在《矛盾论》中肯定地称赞说"《水浒传》上有很多唯物辩证法的例子"，在《中国革命战争的战略问题》中从军事的角度肯定《水浒传》，在《论人民民主专政》中号召"我们要学景阳岗上的武松"。我觉得，我们特别应当重视的是他1958年在审改陆定一《教育必须与生产劳动相结合》一文时，亲自加进了这样一段文字："中国教育史有人民性的一面。孔子的有教无类，孟子的民贵君轻，荀子的人定胜天，屈原的批判君恶，司马迁的颂扬反抗，王充、范缜、柳宗元、张载、王夫之的古代唯物论，关汉卿、施耐庵、吴承恩、曹雪芹的民主文学，孙中山的民主革命，诸人情况不同，许多人并无教育专著，然而上举那些，不能不影响对人民的教育，谈中国教育史，应当提到他们。"

研究中国教育史的人民性问题，竟然联系到施耐庵的《水浒》在内的中国古代小说，把施耐庵的名字放在从孔夫子到孙中山这一连串为数不多的著名人物中间,把《水浒》和我国历史上那些著名作品相提并论,而且是从"人民性""民主文学""对人民的教育"这样一些重要的文学批评范畴和对人民思想教育的角度来作正面的肯定性的评述,应当说这充分反映了毛泽东学术思想、学术视野的活跃和开放,也反映了他对中国古代优秀小说名著思想价值的确认和创造性的见解。这足以说明,在毛泽东心目中,《水浒》这部小说,从总体上说,是一部应当肯定、应当重视的好作品。

说到这里,我想对鲁迅有关《水浒传》的那段话应当再作一次认真的逻辑的思考和判断。鲁迅那段文字见其《流氓的变迁》一文。这段话后面说:"因为不反对天子,所以大军一到,便受招安,替国家打别的强盗——不'替天行道'的强盗去了。终于是奴才。"鲁迅这样的批判,当然是正确的,但他在这段话前面说:"一部《水浒》,说得很分明。"鲁迅这段话前后两层意思的逻辑关系是非常明确的。试想,既然鲁迅认为《水浒》把那些我们今天认为应当批判的东西"说得很分明",也就是艺术地表现得"很分明",那么我们怎么可以断定,鲁迅对《水浒》这部作品本身,是持完全否定的态度呢?又怎么可以利用鲁迅这段话来证明《水浒》这部作品是应当完全否定的"反面教材"呢?所以,我觉得如果全面理解毛泽东、鲁迅有关《水浒》的大量论述,全面分析《水浒传》一百二十回的全部内容和实际价值,那么应当实事求是地说:不应当把整部《水浒》定性为应当彻底否定的"反面教材"。

钟明奇 您对毛泽东谈中国教育史涉及的《水浒》那段文字的评析,对鲁迅有关《水浒》那段话的解释,令人信服。

郭豫适 我觉得,涉及学术文艺问题,要持科学的民主的宽容的态度。人们对文学的爱好和见解很难一致也无须一致,不应当把伟人的个人爱好和见解强加于人,只要言之成理,无论是出于权威或出于普通人,应该同样尊重。

在这方面,我们有一些经验教训可以总结、吸取。譬如,对于李白、杜甫两位大诗人,据说毛泽东更喜欢的是李白,于是学术界就有了"扬李抑杜"的主张和著述。又如,"文革"期间,"四人帮"曾掀起过一个"评法批儒"运动,据说这也是根据毛泽东对历史上儒法两家褒法贬儒的见解,于是从来韩、柳并称的两位大文豪马上遭遇就大不相同,被划入法家的柳宗元被竭力表彰,被划入儒家的韩愈则被彻底批判。显然,在学术研究中,我们既反对"一言堂",反对把毛泽东个人的文学爱好和见解,把他与此有关的言论作为"最高指示"强加于人,也要防止简单化的毛病,即认为毛泽东有关文学问题和作家作品的评述一律加以贬低,认为已经"过时",或认为是属于"左"的东西加以否定。对毛泽东某种场合下不尽圆满或有欠全面、失诸偏颇的说法,我们可以本着百家争鸣的精神作实事求是的分析和讨论,但对他那些精当的、正确的或可成一家之言的学术见解,也应当予以充分的尊重,不应当轻易贬低或否定。例如,毛泽东说他把《红楼梦》"当历史读",这个说法并没有错;不但没有错,而且是《红楼梦》研究中一种比较高层次的或者说是比较深刻的一种见解。毛泽东的基本意思是希望人们对《红楼梦》不要仅仅停留在把它当作故事来读这样一个层面上,而要认识到这部文学巨著具有很高的历史价值,可以帮助我们今天的读者去了解中国封建社会的历史,去认识封建社会和地主阶级的本质面貌。他所说的把《红楼梦》当作历史来读,我们既不能简单地将《红楼梦》理解为属于科学性质的史学著作,更不能像某些红学家那样把它硬说成是某个皇帝或某个贵族或某些名人、名妓生活的所谓"实录"。毛泽东的这个看法,跟恩格斯论法国巴尔扎克的小说、列宁论俄国列夫·托尔斯泰的小说一样,本质上是相通的,是对《红楼梦》认识价值的充分肯定。

三、纯然方法与求实思想:社会科学研究的错误路径与正确导向

钟明奇 我感到在您的学术生涯中,非常重视学术研究的方法。如您研究新旧索隐派红学主要就是从方法论的角度加以评判。您是如何看待学术研究的方法的?

郭豫适 学术研究的方法的确非常重要,新、旧索隐派之所以出

现种种谬误,显然与他们不科学的研究方法大有关系。必须指出的是,在哲学社会科学研究中,我们要辩证地认识方法和思想的关系。治学方法本身并非万能,不能设想只要掌握了某种治学方法,学术工作就能无往而不胜。因为治学方法并不是纯然孤立、超越时空、超越思想的抽象物,并非一种超思想的工具或手段。其实,方法是思想的逻辑展开,是思想的具体化,彼此无法割裂开来。在具体的治学过程中,指导思想如何,正确与否,无疑是决定性的。只有正确的思想与方法相结合才会有助于学术的发展和深化。治学的思想与方法也是有不同层次的,我们要在实践中不断追求思想和方法的深化,才有可能将学术研究推向新的境界。

钟明奇 在当今全球化时代,中西文化交流甚为频繁,您是如何看待西方学者的研究方法的? 能结合一个具体的例子谈谈吗?

郭豫适 好的。我们不妨以德里达及其解构主义为例。德里达是法国著名的思想家、哲学家。他晚年写过《马克思的幽灵》,其中有这样一段文字:"地球上所有的人,所有的男人和女人,不管他们愿意与否,知道与否,他们今天在某种程度上说都是马克思和马克思主义的继承人。"这段文字如果出自他人,人们大约不至于十分惊愕,可这是出自解构主义理论体系创立者和理论大师德里达的笔下,就使人感到很不平常了。人们不得不认真寻思:解构主义不就是对现存的种种具有权威性、统治性的理论、制度、原理性东西的解构、拆散、消弭吗? 解构主义在哲学界、思想界掀起过巨大的波浪,产生了广泛的影响。折腾了那么多年,这位七十多岁的哲学老人,为什么会如此郑重地说出这些话来呢? 那种以解构主义为武器或工具解构马克思主义,认为它早已过时,已经失去其思想意义和存在的价值,应当彻底否定、抛弃,这些思想方法的理论依据何在呢?

学术研究要避免思想方法的片面性,要克服一味求新、盲目跟风的做法。否则,人家讲现代主义,你就把现代主义的观点拿来研究我们的东西;人家讲后现代主义,你又跟着把人家的后现代主义拿来作为指导思想来研究我们的东西;人家讲解构主义,你就以为讲解构主义多么好、多么先进,赶紧用来指导我们的研究,可是等到德里达来中国访问,当众宣称:解构主义并不是你们所理解的那种情况,你们存在着"对我的误解"。这岂不是令人十分尴尬的事。怪谁呢?怪德里达和他的解构主义呢,还是怪你自己?这里我想借用一下王元化提出的批评:"我觉得我们的学风还缺乏踏踏实实的精神,不务精深,而好趋新猎奇,满足于搞花架子,在文章中点缀一些转手贩来自己还未咀嚼消化的新学说新术语,借以炫耀。一些刊物,也往往喜欢发表这类文章。"(参见《思辨随笔·谈浮躁》,上海文艺出版社1994版)人们从此可以获得一点经验教训,上述这种学风和做法实在不是学术研究的正确路径。

钟明奇 这种学术心态姑且称它为"西方依赖症"或者"西方强迫症",实际上是不自觉地让自己的头脑变成了西方学术思想方法的跑马场。学术方法及其运用离不开思想的制约,更需要持实事求是的态度。

郭豫适 在学术探索中,无论运用怎样层次的治学思想与研究方法,我们必须始终坚持实事求是,这是社会科学研究获得成功的基本保证与正确导向。实事求是是学术研究最高的要求,但同时也是最起码的要求。实事求是说起来简单,要真正做到并不容易。在社会科学的研究工作中,常常有某些非科学的因素在起重要的乃至决定的作用。在过去极左路线下,社会科学的研究遭到了严重的破坏。"左"的政治因素的干扰使人们不敢讲真话,当然也无法事实求是。全国正轰轰烈烈地开展批判《水浒》的政治运动,你能公开与"反面教材说"持反调吗?"评法批儒"一来,柳宗元和韩愈分别被戴上"法家"和"儒家"的帽子,你能实事求是地评价他们?在政治运动笼盖学术研究,把政治和学术混为一谈的情况下,学术研究无法真正做到实事求是。

在今天市场经济的环境下,又出现了新的情况,人们很难不受到"孔方兄"的影响乃至接受它的指挥,学术研究要做到实事求是也是不容易的。"左手盘货点钱,右手著书立说",这是一种说法和主张。但我想世上即便有这等高人,毕竟不是一般规律。治学贵在专心致志,心无旁骛。与此相关的又有一种说法是所谓"文化搭台,经济唱戏"。历史文化的研究和宣传在某些人心目中变成了赚钱的工具或手段,于是历史文化遗产的价值和意义就不可避免地被浅薄化、粗鄙化、庸俗化,其文化品格、学术品格遭到了扭曲和损害。例如,有的人以研究《周易》为借口,甚至公开地成立"算命公司",借此骗取钱财;有的人为了显示本土人杰地灵,牵强附会地争着"考证"出古代某位名人其籍贯就在本乡本县。如此等等,都不符合学术研究本身应当遵循的规律,都不是实事求是的做法。

钟明奇 学术研究固然会受到政治与经济等的影响,但它不能庸俗地受制于政治与经济等因素,片面地、功利地为政治与经济等服务,那样的话,就颠倒了学术研究的目的,就不是实事求是。我们在学术研究中强调实事求是,其实就是追求一种学术独立的科学精神。

郭豫适 你这些意见很对,要求学者摆脱环境不利的影响,追求学术独立的科学精神,确实是合理的也是必要的,问题是实际情形很复杂。这里讲一个我自己经历过的事情。1961年,我写了一篇题为《孔夫子和教学法》的短文发表在《解放日报》上,写此短文并没有什么政治的用意。文章大意是这样:孔夫子作为一个教师我觉得很不容易,他回答人家问题针对性很强,比如《论语》里记载有四个人问他"孝"怎么理解,他的回答很不一样,根据对象是什么人,有什么特点,有怎样的水平,有什么问题与欠缺,他就有针对性地讲"孝"是怎么样;如果此人可以在理论上做一点交谈,孔子就同他进行某种讨论式的问答。孔子这样的教学思想、教学方法,就是因材施教,很值得我们学习。该文内容,如此而已。没想到事隔数年,这篇小文章竟被人定为《解放日报》"文革"前发表的六十篇大毒草之一,连刊发此文的编辑也遭到批判。全部理由就只是说什么该文吹捧孔子,与北方尊孔复辟风相呼应。发生在"文革"中的这件事,早已过去了。但进入新时期以来,却又出现了另一种情况,例如,北方某高校某研究员,宣称他研究孔子与《论语》多年,得出结论说,《论语》是一部天文学著作,孔子是一个伟大的天文学家。根据在哪里呢?他说,《论语》的"语"谐音"宇",

所以此书乃"论宇宙"的著作。书中"三人行必有我师"是说太阳、月亮、地球三颗星球运行的天文现象,而孔子"吾道一以贯之",是说孔子创立的"日心说"即"太阳中心说"贯穿《论语》全书。真没想到,《红楼梦》那些测字猜谜的研究方法,弄来弄去弄到《论语》研究中去了!对待孔子,我们怎能在为了政治上的目的要批判他的时候,就把他打倒在地;为了其他目的要捧他的时候,又凭空给他加上一顶"天文学家"的桂冠?如此翻来覆去,怎能正确地阐释孔子和他的思想学说的价值?

钟明奇 把孔子说成是"天文学家",真是闻所未闻。刚才我们谈了孔子这个人,我们是否还可以结合一种较为重要的文化现象来谈,比如说儒教,有人说儒学是宗教,您是如何看待这个问题的?

郭豫适 我不赞成把儒家学说看成一种宗教。这里首先要搞清楚什么是宗教。诚然,给宗教下定义很难。一般认为,承认并信仰在现实世界之外存在着一种主宰自然和社会的超自然、超人间的力量,这就是宗教。宗教本身有许多特点,其中最重要、最突出的一个本质特点,就是承认并且信仰神,认为世上万物由他创造和主宰,人类对此莫可奈何。人们对神只能虔诚崇拜,一切依赖、听命于他,不能有任何不敬和违逆,认为如此方能消罪避祸、积德获福。在我看来,所谓儒教,主要是儒家的学说;所谓"教",指的是教化,而不应理解为宗教。儒学就其性质而言,主要是一种社会政治伦理学说,把它说成是宗教恐非所宜。

但确有学者把儒学看成是宗教。上世纪80年代出版的一本《宗教词典》中有"儒教"条目,就把儒教定义为"中国封建社会长期形成的特殊形式的宗教",认为"孔子是教主",把传授儒家学说的教师称为"神职人员",把学习儒学的儒生比附为"教徒",还说儒教"提倡'存天理,去人欲',使宗教社会化,把俗人变成僧侣,使宗教生活、僧侣主义、禁欲主义、蒙昧主义、偶像崇拜渗透到每一个家庭"。这些说法无疑是可以商榷的。"孔子是教主"的说法就有欠妥当。第一,孔子在中国固然是个历史伟人,但无论是生前还是死后,他在中国人心目中的地位时有沉浮,并不是一贯地至高至尊,像上帝、神灵那样永远处于绝对无可怀疑的境地。明代李贽对孔子就颇不恭敬,在《答耿中丞》中就明确地反对以孔子之是非为是非。其次,说儒学是宗教,说孔子是教主,这和孔子本人有关鬼神的看法和主张是不合拍的。《论语》中孔子的名言之一是"未知生,焉知死"?他强调研究的是"事人"而不是"事鬼"(即事鬼神),这就是说,他强调应当研究的是人生现实,而不是研究人死后灵魂的有无以及是否会进天堂或入地狱之类,而后者恰恰是宗教的一个本质特点。我们知道,"子不语怪、力、乱、神"(《论语·述而》),所以,鲁迅在《论雷峰塔的倒掉》一文中说:"孔丘先生确是伟大,生在巫鬼势力盛行如此旺盛的时代,偏不肯随俗谈鬼神。"再次,把传授儒家学说的教师称为"神职人员",把学习儒学的儒生比附为"教徒",也很不妥当。孔子教导学生"知之为知之,不知为不知",他其实是很理性的,对包括学问在内的客观存在事物并不主张像宗教那样盲目崇拜,而真正虔诚的宗教信徒就难以保有认同、保持有孔子那种理性地对待事物的认知精神。最后,儒学本身有一个发展的过程,孔子的学说跟后来理学家的学说并不相同。上述《宗教词典》一方面将孔子视为儒教的教主,一方面又将后来理学家提出的"存天理,去人欲"作为基本教义,甚至说儒教"使宗教社会化,把俗人变成僧侣,使宗教生活、僧侣主义、禁欲主义、蒙昧主义、偶像崇拜渗透到每一个家庭",这也是夸大失实之词。即以孔子而论,他决不主张"存天理,去人欲",如他说:"食不厌精,脍不厌细","惟酒无量,不及乱",如此等等,是大家所熟知的。他说"不义而富且贵,于我如浮云",并非一概否定生活享受,他并不是什么禁欲主义者。总的来说,儒家学说主要是一种有关社会政治教化、封建伦理教化的学说,它追求的是从个人修身、齐家,进而实现治国、平天下的理想,虽然也有封建落后性和某些唯心主义的糟粕,但把它等同于宗教是不妥的。

四、"面向经济"与"推向经济":中国教育发展的市场选择与人文关怀

钟明奇 我们上面谈了《红楼梦》和红学研究,谈了对待文化遗产

所应采取的基本态度,也谈了学术研究的方法和思想,所有这些问题,与中国的教育特别是高等教育均有密切关系。作为一个在高校从事教学与科研已超过半个世纪的教育家,您是如何看待市场经济条件下的中国教育的?

郭豫适 教育家我称不上,我对教育学缺乏专门的精深的研究,不过对如何全面地、科学地理解、处理好教育与经济的关系,对我国教育的现状和问题,我可以谈一点个人的浅见。就教育和经济二者的关系而言,最主要的是要防止两种倾向。一种是,教育就是教育,经济就是经济,两者是"不搭界"的;另一种看法是,不顾及教育的特殊性,片面地强调把教育推向市场。我认为教育要注意面向经济,但不能推向经济。"面向""推向"看似相同,实质有异。我国当前教育问题甚多,其中一个带根本性的问题就是轻视教育自身的特性和规律,在处理教育与经济建设关系问题上存在着简单化的毛病。

我们国家的基本路线是以经济建设为中心,我们的教育理所当然地要为社会主义市场经济服务。同时,教育作为一种上层建筑,它必须适应并有助于向前发展的经济建设。教育和经济二者应是共存共荣的关系,密切相关,相互依靠。从事教育工作和从事商业工作是一种社会分工,这种社会分工是必要的,但教育和经济不能说是你归你、我归我,"不搭界",这是一方面。另一方面,我们又必须如实地指出教育活动和经济活动均属人类自觉的社会活动,各有其特殊的性质、特点和规律。办学校和开商店毕竟很不一样,开一个商店,今年挣到钱就干,明年如果亏本可以关门不干,或者易地再开一个能挣到更多钱的商店。可是办一个学校就不能如此。学校教育是一个时期很长的育人的过程,它培养的学生毕竟不是商店售给顾客的食、穿、用的物品。学校的根本任务是为整个国家培养合格的人才(包括为经济界培养的人才),不是商品买卖那样的短期行为,我们的教育要对国家、对社会、对未来负责。再说,经济活动、商业活动的规律不等同于教育活动的规律,不能相互替代。教育要为市场经济服务,但不能只是为市场经济服务;同时,教育为市场经济服务还有一个直接间接服务的问题。如果只讲教育必须遵循市场经济规律，不讲教育必须遵循教育规律；只讲教育为市场经济服务，不讲或不全面地讲教育的目标；只讲教育必须符合市场经济的需要，不讲或不全面地讲教育必须面向两个文明建设的需要，如此等等，那就很不妥当。应当说这是缺乏科学发展观，对事物缺乏辩证分析，存在着片面性、简单化。从根本上看，教育不仅开发人的聪明才智，它同时还培育人的心灵和品格，使人类自身得到不断提高，所以教育又是整个人类社会不断走向新的物质文明和精神文明的重要基础。

人是历史和社会的产物，就人类个体的培养过程而言，人乃是教育的产物。教育关系到我们的现在和我们的未来。我国社会当今的发展趋势和未来状况究竟如何，归根结底取决于我们能够培养出什么样的人。我们教育的目标是培养出一代又一代全面发展的新人，其中必然包括经济发展所需要的人才，但决不能只着眼于培养经济强人。当今教育领域相当普遍地存在着重物质而轻精神、重经济效益而轻人文教习的倾向，以及种种急功近利的错误做法，并已经出现了种种不良现象和后果，这正是许多有识之士深感忧心的问题。看来，在今天市场经济环境之下，学术研究和学校教育要完全摆脱其制约和影响是很困难的，但正因为如此，我们从事学术研究和学校教育的人们，尤其是处于某些决策岗位的领导同志，似乎更应该负起责任，更应该保持清醒的头脑，更需要自觉地注意维护学术研究和学校教育的独立地位，在理论和实践中体现其本身的科学规律和独立品格。

钟明奇 谢谢郭先生，辛苦您了。您所谈多方面的问题，对人文社会科学都很重要，并且给人以有益的启发。

郭豫适 我只不过谈了自己治学的一点经历，以及对一些问题的所见所闻和所想，是否有当，和大家共同研讨。为了这次访谈，你也辛苦了，谢谢你，也谢谢《文艺研究》编辑部，祝刊物越办越好。

（原载《文艺研究 2009 年第 5 期》）

后记:从红学索隐派说到"秦学"研究及其他

一

这本书收集了笔者历年发表的评述红学索隐派,特别是批评其研究方法的文章,在朋友们的建议和催促下,现在结集交华东师范大学出版社出版。出版这本书主要目的是想说明,红学索隐派的研究方法是错误的、非科学的。读者们不要相信这些出诸主观猜测的不切实际的东西,研究家也不要在索隐派之路上继续追求出新,再去搞这种猜谜式的研究了。由于以前写的一篇拙文《拟曹雪芹"答客问"》表达的就是这样的意思,所以就把它拿来作为本书"代自序"放在卷首。

本书分上辑《历史篇》、下辑《评论篇》和附辑《访谈篇》。《历史篇》所收文章,是从拙著《红楼研究小史稿》(上海文艺出版社,1980年1月)和《红楼研究小史续稿》(上海文艺出版社,1981年8月)两本书有关章节中摘编的。《评论篇》所收集的则是先后在报刊上发表的单篇文章,大多数是在上述两本书出版后陆续发表的。至于《访谈篇》,所收的文章分别见诸《文学报》、《文汇报》、《光明日报》、《文艺理论研究》和《明清小说研究》,谨向各文诸位执笔同志致谢。上述这些文章,由于发表的时间不一,发表的刊物及其需要又不一样,故内容篇幅详略不同,行文也有所重复,这是需要请读者鉴谅的。

二

一个时期以来，人们注意到书店和书摊上不断地有一些新索隐派或准索隐派的著述出现，这类书籍的题目出现了一种变化。或许是由于索隐派经常受到批评，为了避嫌；或许是由于追求出新，显示自己的研究吸取了新的科技概念和方法；也可能这两种原因兼而有之，总之这些书避免使用"索隐"而改用"揭秘""大揭秘"或"密码""解码"这类新的名目和时髦字样。出版物冠上这类名称，主要是反映了出版商的目的和要求，是为了使书名"夺目"，也就是吸引读者的眼球，引起读者的兴趣，这样就有利于图书的推销。

不过，应当说明一下，也有个别书籍使用"揭秘""大揭秘"的字样，其编著者并不是索隐派，不能一概而论。辽宁古籍出版社1997年出版的一套丛书，总书题就叫《红楼梦本事大揭秘》，其中包括有《红楼梦与顺治皇帝的爱情故事》（上中下）、《红楼梦释真》、《红楼梦真谛》、《红楼梦本事之争》、《红楼梦与个人家事及宫闱秘事》、《红楼梦与金瓶梅之关系》。这套丛书的几位编者，对索隐派这些著述是明确地持批评反对态度的，这只要看编者在卷首所写的《导读》就一目了然。《红楼梦与顺治皇帝的爱情故事》的《导读》就明确告诉读者："索隐派观点的荒谬并不仅仅由于理论基础的薄弱，更重要的还在于其索隐方法的非科学性。"当年那套丛书出版之前，张庆善同志来信，商请我同意他们从《红楼研究小史稿》《红楼研究小史续稿》中摘编有关索隐派的评述，附在丛书之内。我回信时，一方面对《红楼梦本事大揭秘》书名提了意见，另一方面知道他们是有批判地推出旧红学索隐派著述，就同意他们的要求，由他们自行摘编。现在提起此事是想说明，不要仅从书名"揭秘"、"大揭秘"就怀疑那套丛书的编者是索隐派或者索隐派赞同者。还是那句老话，对待事物要由表及里，买商品不是买包装，对待文化商品也是如此。

十多年前，刘心武同志开始发表红学文章，第一篇就发表在《红楼梦学刊》(1992年第2期)上。在那篇《秦可卿出身未必寒微》中,他提出秦可卿并非像小说中所说的那样,"是一个小官从育婴堂抱来的"。根据他的猜测,秦可卿其实是康熙皇帝的废太子允礽的女儿,她之所以被隐藏在贾府,其实是皇家废太子这一派跟曹家暗地里所作的一桩"政治交易"。至于她在天香楼自尽那也不是由于她与公公贾珍奸情败露,而是由于政治阴谋败露,她只得受命就地自尽。总之《红楼梦》是写清廷政治斗争的书。文末还说:"也许,这样一些猜测全经不起红学家的厉声呵斥。"对于此文,陈诏同志撰文提出商榷,认为《红楼梦》小说里之所以存在某些"疑点",根本原因是由于小说成书修改过程中,秦可卿的形象几经改塑,使作者原来意图有很大的改变。这也可以说是红学家们共同的看法。陈文批评说:"刘文中所说的'疑点',其实并无可疑之处,根本不需要捕风捉影,寻找政治上的弦外之音。"(《秦可卿出身寒微吗? 她可能是削爵亲王之女吗?》,见《红楼梦之谜》,上海古籍出版社,1994年1月)《红楼梦学刊》发表刘心武同志的观点和方法有问题的文章,足见不存在压制或排斥"民间红学家"的问题。老实说,红学史上宫闱秘事啦,宫廷争斗啦,这类说法多的是。对刘这篇文章许多红学家并不认同,也未予以重视,只是个别红学家提出批评而已。

但是近年来,情况有了很大的变化,中央电视台"百家讲坛"以大量时间让刘心武同志一次接着一次地大讲他的"秦学","秦学"的书又一本接着一本地出版发行,如《刘心武揭秘红楼梦》、《刘心武揭秘红楼梦》(第二部)以及《红楼望月——从秦可卿揭秘〈红楼梦〉》等等,在听众、读者中产生了广泛影响,这才引起多位同志的重视,觉得有必要加以批评澄清,在访谈或文章中严肃指出,不能吹捧"秦学"。指出刘心武的"秦学"不过是利用索隐派的方法编造故事,是新红学索隐派的典型。如有篇文章所作的批评就非常有理有据,并明确地指出:"从红学热卖品'秦学'看索隐派回头路走不通。"(蔡义江语,载《红楼梦学刊》,2006年第1辑),近又见有郑铁生同志的专书《刘心武"红学"之疑》(新华出版社,2006年1月),全面质疑刘心武的红学(含"秦学")研究,深入评述其根源、本质和特点,指出新索隐派著述的错误及其不良影响。笔者认为,学术问题只能通过学术批评和反批评逐渐求得解决,短时间解决不了也不用着急。至于"围攻"之说,我看不能成立。

那么,人们批评刘心武是新索隐派,这批评是否乱扣他的帽子呢?刘心武说他自己不是索隐派,而是"探佚学中的考证派",实际情况又是如何呢?还是让刘心武自己的"秦学"著述说话,请读者自己据实评议罢。

刘心武有一篇文章《"友士"药方藏深意》(见《红楼望月》,书海出版社,2005年4月)有一段批评他人的文字:"《红楼启示录》有'张先生与秦可卿'一段,认为'张先生看病一节平平',这是没有读懂或至少未经深思的轻率之言",是对原著的"误读",是未能领会曹雪芹的"深意"。总之,《红楼梦》第十回下半回《张太医论病细穷源》王蒙"没有读懂",只有他才能"读懂"。刘心武说那是一回十分紧张的文字,写的是"有着皇族血统的秦可卿,因等待至关紧要的其家族在权力斗争中决一雌雄的最终消息",因此而焦虑致病,而张太医所开的那张药方:"人参、白术、云苓、熟地、归身",根本不是一张一般的药方,"实际上是一道让秦可卿自尽的命令。"为什么呢?刘心武说:

> 那十个字可分为两句读:"人参白术云:苓熟地归身。"也就是告诉秦可卿为家族本身及贾府利益计,令她就在从小所熟悉的地方——具体来说就是"天香楼"中"归身"即自尽。所以秦可卿死时向凤姐托梦有"我今日回去,你也不送我一程"的话。"人参白术"是谁呢?我们都知道"参"是天上"二十八宿"之一,倘"白术"可理解作"半数"的谐音,则正合十四,而康熙的(引者按:"的"似应作"第")十四个儿子争位的恶斗一直继续到四子雍正登基之后。

我觉得刘心武对张友士一张药方的解释,完全可以跟香港索隐派"不过如是斋"李知其先生《红楼梦谜》一书中对紫鹃所说那碗汤"火肉白菜,加了一点虾米儿,配了点青笋紫菜"所作的解释相提并论。刘心武这段文字其牵强附会可谓一目了然。在他"考证""探佚"之下,五种药忽然变成了两句话,于是药方变成了密令。五种药全都作了符合研究者主观需要的解释,对中间的一种药的解释则变个法子,将"云苓"一分为二,"云"当作子曰诗云的"云"来解释,"苓"则以谐音直接解释为命令的"令"。请读者想一下,如果没有先入之见,能出现这样挖空心思的解释吗?李知其的说法:紫鹃所说那碗汤,其实是"作了一个史事报告","'火肉'谐音鹅肉,白彩的鹅肉,就是天鹅肉";"'虾米儿'读蛤蟆儿";"青笋紫菜"谐音是"清顺治来"。李知其说曹雪芹这里藏着这样的深意:"这碗汤恐怕是说:弘光帝那个癞蛤蟆,只为好色想吃天鹅肉,看看快把江山配给了清顺治帝了。"(参见本书《论"〈红楼梦〉毫无价值论"及其他》)刘心武跟李知其这种解释看似很新鲜,"其实它的基本思想和研究方法全是索隐派的老一套"(同上)。

　　王蒙在《张先生与秦可卿》中说:"从多数红学家的已成定论的解释,秦氏与贾珍有染,乃悬梁自尽而死,自可说通许多疑团。"我看这是实事求是之论。而刘心武的"揭秘",却说"友士"谐音"有事",张友士的真实身份是"政治间谍",是上面派来下达紧急指令给秦可卿(并无史料可证废太子允礽有这样一个女儿避祸藏匿于贾府),命令她尽快就地自尽。把一般人公认的并且有小说的描写(包含某种暗示)为凭的看法:秦可卿因奸情败露羞愤自尽,改说成是出自刘心武的"悟性"的推测——秦可卿是因政治集团的夺权阴谋败露所导致的政治性的自杀。两种说法哪个接近实际?刘心武同志如此刻意求深,是否疑心过重?是不是在红学研究中太突出政治了?曹雪芹写小说《红楼梦》真是这样时时处处突出政治吗?把个人推测所得的主观意念凌驾于小说文本之上,这不正是索隐派的研究方法吗?在此基础上建立起来的"秦学"又怎能靠得住呢?这样的做法能算是科学研究吗?考证应是求真务实,评断应以客观事实为据,最忌主观猜测,而秦可卿是废太子之女,张太医是"政治间谍",恰恰是查无实据、出诸想象和猜测的说法,属于编创小说而不属于科学考证,所以刘心武同志自称"考证派",

其实并不恰当。

三

我国目前包括红学在内的学术研究环境亟需改善,有两件事特别应该引起足够的重视。其一,就外部环境而言,必须大力整顿图书市场秩序,以切实有效的政策和措施,严肃查办和制止盗版书和假书;其二,就内部环境而言,学术界同仁很需要总结学术研究的历史和现今的经验教训,努力形成学术规范化,平心静气地开展正常的而不是情绪化的学术批评和争鸣。

我手头有一本题为《〈石头记〉密码:清宫隐史》,厚厚的近七百页,约七十万字。书的封面和版权页上署名隋邦森、隋海鹰著,中央编译出版社2005年7月出版。此书内容完全是索隐派的观点和方法,它向读者宣布这样新的研究成果:"《石头记》作者中有政治家、文学家与历史学家";"悼红轩"隐射清宫档案馆;"'曹雪芹先生'隐射吴禄,他青少年时代在养心殿当差,后来在清宫档案馆当差。他是《石头记》的主要作者"。这些自以为出新的论述真令人莫名其妙,只好摇头叹气。而此书错别字之多,又着实令人吃惊,短短一篇不到三页的《序言》,错别字和引文错漏的字就有二三十个!王梦阮变成"王梦沅",戚蓼生变成"戚廖生""戚廖生",弑其父变成"就其父","一手二牍"变成"一手二犊",逆料变成"塑料",如此等等。可以肯定此书必定是盗版书无疑。

最近更出现了一本名为《刘心武揭秘〈金瓶梅〉》的"新书",号称作家出版社2006年3月第一版,封面上还写着:"刘心武:《金瓶梅》比《红楼梦》更伟大,因为它能那么冷静地描写那么脏的东西。其实它是最干净的,称其为金学。"这一来弄得刘心武和作家出版社不得不发出联合声明:"刘心武至今并没有这样一部书稿交付任何出版社出版,更从来没有该书封面上所宣扬的那种观点。何况造假者造出的句子根本不通,也没有写过那样的题画诗。作家出版社没有出版过这样一本书。"(据《新民晚报》3月29日记者李菁报道)不法书商如此妄为,实在可恨,应当认真查究。

为了推进科学研究,总结和吸取前人和当今学术研究中的经验教训很有必要。以研治《红楼梦》研究史而言,就有其重要的学术意义,也为国内外学者和读者所需要。拙著《红楼研究小史稿》(1980年1月)、《红楼研究小史续稿》(1981年8月)出版以后,又陆续出版有韩进廉的《红学史稿》(河北人民出版社,1981年11月)等好几种,恕不一一列出;最近出版的是陈维昭的《红学通史》(上下册,上海人民出版社,2005年9月),篇幅达一百万字。上述我个人的两本拙著,今年下半年也将在海外再版印行,韩国新星出版社和首尔出版社将出版笔者四卷本文集,并编入"中国学研究丛书",《红楼研究小史稿》《红楼研究小史续稿》是个人文集的第一卷和第二卷。红学史著作今后还会继续出现,如多卷本的《红学通史》将更为全面深入,更为人们所期待。多种多样的红学史著作的撰写和出版,有利于大家从各个方面探讨红学研究的丰富经验(包括负面经验),假如有人撰写专题的红学史,如《红楼梦评点史》《红楼梦索隐史》,那也将是有益的著述。当然,正如对于研究者来说,红学史有个如何撰写的问题;对于读者来说,红学史有个如何阅读的问题。换句话说,作为研究主体和阅读主体的人,都需要不断提高自我水平,才能正确地识别精华糟粕。否则,如果态度和方法不当,看了一本《红楼梦》的"索隐史",不但不能从中吸取有益的经验教训,反而信从索隐派的伎俩,搬用来进行新的索隐,那就叫做得不偿失或求得反失。不过,这已经是另外的话题,这里也就不赘说了。

学界同志们很可以静下心来,共同探讨《红楼梦》研究中某些理论主张及其在实践中出现的问题。例如,有这样一种主张:考证派和索隐派"合流",而且以往和近些年有些红学著述就已经在这样做了。笔者对此是很不赞成的。在《索隐派红学的研究方法及其历史经验教训》(参见本书下辑)一文中,我曾经说,科学考证和主观索隐两者存在着根本的区别,无论"就提出论题而言","就论证过程而言","就结论验证而言","就研究价值而言",两者都很不一样或者根本对立。这里,我只强调一点,即从方法论上说,这两种研究方法的不同不是一般的不同,而是本质上的不同,两者是不能也无法合流的。但"合流说"者自有其追求和设想,看来索隐派和考证派双方各有一些人(不会是全部)是希望两者沟通、彼此互补。前者是为求其研究增添一抹科学的色彩,一般读者一见说是科学考证,自然会以为其可信度有了提高,而不加反对;后者是为更能尽情发挥个人"悟性",拓展思维空间,而索隐派毫无拘束、自由猜测的特点和方法(如谐音、拆字、猜谜等)正可随意加以利用。主观索隐太玄虚而需要科学考证来充实,科学考证嫌枯燥而需要自由想象来调剂。无奈这种设想面对的是无法克服的障碍,两种研究的思想方法各有其质的规定性,无法合一,硬使两者"合流"的结果,索隐派只是作了一点"科学"的包装,考证实际上并不能济"索隐"之穷;而硬将考证的科学性和索隐的非科学性羼杂在一起,必然会使科学考证受到严重的伤害。当然,这些问题为何产生以及如何解决,都不是三言两语就可以说清或短时间的讨论就可以解决的,那需要大家进行耐心的长期的研究和讨论。

  以上拉杂写来,是否恰当,请读者批评指正。本书得以编成出版,承京沪友人的建议和促进,又蒙华东师范大学出版社领导的鼎力支持和责任编辑的诚挚相助,在此谨表衷心谢意。

郭豫适
2006年4月8日写于半砖园寓所

郭豫适著述辑要编年

1959 年

1.《曹操的诗有"一定的人道主义精神"——评复旦〈中国文学史〉对曹诗的评价并与贾流同志商榷》,《解放日报》3 月 17 日,收入《中国文学史讨论集》(中华书局,1959 年 10 月版),加写附记

2.《应该把作家文学视为"庶出"吗?——"民间文学正宗说"质疑(程俊英、郭豫适)》,《解放日报》3 月 19 日,收入《中国文学史讨论集》(中华书局,1959 年 10 月版)、《程俊英教授纪念文集》(华东师范大学出版社,2004 年 12 月版)

3.《"民间文学主流论"及其他》,《解放日报》7 月 8 日

1961 年

《略论古典文学中现实主义与浪漫主义相结合的问题》(万云骏、郭豫适),《文汇报》5 月 17 日

1962 年

1.《关于古典文学中现实主义与浪漫主义相结合问题的讨论》,《学术月刊》1962 年 1 月号

2.《杜甫对于儒家思想的继承和批判——为纪念杜甫诞生一千二百五十周年而作》,《解放日报》5 月 29 日

1963 年

《关于教学和科学研究的关系问题》,《学术月刊》1963 年 7 月号

1964 年

1.《论〈红楼梦〉思想倾向性问题——兼评讨论中的意见分歧》,

《华东师范大学学报》(人文社科版)1964年第2期,收入《红学三十年论文选编》(刘梦溪编,百花文艺出版社,1984年8月版)

2.《关于〈红楼梦〉思想倾向的讨论》,《学术月刊》1964年2月号,《新华月报》1964年3月号全文转载

3.《列宁怎样评论列夫·托尔斯泰——重读列宁论托尔斯泰的论文》,《学术月刊》1964年7月号

1973年

《西游记》前言(郭豫适、简茂森执笔),人民文学出版社《西游记》1973年、1980年版,后依据1980年版前言修改为"论《西游记》"一文

1979年

《漫谈模拟的"死"、"活"和创造》,《人民教育》1979年第10期

1980年

1.《红楼研究小史稿(清乾隆至民初)》,上海文艺出版社,1980年1月版

2.《从胡适和蔡元培的一场争论到索隐派的终归穷途》,载《红楼梦研究集刊》第四辑,上海古籍出版社,1980年版

1981年

1.《西方文艺思想和〈红楼梦〉研究——评介〈红楼梦〉研究史上的"新谈"、"新评"、"新叙"》,《学术月刊》1981年2月号,收入《二十世纪中国文学史论文集粹·小说戏曲卷》(河北教育出版社,2001年1月版)、《红学三十年论文选编》(刘梦溪编,百花文艺出版社,1984年7月版)

2.《应当实事求是地评价〈红楼梦〉后四十回——兼评〈红楼梦〉研究史上有关续书问题的评论》,《华东师范大学学报》哲学社会科学版,1981年第4期

3.《学会比较分析的方法——鲁迅论文化遗产问题学习札记》,《语文学习》1981年第8期

4.《红楼研究小史续稿(五四时期以后)》,上海文艺出版社,1981年8月版

按:《红楼研究小史稿(清乾隆至民初)》与《红楼研究小史续稿

（五四时期以后）》1984 年获上海市高等学校哲学社会科学研究优秀成果二等奖，1986 年获上海市哲学社会科学优秀成果奖

5.《鲁迅全集》（十六卷注释本，郭豫适为全集责任编辑之一），人民文学出版社，1981 年版，1994 年获国家图书奖荣誉奖

6.《拟曹雪芹"答客问"——红学研究随想录》，《光明日报》1981 年 12 月 21 日，收入《中国作家名篇欣赏》，中国文学出版社，2004 年 4 月版

7.《红楼梦问题评论集》，上海文艺出版社，1981 年 12 月版

1982 年

《鲁迅论中国古代暴露性小说》（郭豫适、荀茵），《文艺理论研究》1982 年第 2 期

1983 年

1.《离奇曲折的艺术构思——读〈无双传〉》，收入《唐传奇鉴赏集》，人民文学出版社，1983 年 2 月版

2.《艺术幻想中的批判与追求——读〈罗刹海市〉》（郭豫适、荀茵），收入《聊斋志异鉴赏集》，人民文学出版社，1983 年第 12 月版

1985 年

1.《中国古代小说论集》，华东师范大学出版社，1985 年 1 月版

2.《论〈水浒传〉——关于宋江的形象与招安问题》，收入《中国古代小说论集》（华东师范大学出版社，1985 年 1 月版），此文后半部分载于《文艺理论研究》1984 年第 4 期

3.《从尤二姐之死论王熙凤》，收入《中国古代小说论集》（华东师范大学出版社，1985 年 1 月版）、《名家图说王熙凤》（俞平伯等著，文化艺术出版社，2007 年 4 月版）

4.《考证与真假问题——谈曹雪芹"佚诗"的考辨》，收入《中国古代小说论集》，华东师范大学出版社，1985 年 1 月版

5.《论〈金瓶梅〉》，收入《中国古代小说论集》，华东师范大学出版社，1985 年 1 月版

6.《一支凄婉动人的恋歌——评唐代小说〈莺莺传〉》，收入《中国

古代小说论集》，华东师范大学出版社，1985 年 1 月版

  7.《李贽评传》，收入《中国历代著名文学家评传》第四卷，山东教育出版社，1985 年 2 月版

  8.《关于"脂评"问题——论全盘批倒"脂砚斋评"之不当》，《华东师范大学学报》哲学社会科学版，1985 年第 4 期

  9.《〈世说新语〉思想艺术散论》，收入《中国古典小说戏曲论集》(赵景深主编)，上海古籍出版社，1985 年 6 月版

1986 年

  1.《善与恶、美与丑的斗争——读〈灌园叟晚逢仙女〉》(郭豫适、荀茵)，收入《古代白话短篇小说鉴赏集》，人民文学出版社，1986 年 1 月版

  2.《三国演义选粹》(郭豫适、荀茵编)，上海教育出版社，1986 年 11 月版

  3.《论"红楼梦毫无价值论"及其他——关于红学研究中的非科学性问题》，《华东师范大学学报》哲学社会科学版 1986 年第 3 期，收入《中外学者论红楼》，北方文艺出版社，1989 年 6 月版

1987 年

  1.《中国古代小说论集》(二版)，华东师范大学出版社，1987 年 5 月版

  2.《论王国维的〈红楼梦评论〉》，收入《王国维学术研究论集》第二辑(吴泽主编)，华东师范大学出版社，1987 年 5 月版

1988 年

  《红楼梦研究文选》(郭豫适编)，华东师范大学出版社，1988 年 4 月版

1989 年

  《〈鲁迅·增田涉师弟答问集〉中译本序》，见《鲁迅·增田涉师弟答问集》，华东师范大学出版社，1989 年 7 月版

1990 年

  1.《中国小说批评史略》(方正耀著，郭豫适审订)，中国社会科学

出版社,1990年7月版

2.《〈红楼梦十论〉序》,《上海大学学报》[哲学]社会科学版1990年第4期。按:《红楼梦十论》,黄立新著,复旦大学出版社,1990年6月版

3.《关于中国古代小说理论批评特点问题——〈中国小说批评史略〉序》,见《中国小说批评史略》(方正耀著,郭豫适审订),中国社会科学出版社,1990年7月版

1991年

《论民族传统文化的扬弃与发展》,《文艺理论研究》1991年第3期

1992年

1.《中国古代小说论集》(修订三版),华东师范大学出版社,1992年2月版

2.《谈〈在延安文艺座谈会上的讲话〉从原本到今本的增删修改》,《文艺理论研究》1992年第4期,《新华文摘》1992年第10期全文转载

3.《马克思主义辩证发展观的光辉体现——学习理解邓小平同志〈谈话〉中的辩证发展观点和辩证分析方法》(署名余思),《华东师范大学学报》哲学社会科学版,1992年第5期

4.《论红楼梦及其研究》,上海古籍出版社,1992年12月版

1993年

1.《扬弃与发展——弘扬民族优秀文化》(郭豫适主编),湖南出版社,1993年1月版

2.《文白对照历代世说精华丛书》(五卷本,郭豫适主编),东方出版中心,1996年1月版

3.《社会科学争鸣大系》(1949—1989)文学·艺术·语言卷(蒋孔阳主编,郭豫适为副主编之一),上海人民出版社1993年版,1993年获上海社会科学学会联合会优秀学术成果特等奖,1994年获上海市哲学社会科学优秀成果一等奖

4.《全面正确地学习理解毛泽东有关文学问题的论述》,《华东师

范大学学报》哲学社会科学版 1993 年第 6 期,曾获上海市哲学社会科学优秀成果一等奖

　　5.《关于弘扬民族优秀文化的几个问题》,收入湖南出版社《扬弃与发展——弘扬民族优秀文化》,1993 年 1 月版

1994 年

　　1.《中国小说批评史略》(韩国语版,方正耀著,郭豫适监修,〔韩〕洪尚勋译),韩国乙酉文化出版社,1994 年 1 月版

　　2.《胡乔木同志访晤施蛰存先生记》,《文艺理论研究》1994 年第 1 期,收入《回忆胡乔木》(刘中海等编,当代中国出版社,1994 年 9 月版)、《我所知道的胡乔木》(杨尚昆等著,当代中国出版社,1997 年 5 月版)、《庆祝施蛰存教授百岁华诞文集》(上海古籍出版社,2003 年 10 月版)

　　3.《在建设物质文明的同时要重视精神文明的建设》,《华东师范大学学报》哲学社会科学版 1994 年 3 月研究生院专刊

1995 年

　　《红学批评应当实事求是》,收入《中华文史论丛》第 54 辑,上海古籍出版社,1995 年 6 月版

1996 年

　　1.《论儒教是否为宗教及中国古代小说与宗教的关系》,《华东师范大学学报》哲学社会科学版 1996 年第 3 期,收入中华书局(香港)有限公司《中国小说与宗教》1998 年 8 月版、华东师范大学出版社《庆祝徐中玉教授九十华诞文集》2003 年 9 月版,曾获上海市哲学社会科学优秀成果一等奖

　　2.《胡适治学的思想和方法》,《学术月刊》1996 年 1 月号,收入《胡适研究丛刊》第 2 辑,中国青年出版社,1996 年 12 月版

1997 年

　　1.《传世藏书·子库·小说部》(十卷本,郭豫适、黄钧主编),海南国际新闻出版中心,1997 年版

　　2.《型世言》(〔明〕陆云龙编撰,郭豫适、邵循瑛整理),海南国际

新闻出版中心,1997年3月版

　　3.《王国维治学的思想和方法——纪念王国维诞生一百二十周年、逝世七十周年》,《红楼梦学刊》1997年第4期

　　4.《学、思、作三结合——谈怎样读书及其他》,收入《当代百家话读书》,广东教育出版社、辽宁人民出版社,1997年6月版

　　5.《文化遗产研究要端正思想和方法》,《文艺理论研究》1997年第6期

　　6.《郭豫适自述》,收入《中国社会科学家自述》(国务院学位委员会办公室编),上海教育出版社,1997年12月版

1998年

　　1.《中国小说史略》(鲁迅撰,郭豫适导读,《蓬莱阁丛书》之一种),上海古籍出版社,1998年1月版,至今已重印十余次

　　2.《文学遗产研究要端正思想和方法》,《文汇报》1998年2月20日

　　3.《正确认识和评价贾宝玉林黛玉的爱情》,收入《名家解读〈红楼梦〉》,山东人民出版社,1998年1月版

　　4.《〈西游记迷境探幽〉序》,《文艺理论研究》1998年第1期。按:《西游记迷境探幽》,刘耿大著,学林出版社,1998年5月版

1999年

　　1.《答韩国郑沃根博士》,《明清小说研究》1999年第1期,[韩]《中国小说研究会报》第36号,1998年11月

　　2.《明代小说研究与文学遗产继承问题》,《文艺理论研究》1999年第3期。该文系陈大康著《明代小说史》(上海文艺出版社,2000年10月版;人民文学出版社,2007年4月版)序言

　　3.《索隐派文学的研究方法及其历史经验教训——评近半个世纪海内外索隐派红学》,《齐鲁学刊》1999年第3期,收入《红学档案》(武汉大学出版社,2007年5月版),曾获上海市哲学社会科学优秀成果二等奖

　　4.《对〈学报(教科版)〉和我国教育研究的展望》,《华东师范大学

学报》教育科学版1999年第3期,收入《大学之道》(俞立中主编),华东师范大学出版社,2006年11月版

5.《学与思:文学遗产研究问题论集》,河南大学出版社,1999年9月版

6.《治学与做人》(五则)

1999年,《治学与做人》(五则)发表于《社会科学家》1996年第6期"学者语丝"专栏。此事拙著《学与思:文学遗产研究问题论集》"后记"有如下记载:"恰巧近时有个刊物约写文章,并希为其'学者语丝'专栏写三四百字,遂以《治学与做人》为题,写有数条,抄录如下。"发表后,我本人和他人多有摘述。2009年9月,全文被作为格言,收入中国文史出版社出版的《中华名人格言》,见该书第193至194页。

2000年

《〈雅俗之间的徘徊:16至18世纪文化思潮与通俗文学创作〉序》,《中国文学研究》2000年第3期。按:《雅俗之间的徘徊:16至18世纪文化思潮与通俗文学创作》,吴建国著,岳麓书社,1999年11月版

2001年

1.《〈怀颖堂艺文丛稿〉序》,《河南大学学报》2001年第1期。按:《怀颖堂艺文丛稿》,袁喜生著,延边大学出版社,2001年9月版

2.《评张弘〈临界的对垒〉》,《文艺理论研究》2001年第2期。按:《临界的对垒》,张弘著,吉林人民出版社,2000年8月版

3.《治学独多创造——〈学者闻一多〉序》,《中华文化论坛》2001年第3期。按:《学者闻一多》,邓乔彬、赵晓岚著,学林出版社,2001年4月版

4.《评谭帆〈中国小说评点研究〉》,《文学评论》2001年第4期

5.《半砖园文集》,江苏古籍出版社,2001年9月版

2002年

1.《评〈中国古代小说中女性问题研究〉》,《湛江师范学院学报》2002年第1期。按:《女性主义观照下的他者世界:中国古代小说中

的女性问题研究》,李新灿著,中国社会科学出版社,2001年12月版

2.《评〈陆士谔研究〉》。按:此文是田若虹著《陆士谔研究》的序,载该书卷首,岳麓书社,2002年9月版

2003 年

1.《评〈说部论稿〉》,《河南大学学报》2003年第1期。按:《说部论稿》,赵维国著,吉林人民出版社,2002年6月版

2.《〈文学遗产研究的理论与方法〉摭谈》,《河北师范大学学报》2003年第2期

3.《〈夷坚志〉研究的新收获——评张祝平〈夷坚志论稿〉》,《南通师范学院学报》2003年第4期。按:《夷坚志论稿》,张祝平著,中国文史出版社,2002年12月版

2004 年

《古代小说续书研究又一新成果——评高玉海〈明清小说续书研究〉》,《明清小说研究》2004年第2期。按:《明清小说续书研究》,高玉海著,中国社会出版社,2004年2月版

2005 年

1.《中国古典小说理论史》(方正耀著,郭豫适审订),华东师范大学出版社,2005年12月版

2.《〈林译小说研究〉序》,《信阳师范学院学报》2005年第4期。按:《林译小说研究》,韩洪举著,中国社会科学出版社,2005年7月版

3.《传承与革新——论清代乾嘉时期章回小说的发展流变》(郭豫适、刘富伟、文娟),《文艺理论研究》2005年第5期

2006 年

1.《是王蒙没有读懂,还是刘心武索隐编造?》,《社会科学报》2006年7月13日

2.《拟曹雪芹"答客问"——论红学索隐派的研究方法》,华东师范大学出版,2006年9月版

3.《从红学索隐派说到"秦学"研究及其他》,本文系华东师范大学出版2006年9月版《拟曹雪芹"答客问"——论红学索隐派的研究

方法》一书"后记"

2007 年

1.《一部有创见的古代小说论著——评王进驹的〈乾隆时期自况性长篇小说研究〉》,《明清小说研究》2007 年第 1 期

2.《谈谈怎样对待古代文化遗产》,《华夏文化论坛》(第二辑)2007 年 9 月版

3.《华东师范大学出版社建社五十周年、复社二十七周年感言》,收入《春华秋实》,华东师范大学出版社,2007 年 10 月版

2008 年

《评〈明清文学散论〉》,《中文自学指导》2008 年第 6 期。按:《明清文学散论》,钟明奇著,安徽教育出版社,2008 年 7 月版

2009 年

1.《评〈申报馆与中国近代小说研究〉》。按:本文是文娟著《结缘与流变——申报馆与中国近代小说研究》的序,载该书卷首,广西师范大学出版社,2009 年 3 月版

2.《令人难忘的精深的文学论析——读王元化阿 Q 人性问题札记》,收入《清园先生王元化》(陆晓光主编),华东师范大学出版社,2009 年 5 月版

3.《博学深思　实事求是——郭豫适教授访谈录》(钟明奇执笔),《文艺研究》2009 年第 5 期,《华东师范大学校报》2010 年 3—4 月连续三期全文转载

2010 年

1.《半砖园居笔记》(现代中华学人笔记丛书之一种),东方出版中心,2010 年 5 月版

2.《评〈歧路灯〉与中原民俗文化研究》,《南阳师范学院学报》2010 年第 1 期。按:《〈歧路灯〉与中原民俗文化研究》,刘畅著,齐鲁书社,2009 年 11 月版

2011 年

《郭豫适文集》(四卷本),华东师范大学出版社,2011 年 2 月版

2012 年

《郭豫适文选》(上海作家文丛第三辑之一种),上海文艺出版社,2012 年 12 月版

2016 年

《半砖园斋论红学索隐派》,"当代中国古代文学研究文库"(第一辑)之一种,复旦大学出版社,2016 年 1 月版

(郭　扬　钟明奇　整理)

著者跋语

复旦大学出版社最近推出傅璇琮、黄霖、罗剑波三位先生主编的"当代中国古代文学研究文库",这对于弘扬我国传统文化及其研究,有效地积累学术遗产,是一项意义重大、影响深远的开创性的举措,体现了三位主编可贵的敬业态度和使命意识,很值得钦佩。"文库"分辑刊出,第一辑选十种,拙著《半砖园斋论红学索隐派》得列其中,自然觉得非常高兴。

拙著原系 2006 年 9 月华东师范大学出版社出版的《拟曹雪芹"答客问"——论红学索隐派的研究方法》(按:《拟曹雪芹"答客问"》本是著者以小说笔法写就的一篇学术文章,发表在 1981 年 12 月 21 日的《光明日报》《文学》专刊上。该文以其轻松活泼、生动有趣、新奇别致的写作特色,当年确实颇获学界以及广大读者的普遍称道和由衷赞赏)。该书出版后,很受欢迎,首印 5100 册,短时间内就售罄。报刊则多有专文介绍和评价,如刘效礼发表于《海南日报》上的评论,钟明奇撰有长文《索隐派红学的科学论析——评郭豫适先生的〈拟曹雪芹"答客问":论红学索隐派的研究方法〉》(载《古代文学理论研究》第二十八辑)等。

这一套大型的学术研究文库,是学习贯彻习近平同志有关文艺座谈会讲话精神最好的体现。中华传统文化源远流长,光辉灿烂,流传不断,世所罕见,此为学者所共识。至于拙著对《红楼梦》研究,对红学的历史和现状所作的介绍和评论,如有不当,敬请专家和广大读者批评指正。

2015 年 11 月 18 日

图书在版编目(CIP)数据

半砖园斋论红学索隐派/郭豫适著. —上海:复旦大学出版社,2016.5
(当代中国古代文学研究文库)
ISBN 978-7-309-12059-2

Ⅰ.半… Ⅱ.郭… Ⅲ.《红楼梦》研究 Ⅳ.I207.411

中国版本图书馆 CIP 数据核字(2016)第 002575 号

半砖园斋论红学索隐派
郭豫适 著
责任编辑/杜怡顺

复旦大学出版社有限公司出版发行
上海市国权路 579 号 邮编:200433
网址:fupnet@fudanpress.com http://www.fudanpress.com
门市零售:86-21-65642857 团体订购:86-21-65118853
外埠邮购:86-21-65109143
常熟市华顺印刷有限公司

开本 787×960 1/16 印张 19.25 字数 246 千
2016 年 5 月第 1 版第 1 次印刷

ISBN 978-7-309-12059-2/I·971
定价:50.00 元

如有印装质量问题,请向复旦大学出版社有限公司发行部调换。
版权所有 侵权必究